MINGUO TONGSU XIAOSHUO
DIANCANG WENKU

蓬门红泪

民国通俗小说典藏文库·顾明道卷

顾明道◎著

中国文史出版社

顾明道和他的小说（代序）

张赣生

在本世纪（指二十世纪）二十年代末，能与"南向北赵"并称的武侠小说作家只有顾明道。

顾明道（1897—1944），原名景程，江苏苏州人。他八岁丧父，自幼体弱，上学时膝部患骨结核（中医所谓骨痨）致残，行动依赖拄拐。他毕业于教会所办的振声中学，因学习成绩优秀，即留在该校任教，并受洗为基督教徒。1922年，范烟桥移居苏州，范氏在辛亥革命的时候就曾与友人组织"同南社"，诗酒唱和；这时又于七夕会同赵眠云、郑逸梅、顾明道等九人组织"星社"，以文会友。顾氏由此结识了一批文友，他一生的文学活动大体未超出这个小团体的范围。顾明道因一直希望医好腿疾，所以结婚较迟，抗战爆发后，他和母亲、妻子全家移居上海，苏州的家产毁于战火，从此落入贫病交加的处境中。他一生以教书为业，战前一直在苏州振声中学执教，迁居上海后一面写作，一面仍自办补习学校，招生授课，直至肺结核把他折磨得卧床不起才停办。病重时生活无着落，全靠朋友周济，终年只有四十八岁，身后凄凉。

了解了顾明道一生的经历，有助于我们客观地认识和评价他的小说。

从顾明道一生经历来看，腿残、留校执教、参加星社，这三件事深刻影响着他一生的文学事业。民国初年的上海，盛行哀情小说，即文学史上称之为"淫啼浪哭"的时期。1912年，徐枕亚的《玉梨魂》和吴双热的《孽冤镜》在《民权报》同时连载，随即又连载李定夷的《霣玉怨》，流风所被，一片哀音。顾明道就在这种风气的影响下，开始试写小说，那时他只有十七岁，尚未成年。他的处女作是短篇言情小说，发表在高剑华主编的《眉语》月刊上，这是一份

1

以知识妇女为读者对象的刊物，脂粉气很重，在该刊的创刊号上发表了一篇阐明办刊宗旨的《宣言》，其中说："花前扑蝶宜于春；槛畔招凉宜于夏；倚帷望月宜于秋；围炉品茗宜于冬。璇闺姐妹以职业之暇，聚钗光鬓影能及时行乐者，亦解人也。然而踏青纳凉赏月话雪，寂寂相对，是亦不可以无伴。本社乃集多数才媛，辑此杂志，而以许啸天君夫人高剑华女士主笔政。锦心绣口，句香意雅，虽曰游戏文章、荒唐演述，然谲谏微讽，潜移转化于消闲之余，亦未始无感化之功也。每当月子弯时，是本杂志诞生之期，爰名之曰《眉语》，亦雅人韵士花前月下之良伴也。"看了这篇《宣言》，读者当能了解此刊物的性质。顾明道在1914年左右开始写小说时，选中这样一个刊物投稿，也就表明顾氏本人的性格难免有些多愁善感的脂粉气。

我指出顾氏性格中的脂粉气，因为这决定着他文学作品的基调，丝毫也没有嘲讽顾氏之意，每个人都在一定的环境下养成他的性格，这没有什么可嘲讽的，我们要研究的只是事实。郑逸梅在《悼顾明道兄》一文中提到两件事，其一为："明道最初的作品，刊登在许啸天所辑的《眉语》杂志上，该杂志多载女作家的文字，他就化名梅倩女史，撰着短篇小说。有一位读者，是登徒子之流，写信追求他，缱绻缠绵，大有甘伺眼波之意。明道接到了信，大笑之下，用梅倩具名答复他。那个登徒子欣喜欲狂，寄给他一帧照片，请他交换'芳影'，并约他会晤某园。明道到这时，才用真姓名自行揭破。这一段趣史，明道时常讲给人听的。"其二为："《江上流莺》稿成，我曾为他写一小序，有云：'江山摇落，风雨鸡鸣，我侪丁斯乱世，应变无方，干禄乏术，臣朔饥欲死，乃不得不乞灵于不律，红茧缫愁，绿蕉写恨，借以博稿资而活妻孥。社友顾子明道固与予相怜同病者也。'明道读了，亦为之感喟百端，不能自已。"当时正值日寇侵华，人民生活困苦，对此局面"感喟百端"也是情理中的事，我们不必咬文嚼字，过分挑剔；但达到"不能自已"的程度，就难免少些丈夫气了。以上两件事都可证明顾氏确有些多愁善感的脂粉气。

顾明道养成这样一种性格，固然与前述民初上海文坛的时尚有关，在当时一些人的心目中，唯其如此才配称为"才子"，少了贾宝玉味道就被视为粗俗；但是就顾氏本身的内因而言，腿残对他心理上的影响，恐也不容忽视。肢体的残疾不仅影响着顾明道的性格，也限制着他的行动。郑逸梅《悼顾明道兄》一文说："这时他在吴门振声中学担任教务，因不良于行，往返不便，所以他住在校中。"顾氏是一位多半生未离他那中学小天地的人，缺少广泛的社会生活经历，在这方面，他既不能与同时的"南向北赵"相比，更不能与后来的"北派四大家"同日而语。对于这样一位学生出身，生活面狭窄，又多愁善感的作家来说，写言情小说自然是最方便的，他可以坐在家里凭自己的情感体验来打动读者，只要情感诚挚，哪怕写的只是他个人的小天地，也总会有其可取之处。但自向恺然《江湖奇侠传》引起轰动之后，报刊编者和出版商均热心于武侠一途，顾明道为适应这一潮流，便也改弦易辙，于1923年至1924年在《侦探世界》杂志发表武侠小说。1929年，他由杭返苏，途经上海，与当时主编《新闻报》副刊《快活林》的星社文友严独鹤相会，恰逢《快活林》需要连载长篇武侠小说，严约顾撰写，这就促成了他一生的代表作《荒江女侠》的问世。

《荒江女侠》刊出后竟大受欢迎，同年冬，上海三星图书局向新闻报馆购买版权出版单行本，至1930年8月已翻印四版，1934年11月更达到十四版，这在当时是很可观的销行数。可见其轰动的程度。由于此书畅销，顾氏也就续写下去，共出版了六集，并被友联公司改编为十三集连续影片，上海大舞台、更新舞台也改编为京剧连台本戏，风靡一时，大有凌驾《江湖奇侠传》之上的势头。这部小说之所以能取得如此出人意料的效果，今天的读者或许很难理解。当时最著名的武侠小说，是"南向北赵"的作品，向恺然连缀民间传说，自有其吸引人的一面，但却少了点爱情纠葛、哀感顽艳；赵焕亭的《奇侠精忠传》据说原有不少狎媟的描写，因而触犯禁例，出版时经过删削。顾明道于此际把武侠、恋爱、探险等成分捏在一起，就给读者一种新鲜感，满足了十里洋场那特定读者群追求新奇、热闹的要求，正如严独鹤在《荒江女侠序》中所说："以武侠为经，以儿女情事为纬，铁马金戈之中，时有脂香粉腻之致，能使读者时时转换眼光，而不假非僻之途，不赘芜秽之词。是以爱读者驰函交誉。"

顾明道用以吸引读者的另一个办法是写"冒险"，他在谈及自己的作品时说："余喜作武侠而兼冒险体，以壮国人之气。曾在《侦探世界》中作《秘密之国》《海盗之王》《海岛鏖兵记》诸篇，皆写我国同胞冒险海洋之事，与外人坚拒，为祖国争光者。余又著有《金龙山下》一篇，可万余言，则完全为理想之武侠小说也，刊入《联益之友》旬刊中。又曾写《黄袍国王》长篇说部，记叙郑昭王暹罗之事，曾刊《大上海报》，后该报停版，余亦中止，他日拟出单行本以飨读者矣。又新著《龙山争王记》，则方刊于《湖心》周刊中，该刊为西湖小说研究社出版者也。曩年余为《新闻报·快活林》撰《荒江女侠》初续集，尚得读者欢迎，今由三星书局出单行本，三集亦在付梓中矣；又为《小日报》撰《海上英雄》初续集，则以郑成功起义海上之事为经，以海岛英雄为纬，以上两种皆由友联公司摄制影片。又尝作《草莽奇人传》，则以台湾之割让，与庚子之乱为背景也。"（转引自郑逸梅《悼顾明道兄》）所谓"冒险体"或"理想小说"，显然是接受了西方的小说观念，是指类似斯蒂文生《宝岛》或斯威夫特《格列佛游记》的体裁，譬如他所著的《怪侠》，写一个身负绝技的革命者，失败后率党徒逃亡海外，去非洲探险，与当地土著争斗，称雄异域，即是一例。

就顾氏的为人来说，他是一个正直、爱国的书生。"一·二八"日寇进犯上海，顾氏写了《国难家仇》《为谁牺牲》等小说，表示了他作为中国人的同仇敌忾之心。顾氏一生写过五十多部小说，以武侠和言情为主，也有社会、历史、侦探等作，他临终前，春明书店出版了他的最后一部作品《江南花雨》，这本小说具有自述的性质。

目　录

1

第一回

偎红倚翠见色思淫
劈线唾绒为人作嫁

蓬门未识绮罗香，拟托良媒益自伤。
谁爱风流高格调，共怜时世俭梳妆。
敢将十指夸针巧，不把双眉斗画长。
苦恨年年压金线，为他人作嫁衣裳。

江南青山绿水，绣地锦天，一向是个安乐的地方。所谓"上有天堂，下有苏杭"，而苏州在京沪铁路线上，既非通商要埠，又非军事区域，因此它是很安闲的，很幽静的，有山有水，古迹名胜甚多，春秋佳日，足供清游。住在苏州的人大多数当然是天堂里的人，优哉游哉，得其所哉。有许多绅士人家，他们保持着世家的雍容华贵，好似象征着城北的北寺塔，乔丽堂皇地巍然屹立，表示着它悠久的历史，足以傲人。可是近年来在这风雨飘摇经济衰落的中国，哪一处不受到不景气的影响？苏州的社会自然也是一天一天地渐渐不安定了。可是它里面虽然凄惨、暗淡、枯萎，而外面仍旧繁华、热闹、美丽，遮盖了一切，粉饰了一切。只要在黄昏时，我们踏到观前街或是金阊门外的阿黛桥畔，便觉得"灯红酒绿""车水马龙""脂香粉腻"这些形容词的老调儿都用得着了。苏州女儿嫩如水，和着那些侧帽少年、坠鞭公子，在电影院里、酒食馆中，出出进进，有影皆双，真使人大有"愿作鸳鸯不羡仙"的意思。风俗日趋浮靡，表面上的繁荣，反令有心人怒焉深忧呢。

别的不要讲，一处一处古旧的大厦巨宅，都在那里卖掉，换了新的主人，把来改筑为新式的洋楼，或是巷堂屋子，这不是有产阶级的崩溃的现象吗？那么新主人又是从哪里来的呢？下野的军阀，下台的政客，暴发财的富商大贾，他们不向西湖边上去筑别墅，便到苏州来造一所美轮美奂的住宅，自营菟裘，以娱天年，便是因为苏州地方安静之故，变成了最好的住宅区。住在苏州绝少危险，而吃的东西比较别地方来得精美考究，可以很逍遥地度日了。所以苏州别的事业进步很迟，而房屋却一处处地在那里翻造新建，改变它的古旧的面目，街道也拓宽了数处。除了北段的护龙街，要算从观前通金阊门的景德路最长了。

在那景德路中，有一座新筑的华厦，富丽堂皇在这鳞次栉比之中，好似鹤立鸡群般，睥睨着一切。大家都知道是一个下野的军阀秦凯的私邸。秦凯以前是行伍出身的武夫，为了中国时常内战的缘故，他的幸运真好，屡立战功，直升到某某省的师长兼镇守使，某大帅倚为心腹之重，特地调他在冲要之区，带着重兵，坐镇一方，使邻省有所顾忌，不敢觊觎。谁料有一次国内又起鹬蚌之争，某大帅悉起人马，到前线去迎敌。电嘱秦凯严防邻省的夹击。秦凯乘此机会，又领到了一批军火和数万军饷，便教一个旅长带领两团骑兵在邻省的边界驻守。邻省的主将奉到某巨公的密电，嘱他出兵夹击，使大帅首尾不能相顾。但他素来知道秦凯的厉害，又知秦凯已派兵严防，诚恐胜负之数难以预卜，不敢鲁莽从事。

正在犹豫之际，便有一个谋士献策，说自己曾和秦凯有葭莩之谊，自愿前往做说客，只消晓以利害，饵以重金，不难使秦凯易帜来归。主将便将此意电知某巨公。某巨公大喜，立刻复电，促主将照此锦囊妙计，从速进行，秦凯有何要求，都可答应。因为前线在紧要的时候，秦凯举足轻重，正如楚汉相争时的英布、彭越。所以某巨公闻有这条线索，便不惜任何条件，要折去某大帅的膀臂，使某大帅早日覆败。

秦凯自己也知道，所以一见那位谋士到临，设宴洗尘，待以上宾之礼。夜阑灯烛，屏退左右，谋士遂用一席话把秦凯的心说动，其实秦凯何尝肯一心效忠于某大帅？时机已到，落得借此发财。遂提出条件，要求巨公先以现款五十万来，以后保障他上升军长。谋士当然答应代达。数日之间，秦凯已得到满意的答复。五十万现款业已到手，暗中双方都已默契，三寸之舌果然胜于十万之师。邻省的主将便派一旅步兵向秦凯防守的要区进攻，秦凯立即密电某旅长只许败不许胜，速即退下。一面通电响应某巨公，反把某大帅的罪状一一暴露，自己倒戈反正，率领部队向某大帅背后袭击。某大帅不防到有此一着，前线军心涣散，一败涂地，只得坐了外国兵轮出洋去做海外寓公了。这一役某巨公能大得胜利，都是秦凯倒戈之力。当然秦凯的条件一一履行，由师长擢至军长，声望愈大，仍旧坐镇原处。但是某巨公速成之后，对于秦凯却有些猜疑，深恐他拥有重兵，尾大不掉。一面羁縻着他，一面要想法监视他，因此特地抽了一旅精锐之师，在秦凯坐镇的要区东北之地驻防，名为剿匪，暗中牵制。

不到一年，内战又生，果然又有别处来运动秦凯，某巨公便密电邻省主将加意防范，一面又派人去请秦凯前来商议军事。秦凯只得出席会议，却被某巨公软禁在别邸之中，等到战事平定后，方才释出。秦凯受此打击，雄心顿戢，抱着急流勇退之心，遂向某巨公辞职。某巨公立即允准，便把他部下的师长擢升军长，而将原有的基本精锐队伍换防某处，另外给了他一个军事高等顾问的名衔。秦凯下野后，面团团做富家翁。他的老乡本在山东，但他也不回到家乡去，就带了他的眷属住到苏州来做吴下寓公。这座巍巍大厦是他雇工庀材新建筑起来的，宅中陈设布置，富丽异常。

这一天午后，秦凯躺在憩坐室中的沙发上，听着无线电收音机奏的风行一时的《桃花江》，乐声靡靡，好似有妖媚活跃的好女郎在他面前歌着舞着。他口里衔了一支雪茄，意态甚是闲适，脑海里想入非非的不知转些什么念头，可是以前坐拥皋比、跃马沙场时的情景，早已淡忘了。一个人有了整千整万的金钱，又是闲着，他想什么呢？当然他也有他的幻想、他的企望，外人不能知道，他的夫人也许猜得到三分呢。

秦凯的身体非常胖大，坐在沙发里，恰巧满满的，一些儿也没有隙地。一双有紫棱的三角眼，很带着威武的气概，使人一望而知是个绛灌之俦。嘴边留着一撮菱角式的小胡子，项下有一条小小刀疤。据说他以前当排长之时，有一次追赶土匪，被土匪包围住，双方肉搏，他项下中了一刀，顿时倒地，幸亏被小兵救回，医治无恙。大难不死，必有后福，所以他有今日的富贵呢。

这时室门轻启，走进一个人来，正是他夫人萧氏。说也奇怪，秦凯已是天字号的大胖子，谁知他的夫人还要比他肥胖，走起路来好像一头母猪，完全没有娉娉婀娜的姿势。全身上下饱满得又好如一盏大棚灯，不是曲线美，却是圆线美了。年纪已有四十以上，脸上却满涂着粉和胭脂，红的红，白的白，头发也用电烫着，蓬蓬松松地披着。身穿一件浅色软绸的夹旗袍，腰身做得很紧，绷在伊的肥躯上，一块块的肉好似在那里溢出来。脚上穿着一双白缎绣花的鞋子，是装的天然足，所以足背仍旧高高地肿起。这个样子称不得什么美人儿，人家却说伊有福气，身发财发，是个官太太，有帮夫运，命宫里有一品夫人的身份。这是铁算盘娄瞎子代他们算出来的，秦凯也相信这句话。因此他对于夫人视为玉皇大帝，爱字以外，加上敬畏两字，以为自己所以有今日的荣华富贵，并非自己冲锋陷阵之功，都是靠着他夫人的福气了。

萧氏走进室中，笑嘻嘻地对秦凯说道："你还没出去吗？怎的一人坐在这里？胡老爷不是今天约你打牌吗？"

秦凯道："是的，我们约的三点钟，现在只有一点多钟，时候尚早哩。"

萧氏便在秦凯左面的一只大沙发上坐下，一对胖子向着外面坐了，好似待人见礼一般。《桃花江》一曲已终，无线电里接着有商情的报告，某处价廉物美，某处花样翻新。秦凯不耐烦听这个，把无线电关了，一口口地猛吸雪茄，烟气一缕缕绕成许多圈儿。他仰视着天花板，默然无语。

萧氏又开口道："你呆呆地思想什么？"

秦凯带着笑，侧转头来说道："我想什么呢？你试猜猜看。"

萧氏把手一支下颏，说道："阿凯，我虽不是你肚里的蛔虫，但是猜得到你七八分的。你人老心不老，又在想吃天鹅肉了，是不是？"

秦凯听了他夫人的说话，把手中烬余的雪茄又吸了一口，随手抛在痰盂里，哈哈笑道："阿凤，你真是女诸葛，怎么被你一猜就着呢？"

阿凤是萧氏的小名，秦凯常常这样呼他夫人的。而萧氏也老实不客气地"阿凯阿凯"地唤她的丈夫。夫妇称呼小名，格外显得亲热了。

当时萧氏听了这句话，不由叹口气，说道："饱暖思淫逸，古人的话确是不错。前三年我已代你纳了银喜做侧室，你怎么老是心不死？要了一个又一个。这又不是田地房产，越多越好。须知这是分利的，你多纳一个妾，多花去钱财罢了。我又不是不会生儿育女，和你儿子也生了，女儿也生了，你想讨什么小老婆，可是要家不和吗？年纪老了，吃吃玩玩、快快活活不好吗？"

秦凯拈着口边的菱角小胡子，笑嘻嘻地又说道："你怎么总是说我老？今年我也不过五十六岁的人，尚未满花甲，如何算老？三国的黄忠说得好，黄忠年纪虽老，手中宝刀不老，老当益壮。像我这样的人，恐怕有些年纪轻的人还及不上我精锐呢，你倒嫌我老了吗？你说三年前代我纳了银喜，但是一则银喜是我家的丫头，二则伊又不是娇小玲珑的美人儿，都是你一定要做主纳伊的。直到如今，我总共不满五天进过伊的房。你瞧伊面黄肌瘦的，满脸病容，好不可憎。这种小老婆哪里能够满足我的心呢？如同没有一样。你不见胡老爷的三姨太太吗？多么风流，多么敏慧，我只要有那样的一个姬妾，便心满意足了。"

萧氏听秦凯很坦直地说出这些话来，便把手向秦凯一指道："你真是老昏了。胡老爷家的三姨太太小香红，本是青楼中人，所以这样狐媚惑人，果然和银喜相较，不可同日而语了。但是你要知道胡老爷讨伊进宅，着实花去不少金钱呢。你年纪自称不老，总是上了年纪的人，现在女儿正要出嫁的时候，你却闹着要娶妾，不要被子女们好笑吗？"

秦凯把脚伸了一伸，哈哈笑道："食色性也，何笑之有？我只要你能够同意就是了。"

萧氏冷笑一声，说道："什么同意不同意？你要讨小老婆，我若然不答应你，料你这颗心总不会死的。别的我不管，只要依我两个条件。"

秦凯说道："什么条件？我要听听。"

萧氏道："青楼中的人不许娶，这是第一条。娶来的妾须跟我同居，不得别分门户，而且要伊称呼老爷太太，如银喜一样，这是第二条。阿凯，你能够遵守吗？"

秦凯道："遵守遵守，你能够答应我，心里已是感激。青楼中的人，野草闲花，身心难驯，本来我亦无意。我当求之于小家碧玉，只要你能代我做媒，此事便易成功。因为眼前放着一个美女郎，近的不取取远的，不是呆鸟吗？"

萧氏道："哦，早已猜到你狗肚皮里的心事了。你想季家的女子吗？我瞧伊虽是小家的女儿，却很是有些清高的脾气，不像贪慕虚荣的人。这件事恐怕难以成功吧？伊的容貌确乎美丽，伊的性情也十分静娴，真是一个娇小玲珑、白璧无瑕的好女儿。你若能娶得伊，当然心满意足。然而癞蛤蟆想吃天鹅肉，这件事恐怕不能达到你的愿望吧？"

秦凯听他夫人夸赞季家女子，说得他心里更是痒痒地情不自禁，立起身来，向萧氏深深一揖道："这件事成功不成功，全在你的身上。我自问尚不是个癞蛤蟆，要吃这块天鹅肉，只要肯花钱就是了。我想贫穷的人家总是贪钱的，况且我做过大官，很有些名气。做了军长的姨太太，也不算辱没了伊。阿凤，你若肯助我成功，我把新近存入某国银行里的三万金的折子奉送给你。这样重的谢媒钱，可以说从来没有的了。"

萧氏笑道："那么你不是癞蛤蟆，是个金钱乌龟了？你要先把折子给我，方才我和你去进行。但是成功不成功，我仍不能保的。"

秦凯道："折子我可先给你，但请你要出力去代我说的。不要拿了折子去，假作痴呆，不肯尽力，那是我却不能依的。"

萧氏一瞪眼睛道："你放心便了，我不是拆白党，既然答应了你，自当代你去说的。"

二人正说到这里，忽听门外一阵皮鞋声，接着门上轻轻地敲了两下，秦凯便说："请进来。"

门开了，走进一个二十左右的美少年来，穿着淡灰哔叽的西装，一手拿了根白银包头的司的克，一手托着一顶薄呢帽子，立定了向秦凯夫妇行了一个鞠躬礼，说道："伯父伯母在这里么？"

秦凯点点头道："正是，你从哪里来？"

有才把手中的呢帽和司的克一齐放下，恭恭敬敬地回答道："老伯，我从社里出来，方才巾英妹曾打一电话给我的。"

萧氏听了笑道："何少爷，你且请坐。恐怕巾英要和你商量请帖的格式呢。伊说过的，要用中西合璧，须充满美术的色彩。我们是门外汉，好在你们本是艺术学校的同学，由你们二人去细细商量吧。"

秦凯笑道："这一张请帖要这样地左商量右讨论，无怪你们的事有许多麻烦。我是喜欢爽快的，大家印一种大红请帖便好，要什么美术化？多费心思。人家接到了，看过以后，不是一样要丢在纸篓中去吗？"

有才笑嘻嘻地没有回答，萧氏却说道："他们喜欢如此，你不必管账。现在的时代不比我和你当初的情形。你是今生一辈子没有这份儿了。就是你要娶个姨太太，我也不容许你发帖子的。你不要管他。"

秦凯被他夫人抢白了几句，一抹胡须道："本来我也说说，谁去多管他们的账？"

这时早有一个下人送上茶来，献上纸烟，秦凯又燃了一支雪茄，给自己吸上。萧氏便请有才坐下，一边自己摆着伊的肥躯，蹒跚地走出去，一边对有才说道："伊在楼上看绣花，我去唤伊下来吧。"

有才说一声"伯母请便"，他就坐在秦凯的下首，和秦凯谈话。秦凯仍是大模大样地躺在沙发上，却觉得没有什么话可说，胡乱问了几句。

此时萧氏已走到楼上，在着左边向东的一间室里，窗明几净，陈设也很雅洁。窗边放着两个绣花架，前一架边坐着一个五十多岁的老妇，戴着老光眼镜，低着头正在擘绒绣花。后一架边却坐着一个十八九岁的女子，也在那里刺绣，但是刺绣的是一只孔雀，张开着五光十色的美羽，所谓孔雀开屏，绣得金花彩蕤，栩栩如生。那女子的短发上戴着一朵黄色的绒花，身穿一件暗色布的单旗袍，脸上薄施脂粉，细长的蛾眉，漆黑的双瞳，薄的樱唇，圆的素口，生得十分秀丽。弯转了柳腰，俯倒了蠙首，忙着一针一针地刺。在伊的旁边，又立着一个二十左右的女子，身上穿着一件花花绿绿的绸旗袍，底下白色的长统丝袜，踏着一双镂花黑漆高跟革履。头上乌发烫得蜷曲着，飘在一边。一张肥圆的脸上涂着不少雪白的粉，颊上又擦着两堆红黄的胭脂，身上洒的香水，一阵阵的甜香充满了一室。若和那绣花的女子相较，那么一个是贵族化，一个是平民化；

7

一个是趋重修饰，倍见浓艳，一个是自甘淡泊，别有清秀。人工的美和天然的美，在着两个女子身上更是显得分明了。

那绣花的女子在分绒的当儿，抬起头来，对那旁边看的女子说道："秦小姐，你看这只孔雀绣得可成样子？中意不中意？"

伊点点头道："你绣得很好。这四幅屏条都是要绣的飞禽走兽，绣起来很不容易的，并且日期也近了。我是急性的人，希望你辛苦些，早日代我绣好，真是又要快，又要好，难为你了。将来我当重谢你们娘儿两个。"

那前边的妇人听了秦小姐的话，带笑说道："秦小姐，你请放心，我家淑贞年纪比我轻，本领比我高，伊一定尽快代你赶好的。不过伊和我绣的被面上的花是大不相同的，因为伊绣的东西是要用极薄极薄的绒铺上去，绣做得已是认真了，过于求快是不成的。并且色泽又要光洁而鲜艳，伊若不是跟过陆小姐学习三年，哪里会做呢？"

秦小姐说道："不错，淑贞绣得非常之好，恐怕现在外面从学校里普通刺绣科毕业出来的，还没有这个样儿的程度呢。陆小姐是有名的刺绣家，听说伊的绣货曾在万国展览会中得到很荣誉的奖状呢。淑贞从伊身边学习出来，果然名下无虚。若能加以深造，再求进步，将来青出于蓝，也未可知。"

淑贞唾了一些绒头，微微一笑道："秦小姐，你这样地称赞我，使我愧不敢当。我的刺绣程度也是平常得很。我的老师陆小姐是不但工绣，而且擅画。我是没有学问的女子，哪里敢望和我的老师抗衡呢？"

秦小姐把伊的纤手在绣花架边上一拍道："可惜可惜，像你这样聪明的人，又在求学的年纪，却不能上学校去读书，真是可惜了。记得我在大亚艺术大学做大学生的时候，学校生活非常有趣，又是非常活泼，怎如守在家里的生活沉闷而枯窘，像我住在家里虽只半年，已觉得人生上非常干燥了，将来我出嫁以后，终要到海外去走一遭，看看外国的风景。什么巴黎啊，罗马啊，威尼斯啊，日内瓦啊，我都要去见识见识。唉，你不读书真可惜了。"

秦小姐说完这话，顿时手舞足蹈起来。淑贞还没有回答，淑贞的母亲早接着说道："秦小姐，你是富贵人家的千金小姐，当然有钱读书。若像我家的淑贞，伊生得命苦，因为伊的父亲在伊的五六岁时候已死了，我们又是贫穷的人家，一无产业。剩下我们娘儿几个，在这米珠薪桂的日子过活，已非容易的事，哪里再有钱代他们多读书？所以淑贞从小学里毕业以后，便没有进初中。幸亏那位陆小姐见我们可怜，便叫淑贞到伊那里去学刺绣。义务教授，分文不取，而且反留淑贞在伊家吃饭。伊倒很喜欢这女孩子的，肯把伊的真本领教导伊，足有三年之久。淑贞自己也用心学习，竟被伊学会不少，陆小姐常常赞伊聪明的。可惜后来陆小姐年纪虽有近四旬的光景，忽然想起嫁人，便嫁了一个驻外的公使，一同到国外去了。淑贞只得在家，帮我一同刺绣，母女两人赚些钱来度日。但是淑贞学的都是新式的绣法，此间一般放绣货的，大都用不着，难得请教，不比我绣的普通啊。现在我们到府上刺绣已有一个多月，承蒙你们很是优待，大约三星期后，我们绣的东西都要完工，且要吃你小姐的喜酒了。将来小姐如有别的人家要绣时，请你介绍介绍。我们一家使用，全靠我们母女两人。我已上了年纪，加着心境不好，不能再像从前一样地日夜赶绣，不得不靠淑贞相助了。"

淑贞的母亲说到这里，又叹了一口气。淑贞却一声不响，低着头，好似伊母亲说了这些话，勾起了伊的愁恨，自己独自地思想着。秦小姐生平只会说快乐的话，也觉得没有什么话可以安慰她们。

这时萧氏走进来了，见了伊的女儿，便笑着说道："巾英，你在这里督工么？她们绣的东西再好也没有的，你不要性急，催促她们，包你赶得及。现在有才来了，你去见他吧。请帖的格式快些定当了，好去印。"

巾英听了，说得一句"我知道的"，就向楼下很快地开步走，一阵叽咯叽咯的皮鞋声，巾英早跑到楼下去和伊的未婚夫何有才相见了。秦凯见女儿到来，也就立起身走出室去，坐了自己的包车，到胡老爷家去打牌了。

巾英见了有才，四只手彼此紧紧握着，将足一蹬，说道："你说今天下午一点半钟来，怎么到了两点钟，还不见你的影儿？若不是我打了电话来唤你时，恐怕你要失约了。"

有才笑道："请你原谅，方才恰巧有个朋友到社中来，要我代他设计一个大广告，不免费去了些时候。即使你不打电话来时，我也要来了。巾英，以前我哪有一次曾失过约的？"

巾英笑了一笑，把有才的手一拖道："到我书室里去谈吧，我弟弟快要放学了。少停他见了我们在此，必要来缠绕不清，累得一句话都不能讲了。"

有才说声好，便跟着巾英出了这室，打从甬道里走到后面朝南的一间小小书室中。这里陈设都是欧化，沿窗放着一只写字台，东边有两座玻璃书橱，西边放着一架钢琴，里面朝外又放着一只横式的大沙发，两个绣花的靠垫。两人走到沙发边，一同并肩坐下。窗外有许多鲜艳的蔷薇花开放着，一阵阵的香味送到室中来。这是他人走不到的地方，而且巾英进来时又把室门轻轻关上，很是静寂，由这一对情侣喁喁地细谈了。

萧氏在楼上见伊女儿下楼去后，伊便坐在淑贞的母亲旁边，看伊刺绣。淑贞的母亲一边绣，一边对萧氏说道："秦太太，你好福气。自己年纪尚轻，享着大富大贵，大小姐已是出阁了。那位新姑爷我们也见过的，多么漂亮！听说是本城何绅士家的二公子，也是有名的金粉世家，真是天生良缘了。"

萧氏笑了一笑道："季大嫂，多谢你说得我这样好。我家老爷没做大官时，我们也是很苦的，现在虽有许多家财，都是仗着他将性命换来的，也非容易啊。"

淑贞的母亲又道："这也是秦老爷洪福齐天，升官发财得这样快。现在小姐少爷们更有福气，一辈子可以吃着不尽了。照大小姐这个场面出嫁，苏州城里已是难得的。大小姐年纪很轻，容貌又好，做起新嫁娘来，真像天仙一般。"

淑贞听母亲说这种恭维的话，伊在旁边却有些听得不耐烦，暗想：我们来代他们刺绣，把工夫去换钱，又不是伴新人的喜娘，同他们说什么好话？人家有福气没有福气，干我们甚事？我母亲这样说法，倒好似艳羡人家的样子，不要被秦太太所笑吗？

但是萧氏听在耳朵里，却一些儿不觉讨厌，伊却乘此机会说道："季大嫂，你不知男大须婚，女大须嫁。现在的女儿长大了，谁不想早些出嫁？这位新姑爷本是大小姐的同学，他们在读书的时候彼此早已熟识，有了爱情，不由做父母的不答应了。横竖女儿是早晚要嫁人的，何家的门第也不差，所以就忙着办喜事了。"

萧氏所以称呼淑贞的母亲叫季大嫂，因为当初他家要聘请刺绣的妇女，经季家的邻人把季氏母女介绍过来。听那邻人叫淑贞的母亲为季大嫂，于是秦家无论上下，大家都这样地称呼伊。这也因为她们并非下人，所以这样叫法了。

萧氏说完了，淑贞的母亲正在穿针线，未即回答。萧氏便又指着淑贞说道："你这位小姐生得也着实不错啊。今年可是十八岁吗？有没有许给人家？"

淑贞的母亲答道："已是十九岁了，还没有许字。秦太太，我们小人家的女儿，许婚是很难的。高攀又不成，低就却不愿，一时哪里有相当的人家？况且现在我也要靠伊的相助，若然嫁出了，做了别人家的媳妇，便不能自由了。"

萧氏点点头道："是的，淑贞这样好女子，总要配个好好的人家。"

淑贞的母亲听了这话，微微叹口气。萧氏又道："季大嫂，苏州的女孩儿家果然大都生得令人可爱，说起话来，莺啼燕语般非常好听，我哪里学得来？住了几年，仍只会说强苏白，怪难听的。不比大小姐年纪轻，她们倒都学会了。我家老爷有了钱，一心要想娶个苏州女子做姨太太。他和我再三商量，我也凡事看得穿，已答应了他，可是还没有他心上中意的人。因为我家老爷对于一般淫贱的人家，他都不愿意要。他要的是良家的女子，容貌虽是要美，而性情却也要幽娴贞静的。选择一苛，就难得了。季大嫂，你是苏州人，可有熟识的好小姐介绍介绍，我们只要人好，聘金大些却不在意。将来娶进门后，当然要比现在的银喜姑娘优待得多。我也待得很好，不去多管他们之事的。你要知道现在我家老爷手头少说些也有百万家产，只要人家肯许，将来锦衣玉食，一世过好日子。倘然家里贫穷时，我家老爷也肯按月贴些钱的。季大嫂，请你想想，可有这种的人家么？"

萧氏这些说话，表面上虽然是拜托淑贞的母亲，然而暗中却大有取瑟而鼓之意。季氏母女都不是笨人，哪里会听不出伊的意思？淑贞的脸上已有些微红，低着头只顾刺绣。淑贞的母亲顿了一顿，说道："秦太太既然托我，待我慢慢留心着。"

萧氏笑道："不要慢，愈快愈妙，我家老爷心急得了不得呢。"

他们正说着，早有女仆来说赵家的三太太、陈家的老姨太太还有李家少奶奶都到了。萧氏连忙立起身来笑道："她们又要打牌了，请她们上楼来吧。"于是萧氏和仆人都走出去了。

　　这天，季氏母女绣到下午六点钟时，淑贞的母亲先要回家去，有家事料理。淑贞休息了，又绣到八点钟时，照例在秦家吃过晚饭，然后收拾好了回家去。这时候秦太太在楼上打牌，巾英和有才已出去看电影，只有巾英的弟弟国英和银喜等在那里开着收音机听唱戏呢。

　　淑贞的家里是在汤家巷，相隔不远。淑贞出了秦家的大门，急匆匆地走回去。正走到汤家巷口，前面的电灯十分惨淡，黑暗里有几个穿着短衣的机匠，他们刚从酒店里灌足黄汤，踉踉跄跄地走来。一见淑贞苗条的身材，连忙拦住去路，嘴里还说些不干不净的话。这样竟使淑贞困住了，不能通过去，近处又没有警士可以呼唤。正在尴尬的时候，背后忽然皮鞋声响，走来一个西装少年，高声喊道："淑贞妹，你回家去吗？"

　　淑贞一听声音，心中又惊又喜，立即回转娇躯跑过去，要请这少年来解围。

第二回

身世凄凉雨窗夜话
衷心缱绻睡梦惊啼

那些机匠见对面有了人来，又是和那女子相识的，也就不敢胡闹下去，当先的一个人口里高唱着"一马离了西凉界……"，其余的鼓掌喝彩，便一直走到景德路去了。

那西装少年跑上来和淑贞会在一起，问道："怎的怎的?"

淑贞指着那一伙人，低低说道："这些人真不是东西，喝醉了酒，在街上横冲直撞；把我拦住，要想调戏我。幸亏你来了，他们方才走开。"

少年把足一踬道："该死的，真好大胆。你早些告诉我，我把他们交给警士，送到区里去惩罚一下也好。"

淑贞道："此间的警士非常怕事，便是亲眼见了，也许要假装痴聋。真的到了不能不管的时候，方才懒懒地上来问几句话，很是和平地排了难，解了纷。若逢着气焰凶恶的人，他反要软下来呢。所以那些人对于警士并无惧怕之意。即使你把他们送到区里去，左右也不过问询几句，就要放出来的，我们倒反而多结怨仇。还是这样的好。"

少年点点头道："你说的话不错。我也是气愤不过，所以这样说，那些无赖很是难治的。"

二人一边说一边走，不多时早走到季家门前，乃是一个小小矮闼门，门前有个暗闩。少年伸手进去一拉，门就开了，二人便走将进去。里面有一个小小院落，有一株梧桐树，绿叶成荫，在夜里遮得更是无光。朝南有三开间的平房，正中是一个客堂，左右两个房，客堂里的陈设都是旧式的器具，正中却挂着一幅绢画的山水中堂，不知是何人所绘，字迹也模糊了。旁边的对联却写得很好，倒是翁同龢的真笔呢。左边桌子上放着一盏煤油灯，放出半明半暗的光来。少年走到里面，他把那盏煤油灯转得亮些。淑贞喊声母亲，客堂后面便跳出一个八九岁的女孩子，梳着两条小辫子，向淑贞说道："大姐姐，你回来了吗？母亲正在后面洗衣服呢。伊日里和你到了秦家去刺绣，衣服也没有工夫洗了。方才伊回来后，代我们烧了夜饭，吃过了，哥哥躲到后房看书，我到灶下洗碗，母亲在后面天井里洗伊的罩衫，还有我的短衫和宋家哥哥的短衫裤，一起要洗呢。"

少年便对淑贞说道："伯母辛苦得很了，使我很是过意不去。"

淑贞皱一皱双眉说道："我但愿伊老人家身体长是这样康健便好了。"

二人走到后面，果然见淑贞的母亲卷起了衣袖，蹲在天井里吊桶旁洗衣服。回头见了淑贞和少年，便说道："你们都回家了吗？"

淑贞道："是的，我走至半路遇见萍哥，才一同回来的。母亲你吃力吗？"

淑贞的母亲说道："不觉得。"说罢取过一只吊桶，走到井边去吊水。少年忙抢上去要代伊取水，淑贞的母亲摇摇手道："宋少爷，你是读书的人，不惯做这些事，还是我来吧，不要碰湿了你的西装裤子。"

少年笑道："现在的读书人不但要用脑，也要用手。吊几桶水，我们少年人有气力打什么紧？伯母还要和我客气吗？"

淑贞的母亲笑道："并不是和你客气，我喜欢一个人做事的，你们都出去吧。"

少年只得和淑贞以及淑贞的小妹妹淑清一齐走出走，先走到右面的房里，这是淑贞和伊母亲、小妹妹同住的房间，前面连一个小夹厢，小夹厢里安置着一张假铁床，床前有一张小小的书桌，这就是淑贞坐卧之处了。里面靠壁放着一只较大的床，就是淑贞的母亲和淑清同睡的。再里面是一个后房，房里有灯光亮着，三个人一齐走进去，这后房是很小的，靠壁的一张棕垫架子的床，帐子也没有挂，北向有两扇明瓦的小窗，窗边放着一张半旧的三抽屉桌子，桌上放着纸墨笔砚，堆着书籍。一个十二三岁的少年，穿着一件自由马大哈的单衫，正坐在桌边做算学的题目，一见他们到来，便丢了

14

手中铅笔立起来叫应，这正是淑贞的弟弟友佳。

少年便拍着友佳的肩膀说道："友佳，你这样用心吗？"

友佳带笑说道："今天的算术练习题共有二十个，明天要交卷的。还有国语课要背诵一课，地理绘图，所以不得不忙着预备了。"

淑贞问道："这许多算题都算得出吗？倘然算不出时，可以问问萍哥的。"

友佳答道："没有什么难题，我都能算出来的。"

少年道："友佳十分用功，今年小学毕业了，下学期预备读初中吗？考什么学校？"

淑贞叹口气道："读不读更难说了。现在外边一般的中学校，学费很大，还要各种图书馆费了，理化实验费了，建筑基金费了，花样真多。我们这种人家，老实说哪里栽培得起呢？"

友佳却很恳切地对淑贞说道："大姐，我是无论如何要读书的。昨天隔壁的冯老头子曾和母亲说过，要介绍我到上海什么制药公司里去做学徒，我母亲虽然没有定当，我可早和母亲说过不愿去的。只要你们肯许我读书，将来我必定能够成功。"

小妹妹淑清也在旁边嚷道："读书好，读书快乐。将来小哥哥读到什么学士博士，便可赚钱到家里来了。"

淑贞道："读书固是快乐，但也非容易之事，且待以后从长计议吧。"

那少年也叹道："读书真不是容易的事，读到学士博士，要花去许多学费，将来成功不成功也不能定哩。友佳弟必要读书时，我想可以去考省立中学，那里学费是免的，虽然有别的费用，总比私立学校简省了。"

友佳听了，便道："萍哥的话不错，我毕业后准去考省立初中，考不取时再说。"他说了，仍坐下去做算学练习题。

房中窄小得很，除了友佳坐的一只藤椅外，只有一张小方凳，请谁坐好呢？淑贞便回头对淑清说道："你既然说读书快乐，那么你学校里的功课为什么不预备呢？"

淑清听了伊姐姐的责问，笑了一笑，便到外房去取了一个书包来，坐在伊的小哥哥旁边一同温习了。

少年笑嘻嘻地对淑贞说道："他们都在温课了，淑妹，今晚你要不要补习英文呢?"

淑贞点点头道:"当然要的。"遂和少年回身走到外房,黑暗里从伊的桌子上摸得一本英文和一支铅笔,又有一本五分簿,走到客堂里。少年便取了桌上的煤油灯,开了左边的室门一齐踏进去。

这房间是和淑贞母女的房间一样大小的,厢房里窗边斜放着一只写字台。少年就把灯放在台上,台的两面有一转椅和一张马鞍式的凳子,靠墙放着一个小小书橱,橱中有许多皮面金字的西书。壁上挂着两幅油画镜架,收拾得窗明几净,望后就是他的寝处。一张木制的白漆床,上面铺着洁白的线毯和浅绿色的薄绸棉被,十字布的绣花小枕,虽无富贵气,而雅洁得很。

淑贞便和那少年在写字台边对面坐下,少年道:"你先把练习题写出来给我看吧。"

淑贞答应一声,便展开书卷,握着笔,很快地一行一行地写。少年取了一本杂志,独自披阅。一会儿淑贞已把许多练习题写了出来,给少年看。少年只改去了一个字,带笑说道:"你的文法已很熟了,都没有答错。只有这个'北平'的英文字,乃是个地名词,虽在语句中间,第一字仍要作大写的。但'中华'两个字,你却没有写错。大约是一个不留心了。"

淑贞道:"果然我失于检点,很是粗心。"说时颊上有些微红。

少年又柔声问道:"昨晚我教授的《熊与小孩》一课,你默得出吗?"

淑贞道:"我在昨天临睡之前已读熟了。"

少年道:"这次你不要默,可以背吧。"

淑贞点点头,遂一句一句地把一课书完全背将出来,读音十分清晰,语句又有顿挫。少年听着,面上微微地笑,对淑贞说道:"淑妹,你是个可造之材,可惜……"

少年说到可惜两字顿住了,便没有再说下去。淑贞道:"我从萍哥处补习,不是一样的吗?萍哥的英文不是很好吗?"

少年笑道:"谬赞了。"遂又把下一课的《哥伦布》细细教授。

淑贞天生聪慧,一教便熟。读罢以后,大家休息着,少年便开口问道:"淑妹,你在秦家绣花已有一个多月了,你们母女真是辛苦。"

淑贞答道："不是这样勤奋工作，如何支持这家庭呢？我们母女只愁没有做，却不怕做。我是年纪轻的人，劳苦些却不打紧，不过我瞧母亲年纪究竟渐渐老了，没有以前的精力。最好要减少些工作，养养精神。伊的一只右臂自从去年洗衣服时跌了一跤，至今逢到节气时常要发，发起来时酸痛异常，刺绣便见勉强了。"伊说到这里，脸上顿时露出黯然之色。

少年道："淑妹是非常孝顺的，你虽不是男子，却能帮着老伯母朝晚刺绣，不辞辛劳，自己又是刻苦俭约，不像有些人家的女儿，不知艰难，只慕虚荣。不要说赚钱顾家，要她们省向父母索几个钱使用，已是难了。所以我对于你在这一点上非常敬重，又非常赞成的。"

淑贞听了那少年的说话，心里一酸，眼眶里险些坠下泪来。勉强忍住，苦笑一下道："我哪里能当得孝字呢？自知是个命薄的人，只求我母亲可以节劳一些，待到将来弟弟长大了，让他可以争口气，重撑起这家门户来，我心里便安慰了。"

少年叹道："淑妹，我和你真是同病相怜。因为我自幼便没有母亲，前年我的父亲又故世了，丢下我一人，在此踽踽凉凉。幸亏我和你家同居，不但淑妹安慰我，而且伯母也是待我很好，常常照应我的。"

淑贞连忙说道："萍哥，你不要说这些话。你待我们是很好的，我们有什么照应你呢？"

少年笑道："大家不要客气，我虽有一个姐姐，但是一向在外边谋伊自立的生活。近年来伊受了绝大的打击，又遭着风木之痛，可怜伊一个人流浪到岭南去了。我和伊虽是同胞，而一在天之涯，一在海之边，大家难得相见，倒是觉得和你们亲近多了。"

淑贞道："你们姐弟俩都是有志的人，前途当然光明，有不少的希望。现在虽困苦些，自有他日的收获。"

少年道："这也难说。我的老父在世时，他喜欢喝酒，终日在醉乡里过生活。自比刘伶阮籍之徒，什么事不管的。我在三吴中学读到高中科毕业，所有的学费、用品费，一大半是我姐姐拿出来的。所以我再想读大学时，姐姐的力量便不能帮助我了。现在的大学校岂是穷人家的子弟可以读得起的吗？虽然我曾托过一位老师朱先生，他和某大学的校长是同学，倘然我到那里去求学，经他的说项，也许可以免去学费。但是细算起来，其他膳宿书籍以及各项费用，要超出学费两三倍，我仍是望洋莫及，休想可以做个大学生。古人说，临渊羡鱼，不如退而结网。我就暂时把再上层楼的志愿搁一搁起，想法托人介绍到现在我掌教的爱群小学里服务，想做了几年教员，省吃俭用，积得一些钱，预备再读大学，以求深造。苦学生求学，只有这办法算是稳妥的。"

淑贞道："我早知萍哥是有这样意思的，将来你一定成功。"

少年又道："天下的事情是变幻莫测的，我在爱群里服务，虽然不到两年，可是自己成绩很好，校长也加以青眼。我的薪水从三十元加到现在五十元，职务方面又做了教务主任，总算一帆风顺。谁料风云变色，波涛汹涌，这只船却不能稳渡前程了。"

淑贞听了这话，面上有些惊异，便问道："萍哥，此话怎讲？"

少年道："因为校董方面的关系，下学期校长要不干了，辞职书在前天已经送出，当然要准许的。他们方面早有人阴谋已久，校长一席暗幕中已有人取而代之。将来新校长来了，我们和旧校长亲近的人当然一律都要解职。况且我是教务主任，更不能容留的。因此我的辞职书已跟着校长递出去了，这样下学期我也不知到哪里去呢。"

淑贞双眉微蹙，把一只手指在桌上画着，慢慢地说道："这个变化真是使人想不到的。那么校长总要到别处去做事的，萍哥可能随他同去吗？"

少年摇摇头道："校长受了刺激，无意再入教育界服务。听说他下半年要到银行里去了。"

淑贞道："你何不也进银行？"

少年强笑道："淑妹，这个你却不知道了。校长进银行，是有他的至亲汲引的，当然容易。我又不是校长的亲弟兄，怎么可以和他一同进去呢？"

淑贞道："你教书很是热心，听说视学员也嘉奖过你的。你笔下也是很好，《教育月报》上常常发表你的大作。此处不留人，自有留人处。你何不向别处学校去想法呢？"

少年点点头道："当然我已想法托人，校长又答应我代为介绍。

他说在松江有一个云间女学，那边的校长唐女士是他的表妹，听说下学期有几个教员要调动，他倒可以想法介绍我前去的。可是我的意思，最好在本地学校里执教鞭，一切便当些，又可和淑妹等朝夕相见，不愿到外埠去服务，所以我还没有答应他呢。"

淑贞道："倘然此间没有别的地方可以想法，那么为了你的前途计，你还是到松江去教书的好。你说人家有 homesick，怎样自己犯了这个病呢？将来你要到某大学读书，不是一样要离开苏州的吗？人家说人贪安逸，重去其乡，所以在外面很难得逢着苏州人的。倘然大家都是这个样子，苏州人还有什么大事业做出来呢？萍哥，你须要一雪此耻。况且你家里又没有人了，你恋着谁呢？"

淑贞说到这里，觉得自己的说话很快，太不留心了，不由脸上微微一红，低下头去。少年听伊这样一说，面上也有些微红，说道："淑妹的话不错，倘然此处没有枝栖，自然要到松江去的。"

二人娓娓清谈好歇，四下人声寂静，窗外却点点滴滴地下起雨来。因为天气有些燠热，夜间起了风便下雨，雨丝风片打到窗上来，那一盏煤油灯被窗隙里的风吹着，一晃一晃地跳动。二人静默地对坐着，听了一会儿雨声，不免有些倦意。对面房里淑贞的母亲早喊道："淑贞，时候不早了，你来睡吧。明天你们都要早起的，不要多烦扰你萍哥的精神，他也有学校里的功课的。"

淑贞听了母亲的呼唤，便立起身来，收了书和笔，对少年说道："萍哥，真的我扰搅你不少时候了，你也早些安眠吧，明天会。"说罢，走出房来。

少年带笑说了一声"不打紧"，照着灯送到客堂里，看淑贞走进了伊的房门，方才回身入内，闭门安睡。

淑贞回到自己房里，伊母亲早已将衣服洗好，伏在绣花架上绣了好多花。伊的弟弟和妹妹也早已入睡乡了。淑贞对伊的母亲说道："你不要睡吗？绣了一天的花，回来又要做事，一个人太辛苦了，不要这样地赶急。"

淑贞的母亲道："这件绣货张大官放在这里已有好多时了，无论如何端午节前要赶好了给他的，不然，他不要和我跳脚吗？那秦家的事是暂时的，绣完了没有第二遭生意，将来我们仍须向张大官拿绣货的啊。"

淑贞道："那么我也要停一刻睡，好陪伴你。"说罢，展开伊读的那本英文，坐在伊母亲的绣花架边，凑着灯光低声而读。隔了一会儿，听对面宋青萍房里的钟铛铛地敲了十二下，淑贞的母亲又催淑贞去睡，淑贞因为时已不早，也要伊母亲同时安眠，淑贞的母亲只得停了手，收拾收拾，大家脱衣安眠。熄了灯，于是室中便黑暗了。

淑贞睡在床上，觉得今晚伊的神经不能安宁，翻了两个身，却只是睡不着。听听伊母亲和弟弟妹妹等鼻子里都发出鼾声，都已到黑甜乡里去了。窗外雨声淅沥，似珠抛屋瓦，下得很大。伊听着雨声，心里怅怅似有无限感触。想起了自己的身世，又想了青萍方才所说的一番话，说不定下学期青萍将要离开这里了，世间的可怜虫真多，何时能够战胜环境，达到了自己的志愿呢？伊这样想着，当然更难安眠，直到三点钟过后，极力镇定心神，抛去思虑，渐觉有些倦意，蒙眬睡去。

忽觉天已大明，自己连忙起来梳洗，雨也停止了，天气甚好。走出房门，见青萍换了一件新衣，出房来对伊说道："今天我们学校放假，我想和淑妹同到无锡鼋头渚去一游，不知淑妹可能抽暇前往？"

淑贞的母亲在房里听得这话，走出来说道："今日难得萍哥邀你出游，你就出去舒散一下吧，秦家那里我可以请假一天的。"

淑贞听母亲也这样说，便答应了。回到房里，对着镜子修饰了一会儿，又换上一件花布的单旗袍。这是伊新近做的，平常时候还舍不穿呢。青萍催着伊早走，二人遂出了大门，坐车到车站，坐了火车。

到得无锡，先至梅园游了一回，又坐船到鼋头渚。二人立在水边，遥望水天浩漫的太湖，风帆点点，出没其间，胸中顿觉一畅。淑贞正向湖中眺望，忽然起了一阵大风，吹得阳乌躲往云后去，湖上波涛汹涌，打向岸上而来。伊吃了一惊，连忙回转头来喊青萍时，身后却空空的一个人也没有，宋青萍不知到了哪里去了。芳心更是惊惶，自思一个人走到哪里去呢？青萍为什么背地里离开我呢？

这时候水边忽然来了一艘帆船，上面立着一个不相识的男子，举起手招着伊道："姑娘，快到船上来，我救你回去。"

淑贞心里惊慌，一时没有主意，便走到了那船上。那船立刻向湖中驶去，白浪滚滚，打向船头，这艘帆船便颠簸起来。伊心里又惊吓起来了，便问男子道："你把我救到什么地方去？我是要回苏州去的。在这湖中好不危险，你救人须救彻。"

那男子笑而不答，淑贞正在惊疑之际，一回头见背后有一只小船在怒浪中极力向自己船后追来，船头上立着一个少年，仔细一瞧，不是宋青萍还有谁呢？伊心里喜欢起来，好似在黑暗中找到了光明，又似小羊遇见了母羊，忙高声喊道："萍哥哥，我在这里，你快快救我回去吧。"

青萍也在小船上答道："淑妹休要惊异，我是来救你回去的。"

淑贞便要求帆船停驶，但是那个男子却恶狠狠地说道："那个穷小子你跟他去作甚？不如随我前去，包你一生快活，吃着不尽。"说罢，反叫舟子加上一道大帆，箭也似的向前驶去。青萍的小船自然更是追赶不上，越离越远了。

淑贞只听得青萍喊一声："淑妹，你难道情愿跟了他人前去，不想回来吗？"

急得伊不知所可，双手掩着面哭泣起来。向那男子说道："你莫非也是太湖里的强盗，要把我掳去吗？但是我家是十分贫苦的，一定没有钱来赎。你可怜我的，不如放了我回去吧。"

那男子微微向伊笑道："我不要你的钱，只要你的人。你跟我山上去做压寨夫人不好吗？"

淑贞听他这样说，方知果然遇到了强盗了。再回头看时，青萍的小船早已不见踪影。暗想：我跟了湖匪前去，一定凶多吉少，左右终是一死，我不如及早自尽，免得被强徒们玷污了我的清白。想定主意，心里倒不怕起来了，趁那男子不防的时候，奋身向湖中一跳，情愿葬身鱼腹了。

伊到了水中，浪头早把伊打开去。不知几时苏醒转来，张目一看，见自己正卧在沙滩上，想是被浪头送上来的。说也奇怪，竟没有沉死。遂坐起身来，定了一会儿神，想自己虽然侥幸不死，脱离匪手，但是一个人怎样回去呢？

伊正踌躇间，忽听那边高阜上有笑语之声，抬起头来一看，却见青萍和一个很摩登的女子，立在这里眺望风景。伊心里不由一怔，便娇声喊道："萍哥哥，你在这里吗？我已脱离了匪手，你快下来救我回去。"

谁知青萍向下面一望，见了淑贞并不理会，反指着伊和那女子说笑。伊又呼救了两声，青萍仍是不睬，冷笑一声，携着那女子的手，肩并肩地走向阜后去了。此时淑贞知道青萍已别有所恋，抛下了伊，忍心不来援救，惊惶之余，又加上这一气，伊心里何等的难过？愤不欲生，立起身跑上那高阜来，却见青萍和那女子已走得远了，自己哪里追得上？不禁掩面而啼。高阜上有一块矗起的大石，伊就双目流泪，咬紧牙齿不要活了，用着力将头向大石上撞去。却觉得软绵绵的，再也撞不死。睁开眼来一看，原来自己依旧好端端地睡在床上，蛾首歪斜在枕边，乃是南柯一梦，无怪自己再也撞不死了。

窗上已有一些鱼肚色，天快要亮了。檐前雨滴兀自滴答滴答地滴着，自己的心头却如小鹿一般跳着。暗想：这个难道是梦吗？好不奇怪，自己摸摸头，完好无恙，真是梦了。那么幸而是梦，否则不是完了吗？然而细想梦境，很觉得不祥。自己相信青萍对着伊一片至诚，绝没有和别的女子恋爱的。不过人生世间，本来也像一梦，前途茫茫，谁又能料得到呢？伊心里想着梦中的情形，非常彷徨，因此又回忆到宋青萍和自己以前的事来，好似电影一幕幕地映上伊的脑膜。

第三回

游蜂猖獗彼美虚惊
病榻缠绵个郎焦虑

　　淑贞的一家住在汤家巷已有十多年的时候，当淑贞的父亲在日，本来是一家独赁的，房金很廉。屋主是在上海经商，每隔三月来收一次房租。因为那家的账房和淑贞的父亲是老朋友，所以一直没有加租。后来淑贞的父亲故世后，淑贞母亲守节抚孤，全靠着十只手指，自然觉得度日艰难，对于房金一层也难照付。便想定主意，把来分租去一半，租价略可大此。这样算来，自己的房金只消出半块钱了。原来她家住的是三开间两厢房的平屋，东西两个房，都有后房连着，中间是一个客堂，客堂背后又有一个天井，左边有两小间，便是厨下和柴房了。里面还有一个荒废的小园，种些桑树，也有几株桃树，租价一共只有五块钱。现在淑贞的母亲把伊对面的一个房间本来堆些旧物的，腾空出来，租给一家人家，客堂公用，倒租了四块半钱，岂非自己只消出半块钱呢？不过住的人屡次迁移，都没有住久，并且也租不到好人家。淑贞的母亲深以为虑。

　　后来就是宋青萍的父亲来租住了。淑贞的母亲见他们是个规矩的人家，只有父子二人，青萍是个学生，而青萍的父亲年纪已老，对人很是和气，所以伊心里很是合意。那时候青萍尚在三吴中学里肄业，是不常在家，而青萍的父亲一天到晚不是念经，便是饮酒，大半时候消磨醉乡之中。好在青萍的学费都由他的大女儿咏蘩供给的，他自己不用费心。当青萍毕业的时候，他的父亲忽然中风去世，咏蘩在外面接到噩耗，奔丧回来，姐弟二人遭此大故，相见后抱头大哭。青萍父亲的丧葬费，都是他姐姐咏蘩拿出来的。其时宋家当然少人帮助，淑贞母女俩以同居之谊，着实在内中代他们相助出力，

23

青萍姐弟俩对她很是感激。终七后，咏蘩急急把父亲在祖茔旁安葬了，大事已毕，便要回到伊的地方去，只留青萍一人在家中。咏蘩见淑贞的母亲虽是蓬门小家，而为人很是热心，把他们看待得如自家人一样，所以伊临走时托淑贞母女好好照顾伊的兄弟，伊家也决计不搬动，仍旧照常住在一起。淑贞的母亲本来见青萍人品可爱，有心照顾，又经咏蘩的嘱托，当然一口答应。咏蘩也很放心托胆地离开伊的弟弟了。

照青萍的志向，本想中学毕业后继续考入大学专科，再求深造。无奈一则骤然间父亲去世，姐姐用去了很多的金钱，一时没有余款再可以供给他，二则他的姐姐最近也受了很重的打击，情绪上异常懊丧，又逢风木之悲，更是不欢。伊自己的前途也在风雨飘摇之中，没有力量再帮助伊的弟弟去读大学去了。他们姐弟俩早已商议过，青萍决计暂时谋事，积得些钱，将来如有机会再入大学。这也是没奈何的办法。凑巧爱群小学里的校长很赏识青萍的才器，便聘请青萍到他学校里去教书。青萍白天在校里授课，夜间回到家中自修。有时做些教育上的心得，或是文艺稿件去投稿，然而终觉得一个人孤零零的举目无亲。他的朋友又不多，因为他择处很苟，非志同道合的人不愿彼此往还的，并且热闹场中也不喜欢去胡调。他回家来，无非看看书，写写字，或是弄弄丝竹，倒是淑贞的母亲很照应他，常常代他洗衣服，收拾收拾。青萍的一日三餐，早上是到校里去用点心，午饭也贴在校中的，只有夜饭回家来，常和淑贞一家同吃的。每到月底，青萍约莫谢她几块钱，淑贞的母亲也老实不客气地受了。

起初时淑贞见了青萍，常有些腼腆，不大叫应。后来也熟了，大家都以兄妹称呼，十分亲热。青萍见淑贞虽是年轻的小姑娘，而能不贪虚荣，很能顾家，对于伊的母亲能尽孝道，对于伊的弟妹也很恺悌，学问虽浅，而学得一手好刺绣，已有一种技能，可以谋生，所以很看得起伊的。在淑贞心里，见青萍是个有志气的好青年，当然也很喜欢他，而且时常聚在一起，感情不知不觉地与日俱深。

有一天是星期日，青萍上午在家里改去些课卷，下午也没有出去，坐在房里弹了一会儿月琴，很觉无聊。放下月琴走出房来，听得对房人声很寂，料想淑贞的弟妹友佳淑清不在家里，又听有针刺的声音，当然淑贞母女又在那里埋首细绣了。他无意识地走到后面小园里，那时候正在二三月间，园里的桃花开得很是鲜红烂漫，可惜前夜有了一阵狂风暴雨，灼灼的桃花难免不受影响。他只顾望着桃花，走到那里去，忽听旁边桑树下有人咯咯一笑，侧转头看时，乃是淑贞在那里收两件短衫，这就是青萍的衣服，今天给淑贞的母亲收去洗濯的，现在衣服已干了，淑贞正从竹竿上收下来。伊见青萍踏进园中，一双眼睛只是对着桃花痴望，所以忍不住笑了一声。

青萍见了淑贞，也带着笑说道："原来淑妹在此收衣，我倒不知，以为园中没有什么人呢。"

淑贞便走过来，一边叠短衫，一边对青萍说道："今天是星期日，萍哥为什么不到外面去游玩呢？"

青萍道："我觉得一个人出去也是无聊，况且热闹场中我又不欢喜去，还是在家看看书，修养身心的好。"

淑贞笑道："现在的少年哪一个不爱闲逛？像你这样的用功很少的了。我以前在小学校里，听过先生讲起汉朝时候有个董仲舒，下帷苦读，目不窥园，后来成为一个有名的经学家。你倒有些像他了。"

青萍连连把头摇道："哪里哪里？你说董仲舒目不窥园，我现在不要说窥园，已是走到园中来了，怎及得古人的用功呢？你这样说，使我更觉惭愧了。"

淑贞笑道："我并不是有意戏笑你，我的意思就是你用功得很。现在的学子只要能够都下些苦功夫，已是很好，也不必下什么帷，也不必目不窥园，否则人家要笑太不卫生而偏重于智育方面了，是不是？所以我们援引古人，也不能十分拘泥的。"

青萍点点头道："淑妹这话说得真是不错。"

两人一边说一边走，不觉已走到那桃树之下。只见地上飘满着许多落英，恰巧一阵微风过时，两三瓣桃花正落在淑贞的衣襟上，淑贞瞧着不觉微叹道："可怜的桃花，前几天开得何等烂漫，现在却已谢落了。花开花落，真是一刹那间的事。我想人生世上，也不过这么一回事吧。"

青萍听了淑贞的话，便道："淑妹，怎么你的说话如此感伤？花中有桃李，也有松柏，岁寒然后知松柏之后凋，可知也有四时长青之花，人类何尝不如此？全在我们自己奋斗罢了。年纪轻的人，处身贫困之境，虽不能不有虑患之心，而也不可过于悲观。希望我和淑妹能够共勉。"

淑贞听了，低倒了头，默默地好似深思一般，一手把衣襟上的花瓣拈在手里，看了一歇，然后徐徐抛去。此时有两个蜜蜂飞到淑贞的头上，嗡嗡嗡地飞绕着。淑贞最怕这个东西，连忙把手一撩，要想赶去蜜蜂。但是蜜蜂是撩不得的，它们并非不抵抗的弱虫，它们是有能力自卫的勇士，所以这两只蜜蜂经淑贞的手一撩之后，它们非但不退，却紧紧地飞近淑贞的脸庞，声势异常紧张，大有乘隙而刺之意。慌得淑贞东躲西躲，口里喊了一声"啊哟"，一个头没避处，只得藏到青萍的怀里来。青萍当然处于保护的地位，义不容辞，便伸臂挥拳，想把蜜蜂驱走。但是这两蜂一往直前，并不因有人增援而虎头蛇尾地鸣金收兵，它们便飞向青萍的脸上来，照准他的双目进刺。青萍双拳乱挥，额角上已被蜜蜂刺了一口，那两个蜜蜂见已得手，方才飞去。

淑贞抬起头来，见青萍额上有些红肿，便说道："啊呀，你莫非被蜜蜂刺了一口吗？"

青萍一手去把蜜蜂的刺摘出来，一边说道："是的，但是些小伤，不打紧的。"

淑贞心里却十分抱歉，说道："都是萍哥代我防御，受了蜜蜂的刺。我很对不起你的。你现在痛得如何？"

青萍道："痛是痛的，幸亏在硬的地方，没有被它刺了眼睛。"

淑贞道："好厉害的蜜蜂。"二人遂走到里面来。

淑贞的母亲听得他们的声音，走出房来看时，见青萍的额上肿得如胡桃般大了，忙问怎的。淑贞遂老实告诉伊。淑贞的母亲说道："我听人说被蜜蜂刺了，只消用白糖去敷。"

淑贞听了这话，不等说完，忙跑到厨下去，取了一匙白糖回来，对青萍说道："你快坐下来，待我来代你敷擦。"

青萍便向椅子里一坐，淑贞用三个指头在匙里撮了一些糖，敷在青萍的伤处，再用手指摩擦，擦了又敷，敷了又擦。淑贞的母亲在旁看着笑道："够了够了，不消这样多的。"两人都笑起来。

淑贞把匙放下，又问道："你痛吗？"

青萍摇头道："果然不觉得痛了。"

其实这一刺刺得很重，白糖又不是止痛灵药，此时如何不痛？他所以这样说法，无非使淑贞心里安慰罢了。淑贞一边拿过一块手巾揩揩手，一边又对青萍说道："我真对不起你。"

青萍笑道："有什么对得起对不起？我虽受伤，且喜淑妹没有被刺，不是一样的吗？还是我受些伤却不打紧。"

淑贞的母亲说道："蜜蜂这样东西你不去撩它，它也不会无端刺你的。否则养蜂的人对于成千成百的蜜蜂，飞来飞去，不要被刺得不成模样了吗？淑贞这女孩子非常胆小，见了这小小蜂儿也要害怕，其实都是自己慌张的不好。以后倘有蜜蜂飞到近身时，以不动声色，让它去休，千万不要动手去乱打。它见了人动手，以为必是要杀害它，所以也要来刺你了。据说刺人的蜜蜂失去了尾上的刺，便不能回蜂房的。"

淑贞听了便道："那么都是我这一撩坏的事，像蜜蜂真真是人不犯我，我不犯人了。"

青萍也说道："蜜蜂的组织是非常完备而严密的，它们的精神值得人们去取法的。它们有抵抗的精神，不像我们的国家，失去了许多土地，不敢和敌人抵抗，只是空喊着口号的。还有蜜蜂是非常勤劳的，这些工蜂天天到外边来采花酿蜜，一会儿来一会儿去，没有一刻偷安的。蜂酿蜜，蚕吐丝，可以说都是最积极的小动物。虽然有人说它们为谁说项为谁忙，似乎它们白白牺牲了自己，有益了他人，自己太不值得。然而也可说它们是利他主义者，并不是怎么自私自利的。可惜世人存心太乖巧了，大家不肯牺牲，都想享受现成，自然这国家不能兴盛起来了。所以我们当不怕勤劳。"

淑贞母女听青萍这样说着，一齐点头。淑贞的母亲且说道："宋少爷一肚皮的书，便说出这些大道理来。可惜我家淑贞没有机会多多求学，伊倒也很聪明的。只因生在我们这贫苦的人家，非但不能像别人家女儿一般地到学校里去读书，而且现在伊的弟弟的学费反要靠伊手指上做出来的了。"

青萍道："淑妹学得这样好的技能，也是很好的。至于一个人的学问，也不必完全一定要在学校里求的，只要平常时候自己能够留意自修，也未尝不有进步的。"

淑贞道："萍哥这句话大概是指点一般在学术上已有一些根底的人而说，若是我们粗识之无的，对于学术上可谓一窍不通，倘没有人在旁指教启发，自己哪里能够明白呢？"

青萍听了淑贞的话，觉得伊说的话也不错，便微笑道："淑妹若有余暇要研究学问，那么我可以有工夫帮助一些的。你要笑我毛遂自荐，好为人师吗？"

淑贞听了正中胸怀，大喜道："萍哥倘能教导我，我决定每天晚上抽出一些工夫来读书，好让自己在年轻时多得到一些学问。"

青萍道："恐怕要耽搁你的刺绣工夫吧。"

淑贞道："这倒不要紧的，我可以在白天多刺些就得。不过你也是很忙的，不要耗费了你的宝贵的光阴。"

青萍道："你能这样好学，我岂有不愿相助之理？不要客气。不过我这个先生恐怕不能胜任而愉快的。"

淑贞笑道："你本来是个先生，名正言顺的。你说我客气，你何以也客气起来呢？"于是大家哈哈地大笑起来。

淑贞的母亲很爱淑贞的，现闻淑贞要从青萍补习，伊心里自然也十分赞成。淑贞因讲话的时候已多了，便和伊母亲回到房里去绣花，青萍也取了自己的短衫回房去写他的东西。少停友佳和淑清都回来了，一见青萍额角上的东西，大家问起原因，青萍告诉了他们，一齐好笑，都说便宜了大姐姐。晚饭时淑贞见青萍的肿处依旧未退，便背着人问他现在痛不痛，青萍当然仍说不痛，淑贞心里很觉抱歉，这样可见得伊的关怀了。

隔了几天，青萍的伤处已好，二人将补习的事商酌一过，决定每日晚饭后从青萍补习一小时，专修国文英文两项，间日一次。从此淑贞天天要在青萍处补习，虽然说是一小时，有时青萍教授得起劲，淑贞听得津津有味时，也要延长一些时间的。因此二人情感更是浓厚起来。淑贞的母亲也把青萍看待得似自己儿子一般。青萍无母而有母，更加淑贞在处处地方很是对他温存，恍如自己兄妹一般，毫不客气。这样便使青萍的生活减少了许多寂寞，许多痛苦，而努力追求他的前程了。

淑贞日里刺绣，夜间补习，一天到晚很忙的，所以很少出游的机会。有一天，二人讲起山水之乐，淑贞道："说也惭愧，我虽是姑

28

苏台畔的人，而对于苏州城外附近各山，如天平、灵岩等名胜之处，都没有去过。小时候只跟着亲戚游过一趟虎丘，以后又跟着我的刺绣先生到过一趟留园而已。"

青萍道："那么等你稍暇时，我们去一游木渎的灵岩可好？"淑贞点头答应。

一天晚上，大家吃晚饭的工夫，淑贞和伊母亲说起自己绣的一件东西今日已完工，放绣货的张大官本约今天下午送一件新式的绣件来的，怎么他失了约，自己明天便没有做，只好帮助伊母亲绣花了。青萍听着，想起前言，便说道："明天是星期日，我不须到校，恰巧淑妹也空着。你不是想游山吗？明天我们去一游灵岩山，不知伯母赞成不赞成。"

淑贞的母亲说道："宋少爷，你伴伊去吗？很好，可怜伊天天低头刺绣，很少出游的时候。你们乘此机会，不妨去游一趟吧。年纪轻的人是要活泼活泼的。"

淑贞的弟弟友佳和妹妹淑清一齐嚷起来道："我们也要去的。"

青萍道："好，我们一起去。"

淑贞的母亲道："友佳可以跟去，淑清年纪太小，不能走山路，还是留在家中吧。"淑清噘起了嘴不响了。

到得次日早晨，淑贞稍事妆饰，预备和青萍出门。友佳隔夜忽然有些腹泻，早起又有些寒热，因此淑贞的母亲也不放他去，只剩青萍淑贞二人出游。这天天气很好，二人坐了轮船到木渎。青萍陪着淑贞上山，一处处地游玩，把古迹讲给伊听，又在石家饭店吃了一顿饭，可谓乘兴而来，满意而归，彼此心里觉得非常恬适。

又有一天，青萍从校里回来，天已垂暮，却不见淑贞，他点了灯到房里去看书，淑清跑来了，他便握了伊的小手问道："你姐姐在哪里？怎么今天不见面？"

淑清答道："伊病了。"

青萍听得"病了"二字，不由吃了一惊，忙又问道："几时病的？害的什么病？"

淑清摇摇头道："这个我不晓得，我放学回来时见伊已睡在床上了，你去问伊自己吧。"

青萍当然不再说什么，立起身来走到客堂里，看对面房里静悄悄的没有声音，淑贞的母亲正在厨下煮晚饭，友佳也在后房写字。他立定了，呆了一下，仍旧回到他自己的房里去。等到吃晚饭的时候，四个人坐着吃，少了一个淑贞，青萍便问道："伯母，方才小妹妹告诉我说淑妹病了，不知生什么病？"

淑贞的母亲道："伊昨天晚上便有些头痛脑涨，像要发寒热的样子。今天早上伊还起来绣了整个的一上午，到吃饭时，看伊再也熬不住了，饭也吃不下，我就叫伊上床去睡的。到天晚时候，寒热高起来。据伊说已有五天不通大解了。近来的天气忽冷忽热，大概容易得病的。但愿伊明天寒热退凉，便可无事了。你吃好了饭，要去看看伊吗？"

青萍点点头，晚饭过后，淑贞的母亲到厨下去收拾，青萍遂和淑清友佳一齐走到房里来。见桌上点着一盏半明半暗的煤油灯，淑贞睡在伊自己的床上，盖了一条薄棉被，口里微微哼着。青萍走过去，将灯火旋得亮些，轻轻地向淑贞问道："淑妹，你怎么病了？昨天你还是好好的，今日我回家时，淑清告诉了我，还有些不信。后来问了伯母，方知你真的病了。现在寒热可高吗？"

淑贞本来是朝着里床睡的，听得他们走进来的声音，所以把身子翻向外床。现听得青萍问她的病情，伊把手一掠头发，低声答道："昨夜我已有些不适了。今天早上还熬着起来，绣了一些花。吃饭的时候再也熬不住了，只得睡倒了。此刻我自觉热度很高，心头闷得很，并且跳得很急，头里也觉得有些晕眩，昏昏然的不知睡在哪儿。你们可吃过晚饭吗？"

青萍点点头道："我们都吃过了。"一边说一边把身子凑近，细瞧淑贞两颊非常绛红，眼皮也有些抬不起来的样子，大概寒热发作得很重。遂又问道："莫非淑妹这几天刺绣得太辛苦？"

淑贞道："这也不见得，我已有好几天大解不通，大概大解通了，病自会好的。因此我在今晨将药片吃了四五粒，意欲通通大解。谁知三点钟时候，只解了一些薄的，依然不通。我想少停再吃两片。"

青萍摇摇头道："我以为你不要吃这个东西。曾闻一位医生说过，凡是有了寒热，大解虽然不通，却不能就打通。我看你也许有别的病因，不如明天请个医生来诊视一下吧。"

友佳和淑清见二人正在讲病情，他们不耐烦听，便一齐走到后房去预备功课了。青萍便端张凳子，靠近床边坐下。淑贞道："我也不必请什么医生，发了两个寒热自会好的。我们这种人家，还请得起医生，吃得起药吗？"

　　青萍道："这也不能如此讲的。人有病了，无论如何艰难，必要想法医治的，切不可耽误。况且你是很要紧的人，不要自己看得太轻。"

　　淑贞点点头道："萍哥的话也不错，明天再说吧。"

　　青萍在旁边不敢多说话，约略安慰了几句，等到淑贞的母亲进来时，他方才告辞退去。

　　次日青萍在校中授课时，不知怎样的心里常常惦念着家中的淑贞，好容易盼望到散课的时候，他想立刻回家去看淑贞了。谁知校长因有些要事和众教员讨论，散课后开一临时的教职员会议。青萍自己是教务主任，当然不能不出席。若是寻常时预备什么事，只要举出几个委员，三言两语便可解决的，今天偏逢着讨论问题，大家你也发表意见，我也宣布理由，说了许多话。有赞成这样的，有反对那样的，等到原则通过后，修改起字面来，这样不妥，那样欠明，不是太笼统，便是太简略，大家咬文嚼字，细细斟酌。有两位国文先生更是高兴，但是青萍心里却焦急得异常。他今番也不发表什么意见，只望早早通过，可以散会。大家不知道他的心事，自然也有些奇怪。直到六点钟时，总算事毕，天已垂暮。

　　青萍夹着一只手提皮包，急匆匆跑回自己家去，走到客堂里，把皮包向桌上一丢，便先走到淑贞房里来。只见淑贞的母亲正端着一杯东西送到淑贞床边，叫淑贞起来吃。青萍走过去，叫一声伯母，便指着杯里黑色的东西问道："这可是药吗？"

　　淑贞的母亲说道："是的。"

　　青萍道："今天有医生来过吗？"

　　淑贞的母亲答道："没有，这是隔壁王家嫂子叫淑贞吃的。"

　　青萍道："咦，王家嫂子懂得医道吗？什么东西呢？"

　　淑贞的母亲答道："方才王嫂子来看望淑贞，说淑贞有了食积，所以发热。只要吃三钱枳实导滞丸，通了大解便好了。所以我去购来煎给淑贞吃的。"

青萍是和她们母女不客气的，便把脚一顿道："淑妹有病总要请医生诊视，岂可胡乱听信人家的说话，随便吃什么呢？伊虽有食积，不能一味打的，因为她的寒热很重啊。我以为不要吃吧。"

淑贞母女给青萍一说，也就不吃了。淑贞的母亲只得端着碗去倒在天井中。青萍便走到淑贞床前，一手掀着帐子问道："淑妹，你的寒热还没有退吗？可有别的难过？"

淑贞道："仍觉气闷。寒热早上稍觉淡些，但是下午时又厉害了。以前我偶然受些风寒，发了一个寒热，第二天自然会好的。此番却一些儿不见减轻，大约要病几天了。你摸摸我的额上看。"

青萍闻言，遂伸手向淑贞额上一摸，真的发烫。淑贞又伸出手来给青萍握着，青萍觉得伊的手心也是很热，不觉双眉紧蹙。这时淑贞的母亲已掌上灯来，青萍便放下了淑贞的手，回头对淑贞的母亲说道："伯母，我瞧淑妹的病势来得很重，千万不可忽略。今天为什么不早些给伊诊视呢？我在学校里本想早些回来，偏又逢着临时教职员会议，耽搁了不少时候，回家来已是迟哩。我很代淑妹担忧。"

此时友佳也从后房走出来，听了青萍的话便说道："母亲，我早催你快请医生。你却只管忙着刺绣，不肯就请，须知姐姐的病是不轻啊。"

淑贞的母亲被二人这么一说，心里也急起来，遂说道："起初我以为发个寒热是不打紧的，但是淑贞又有气闷，大约不吃药是不会自己好的了。伊又是寒热很重，不能上门去就诊的。明天我只好去请张聋子前来了。"

青萍道："张聋子这个医生大约是不出名的吧，我耳朵边从没有听过。"

淑贞在床上答道："不错，他是不出名的，但是挂牌已有数十年，现在人也老了，耳朵也有些聋了，因此大家称呼他张聋子。他虽然不出名，医道却也很好的。前几年我母亲患痢疾，一夜连泻二十余次，十分厉害，也是吃了他的药就好的，所以我们很相信他。明天只得请他老人家来看看吧。"

淑贞的母亲也说道："张聋子的本领比较外面时髦的医生要好几倍，看起病来时也很细心的。可惜他的时运不济，到了老年，仍不

32

能出名。他气得耳朵也聋了。他的人也很和气，不计较金钱的。起初我们请他出诊时，不过一块钱，他坐了人力车而来的。现在也不过一元半左右可以了。我们也只好请请这种医生，那些四元十二角，五元十二角的时髦医生，还要带着学生出来开方子，叫病家多出车费，这是请不起的。"

青萍听她们母女都赞成张聋子，病家的服药也要有些信仰心的，所以他也没有别的话，决定明天请张聋子了。

这天夜里，淑贞的寒热始终高烧，粥汤也喝不下。明天早上，青萍出门时，先走到淑贞房里望望，见伊正安睡，不敢惊动，便到校去。等到放学时，他急急跑回来问询。恰巧张聋子刚才诊毕而去，淑贞的母亲便把方子给他看，且说道："张聋子说淑贞患的是伤寒，不可大意，大解不通也不可以硬打，并且因为淑贞的身子软弱，也不能用重药。你看他开的药方上如何说？"

青萍看了，答道："自然他写的病情不轻，我虽不是医生，也早知淑妹这个病不是寻常的小疾了。现在快些去赎药来煎给伊吃吧。"

淑贞的母亲道："不错。"

青萍见伊忙碌的样子，便道："我去代你们赎来。"

淑贞的母亲道："谢谢你了。"便从身边取出一块钱来，交给他说道："多少再与你算吧。"

青萍道："我身边也有钱。"

淑贞的母亲道："宋少爷，你带了去的好。"青萍也就取了钱和药方，匆匆出门去了。

淑贞的母亲又去井边洗了几件衣服，只有淑清在床边伴着伊的姐姐。天色已暗，青萍赎得药，跑回家来，药价七角八分，还有些找头，把来交给淑贞的母亲。伊刚才洗好，便去预备煎药的事。友佳代姐姐点上了灯，青萍便又走到淑贞床边，问了几句，希望伊吃了药，明天病势便会改轻，且讲些有趣味的新闻给淑贞听，好使伊消愁。淑贞因知自己患了伤寒症，估料这病是厌气的，不会立刻就愈，眼瞧着他们都为伊而忙，心里很是焦急，但也无可如何。发了三天寒热，身子已疲乏得坐不起了。

少顷，药已煎好，淑贞的母亲端将进来，淑贞强坐起身，便觉屋子在四面旋转着，吃了药仍旧睡下。淑贞的母亲代伊下了帐子，说道："你好好儿定心睡一会儿吧，伤寒症是不要吃的。我已代你预备好黄米粥汤了。"

淑贞点点头，青萍也不欲惊动伊，遂回到自己房里去做他的事。晚饭后，淑贞的母亲告诉青萍说，淑贞服药后沉沉而睡，到此时还没醒，少停醒时再给伊吃二次煎的药。青萍听了稍慰，也就不再去看淑贞。

次日是星期日，青萍不到校，便在家里常常陪伴淑贞，病榻旁有了他，自然使病人心胸稍慰。可是淑贞这个人常常为着家务担心，现在生了病，心事重重，不可告人。伊母亲镇日价忙个不停，夜里还要刺绣，到三更时分方才安眠。伊为着爱女患病，心里异常忧急。饭后张聋子又来诊治，有青萍陪着，问了许多话。据张聋子说，淑贞病虽重，然而只要无变化，绝无妨碍，但药是一天也不可断的，须按时服用。淑贞的母亲因欲省出诊金，问这药方可能连一帖，张聋子揩着鼻涕，摇摇头道："你家小姐的病正在紧要时，我须天天看了，方可下药。此时断乎不能连一帖或是转方的。将来病势轻时，当然可以。"

淑贞的母亲听了，皱皱眉头，张聋子又开了一张方子而去。青萍看药方上说的病情和各种药，和昨天没有什么大异，只换去了一味药，只得仍去赎了来，煎给淑贞服。这样一连几天，每天由张聋子来诊视，然而淑贞的病状依然如此，寒热不退，大解不下，病榻缠绵，吃下的药如水沃石，不见轻松。不但青萍为伊而焦虑，就是友佳淑清兄妹俩也知道大姐姐的病一时难好，诚恐有三长两短，如何是好。淑贞的母亲更急得如热锅上的蚂蚁一般，连刺绣也无心的。伊是旧社会的人，迷信很深，遂去卜者一法通那里去算，说什么家宅不安，预备斋送叫喜等诸事，更是忙了。这样对于经济上了发生了问题。她们母女数人本来是靠着手指上吃的，平日又没有银钱储蓄，此刻淑贞病了，不但母女俩少绣许多工活，而且用出的钱也不少。前天淑贞的母亲自己跑到张大官那里去支取了五块钱，早已用完。后来不得已和伊女儿商量，淑贞便把伊自己积了钱兑的一只嵌宝金戒指，给伊母亲到当铺里去当了五块钱，又用完了。淑贞的母亲又向邻家告借得三块钱，也剩得几百文了，教伊一个女流之辈到哪里去想法呢？明知青萍稍有储蓄，然而究竟和他是客气的，反觉不好意思向他开口。

青萍怎不体会到此层呢？起初他想等淑贞的母亲开口，后来见淑贞的母亲并不谈起，也曾乘间向淑贞问过，淑贞却含糊回答着。因为淑贞的生性也十分高傲，不愿意向人家摇尾乞怜的。虽然青萍非寻常外人可比，然而伊到底不肯自己开口。青萍却觉得淑贞的病正在很危险的时期，在在需钱，他百难坐视，必须代她们想想法儿了。

黄昏后，友佳淑清在后房预备功课，淑贞的母亲和青萍都坐在淑贞床前。淑贞也醒着，青萍遂和淑贞的母亲说道："淑妹患病的日子已有九天了，寒热终是不退，大解也未下。尽管这样拖延下去，不是个道理。我们须另外想想法儿。"

淑贞的母亲说道："现在药是天天的，起课先生说的话也都照办了。伊的病状终不见减轻，叫我哪里想得出别的方法呢？张聋子说伤寒是讲一候一候的，淑贞已过了第一候，那么要看第二候的当儿能不能转机了。"

青萍道："照这样说，第二候若不转机，又要看第三候了？伊这个娇弱之躯如何受得起？我看张聋子的本领未必见得高明。他的方子天天换汤不换药，一些儿没有变化。然而吃了药下去，竟不见效，你们不要过于相信他，反被他耽误了。"

淑贞的母亲听了，双目流泪，呜咽着说道："淑贞是我心爱的大女儿，伊辛辛苦苦地帮着我刺绣，一钱也不肯轻用，得来的钱都交给我，资助家用，又代弟妹出学费，我们一半人家是靠着伊的。倘有不测，我这条老命也不要活了。天生的苦命，又有什么话可说呢？"

此时淑贞在床上听二人问答，触动了伊的芳心，心里便觉得一阵酸楚，忍不住在枕边低低哭泣起来。淑贞的母亲听得淑贞哭泣之声，伊就放声大哭，一肚皮的酸辛尽情一泄。友佳和淑清在后房听得他们母亲的哭声，以为他们的姐姐有什么恶的变化，吓得他们一齐跑出来，连问"怎的怎的"。青萍对他们说道："你母亲因为大姐姐的病不好，想想不快活，所以哭泣，不关你们的事。"但是他们俩年纪虽小，却一切都懂得，见母亲和姐姐都哭着，也一齐掩面哭将起来。

青萍听了这一阵哭声，他心里多么难受，忙将两手向他们摇摇道："你们快不要哭，须知哭是无用的，并且你们哭了，淑妹病人心里更是难过。伊病得这样，千万不可再使伊伤心。"

淑贞的母亲便忍住眼泪说道："叫我有什么法想呢？"

经青萍极力地劝解，众人方才止泣，但是青萍的眼眶中也充满了眼泪，背转脸暗将手帕揩去，对淑贞的母亲说道："照我的主意，明天另请一个高明些的医生来诊察一下，看他说的话可和张聋子相同。若是同的，我们仍可请张聋子看；倘然不对的，我们换个医生试试手。怎样淑妹吃了张聋子的药，不动不变呢？你们可相信西医？我倒有一个熟识的德医，他的医学很好的。"

淑贞的母亲把手摇摇道："我是不相信西医的。况且人家都说伤寒症请西医看，是不十分稳妥的。倘要请别的医生，仍旧是中医的好。"

青萍见淑贞的母亲十分坚执，他自己虽然相信西医，然而人家的女儿，将来或好或歹，自己终是外人，断乎不能做主。那么只好再请中医了。于是他的脑海里只一想，想出一个大大有名的中医来。

第四回

秋水望穿名医如此
芳心摧裂老母奈何

古今中外给人家信仰的就是一个"名"字，店出了名，生涯自然好起来；人出了名，自然大家都佩服他，信仰他。尤其是医生，若然他的大名传遍里巷，妇孺皆知，当然他的诊务异常发达，门庭若市，应接不暇，身份异常之高。反之便门可罗雀，变成白霉，人家都不知道有这个医生，当然不会想到他了，他也没有机会使人信仰他的医术了。至于怎样出名，这却合乎两句俗语，叫作"戏法人人会变，各有巧妙不同"。又有那些善用巧妙的方法来肆意鼓吹，极力宣传，希望他的大名快快传扬出去，在墙壁上，在报纸上，在传单上，在刊物上甚至在无线电播音里，务使人家耳中听得，眼里看得，像处士纯盗虚名一般，一时出足风头，不过在三指下白送了许多病人到枉死城里去，到后来也许有一天给人家识破他的虚伪的。又有那些名气大、本领好的医生，只因他一天到晚地代人家看病，医生虽有割股之心，然而一个人的精神终是有限，著名的医生又不是三头六臂，比较多生脑子的人，难免忙中有错，诊察时一个不留心，病家就受了大大的影响，所以有些名医就是因为自己的名气太高了，有些地方不免就要虚伪。他抱着稳健主义，开一张药方，方案上句斟字酌，务求四平八稳，一些儿没有破绽。即使他日病家不好时，拿出方子来大家批评，虽不是对症下药，却是照方用药，无可非议，死而无怨，毫不牵累。这不是稳健的好处吗？他看的病人多了，谁耐烦细细推究病原？看了一家，丢过一家，无非说些门面话，用他圆滑的手段来对付各等人罢了。有时候架子十足，使人望而却步，要求虚心和气，代病家出力的很少呢。因此有些人引为名医的缺憾，以为请医生只求医道好，不管名气高。但是怎样见得医道好，也是一件很难的事。大多数的人当然仍是信仰这个"名"字了。所以青萍脑海里转了一转，自然而然地就想出"万家安"这个名字来。

万家安是本城大大有名的七世儒医，诊务的发达可以说到无以复加，每天门前停满了许多车子轿子，上门来看病的人出出进进，至少有五六十个。他自己来不及看，便分给他的得意门生助诊。从大门口一直到大厅，到待诊室而医室，挂满了许多大大小小的匾额，党国要人、地方绅士、前清遗老、海上巨商，都有他们的大名。室中放着不少银盾银鼎以及各种镜架立轴，光怪陆离。人家只要看了这些东西，就知道这位万家安医生便是卢扁第二，信仰之心油然而生，否则青萍怎会一想就想着他呢？

于是青萍便提出这个万家安医生来，征求淑贞的母亲同意。淑贞的母亲点点头道："万医生确是本城中医里头最出名的医生了，不说他的出诊费很贵的，我家哪里请得起？况且他也究竟不是活神仙，请一次来不见得便会医好的。"

青萍道："不是这样讲的，现在淑妹的病非常凶险，不能再让伊拖延下去，所以我要主张另请高明的医生来看看。至于诊费的昂贵与否，却不能顾了。我们只要淑妹的病早日痊愈便是。"

淑贞的母亲听了，默默地不响，好似在那里踌躇。青萍便又说道："伯母，我们都是自己人，不必客气。淑妹病中在在需钱，现在又要请万医生来，所以诊金药费，伯母如若短少，我可以拿出来的。昨天校中刚发薪水，我没有去储蓄呢。"

淑贞的母亲道："宋少爷，多蒙你这样好意。我也不和你客气了。不瞒你说，前几天的医药费还是质去了淑贞的首饰而付的，此刻缺少金钱，你既肯借给我们，那么我就向你告借二十块钱。待到淑贞病愈后，我和伊都可想法归还的。"

青萍道："你们先拿去用便了，不必急于说什么归还，我横竖也不需用。只要淑妹的病有了转机，逢凶化吉就是了。"

一边说，一边从他身边皮夹里取出两张交通银行的拾元纸币，递与淑贞的母亲。淑贞在床上听得明白，伊虽然口里不说话，而心里更是非常感激青萍的深情厚谊，暗暗在那里流泪。淑贞的母亲接过纸币，心里异常感谢，眼眶中也淌出泪来。

青萍道："那么明天待我亲自去请万家安医生来诊视吧，他的医寓离开这里很远的。"

淑贞的母亲道："又要有劳宋少爷了。淑贞的病倘然能好时，我们母女俩永远感激你的美意的。"

青萍道："伯母说哪里话？我们彼此帮助。我虽有一个姐姐，而姐弟俩各居一方，不能聚在一起。淑妹温和贤孝，我是十分佩服的，好似我亲生的妹妹一样。伊病得这样，我心里如何不急？如能出力之处，义不容辞。伯母千万别再说客气的话，使我惭愧了。"

淑贞的母亲听青萍说得这般诚恳，也就不再说什么，却去倒了一杯热茶给青萍喝，自己坐到淑贞床边去看。淑贞的寒热很高，心中很是难过，但口里不说，恐防伊的母亲要为着伊而发急。青萍也坐了一会儿，然后退去。

次日起身，便先跑到万家安那里去挂了一个号，对挂号的说道："今天我们这家的病人病势很重，急于服药，能不能请万医生早一些出诊，先到我家来看？"

那挂号的是一个四十多岁的男子，正吸着烟，听了青萍的请，鼻子里吐着烟气，冷笑一声，说道："你一家要早，他一家也要早的，像你说的话，我已不知听过几千遍。老实说，我们的万先生门诊总要看到一两点钟方完。等到他吃过了午饭，休息一会儿再出诊时，至早要在四点钟以后。一家家挨着路径，顺便地看过去，怎会早呢？现在你看挂号请出诊的已有十家了，接着还有来的哩。"

他说时，把手向水牌上一指。青萍跟着一看，果然见有许多户名写在上面了，旁边的一个助手正拿着笔写上"汤家巷第十六号季"这几个字。挂号的又说道："你若要早看，除非请加早，那么诊金与挂号金都要加倍的。然而也要看我们先生高兴不高兴哩。"

青萍听挂号的这样说，正要发挥几句话，早又有一个人前来挂出诊的号。挂号收了号金，回头喊道："碧凤坊十七号李。"接着又有两个摩登妇女上前来挂门诊的号，且问道："先生在这时候可要临诊？"

挂号的答道："早哩，起码要九点半钟。况且今天又有两家加早，上午先要出门，你们已挂到二十和二十一号，须好好地等着哩。

请你们到午时来吧，免得在此守候。"

那两个妇女听了，皱皱眉头，有一个说道："我们不如拔号吧。"

挂号的说道："你们不必多花钱了，即使你们拔号，至早也要到十一点钟，你们又不愿意挂小号的，只好委屈一下了。"

两个妇女立在挂号的面前踌躇未决，又有别的人前来挂号了，门口热闹起来。青萍见了这个情景，也就不再说话，回身便走。自思今天偏偏不巧，求医的人这么多，出诊的时候当然不会早了。我倒佩服这位万医生有这许多的脑力去应付啊。

他回到了家中，对淑贞的母亲只说医生请了，大家别无希望，只有等候这位活神仙的医生早早光临。午后淑贞的母亲到里面去洗衣服，青萍坐在淑贞床前，伴着伊讲些趣闻。看看已近三点钟，淑贞问道："医生可要来吗?"

青萍暗想挂号的方才说过，万医生至早要四点钟出门，这时恐怕他还在府上吃烟休息，或是坐着看报呢。但病人的心理自己非常之急的，只得答道："大约还有些时候吧。"

忽听门铃声，淑贞以为医生来了，连忙教青萍去开门，倒是友佳在客堂里听了，已抢着飞步去开了门。谁知进来的不是万医生，而是张大官。他夹了一个大布包，走得头上有些汗出，踏到里面，放下布包，说道："前次放的绣货可绣好了吗?"

淑贞的母亲在后面听得张大官的声音，连忙走出来，把手向张大官摇摇说道："没有绣好哩。"

张大官是个急性的人，便大声嚷着道："怎么过了这许多时日还没绣好呢? 定货的客人在那里催索了。"

淑贞的母亲说道："你不要急，我们早晚总要赶给你的。前天我到你处预支了五块钱时不是告诉你，我女儿正在患病吗? 伊病了，我也没有工夫坐着刺绣，所以只好对不起你，耽搁一些日子了。我在平常时候不是照着约期绣给你的吗?"

张大官道："原来淑小姐正在生病，咦，已有好多天了，怎么还没好呢?"

淑贞的母亲遂将淑贞的病情以及先请张聋子医治无效，今天改请万家安名医来医的经过告诉他，张大官点点头道："这位好小姐，是你家的一根柱子，动也动不得，莫怪你发急了。万家安是苏城第一流的名医，他的经验很深，吃了他的药，也许可以起死回生的。"

淑贞的母亲流着泪说道："不错，我希望如此啊。"于是张大官不能再催，依旧夹着包裹走出去了。

淑贞在房里听得，对青萍叹一口气，说道："萍哥，我已卧病多时，自己不能刺绣，连得我母亲也不能做了。我们是靠着这个过日子的，一天也不能闲过。现在我生了这个病，不知几时会好。可恶的病魔，偏偏和我作对。若是不会好的话，不如早死了吧。"说时，双目莹然，含着一包眼泪。

青萍安慰伊道："淑妹不要悲观，生了病心里不能悲伤的，悲伤了更要加重自己的病。你吃了万医生的药，自会好的。"说话的时候，青萍瞧见淑贞的两颊又似火烧一般地红起来，遂又道："淑妹，你的寒热又升起来了？"

淑贞点点头说道："恐怕已是四点钟了，万医生怎么还不来呢？"

青萍道："他出诊的人家多，你再等候一歇，他总要来的。现在你且闭目养神，睡一会儿吧。我也不和你多谈了。"

这时淑贞的母亲也已洗好衣服，走入房来。青萍便回到他自己室中去，写了一些文件，但是他的心牢拴在淑贞身上，虽然握着笔写，却不能定心。看着天色已将晚了，丢了笔，又走到淑贞房里来。淑贞正喝着一些开水，伊母亲接过杯子放下，回头见了青萍，说道："怎么到了这个时候，万医生还不来呢？"

淑贞也在床上这样问着，她们实在等候得心焦了。青萍自然也十分不耐，只得说道："今天我去挂号的时候，见他出诊的人家很多，此间又是路远，所以他迟来了。"

淑贞的母亲遂去点上一盏灯，对淑贞说道："这是没奈何的事，你且耐心静候吧。"

青萍便和友佳淑清等一齐立到门外去盼望，只见门前来来往往的车辆十分热闹，等了一刻，方见那边有一肩藤轿，点着灯笼，飞也似的赶来，一望而知是医生的轿子。友佳淑清不由大喜，以为万医生来了。岂知轿子到了门前，并不歇下，很快地过去了。背后灯笼上是一个"曹"字，原来是别家的医生。三人一齐失望。又等候了多时，哪里有什么影踪？

友佳说道："这种医生怎横等不到，竖等不到？若是病人生的是

41

急症，恐怕他轿子到门，病人早已呜呼哀哉了。我看还是张聋子好。"

青萍道："他要看的人多，自然要使人家等候，不像张聋子是很空闲的。"

淑清道："他这样搭架子啊？"

三人说着话，淑贞的母亲也走出来说道："夜饭已烧好了，趁着医生还没来时，你们快去吃了吧。"

青萍答应一声，于是大家进来吃晚饭。淑贞的母亲心里急了，饭也吃不下，喝了一碗薄粥，收拾进去。友佳和淑清便到后房去预备功课，青萍悄悄地走到淑贞床边，掀起帐子，看淑贞朝里睡着，也就不敢惊动。回到他房里去，正要坐下来看书时，听得外面门铃大响，连忙跑出去开门，一见轿子已停在门前，背后有一辆簇新的包车，点着光明的电石灯，车上坐着一个很时髦的少年，一个轿夫手里照着一盏大棚灯，灯上有很大的一个"万"字，当然是那位万家安医生到了。

轿夫见了青萍，便问道："请问府上可是姓季？晚间看不清楚门牌。"

青萍答道："是的是的。"

轿夫道："万医生来了。"跟着轿子向前放倒，万家安走将出来，背后包车上的少年也跳了下来。青萍连忙招呼他们进去，先到客堂里坐定。青萍见万家安年纪也不过四十多岁，嘴边留着一撮小须，身穿灰色绸的夹袍子，罩着一件黑毛葛的马褂，戴着一副没有边的眼镜。向屋子里打量了一下，咳了两声，然后坐下。淑贞的母亲早已送上一杯原泡茶来，友佳淑清都立在一边，静静地瞧看。万家安见青萍没有敬烟，遂从他自己身边取出一只白银盒子，取了一支纸烟出来，装在金烟嘴里。那少年连忙代他划上火柴，万家安吸了几口烟，方才向淑贞的母亲问起病人的情形。淑贞的母亲一是一二是二地告诉他听，且去取了张聋子开的药方给他看。万家安略略看了一下，微微笑着道："这个人太胆小了，先前没有用重表，自然变得偃塞难治。"

青萍便请万家安走到淑贞房里去诊视。淑贞等候好久，几乎望穿秋水，现见这位名医进来代伊诊视，好似见到了活神仙一般，心中十分安慰。万家安走到床边，教青萍点上一支红烛，照看淑贞的面色和舌苔，又诊过淑贞的脉，问了几句，就退出去开方。他嘴里不停飞着，那个少年就是他的学生，坐在旁边写方。轿夫将一张轿票送到青萍手里，青萍一看上面写着诊金五元，舆金两元，号金两角是已付过了，所以圈去。青萍把轿票递给淑贞的母亲，教伊取出七块钱来付去，然后立在一边看开药。一会儿已开好，淑贞的母亲便走至桌前，向万家安问道："万先生，小女这病可妨事的吗？"

万家安又吸着纸烟，慢慢地回答道："这个病可说是很重的了，现在且把我开的药吃了再说。今天夜里倘然出些汗，便是好事。千万不要透风，明天看情形再说吧。"说着话，很像起身要走的样子。

青萍忙问道："那么以前张聋子开的药方可有些对吗？"

万家安冷笑了一声，吸着烟没有回答。淑贞的母亲又问道："今晚小女吃了先生的药，倘然好些，明天可能连一帖？"

万家安说道："这病在紧要关头，连服恐怕不甚妥当吧。"说毕立起身来，向青萍点点头道："再会再会。"

于是青萍送他们到门外去，眼见那万家安医生坐入轿中，四个轿夫吆喝一声，两个抬着他，两个提着棚灯，一前一后飞步而去。背后学生的包车也踏着铃，紧紧跟随，前呼后拥好不威风。街上人见了都说："万医生的轿子过了，生意好忙。"

青萍回到里面，拿了方子，对淑贞的母亲说道："时候不早了，让我就到药店里去赎药回来，好煎给淑贞早些服吧。"

淑贞的母亲又要取出钱来，青萍道："回来再算吧。"他就大踏步出门去了。不多时，已赎了药回来，将手帕揩着头上的汗说道："今天的药贵了，张聋子的药不满一块钱，今天却要三元七角大洋呢。贵在风藿斛上。"

淑贞的母亲说道："啊哟，要这样贵呢！我们这种人家怎吃得起呢？"

青萍道："只要淑妹的病能够好，此刻不能计算金钱了。"

淑贞的母亲遂去生了风炉，青萍早已把药抖好，遂和了水煎将起来。伊恐怕煎干了这帖价重的药，不是玩的，所以坐在旁边看守。等到淑贞把二次药吃毕时，已有十二点钟了。淑贞的母亲便代淑贞盖紧薄被，教伊安睡。青萍也退去，他心里暗暗默祝，淑贞服了这药，病情就可转机。

次日早上，他是要到学校去的，便先走到淑贞房里来看看，淑贞也已醒了，青萍便问伊服药后觉得怎样，淑贞道："似乎寒热淡了一些，别的不觉得。"

青萍道："本来一帖药是不见效的，今天不如再请他来看一次吧。"

淑贞的母亲道："请一次连药费要费去十块多钱，太觉贵了。"

青萍道："这也是没办法的事，前天的钱不够时，我可以再拿出来的，一定请来吧。今天我可以到学校里打一电话去请了。"

淑贞的母亲还没有答应，青萍已匆匆地走出去。下午四点钟以后，青萍离了学校，跑回家中，一问淑贞的寒热又高起来了，口中又起糜，胸口也有些不舒服，万家安的药竟没有效验。但是业已请了，只好等他来后再说。

这天又等到天黑了，万家安方才大驾光临。青萍先将服药后的情态告诉他听，又问怎么吃了药下去，早上寒热虽然淡些，下午又高热起来，胸口也有些不舒服。万家安皱皱眉头说道："等我看了再说。"

于是他又到房中去诊察一回，不说什么，回到外边来开方子。淑贞的母亲却在旁边说道："先生，昨天的药很贵的，不知今天怎样？要不要用原药……"

伊的话还没说完时，万家安早笑笑道："太太，我开的药并不贵啊。倘然伊的寒热尽管高热时，开起犀角羚羊角来，那就更要贵了。两三块钱的药，我是常开的。我还是避重就轻，代你们打算的呢。"

青萍忍不住说道："只要病好，不怕药贵。什么病用什么药，当然是不能免的。我只希望先生对症下药，把病人的病势减轻，就是幸事了。"

万家安听了，对着他看了一眼，也不说什么，依旧口里念着方案，教学生写下去。他们自然也不便再问了。等到方子开好，万家安对青萍说道："这一帖再试试看，如再不好，你们可要另请高明的医生来看看。"

淑贞的母亲说道："万先生可算是高明的医生了，我们信仰你，所以请先生来的。"

万家安笑道："不敢不敢，令爱的病情实在不轻，病已多时，阴气亏损已极，希望伊没有变化便好。"

淑贞的母亲听了这几句话，心里大大着急起来，连忙低声问道："先生，究竟小女的病会好不会好？"

万家安道："日子拖长了，终是吃力的。我们医生尽的是人事，病人的吉凶却要看天命了。"说了这两句话，立起身来便走。

青萍送他去后，回进来对淑贞的母亲和友佳说道："万家安说的话放屁了，说什么病人的吉凶看天命，亏他说得出来。若是真的看天命的话，我们何必要请什么医生呢，又何必要请名医呢？他倒这样淡淡地说着，但人家听了，岂不难过？"

淑贞的母亲说道："今晚只得再吃了他的药，明天淑贞倘然好些，那么再请他，否则也不必白费金钱了。"

这帖药仍是青萍去赎的，只减低了三角大洋。淑贞吃了药后，胸中仍觉闷。次日早晨，青萍去问问伊，淑贞对他说道："恐怕万医生的药用得不对吧？我吃了他两帖药，非但毫不见效，胸口反而又闷起来了。我前几天本来也这样闷过的，服了张聋子的药，寒热虽没有退，可是胸口确实不闷了。现在又怎样闷起来了呢？并且夜里感觉有些烦躁，睡不成眠。"

淑贞的母亲在旁说道："白花了二十多块钱，请了名医前来，非但病情不减，反而加多了花样。今天不要请他吧。"

青萍点头道："我也觉得万家安看得不对，徒有虚名。我早已说过，最好是请西医，只因伯母反对，所以我不敢做主。"

淑贞的母亲叹道："中医西医都是一样的没有用。"说着又滴下泪来。

淑贞在床上又说道："照我的意思，还是仍请张聋子来，吃他的药恐怕还对。实在我生的病是厌气的，一时不能奏效，反而怪他医术低了。凡事欲速则不达的。"

淑贞的母亲听女儿这样说，伊也赞成。青萍一时想不出主意，也就只好让她们仍去请张聋子了。他到了学校，虽然在教室中上课，可是一颗心摇摇不定，黑板上的字也常常写错，使得学生笑起来。下午上了一点钟课，他估料张聋子是要早来的，自己最好去详细问问他，若待放学回去，时候不及了。遂拉了一个有空的同事，请他代一课，他急匆匆地出了校门赶回家里，却见门前停了一辆黄包车，知道张聋子已来了，连忙跑到里面去，见张聋子已坐在客堂中开方了。

招呼以后，青萍便问张聋子可看过万家安的药方，张聋子点点头，带着笑道："我已看过了，你们不相信我而去请他的。但是他又医得怎样呢？反是你家小姐有主意，倘然再服他的药时，要弄假成真了。"

青萍闻言，不觉有些惭愧，又问道："你看万家安开的药有什么不对呢？"

张聋子道："按着他的方案当然没有什么不对的地方，但是我以为这四钱风藿斛是不必用的。就是要养阴，也不需要这药。小姐的病未除，单是养阴也无济于事的。不要说四钱风藿斛，就是浸在风藿斛里也不中用的。我的主张是釜底抽薪，渐渐把这火熄灭，若然去封没了火门，里面的火仍在炽着，岂不要发生变化吗？万家安是名医，他开的方子两三块钱确乎是不在他心上的，但我是一向和季家相熟的，知道她们母女俩度日艰难，代她们多省一个钱也是好的。如此名医，人家偏喜欢请教他，所谓黄钟毁弃，瓦釜雷鸣，世上岂有真是非吗？"

张聋子摸着胡须，大发牢骚。淑贞的母亲说道："张老先生，你也不要错怪，因为人家都这样说，淑贞病已多时，不见起色，所以想再请一个医生来同看，并非不信任你。"

张聋子道："万家安看得如何？小姐的胸闷和烦躁，就是吃了他的药所致。小姐虽是生的伤寒症，毛病虽重，却是正路的，只要按部就班地用药，大解一通，其火自会渐渐消灭。这是不能性急的，只要伊不加出别的毛病就好了。"

青萍点点头道："这话不错。现在请你想法把伊的胸闷和烦躁除去。"

张聋子道："我也是这样想。"遂低着头开他的方子，写了几个字，把手按在额上思索一番，然后再写，好像他的时间不值金钱的。这一张方案足足开了半个钟头，也可以知道他怎样的郑重其事了，换了万家安，是几分钟便可了事的。

张聋子将药方交与青萍说道："这帖药试试看，若然吃了下去，能够将胸闷和烦躁除去，那么明天再来请我。否则我的药方真不济事，也不必再来请我了。"

青萍只得唯唯答应，张聋子又坐着吃了几筒水烟，然后告辞而去。青萍便对淑贞的母亲说道："也许张聋子说的话是对的，待我便去赎药，今天可以早些给淑妹服药了。"

淑贞的母亲道："早知如此，两天工夫二十多块钱，不是白花了吗？"

青萍不响，拿着方子便去赎药，少停赎了回来，交给淑贞的母亲去煎。他自己走到淑贞的病榻前，见淑贞正醒着，而瞧伊的面庞上已瘦了不少，面上血色也没有。淑贞见青萍对自己相视，便说道："你看我的脸庞不是瘦得肉也都没有了吗？今天上午我自己对着镜子一照，不觉怕起来了。像我这样瘦法，几乎变成骷髅了。"伊说时，撩着伊蓬乱的头发。

青萍说道："你不要害怕，一个人生了病，自然要瘦的。将来痊愈后，只要能够吃饭，马上可以恢复原状，说不定你要成个大胖子呢。对门张小姐去年不是生了一场大病，病好以后胃口大开，吃得成了一个肥头胖耳的人了。"

淑贞听了，不觉笑道："我不要做胖子，情愿瘦些的。"

青萍道："不瘦不肥，是最好。"一边说，一边在淑贞的床沿上坐下，又问道："你胸口闷得可好些？"

淑贞摇摇头道："哪里会好？萍哥，看来我这个病不会好的了。因为昨夜我梦见自己和我过世的父亲一同坐了一只小船，在河里摇开去。我母亲在岸上唤我回来，我口里答应不出，那只船忽然旋转起来，转得好不难过。我就醒了，觉得这个梦大非吉兆。因为母亲说过，一个人梦见自己坐船开出去，是不祥的。何况有我的亡父一同在那里？莫不是我亡父来领我去了？我没有告诉母亲，恐怕伊老人家听了更要发急呢。"

青萍笑道："淑妹千万不要迷信。你病重了，心神不安，自会飞梦颠倒，梦中的情景不足凭信。你说坐船旋转，恐怕就是你在睡梦中有了头晕所致，所以便醒了。你千万不可迷信，张聋子说你的病是正路，只要好好服药，自会逐渐痊愈。你是有耐性的人，还是忍耐着吧。"

淑贞说道："当然我也只好忍耐着，前天吃了万家安的药，反增加了病，白费了金钱。今天我听张聋子说，吃了他的药有转机时再去请他，不然他也要不看了，可见我的病是很重的。尽管这样寒热不退，我的身体如何支持得下去呢？往往有些人病得久了，元气已伤，本力已完，等到病好时，他的人也不行了。恐怕我也难免此例啊。"

青萍听了淑贞的话，心里也觉发急，脸上却不好显出来，依旧劝伊不要过虑，且吃了张聋子的药再看。淑贞叹口气，又说道："像我这样苦命的人，本来也不怕死，死了倒可以摆脱一切苦痛。只是我舍不得我的老母，因为我的父亲是早死的，伊老人家守节抚孤，辛辛苦苦，把我们姐弟养大起来。我是最大的女儿，也是伊心里最疼爱的，倘然一旦不测，试想我的老母将要怎样的悲痛？世上还有什么事，可以安慰伊呢？伊的希望不是成了虚幻吗？况且现在我这家人家，完全是靠我们母女俩劈线唾绒，十指勤劳而度过去的。我母亲年纪渐老，不能多绣，全仗我帮忙。我若死了，剩伊一人，悲痛之余，何以为生？所以我想到这里，心中便似有千百小钢刀在那里攒刺，好不难受。"

淑贞说到这里，喉中悲哽，两行珠泪早已夺眶而出，连忙把枕边手帕去掩了双目，心中只顾酸辛，竟不顾青萍在旁，呜呜咽咽地泣着。青萍看了伊这个样子，当然心里也是异常的难受，他自己也是个畸零的人，听到这种伤心话，忍不住赔出许多眼泪。只得勉强用话安慰伊道："淑妹，我对你说过，病人不可伤心，你怎么总是抱着悲观呢？千万不要再说这样伤心的话，你病好了就不成问题。"

淑贞颤声说道："完了完了，我十分之九是不会好的了。萍哥，你这样照顾我们，又这样安慰我，我心里是非常感激的。你的深情厚谊，愧我今世不能报答你，只好来世投作犬马以报吧。你一向和我们好似自家一般的，我母亲也很爱你，所以我向你有一个要求，不知你能够答应不答应？"

青萍揩着自己的眼泪，问道："淑妹，你有什么嘱咐我，无论如何我总答应你的。"

淑贞又呜咽了一会儿，说道："萍哥，我已说过的，我死虽不足惜，抛下了老母，却又奈何？所以我请求你允许在我死了以后，千万不要迁居。倘然你再迁到他处去，我母亲更没有安慰。伊是很爱你的，全仗你用话解劝伊，不能过于伤心，以致发生了什么疾病。不但伊更痛苦，就是我死在九泉，也不瞑目。我的罪孽不是更增重了吗？还有我们本来姐弟四人，好如乳燕恋巢一般，父亲死后，大家依依在我母亲膝下，饿也一同受饿，冷也一同挨冷。不幸后来母亲听信了人言，把我第二个妹妹早送给了人家。否则我死了，第二个妹妹年纪较长，若是在母亲身边，也许可以给予母亲一些安慰。现今只有友佳三弟和淑清小妹妹了，他们年纪尚轻，恐怕还不能十分体谅到母亲的心肠啊。并且他们正在求学，他们的学费是我用十指做出来的，母亲一个恐怕支持衣食也来不及，安有余力出学费？又没有别的好亲好戚可以帮忙，因此我要求你能不能相助他们读书，也没有别种奢望，只要他们得到一些普通常识，学得吃饭的技能便好了。请你不要视为外人，要常常指教的。那我一家全感德于你，就是我死了，我的灵魂若能有知，也当含笑的。"

淑贞说到这里，声音颤动得异乎寻常，竟掩着面啜泣不已。这几句话，就是换了别人在旁边听了，恐怕心中也要感觉到凄惨，一洒同情之泪，除非铁石心肠者不会动心，何况青萍和淑贞已有了很深的感情。现在淑贞病得如此田地，青萍心里本是又发急又悲伤，却听到这种类于诀别，近于遗嘱的话，如闻蜀道鹃啼、巫峡猿鸣，掌不住眼泪似潮水一般地涌出来，不禁握着淑贞的右手说道："淑妹，我们在名义上虽是邻居，然而在情谊上却无异兄妹。况我是个孤儿，父母都没有了，你的母亲就是我的母亲，你的弟妹也就是我的弟妹。你嘱托的话我没有不听从你的。但是你又何必如此说这些伤心的话？我看你的病，时日虽多，却还不十分沉重，绝不至于像你所说的，有此一幕惨剧。我又何忍目睹呢？愿你今天服了张聋子的药，可以转机，那就如天之福了。千万不要再想伤心的事，无论如何，你的说话我视为金科玉律，句句肯听的。淑妹，你放心吧，我又怎舍得和你人天永隔呢？"

青萍说至此，再也说不出别的话，两人竟相对而泣了。泣够多时，青萍将一块洁净的手帕，先去淑贞脸上一揩伊纵横的泪痕，然后在他自己眼角边揩抹，说道："不要哭了，我不该引你伤心，你母亲快要来了。"

淑贞的右手紧紧握住青萍的手答道："我不哭，你也不要为我哭，你肯允许我的请求，我心里安慰得多了。"

两人正在这样说着，止住眼泪。淑贞的母亲却托着一碗刚才煎好的药，走进房来，说道："淑贞，喝药吧。"

青萍道："待我来托了给淑妹吃，免得泼翻在床上。"

于是青萍接过药碗，淑贞的母亲双手扶伊坐了起来，把一碗药一口一口地喝完，漱过了口，依旧睡下。青萍便代伊下了一面的帐子，说道："淑妹，你吃了药好好睡一会儿，让药性到达，切不可有所思虑。"

淑贞答应一声，青萍遂轻轻地走出房去，微微叹了一口气，回到自己房中，却伏在桌上吞声饮泣了许多时候。可见青萍的心里为了淑贞，悲伤的程度已很深哩。

次日淑贞服了药后，心头的气闷稍舒，知道张聋子的药是对路的，于是这天仍请张聋子来诊治。张聋子一诊淑贞的脉后，面现喜色，对青萍等说道："今日脉象大好，病势可以转轻，包在我身上。小姐的性命没有危险了。本来这种病是断非短时间能去的，现在三候之际，可以化险为夷，因为伊身上的汗出得很透，不久大解也可畅下的。"

青萍和淑贞的母亲听了，心中大慰，张聋子又开了一方而去。淑贞见张聋子的药灵起来了，也一心一意，天天仍请他来诊视。隔了数天，果然轻松，大解也安危而下。各人心里皆大快活，亏得没有再请万家安。如此名医，倒不及张聋子诊察得对症呢。青萍心中更是喜欣欣的，好似掇去了一块大石，也是非常轻松。以后淑贞的病便痊愈了，大家额手相庆，又吃了几帖调理药，遂霍然起床，不再服药了。青萍又去买了鸡鸭蹄子等，教淑贞的母亲烧了给淑贞吃，使淑贞得着食补，身体早日复原。淑贞的母亲欢天喜地，感谢青萍不已。伊当着淑贞的面对青萍带笑说道："我家淑贞这场病生得不小，可谓七死八活。虽是张聋子的药吃得对，然而若没有宋少爷诸多帮助，恐怕伊这条性命也早保不住了。淑贞病的时候，我自己心里发急，瞧你也为了伊而颇觉焦虑，不知不觉地饮食减少，请医赎药，忙得你苦了。真是自己亲生兄妹也不过如此了。教怎样报答你呢？"

淑贞听了，颊上不觉红晕起来。青萍道："淑妹宛如我自己的妹妹一样，这一些微劳值得说什么感谢呢？使我惭愧了。"

只此一席话，二人已心心相印。淑贞病愈后，因为伊自己在病中用去了不少钱，自己所有的首饰既已典质一空，又前后借了青萍五十块钱，多了个亏空，所以她们母女俩镇日夜地赶绣。幸亏淑贞所绣的都是上等绣货，人物山水，别人不会绣的，工钱自然比较寻常的要加倍了。青萍见淑贞如此朝晚不停地刺绣，恐怕伊大病之后，熬不住过分的辛劳，所以时常劝伊不要这样地赶绣。淑贞虽然感谢他的美意，口头允许，然自己仍是忙着刺绣，连夜书也没有工夫读了。

有一天，青萍放学回来，见淑贞正在房中绣花，便不敢去惊动伊，自己回到房中去看书。天色晚了，走出房来，淑贞恰巧也停了绣走出来，一见青萍，便从伊衣袋里取出两张很新的中国通商银行的拾元纸币，递给青萍道："谢谢你，前次在我病中时，承蒙你许多帮忙，又借给我们五十块钱，仁心侠肠，我真感谢得很，说不出什么话来。所借的款一向要想早还，无如手头拮据。现在我绣去了四幅花鸟屏条，向张大官先拿到二十块钱，只好陆续拨还给你了。"

青萍哪里肯拿，忙摇摇手说道："这钱我不用，你何必急急要还我呢？你做得辛辛苦苦的，还是先支配你们的用处吧。我不要你归还的。"

淑贞红着脸说道："什么话？我借你的钱自当归还。况萍哥所赚的钱也是要储蓄着预备作为读大学的学费的，岂可耽误？"

青萍道："这几十块钱我也不在心上，当淑妹病时，我非常着急。起初药石无灵，我以为不会好了，多么的难过？万家安医生处连药用去二十多块钱，最是冤枉。没吃坏了淑妹，尚是不幸中之大幸。这都是我提议的，所以此款放在妹处，我现在不要用。"

淑贞道："多谢你的美意，现在这二十块钱请你拿了，以后我当缓缓再行奉还就是了。"

青萍缩着手，一定不肯拿，又说道："淑妹，我说的都是由衷之

51

言。你难道还不知我的心吗？难得淑妹的病好了，大家欢喜，用去些钱值得什么呢？你们家道艰难，我岂有不知之理？请你不要客气。将来我若要用时，自会向淑妹说的。"

淑贞见青萍的态度甚是坚决，只得收了回去，说道："萍哥这样隆情高谊，教我怎样报答呢？"

青萍笑道："人之相知，贵相知心，何必说什么报答呢？"

淑贞也微微一笑。从此以后，二人的感情加深一层，彼此内心里蕴藏着的爱，如春草萌芽，不期然而然地一天一天地茁长起来。

第五回

燕叱莺嗔痛鞭雏婢
风斜雨细饮泣牛棚

人生最有价值的是回忆，这些事虽已过去，而在淑贞的脑海里却永永深刻地留着，再也不会淡忘的了。伊对于青萍的为人，也早已深深地认识清楚了，青萍的影像已印在伊的芳心上了。所以伊做了那个惊骇的梦，心中惴惴地以为不祥。虽经伊的母亲的询问，伊也不肯直说，只把闲话支吾过去。起身后，伊在房中略事梳饰，伊母亲早已把早饭煮好，教他们去吃，自己提篮子到街上去买小菜。淑贞便和弟妹一同吃早饭，青萍却夹了皮包要到校去，笑嘻嘻地对伊说道："淑妹在秦家绣得好辛苦，今晚早些回来，因我得到两张入座券，是本城群益社中的中西音乐大会，其中歌唱的都是中西有名的音乐大家。此曲只应天上有，人间难得几回闻，不可不去一聆的。你如高兴同去，我当等候你。"

淑贞问道："什么时候？"

青萍道："晚上七点钟。淑妹一同去听的，我们可以回家早些，吃了晚饭前去。"

淑贞答应一声好的，青萍很高兴地走了。淑贞等吃毕早饭，友佳和淑清也先后到学校去上课。淑贞的母亲恰好买了些荤素小菜回来，隔壁的王好婆也走来了。王好婆是她们多年的隔邻，也是一个孤老太婆，没有儿女的，靠一家亲戚贴些钱过日子的。此番淑贞母女到了秦凯家里去刺绣，因为家中的人日里都要走开，无人照顾，遂特地请王好婆来看门，允许日后相谢的。所以王好婆很高兴地天天过来，代她们当心门户，照顾一切。横竖伊在家里也是空闲坐着，没事做的。至于伊的家里是租了同居的一间后房，一锁上门便可脱身，不必看守。伊在季家守门，兼代煮一顿午饭，以供友佳兄妹俩回来吃的。天晚时，淑贞的母亲提早先归，王好婆也就回去了。伊年纪虽老，却精神很好哩。

淑贞母女见王好婆到来，便交代过了，急匆匆地赶向秦家来。幸相距不远，一会儿早已走到。母女俩踏进了铁门，走在水门汀的人行道上，两旁都是芊绵绿草，阶砌上安放着许多盆花，鲜艳夺目，空气很是清爽。一个包车夫正蹲在一边，揩拭着一辆簇新耀目的包车。淑贞的母亲悄悄对淑贞说道："这种富贵人家真是如同住在天堂里，值得人艳羡的。秦家小姐真福气，现在伊出嫁的何家，也是有名的士绅，好人家的女儿到东到西，都是好的。一个人命好了，自然幸运也好啊。"

淑贞听了不答，伸手一推洋门，母女俩走了进去，乃是一道甬道，刚要转到右面去上楼梯，忽听楼梯响，一个人走了下来，肥头胖耳，嘴上有一撮菱角式的小胡子的，穿着一件华达呢长衫，两只三角眼对着淑贞骨碌碌地相视，停了身躯，面上笑嘻嘻的，正是秦凯。淑贞的母亲到秦家去绣花，并不是低贱的下人，所以伊对秦凯叫应了一声秦先生。淑贞很怕见秦凯的脸，略点了一点头，声音在喉咙里没有发出，含糊过去，不知伊叫的是什么。因为秦凯恰巧立在楼梯的最下一级上，不动也不让，他身子又是胖大得如牯牛一般，挡个正着。母女俩也就不能上楼，只好站定。

秦凯便向淑贞的母亲说道："季师母，你们早啊。我刚才起身呢。"

淑贞的母亲带笑答道："不早了，我们要赶绣小姐的嫁衣。"

秦凯道："你们辛苦了，可吃点心？我去叫下人唤两碗虾仁面来。"

淑贞的母亲连忙把手摇摇道："我们已吃过早饭，不敢当的。"

秦凯笑笑，把一手指着说道："你家的大姑娘生得这般秀丽，可曾配一个好好的夫家？"

淑贞听了这话，红晕上颊，立刻低下头去。淑贞的母亲说道："承蒙秦先生赞美，淑贞实在是生得粗陋的，还没有和人家定亲。好在年纪不算十分大，我的一家还要靠伊帮忙呢。"

秦凯道："这位姑娘真好，能够有这样刺绣的成绩，不可多得。

只要嫁得富贵人家，季师母你就不愁衣食，不必再低倒了头去干这劈线分绒的生涯了。"

淑贞的母亲只得说声是，秦凯讲了几句话，便把身子一让，自己要走到书室里。她们母女俩一得间隙，急忙走上楼梯，到得楼上，人声静寂，巾英小姐等还没有起身。她们悄悄地走到刺绣的室中去工作了。一会儿却见一个老妈子托着两碗面上来，放在窗边一张桌子上，笑嘻嘻地对她们说道："老爷请你们吃点心。"

淑贞的母亲放了针线，一看桌上放着两碗虾仁面，忙说道："我们在家里都已吃过，怎么你家老爷喊了点心来叫呢？请小姐和太太吃吧。"

老妈子道："你们不要客气，她们自有东西吃喝的。你们不吃时，没有人吃了。"

淑贞的母亲不舍得白糟蹋这两碗面，只得立起身来说道："多谢了。"又唤淑贞去吃。

淑贞摇摇头说道："我肚子已吃得很饱，怎能再加下去。我不要吃，母亲一人吃吧。"

淑贞的母亲知道伊女儿的脾气如此，也不再劝伊吃，自己坐到桌子上，把一碗面吃了下去，剩下的一碗老妈子一起收了去。临去时对淑贞瞅了一眼，淑贞也没有瞧见，依旧刺绣。

直到十一点钟时，方见萧氏和巾英先后走来，看了她们一回，又走至楼下去了。午饭后，母女两人仍埋首赶绣，巾英嗑着瓜子，坐在淑贞旁边，看这孔雀快要绣好了，将来悬在新房里，大家一定要称赞的。伊心里这样想着，很觉高兴。忽见雏婢阿莲走进室来，说道："大小姐，何姑爷来了，他在下面书室里等候呢。"

巾英把头一点，立刻起身，从怀里取出一个脂粉盒，对着小镜子向自己脸上扑了一下粉，又用胭脂在嘴唇上涂得红一些，叽咯叽咯地要紧走下楼去了。

淑贞的母亲对着淑贞笑了一笑道："这位姑爷倒来得这般殷勤，好在婚期已不远了。"淑贞唾着绒不响。

直到四点钟时，巾英方才回上楼来，手里拿着一只白金名字戒指，璀璨耀眼，带着笑对淑贞说道："你看这只名字戒好不好？他是向上海华美首饰公司定制的，两面可以翻转，一面是中文，一面是英文，价值很贵。"

淑贞接过一看，见一面阳文镌着"巾英"两字，一面是 RI 两个缩写的英文字母，便道："很好的。"立即还给巾英。

巾英再一看时，说道："这两个中文字不甚高明，我本想请六书家王胜康写隶书，都是他心急不过，马上去定了。现在楷书不好看，我想要换去。"

伊转了一个念头，把脚一跺道："一定要换的，情愿多花些钱。唉，他已去了。"一回头瞧见雏婢阿莲正垂手立在门边，连忙对阿莲说道："姑爷刚才一定往观前去的，你快快去把他追回来，我有要紧的话和他讲呢。"

阿莲答应了一声，立即跑下楼去。巾英手掌里托着那戒指，只是在室中打转，又对淑贞母女说道："我的脾气只要有一点儿不中意的地方，再也不肯马马虎虎的。无论如何，我这戒指必要重制，方称我心。"

淑贞母女都说一声是，等了好一会儿，还不见阿莲回来。巾英道："该死该死，伊追到哪里去了呢？"

正要再差人去追赶时，阿莲已回上楼来，跑得满头汗珠，上气不接下气，喘着说道："小姐，我追不到姑爷。"

巾英将脚一跺道："该死的丫头，教你追一个人也不济事的，难道你只会吃饭吗？这条景德路是一直通观前，很是阔的，你没有眼珠的吗？怎么瞧不见姑爷？还是你的狗腿怕跑则躲懒吗？仔细我打断你的狗腿。"

阿莲哭丧着面孔说道："大小姐，我哪里敢躲懒，一直追到城隍庙前，仍不见姑爷影踪，所以只好退回来了。"阿莲说时，还是不住地喘气。

巾英道："你既然跑到了城隍庙前，那么何不追到观前？也没有多路了。"

阿莲道："这却我没有想到，并且我也不知姑爷走到哪里去的。"

巾英指着伊喝道："站在这里不许动，我去打一电话试试看。"巾英说毕，立刻跑下楼去了。一会儿已回上楼来，手里拿了一根马鞭，脸色发青，充满着一团怒容，对阿莲说道："都是你这蠢丫头，误了我的事。今天我找不到他，定把你活活打死。"

说罢，就将手中马鞭向阿莲没头没脑地一阵乱打。可怜阿莲逃也不敢逃，脸上着了几下，痛得伊掩着脸，滚倒在楼板上，带哭带喊地只说："小姐饶命，好小姐饶了我一次吧。"

　　巾英一声不响，只是向伊身上乱抽。淑贞的母亲知道秦小姐的脾气发起来时异常厉害，谁也阻止不住，所以不敢上前劝解。淑贞瞧着，心里甚是不平，又觉得阿莲被打得真可怜，好似打在伊的身上一样难受。

　　这时萧氏听得哭喊之声，便从伊自己房里走了过来，见伊的女儿正在痛鞭雏婢，便问道："巾英你为什么把阿莲这般狠打？可是伊闯了什么大祸？"

　　阿莲见萧氏到来，便在地上叩头道："太太救救我吧，我要被打死了。"

　　萧氏忙过去拉住巾英的手说道："好宝贝，你何必这样发怒？不要气坏了，有话告诉我听，若是阿莲真的不好，我可以教当差的打伊，何必你自己动手？不要损折了腰肢。"

　　巾英一面将那个白金名字戒指递给伊的母亲看，一面说道："方才有才不是来的吗？他代我定制了这个名字戒，我嫌中文字样不好看，所以要想教他去换。"

　　萧氏道："你要换时，教有才去换便了，不怕他不换来。为什么要打阿莲呢？这事与伊无干的啊？"

　　巾英听了伊母亲的话，不由笑出来道："母亲，你不知道。我在有才走后，方才想着要更换，遂叫阿莲赶紧去追。不过几分钟的事，料想他也去得不远的，伊怎么这样不济事，跑了许多路，还是追不着。现在教我到哪里去找有才呢？这蠢丫头不是误了我的事吗？打伊还了得吗？"

　　萧氏道："有才大概回到公司里去的，你只要打电话去唤他来就是了。"

　　巾英道："方才我已到楼下去打过电话，他不在公司里，一时教我到哪里去找他。"说罢，把脚一跺，又提起鞭子向阿莲身上重重地打去。阿莲又在地上打滚讨饶。

　　在这时候，淑贞再也忍耐不住了，才放下针线，鼓着勇气，去到巾英面前，将伊的手拦住说道："秦小姐不要打了，你已把阿莲鞭得很多，不看伊脸上都是血么？我想你那位何先生停会儿总可找得到的。你只要再打一个电话到公司里去，教公司里的人代言一声，或是写个字条，差人送到他府上去，请他前来，无论如何何先生今天不来时，明天必会来的。你再教他去掉换戒指也不为迟啊。你现在虽把阿莲打死，也有什么用呢？我想秦小姐是有学问的人，当知道尊重人道主义。阿莲虽是你家的卖绝丫头，但伊总是个人，也是在娘胎里好好地养出来的。不过伊父母没有钱，所以把来卖与尊府的。伊在尊府吃了饭，代你们做事，所以也当以人道主义待伊。何况现在正是禁止蓄婢声中呢？秦小姐你打得伊也够，大概你的怒气可以消了吧。你可怜伊吧，快请住手。你若再要打时，不妨请你打了我几下吧。"

淑贞的母亲见伊女儿挺身上前去解劝，真好大胆，敢去批秦小姐的逆鳞，不要这位秦小姐盛怒之下，便不客气动手打两鞭子，那么又将如何呢？所以伊心里担着虚惊，也走过去。但是巾英听了淑贞的话，冷笑一声，没有回答。伊那只高举马鞭的手竟徐徐放了下来。因为淑贞说的话不亢不卑，义正而言婉，巾英倒答不出什么话来。

萧氏在旁也就说道："巾英，淑贞小姐说的话也不错，你听了伊的话，不要打吧。"

恰巧这时秦家的老妈子知道这事，走上楼来说道："何姑爷方才是坐了脚踏车去的，叫阿莲怎么追得着呢？"

大家听了这话，不由都笑起来。巾英才将马鞭向地下一丢，说道："大约他没有到公司里去的。我再去打电话，到他家中去问问看。"说着话便走下楼去了。

地下阿莲自哼着，萧氏便叫那老妈子扶伊下去睡一会儿。淑贞道："这样说来，这顿重重的毒打，阿莲不是白白挨受了吗？"

萧氏也说道："我对这孩子太宠爱了，什么事都管不动的，不高兴时就要骂人打人，希望伊嫁了出去，也许可以使伊的脾气变好一点儿吧。"

淑贞母女笑笑，也不说什么，便坐下去刺绣。不多时，巾英已跑上楼来，对她们带笑说道："果然他已到了家里，我打电话去是他亲自接的。我对他说了，他说马上就来。我这只戒指式样太不好看，必要更换，让他多跑一趟上海吧。"

萧氏笑道："你的事实在不好办的。我代你办妆奁，有许多都先得了你的同意，然后去办的，你还是不中意。像唐伯虎点秋香般，这也不好，那也不好。现在这件事好得我也不管的。"

巾英将头一扭道："本来不要你管，这个东西不能马虎的。"

母女俩正说着话，老妈子早走上楼来报告道："何姑爷来了。"

萧氏道："这样快吗？"遂跟着巾英一齐下楼去。

淑贞的母亲见旁边没有人，便对着伊女儿低声说道："秦小姐的脾气真坏，将来这位何姑爷恐怕有些吃不消的。富贵人家的女儿竟有这样的任心吗？"

淑贞道："在在没有人道主义。我在旁边实在看得忍耐不住，所以去解劝。依了我的心里，恨不得把伊爽爽快快地数说一番才是。这阿莲实在打得可怜，穷人家的女儿真不是人。伊的父母把伊卖给了人家，不知得了多少卖儿钱，却不顾这一块心头之肉在人家是怎样地受苦呢。唉！"

淑贞说时，眼中竟含着一泡珠泪。淑贞的母亲听了，不由触动了伊的心事，默默无言。

天晚时，淑贞因和青萍有约，所以和伊母亲提早回家。青萍早已在家里等候多时了。这个音乐会是完全成人入座，不招待儿童的，友佳淑清因此不能同去。青萍便和淑贞晚饭也等不及吃，马上别了淑贞的母亲，走到群益社去了。

淑贞的母亲在家里忙着家事，一会儿吃了晚饭，因听青萍说过他们在外边吃晚饭了，所以把碗盏一齐洗去，回到房里坐着绣花。友佳淑清都在后房温习他们的功课。淑贞的母亲绣着花，心里却想着心事，闷闷不乐。到十点钟的时候，青萍淑贞回来了，淑贞便将音乐大会的事约略告诉些，又说自己和青萍在松鹤楼吃的面当饭。青萍又买了些瓜子糖果回来，请淑清等吃的。大家在房里闲话了一会儿，淑贞的母亲却手不停线，听他们讲话。等到十一点钟过后，青萍告辞回房去，友佳淑清也都睡了，只有淑贞陪着伊的母亲坐在一边，把桌上纸包里剩下的一块胡桃糖拿来，塞在伊母亲的口里说道："我们在外边快乐，你却日间做了还不够，夜里又绣了这许多花，好不辛勤。时已不早，你就歇歇吧。"

淑贞的母亲听了伊女儿的话，一边把口中的糖嚼嚼，一边把针上的绣刺完了，停了手回转头来，把灯移在桌上，又将绣件用纸遮了，方才对淑贞说道："今天我在秦家，眼见秦小姐把那阿莲小丫头狠命地鞭打，打得伊血肉狼藉，若没你去解劝时，怕不要打死吗？一样是个女子，一个做了富家的小姐，如此耀武扬威，一个做了贫户的女儿，尽受虐待。命苦的人真是没得话说。"

　　淑贞道："这就是人类的不平等，贫富的不均，社会的黑暗。女子解放的声浪高喊了好多时候，然而一般女子却仍在地狱中度日子，岂不可叹？方才我实在看不过了，便上前解围。伊虽是军阀的女儿，依仗着父势，脾气大得很，我也不管了。伊总不能打我的。"

　　淑贞的母亲又说道："便是为了这一事，使我想起你的二妹淑顺来了。当你父亲逝世以后，抛下了我一个人，拖着你们四个儿女，艰难度日。便有我的小姐妹宋大嫂要代你做媒，把你送给蠡墅上董家去，做他们的养媳妇，好减轻家中的吃口。那姓董的是蠡墅上很殷实的人家，他们自己有田百亩，又有鱼池，董老头儿又在乡间开着一爿烟兑店。他有三个儿子，长子次子都已成婚，唯有三子名唤什么水生，在家中念书，年纪也只有八岁，要想领一个养媳妇。宋大嫂和他们时常来往的，把你说得怎么怎么的好，董家老头儿大是中意，遂托宋大嫂来做媒。宋大嫂在我们面前也说得天花乱坠，我因为你年纪比较大一些，已能帮助我了，所以不舍得把你送给人家，起先没有答应他们。不得已而思其次，我看淑顺性质稍笨，面貌也不及你美丽，所以便把淑顺许给了他家。董家遂送了六十块钱来，我代淑顺做了两套短衫裤子，便由董家选个吉日，经宋大嫂代领将去。淑顺和你是很亲爱的，我记得伊走的时候，我和宋大嫂哄伊说是为了董家没有女儿，要认伊做继女。到了他家以后，有吃有穿，十分优待，并且可是随时回来的。但是淑顺不舍得离开我们，你也不肯放伊去，你们两个人相抱着哭起来了。我心中非常难过，也止不住哭将起来，很有些懊悔。然而业已接受了人家的聘金，不能出尔反尔的，不得不硬着头皮催淑顺早早动身。宋大嫂带了淑顺便走，我们送到门前，可怜伊一步一回头地望着我们，连呼母亲姐姐。我揩着眼泪，直望到伊的影子不见了，方才走到里面。你问我妹妹几时可以回来，我也没有答应你，实在因为伊没有自由的日子了。所以我和你哭泣一场，心里常常要牵挂伊的。"

　　淑贞的母亲说到这里，眼泪早已如断线珍珠般从目眶里淌到颊上，再由颊上滴到身上来。淑贞方才也早已想到了伊的妹妹，只是在伊母亲面前不敢说罢了。现在听伊母亲回溯前尘，无限酸辛，低下头呜咽着说道："我不应该怪母亲，这事本来办得不妥，拿了人家六十块钱，便送去了一个女儿。若说减轻吃口，也不在乎伊一个人。况且伊长大起来，安知不能和我一样可以帮忙的呢？现在悔之不及了，恐怕伊在人家吃苦呢！"

　　淑贞的母亲揩着眼泪，叹口气说道："你说得不错，都是我的不好，听信人言，转错了念头。我又记得自淑顺去后，过了三个多月，我因为不放心，便央求宋大嫂带我到蠡墅上董家去看看情形，买了十包花生米，一黄篮鸡蛋团，一同前去探望。那时候董老头待我们尚好，见我前去，就杀了鸡请我们吃饭。但是董家的老太婆既吝啬又凶悍，对我十分冷淡。他家的大媳妇听说也很刁钻的，也很看不起我。淑顺见了我的面，碍着众人，不能和我说话。伊身上衣服虽然完整，面色也好，不过黑一些。然而蹙着双眉，好似有难言之隐。后来得个机会，伊便走到我身边，轻轻对我说道：'母亲，你前番对我说的话都是骗我的。你怎忍心把你亲生女儿送给乡下人家做养媳妇呢？'伊说时，眼眶中含着眼泪。我就问伊道：'董家待你可好？'伊四下看了一看，好像有话不敢说的样子。这时宋大嫂领着董家的三小子水生走过来见我，淑顺便含羞走去了。那水生见了我，只点点头，含糊叫了一声，不知叫的什么，把我一气，宋大嫂却在旁边称赞他的好处。我和她也没有什么话可说，一会儿也就跑去了。我自从那天去了一次以后，至今没有再去过。因为董家势利得很，我的女儿业已做了人家养媳妇，没得话说了。我硬了心肠想，只好当伊死了吧，所以不再想念伊了。今天我在秦家见了秦小姐鞭打阿莲的一幕惨剧，不由使我又想起了淑顺。现在伊也有十六岁了，前年听说伊和水生成了亲，宋大嫂曾邀我去吃喜酒的，我不肯去，只送了一些礼物，托宋大嫂带去的。闻得水生已在上海一家洋货店里学业，但不知淑顺在乡下怎样。宋大嫂近来也不在此，对于董家的消息不通已久。我虽然硬了心肠，不去顾问这事，无奈淑顺也是我亲生的，你们三人现在仍和我一起，家景虽然不好，然而母女姐弟融融洽洽，天天在一块儿，唯有淑顺孤零零地抛在乡间，在别人手里过日子。而那个老太婆又是凶狠的人，恐怕淑顺吃的苦头要像袜底一样深。因此我想起了伊，心里难过得很，不知伊怎么样了。"

淑贞道："母亲，我也挂念二妹，不如和你去看伊一遭吧。"

淑贞的母亲道："我也是这样想。不过没有宋大嫂伴往，如何是好？"

淑贞道："没有宋大嫂，难道我们一辈子不能上董家的门吗？二妹虽然给了他家做养媳妇，可是究竟不是卖身给他家的。我们去看看伊，怕他们不招待吗？"

淑贞的母亲道："那么我和你一同去吧。不过秦家的绣货正忙，恐怕无暇。"

淑贞道："我们后天可以请假一日，只要明天多赶一些就是了。说起了二妹，恨不得立刻和伊相见呢。"

淑贞的母亲说道："好的。"于是母女二人又讲了一刻话，方才各自安睡。

次日淑贞和伊母亲到秦家去刺绣，见了巾英，便对伊说明天她们有些要事往乡间去，所以要请假一天。起初巾英不肯答应，后经淑贞再三商恳，只得答应了。这天傍晚，母女俩便到一家洋货店里去剪了一丈布，送给淑顺做衣服的，又买了两样食物，预备送给董家。回来时淑贞把这事老实告诉了青萍，青萍道："可惜明天不是星期日，否则我可以陪伴你们同走一趟的。"友佳和淑清听得母亲和姐姐要去探望二姐，他们都很想跟去，但是淑贞的母亲不便带了同去，仍教他们到学校。

次日家中的门户，仍托邻妪王好婆代为照顾。淑贞换了一件较新的花布单旗袍，略事妆饰，便和伊母亲一同出了门，走至胥门，恰巧到蠡墅去的小轮船正要开驶，二人连忙踏到船上，买了票坐定后，一声汽笛，轮船向前开动。从苏城到蠡墅没有许多路，只消一点钟便可到达。时当初夏，照例天气晴和，但是忽然变起来了，风吹得很大，有些下雨之意。乡间景色很是好看，十亩之间，一般农人渐渐在那里忙劳。到得蠡墅，天空飘起雨点来了。淑贞扶着母亲走上岸来，那董家虽然住在市梢，距镇不远的，母女二人冒着雨一路走过去。走在阡陌之上，两旁田里的农夫正驱着牛在那里耕田。

淑贞的母亲把手指着远远的一带粉墙说道："这就是董家了。"

淑贞看着，心里很兴奋地恨不得一脚就跨到。当两人走过去时，田岸旁有一个半旧半新的牛棚，忽听牛棚里有人高唤道："你可是母亲吗？"

淑贞母女俩抬头向牛棚里一看，只见里面有一个矮矮的女子，穿着一身青布外裤，立在一大筐桑叶的旁边，向她们招着手。淑贞的母亲认得这女子便是伊亲生的女儿淑顺了，连忙走过去说道："你不是淑顺吗？怎么独自一个儿在这里啊？"

淑顺见了自己的母亲，张开两臂，扑到伊母亲的怀里。因为伊心里喜出望外，反而眼中掉下眼泪，一句话也说不出来了。淑贞的母亲也用手抚摩着淑顺的身上，说道："淑顺，你好吗？我因十分记念你，所以今天同你姐姐特地前来探望你啊。"一边说，一边指着淑贞又说道："这就是你的大姐姐淑贞，你们俩还是在小时候分别，恐怕不认得了。"

这时淑贞已细细地把淑顺瞧个清楚，见伊头上还梳着一个大髻，大红的把根，套着一个发网，耳边穿着两个镀金的环子，腰里束着一根红带，脚上穿一双绣着大红花的布鞋，完全是一个乡下农家的女子模样。伊的一双眼睛，圆而且大，和淑清有些相像。同时淑顺也向伊的姐姐紧瞧，见淑贞云发早已截短，中间挑着很清爽的头路，脸上薄施脂粉，身穿一件有格子的布旗袍，脚上白袜黑鞋，手指上套着一只绿宝石的戒指，虽然一点儿没有摩登式样，可是又清洁又秀丽，若和自己相较，却已大不同了。伊就还转身来，很亲热地叫了一声大姐。淑贞也握着伊的手，叫了一声二妹。三个人大家眼中含着珠泪，而晶莹的泪珠儿已从淑顺的眼里不住地淌下来。

淑顺的母亲正要询问，淑顺早颤声说道："母亲，我以为一辈子不能见你们的面了。原来你们还在忆念我呢。三弟四妹可都好？你们四个在家中天天聚在一起，好不快乐。真是合着人家说的一句话，讨饭也情愿跟着亲娘一起走的。现在只抛下我一个人在乡间，好不……"淑顺说到这里，不由呜呜咽咽地哭将起来。淑贞的母亲和淑贞见了淑顺这个样子，心中如何不难过，于是跟着一齐饮泣。

隔了一歇，淑贞的母亲忍住泣声，对淑顺说道："我们在此尽是啼泣，也是不行的。不要被董家的人看见了，多一句说话。我们还是要紧讲话吧。"

淑贞从襟边掏出一块手帕，先揩着自己的眼泪，又代淑顺揩了两下，说道："好妹妹，这也不能怪母亲的，实在那时候的环境太恶劣了，以至于此。我们母女数人虽是聚在一起，而也很挂念你的，也想到你的苦处。所以抽了一个空，特来看看你，不知你家近来情形如何？现在趁他们不在这里的时候，你告诉我们一二吧。"

淑顺道："他们家老太婆待我很凶，以前常常受他们的鞭挞，现在不时仍要挨骂的。因为伊一天到晚地把三个媳妇说长道短，骂个不休。而大媳妇最会奉承，又生了儿子，伊的母家也是很好的，所以老太婆待伊较好。二媳妇力气虽大，一天到晚地做事，还要受气，我是养媳妇，当然吃的苦更深了。母亲，姐姐，便是我和你们讲个整整一天，也讲不完，总而言之，做养媳妇真不是人。"淑顺说着话又哭了。

淑贞的母亲又问道："那么你家老头儿又怎样呢？"

淑顺答道："老头儿待我还好，可惜他近来变成疯人了。"

淑贞的母亲道："怎样发疯的呢？他是很要紧的人。"

淑顺道："母亲有所不知，这几年来我家的状况大大不好了，水生的大老官福生一天到晚地在外面抽大烟赌钱，输去了许多金钱，私下把二十亩抵押给人家。为了这事，老头儿和大儿子闹了一场气。福生的脾气真坏极了，有一天老头儿看住了他，不许他出去抽烟赌钱，父子大闹一场，老头儿拿了门闩要去打他，不料福生跑到厨下，抢得一把切菜刀在手里，杀气腾腾要来杀爷。幸亏给众人解劝开，没有闹出乱子来。但是老头儿因此竟气得生了一场大病。前年又遭逢着水灾，家里所有的田都是低田，田中变了河，可以捉鱼吃。收成落空，又被人家偷了一条耕牛去宰杀掉了。至于去年里，田里收成虽好，而米价大跌，得不偿失，恰巧老头儿开的那爿烟兑店又逢着火烧，不幸的事接连着发生，老头儿更是不乐，变作疯人了，可怜得很。"

淑贞的母亲听了，叹口气道："一家人家真是猜不到的，交了坏运，晦气重重，便要变得七颠八倒了。那么水生又怎样呢？"

淑顺起初不肯说，后来被伊的母亲问急了，便答道："他到上海学业去，难得回来的，回来时也不大理会我。他们都怪我脚气不好，

64

所以都不用好面目来对我，我也自怨命苦，无话可说。"

淑顺说到这里，泪珠儿又淌下来了。淑贞对伊母亲说道："二妹在此苦痛得很，我们少停见了老太婆的面，不如向伊说，把二妹接到城里去住几天，也好让二妹出外散散心。"

淑贞的母亲点点头道："也好，停会儿说说看。"

在这时候，细雨斜风飘送到牛棚里来，有两个乡里人从那边走到。淑顺恐防被人家窥见，遂对伊母亲说道："走吧，我来领路。我本是出来采桑叶的。"一边说，一边把那很大的桑叶筐背在背上。

淑贞忙说道："我来和你一同拿吧。"

淑顺摇摇头道："姐姐不必动手，我是做惯的。筐上有刺，不要刺痛了大姐姐的嫩皮肤。况且被老太婆见了，一定又要骂我偷懒的。"于是淑贞母女俩只得跟着淑顺一同走去。

到了董家，见淑顺的婆婆正和二媳妇在一间很大的室中，把桑叶豢蚕。排列着密密层层的柴堆，蚕已上了山了。淑顺放下背上的桑叶筐，向伊的婆婆叫应了，说一声苏州的母亲和大姐姐在此。那老太婆闻言，回头见了二人，只得前来招呼。那大媳妇听得声音也走出来相见。老太婆只得放下手，陪淑贞母女俩到客堂中去坐。淑贞的母亲把带来的东西送上，说了几句客气的话，但是老太婆却一些儿不客气，谢也不谢，好似看不上眼的样子，便教淑顺去帮大媳妇烧饭，洗两条咸鱼烧烧，又煮了一碗蛋汤。淑贞的母亲少不得问问近况，却引起老太婆的牙钳来，便将伊家里遭逢到的不幸的事，唠唠叨叨地讲了许多给淑贞的母亲听，大有怪淑顺命里不好的意思。淑贞的母亲是不会说话的，倒是淑贞对答了几句，老太婆的谈话方才去了一些锋利。却又对着她们愁穷道苦，她们母女俩听得很是难受。

到得午时，大家吃饭，大媳妇略说几句客气话。饭后淑顺陪着淑贞到伊房里去了一歇，却又到养蚕的一间里去相助工作。淑贞母女因为轮船只有三点钟的一班可以返苏，过了时候不能走了。她们又不想住在这里，于是淑贞的母亲便把自己想要接伊女儿淑顺回苏州住几天，然后即得送归的意思，很婉转地向那老太婆商量，希望得到伊的同意，好让她们母女快快活活地团聚数天。

第六回

珠香玉笑吴下观梅
锦簇花团蓬门作伐

　　淑贞的母亲把话说毕，静候淑顺的婆婆回答。却又不料那老太婆眼睛白了两白，冷笑一声道："亲家，并不是我不肯答应，你们城里人在这时候也许是空的，但是乡间却忙起来了。我家现在正养蚕，大媳妇又有小儿的，全靠二媳三媳一同帮忙。蚕已上了山，正在紧要之时。我们早晚不停地饲蚕，辛辛苦苦，所为何来？况且田里也起始要耕了，家里最好多一个人来相助，哪里可以跑开人呢？所以淑顺不能回去了，且待将来再看吧。亲家你自从把淑顺送来之后，只得来过一次，好多年没有来过了。前年我家水生和淑顺结亲，那时我老头儿还没有病，在乡间场面很大，猪也杀去了不少，吃喜酒的人很多，没有辱没了你家的女儿。不知亲家为了什么缘故，得了信也不来吃一杯喜酒。我以为你想不着女儿了，岂知你现在忽然又要来接你的女儿回去，这不是冷镬子里爆出一个热栗子来吗？"说罢又冷笑了一声。

　　淑贞的母亲听了这种讽刺的话，不由脸上微红，便说不出什么话来。淑贞在旁边说道："淑顺妹妹也是我母亲亲生的女儿，岂有不念之理？不过年纪老了，到乡下来也不便的。并且那时候我母亲正有些小病，所以只送了一份薄礼到府上，自己不能前来。这是很抱歉的，请你们不要见怪。此次到府，因为母亲实在想念不已，所以教我伴伊同来，好在我们接伊回去，不过住几天，马上可以送回的。请你们答应了吧。"

　　这时董家的大媳在里面听了，早抢出来说道："你们二位要接三妹妹回去吗？但是现在正是蚕忙，婆婆年纪也老了，过分辛苦不起的，不如缓日再说吧。"

老太婆道："我也是这样说啊。无论如何，在这样的当儿，我是不能放淑顺回去的。"

淑贞的母亲见她们不肯答应，自己拗不过，也就罢了。轮船又快要开了，只得告辞。老太婆也取出一包粉来送给她们。当淑贞母女俩别去的时候，淑顺兀自在那间屋里拳蚕，不敢走出来。淑贞的母亲和淑贞走过去，向伊叮咛了几句话，也不便多说什么，只说一声："下半年再领你回家吧。"

淑顺摒住了眼泪，说得一句话道："母亲，姐姐，你们回去了吗？"声音异常颤动，再说下去时，要哭出来了。跟着老太婆大媳妇等送到大门外，淑贞母女硬着头皮，回头向淑顺看了一看，告别而去。

二人走在途中，雨点已住，天气稍稍转晴。淑贞的母亲一边揩着眼泪，一边对伊女儿说道："完了，女儿送给了人家，是别人家的人了，我们一些儿也做不了主了。那老太婆凶得很的，淑顺在伊手里过生活，当然吃许多苦，若和你比较，真有天渊之别了。伊到了乡间许多时候，也长得和乡间女子一样。唉，伊是永远埋没在那里了，我真对不起伊的。"说着话眼泪又流出来。

淑贞见伊母亲这样悲伤，也不好说什么话，只得劝解母亲道："事已如此，也是无可奈何，以后我们时常来看看二妹吧。那老太婆实在凶恶的，方才我无意中从淑顺的房里走出来时，经过一间小屋，听得里面狂喊一声，我就在门隙里张了一张，见有一个老头儿坐在一张破藤榻上，双足用铁链缚住，蓬头垢面，身上衣服肮脏不堪，大约就是董家的老头儿了。可怜他成了疯子，便被家人这样虐待。那老太婆待伊自己的丈夫尚且这般模样，何况媳妇呢？"

淑贞的母亲听了，叹口气，二人已走到轮船停泊之处。淑贞扶着伊母亲下船，一会儿轮船已开了，二人在船上也不便提起这回事。

回到家里后，淑贞的母亲舍不得淑顺，以前不看见，倒也罢了，现在见了，却心里非常难过。友佳淑清要向母亲询问时，淑贞的母亲却放声哭了一回，淑贞心里也是充满着悲哀，和衣倒在床上，偷偷饮泣。

恰巧青萍从学校里回来了，淑贞的母亲正到后边去，淑清坐在客堂里做手工，青萍便问她们可回来，淑清指着房里说道："回家了。"

青萍踏进房去，不见淑贞，便喊道："淑妹，你在哪里？"再一细看，却见淑贞正和衣横在伊的床上，青萍便走到床边问道："淑妹，你们回来了？是不是觉得疲倦？淑顺妹妹可好？"

淑贞没有回答，青萍早瞧见伊脸上有泪痕，双目也有些红肿，便道："啊哟，做什么好端端的在这里独自淌泪呢？你又有什么不欢的事，能不能告诉我？"

淑贞叹口气，别转脸去。青萍却用双手把伊扶着坐起来，又说道："你怎么总是抱着悲观，动不动就要哭泣？难道真像《红楼梦》上所说的淌泪成河，还不尽的眼泪债吗？你不要变成了多愁多病而善哭的林妹妹啊。"

淑贞听了这句话，又气又笑，忍不住哧的一声笑了出来，说道："萍哥休要调侃我，谁喜欢做那林妹妹？我看你倒有些要像……"说到"像"字，立刻缩住了不说下去。

青萍心里明白，笑笑道："你说我像谁？你说你说。"

淑贞摇摇手道："我不说了。"

青萍道："你为甚不说？那么你可告诉我因何而悲哀？"

淑贞道："你怎样猜不出的呢？当然为的是二妹淑顺。"

青萍道："淑顺究竟怎样？"

淑贞遂把她们母女俩下乡探望的经过情形，都讲给青萍听了，又道："我见了自己同胞姐妹在那里挨受痛苦，竟有一世不得出头的样子，心里怎不悲哀？我母亲说我们同胞四人，而我们三人却早晚聚在一起，有粥吃粥，有饭吃饭，虽然生活苦些，而精神上却很安慰的。唯有二妹只因当时一念之差，早许给了人家，却永永和我们离开，岂不是一件大憾事？我们想要接伊来住几天，黄连树下操琴，姑且寻乐。但是那个老太婆偏偏固执着不肯答应。伊只要人家的女儿代伊家一年到头做牛马，做奴隶，不顾人家的死活，可恶不可恶？唉，女子真不是人啦。若不是二妹已和他家的儿子成了婚时，我一定要想法要回来的。现在木已成舟，真是令人无能为力，徒唤奈何。"说到这里，淑贞咬紧银牙，好似十分愤慨，眼泪又要淌出来了。

青萍听了淑贞的一番诉说，深表同情。但是这件事实在难以想法的，只得解劝了一会儿，和淑贞讲些别的话，希望伊忘记这事。青萍爱护淑贞之心，可谓无微不至了。

次日母女二人仍至秦家刺绣，一天一天地过去，所有各种应绣之件陆续绣毕，只剩两三天工夫了，而秦何两家的婚期也不到一旬了。巾英因为淑贞母女代伊出力，绣得十分精美，可使伊的妆奁格外出色，所以伊心里十分喜悦，常常和淑贞谈谈，表示伊对她们的感情很好。

恰巧这时候苏州那些绅士为了举办一种慈善的事业，缺少款项，趁伶界大王梅畹华博士在沪闲暇之时，特地派了代表去商请他来苏州演三天义务戏。梅畹华一则事关公益，二则碍于情面，只得答应。于是在接洽圆满之下，又请了几个平津京沪的名伶一同参加，就在观前新开幕的吴宫大戏院奏演，可称得轰动苏城。一般有梅癖的，都是欣欣然地盼望梅郎香车早到。在他来的时候，有许多代表临时集合而成一个迎梅团，赶到火车站去迎接。在军乐洋洋声中，梅郎带着一行随员，翩然来临。为了梅郎要进城的缘故，在这特别时期中，准许马车可以进城。

梅郎到了苏州，不免有人先要请他吃饭，陪他游玩。苏州人的脾气是爱凑热闹的，听说大名鼎鼎的梅兰芳到来，大家都要一看梅郎的风采。因此芳踪所及之处，人如潮涌，围住他看个不休，几乎使梅郎喊起"行不得哥哥"来。幸亏有警士在旁护从，得以脱出重围，比了什么要人到来，要热闹到数倍。有人说是梅郎魔力之大，也有人说吴人目光短浅，究竟如何，这却不得而知了。

梅郎到苏州之后，其他名伶先后均至。于是城里城外通衢要道的墙壁上，红纸金字，贴出三天的戏目来，报纸上也十二分地鼓吹。梅兰芳三天的拿手剧作是《俊袭人》《玉堂春》《霸王别姬》，票价定得极昂，一般小百姓当然只能望梅止渴，不能一尽视听之娱。但是有钱的人家却要去一饱眼福，尤其是那些少奶奶小姐姨太太等，为了看梅而大忙特忙。听说某人家的姨太太特地新制了四套时装的衣服，带了随身箱子，而去看梅兰芳的戏，以便在剧场内临时更衣，出出风头。这真是有闲阶级的无谓忙了。

那位好动而不好静的秦巾英小姐，在这万人看梅的当儿，伊岂有不凑热闹之理。况且伊父亲早定了一个包厢，教家人都去看戏。伊自然格外高兴了。第一天的戏目是金少山的《探阴山》、盖叫天的《恶虎村》、高庆奎的《哭秦庭》、李吉瑞的《薛礼叹月》带《独木关》，压轴戏是梅兰芳的《俊袭人》，这样珠联璧合的好戏，可说开苏州自有演剧以来破天荒的新纪录了，当然看的人更多。

便在这天上午，淑贞母女二人早上到秦家去刺绣时，巾英拿了一张红色的戏单走过来，对她们母女俩说道："梅兰芳在这里吴宫大戏院演剧，你们想已知道。梅兰芳的戏你们有没有看过？今天第一夜都是拿手好戏。我们已定得一个包厢，晚上都要去看的。你们二位代我刺绣嫁时衣物，辛苦了好多时候，所以我要想今晚请你们同往一看，大家快乐一下。"

淑贞的母亲说道："多谢小姐的美意，这是我们不敢当的。且待下次再叨扰吧。"

巾英笑道："你说哪里话来？梅兰芳到苏州来演剧，也不是容易的事。这机会不要错过，下次不知何日再来呢。我说请你们同去，你们不须推辞的。"

这时萧氏也走来，很诚恳地邀二人同去，于是淑贞的母亲不能再三推却，只得应允了。所以这天下午，淑贞母女俩绣到四点钟以后，预先告辞回去，青萍也回来了。淑贞便把秦小姐约她们同往观梅的事告知他，且说道："人家多欢喜看梅兰芳的戏，但是我对于京剧一道是门外汉，凭你说得天花乱坠，我是不动心的。只因秦家母女再三相请，不得不勉强同去。萍哥，你要不要去一看呢？"

青萍带着笑说道："此次梅郎来苏演剧，同时有许多名伶出演，真是盛举，无怪吴人要轰动一时。你们没有见过梅郎的，既然秦家请你们同去，落得去看看。你们母女俩帮助他家刺绣，已有好多时候，当那位秦小姐出阁之前，请请你们，也是理所当然，受之无愧。至于我是和你一样的，俗谚所谓山东人吃麦冬，一懂也不懂。况且每人座位至少要五元之数，我何必虚掷此金钱呢？"

淑贞听了，点点头，也就不说什么话。淑贞的母亲忙着做去些家事，代他们烧好了晚饭，然后自己到房里去洗面换衣。换了一件比较清洁的布旗袍，这时淑贞也略施脂粉，换上一件新制的淡灰色绸的长旗袍。这件旗袍是因为巾英一定要伊吃喜酒，所以特地送给伊这件衣料，于是淑贞便把来做成的。那时伊穿上了旗袍，对着镜子照了一照，又换上一双绣花鞋子，和伊的母亲走出房来。青萍正和友佳淑清在客堂里讲故事，见淑贞换了新装，容光焕发，更是可人，不觉瞧着伊微微一笑。淑贞难得妆饰的，所以心里早已有些羞怯，一见青萍对自己紧瞧，便低下头去看旗袍的下摆，问伊的母亲道："下摆是不是大些，并且做得太长了一些？"

淑贞的母亲道："正好，现在长的算时式。"

淑清早笑嘻嘻地喊起来道："大姐姐，你真美丽得如葡萄仙子了。你是有人请去看梅兰芳的戏，我们却只得躲在家里听萍哥讲故事了。"

淑贞抬起头来一笑道："今晚对不起了。"这句话好像对伊的弟妹说，又好像对青萍说的。

青萍道："淑妹，你妆饰得真是清丽如出水芙蓉。恐怕那位秦小姐虽有珠光宝气，却不及你天然的美丽呢。"

淑贞看了他一眼道："我是丑陋的，哪里比得上人家？不用你恭维。"

淑贞的母亲笑道："不要说闲话了，我们要走哩。"遂托青萍照顾门户，母女二人走出门去。

到得秦家时，天已垂暮，二人走上楼去，楼上大钟铛铛地正鸣六下，淑贞便问女仆："巾英小姐在哪里？"

女仆把手向东边一指，答道："在房里。"接着便听巾英的声音在伊房里喊道："我在这里，快请进来。"

淑贞便走到巾英房里去，只见巾英正把一件银光闪耀花色异样的绸旗袍穿到身上去。这件衣的质料淑贞叫不出什么名目，大约是十足的来头货。巾英穿到身上，走了几步，便问淑贞道："式样可好吗？"

淑贞道："很好，秦小姐你变成花蝴蝶了，穿了这件衣服，多么令人注意。少停戏院里恐怕找不到第二个呢。"

巾英听了很得意地说道："不瞒你说，我已换了五件旗袍了，这一件觉得太烂漫一些，真像你说的。不过看梅郎的戏，非此也不足炫新斗奇啊。这件衣料是在上海先施公司里购得的，据公司里人说道，这是英国贵族妇女所穿的，他们只定购得一匹。本来摆摆样的，

71

只有某要人的夫人剪了一件旗袍料去，以后没有人问津过。我也就剪了一件，特地教上海鸿翔时装公司代做的。你可知道这件衣料的代价实在不轻，每尺之价须华币三十块钱，我剪八尺料，已是二百四十元了，再加做工六十元，不是整整三百块钱吗？"

淑贞道："真贵极了。你一件衣料穷人家好当两年粮了。苏州地方的妇女恐怕见也没见过，不要说穿了。但不知道这绸名唤什么？"

巾英道："还没有中国的名称，在英文里唤作 Brillan Mtoou。"伊随口说了一句英语，又道："淑贞，今晚我要大出风头了。"

淑贞笑道："这是当然的，少停戏院里观众的目光恐怕都要注射到你的身上来，不但观众，恐怕梅兰芳的视线也要被你吸引来了，害得他唱戏也要唱错了。"

这几句话是淑贞有意说的，巾英听了，更是得意扬扬。又换上了一双新式高跟革履，手上套了一只金刚钻戒指，在电灯下璀璨耀眼。脸上涂着橙黄的胭脂，从面汤台上取出一个小小的方瓶，拿在手里，对淑贞说道："这瓶香水是一个法国留学生送给我的，洒在身上，有一种奇香，可以三日不散，令人嗅着心为之醉，唤作什么'滞人魂'，也是很名贵的东西。我用剩不多了，好在我出嫁时又有大批的香水香粉，索性用去了吧。"一边说，一边开了瓶盖，把那香水在伊自己身上洒了不少，又洒了一些在手帕上，正要放下时，却又说道："啊呀，我忘记了，你身上并没有香水啊，我代你洒些可好？"不等淑贞回答，走上前便将瓶中香水向淑贞穿的那件旗袍上一阵乱洒。

淑贞连忙摇手道："好了，我是不惯用的。"

巾英见淑贞有些不愿意的样子，遂说道："今晚难得的，用用何妨？况且这香水洒在衣服上，没有一些儿渍的，这就是它的好处。"淑贞也只得如此了。

巾英妆饰已毕，取了一只手皮夹，和淑贞走出房来。淑贞的母亲见二人走来，甜香扑鼻，不觉笑了一笑，向巾英招呼。巾英的母亲萧氏也打扮得十分浓艳，手腕上戴一只钻镯，光芒四射，摆伊的肥躯，蹒跚而来。于是萧氏即叫银喜看家，四个人走下楼来。巾英早走到书房门边喊道："我们好了，你们出来吧。"

里面一声答应，门开处，秦凯和何有才走出室来。何有才穿着一身很漂亮的西装，立刻走到巾英前面去。秦凯穿着白纺绸单长衫，手里拿了司的克，走到他夫人一边去，大家和淑贞母女点头招呼了。淑贞见秦凯和萧氏并立在一起，两个好肥大的身躯，宛如立着一座肉屏风，把风都挡住了，不觉心里暗暗好笑。早知道有这两个人同去，自己不要答应的，现在也只好同往了。

萧氏便问道："小少爷在哪里呢？"说时那老妈子已领着巾英的弟弟国英走来。萧氏对那老妈子说道："很好，你也跟去吧，小少爷要你伺候的。"

老妈子听说，真是喜出望外，想不到自己靠了东家的福，能去一看梅兰芳的戏，将来讲给人家听，多么荣耀啊。

秦凯见人已齐了，一看自己手腕上的手表，对大家说道："现在已有六点二十五分了，先到观前快乐宫去吃了晚饭，然后同去观剧。横竖我们定的包厢没有他人敢来坐的，头上的戏也没有什么好看的。"

何有才和巾英都说一声是，于是大家走出门去。两个当差的早站在一旁伺候，包车夫将包车拖到外边，点上雪亮的电石灯，大家遂让巾英坐了。何有才是有自由车的，当差的又去雇了五辆人力车来给众人坐。秦凯对萧氏说道："妈特皮，苏州地方虽好，却没有汽车，交通不便。将来我要搬到杭州去住呢。"

萧氏笑道："有了汽车也有不好之处。况且这里到观前近得很，何必坐汽车呢？"

说着话，大家坐上车去。何有才坐了自由车，当先开路。巾英弟弟，跟着便是淑贞母女，秦凯夫妇和儿子女仆随后，一路喇叭声，踏铃声，叭叭叭，叮叮叮，早到了观前，在快乐宫门口停下。秦凯早把车钱付去，陪着众人走进酒馆去。

早有侍役上前伺候。何有才把他的自由车交给一个侍役，说道："你把这车儿送到美术公司里去吧。"

大家走上楼去，拣了一间精美的房间坐下。秦凯吸着一支雪茄，对大家哈哈地笑道："我今晚请你们吃大菜，尽你们点，愈贵愈好。"

巾英道："要吃大菜还是上海去，今晚我们的目的是要看梅兰芳啊。"

有才也说道："我们快些吃了去看戏要紧，这里的公司菜很不差，不必点了。"一边说，一边把桌上玻璃柜里的菜单给秦凯看。

秦凯瞧了一下，点点头道："也罢，我们就吃公司菜。那么先开一瓶白兰地，大家少许喝些酒。"

侍役答应了声而去，少停把酒拿来，秦凯一一代他们斟上，侍役们就端着一盆蛤蜊鸡丝汤和面包等送到各人面前。秦凯说了一声请，便喝了两口汤，又把白塌油涂在面包上吃。淑贞的母亲可说生平没有吃过大菜的，今晚坐在这里，非常局促不安。见了这些刀哩叉哩，究竟怎样吃法的呢？起初她恐怕做阿木林，不敢动手，只是呆看。淑贞虽也没有经历过，可是伊秉性聪明，在画图上也见过，小说上也看到，所以便教伊母亲把一块雪白的帕子放在胸前，又对伊说明怎样用叉，怎样用刀，淑贞的母亲方才大着胆，依样画葫芦地吃喝。萧氏无意地指着小盆子里的白塌油和玫瑰酱说道："季大嫂，你喜欢哪个就吃哪个，不用客气。"

淑贞的母亲见秦凯和何有才都在吃那白塌油，伊心里以为这是香蕉糖吧，也没有去问淑贞，便用刀刮了一大块来，望嘴里推着就吃。淑贞见了，要想拦阻时已来不及。淑贞的母亲吃到口里，方觉着又油又腻，怪难下咽的。当着众人的面，又不便吐出来，只得硬咽下去，打了几个恶心，连忙喝汤。淑贞也不好说什么，只得说母亲，这个东西少吃些。巾英早已瞧得清楚，伊正嚼着一块面包，忍不住别转脸去，扑哧一声笑将出来。伊是和有才并坐着的，有才见伊别转脸去，以为巾英有什么秘密话要和他说，所以他也别转脸凑上去，却不防巾英笑口一开，嘴里的东西和唾沫一齐喷在有才的脸上。有才不觉喊了一声："啊哟，巾英你笑什么？"

这时淑贞母女俩脸上都红了，巾英不好意思说，只得带着笑说道："我想起一件事，所以好笑。"

有才听了这话，一面用手帕揩着脸，一边笑嘻嘻地向巾英问道："你想起了什么事，而这样大笑，能不能告诉我听，可和我有关系的？"

巾英道："你要听吗？我偏不告诉你。我喷了你一脸，你愿意不愿意？"

有才忙说道："愿意愿意，我虽非古人，却也有唾面待干之风。况且又是你的香唾，更有什么不愿意？"

巾英道："那么我再来吐你一口如何？"说罢伏在桌上吃吃地笑个不住。侍役早送上一把热手巾来，有才接着去揩自己的脸，巾英又向他面上看了一看，说道："可惜可惜，你脸上敷着的雪花粉都揩去了，你要不要拿我的粉再敷上一些呢？"说着话，遂从伊的手皮夹里取出一个粉盒来。

有才忙接到手中，笑嘻嘻地说道："你的香粉是非常名贵的，我就借用一下也好。"遂对着粉盒上的小镜子，把粉匀敷在脸上。

萧氏在旁瞧着他，脸上微露笑容。侍者早又送上一样菜来，秦凯却笑嘻嘻地不住向淑贞瞧看，很殷勤地教她们母女俩吃菜。淑贞的母亲业已吃过哑苦，所以很留心地不肯多吃。萧氏和巾英都急于要上戏院，催侍者速送菜来。不多时都已吃毕，揩过脸，算过账，一行人出了菜馆，走到吴宫大戏院来。

早有案目上前招接，引到包厢里。何有才和巾英一对儿并坐在一起，秦凯夫妇挨肩坐下，萧氏的一边便是淑贞，而淑贞的母亲却傍着淑贞而坐。老妈子带着国英坐在最外的座位上。萧氏便拿过水果盆子，一样一样地给大众吃。国英独自拿了不少去。这时四下的人见他们到来，都很注意。一则大家认识秦军长的，二则巾英身上穿的那件旗袍实在亮得耀眼，而萧氏手腕上的钻镯和伊丈夫女儿手上的钻戒，亮晶晶的光芒四射，自然大家的目光都被吸引过来。秦凯吸着雪茄烟，和家人谈笑，大有旁若无人之概。这时台上金少山的《探阴山》已成尾声，下场数唱句响遏行云，真是黄钟大吕之音。秦凯马上喝了一声彩，全场的人更加注意了。有些人和秦凯略称相识的，个个立起身来，遥遥地向秦凯招呼。有的秦凯报以一笑，有的不去瞅睬。

台上已做到盖叫天的《恶虎村》了。盖叫天的短打功夫在南方早已驰名，扮相也很英俊。三雄绝义一幕，大打出手。萧氏因不明剧情，要秦凯讲给她听。秦凯当然唯夫人之命是从。有才和巾英两个头厮并着，喁喁地谈话，不知讲些什么，戏也不看，好像专门到此谈话的。国英只管吃东西，唯有淑贞母女却一本正经地看戏。秦凯对他夫人努努嘴，说道："你陪陪她们，不要太冷落了。"

萧氏笑笑，便抓了一把西瓜子给淑贞，和伊讲了几句。台上《恶虎村》已做毕，接着高庆奎的《哭秦庭》，淑贞以前在学校里曾听得这是伍员覆楚申包胥乞师的故事，便很详细地讲给萧氏听。《哭秦庭》将要做完时，萧氏忽然内急，立起身来叫老妈子陪着伊到女厕所里去，国英也跟着同往。巾英有才二人仍旧讲话不休，难得向台上望望。秦凯一支雪茄烟已吸毕，独自无聊，便将身子挪到萧氏的座位上去，这样他竟和淑贞同坐在一块儿了。那时台上已演到李吉瑞的《独木关》，李吉瑞饰薛礼，活像一个带病英雄，唱做都很精彩，不愧拿手杰作。秦凯借此机会，就对淑贞说道："姑娘，你看李吉瑞扮的薛仁贵，能够从病态中显出英豪，这种功夫是很难得的。他的拿手好戏还有《刺巴杰》《铜网阵》《连环套》《风波亭》《请宋灵》等，都是使人看不厌的。明天晚上他和金少山合演全本《盗御马》《连环套》，更是好看。你明晚可高兴一同来看吗？"

淑贞笑笑，没有回答。秦凯又把薛仁贵跨海征东的事讲给伊听，并且夸扬薛仁贵的战绩，唠唠叨叨地说了许多话。淑贞本想不理会他，实在忍耐不住了，就说道："薛仁贵确乎是民族英雄，他本是一个布衣，而能在边疆不靖、外侮嚣张的时候，投袂而起，立志从军。执干戈以卫社稷，身经大小百战，把高丽平定，奏凯而回。不但他自己立功封王，又能为我民族吐气扬眉。因此我想到今日的中国，东北四省已沦陷在敌人手里，而日人西进不已，又欲夺我的察哈尔。国人若不团结一致，共救危亡，非但华北朝夕不保，而我整个的中华，将为印度朝鲜之续了。那么试问我国的军人可有能像薛仁贵那样地奋勇杀敌，为国干城么？这是我们小百姓所盼望的啊。可惜一个也没有，只好在戏台上看看罢了。"

秦凯听了淑贞的一番说话，觉得句句刺耳，无异当了和尚骂贼秃，不知伊是不是有意讽刺？我以为伊是一个小家碧玉，不懂什么国事的。谁知伊有这般痛快的议论，倒使我惭愧了。遂把手在自己的膝上一拍，说道："姑娘说得好爽快。我们一般身为军人的，实在是够不上古人。你这几句话要使全国的军人都听听呢。我也很惭愧的，以前曾当军长，统率精兵数师，在冲要之区龙盘虎踞，称霸一方，可是十数年来，只参加过数次内战，没有机会和东洋兵一决雌雄。不是我说句夸口的话，九一八之役，倘然我在辽沈时，必要督领部下，背城借一和他们大战一场，决不肯不抵抗而退的。但是我哪里能够如愿以偿呢？冯唐易老，李广难封，在今日我也只能养晦

76

家园，醇酒妇人，这叫作不得已而如此。姑娘倒很有爱国心的，愧杀须眉了。"

淑贞听秦凯这样说，似乎他也是个很爱国的军人，说得很是大方，面皮真老。暗想：我们中国所以被外人如此欺侮，都是自己不争气。尤其是你们这些军阀，争权夺利，内战不息，不知损伤了许多元气，以致日人得以乘隙而入。你们军阀祸国殃民，酿成空前未有之国难，到今日还要说什么冠冕的话。

这时候萧氏走回来了，秦凯却不立起让座，萧氏微微一笑，便坐在秦凯的原座里。如此交换一下，秦凯却可以偎傍着淑贞了，然而淑贞心里却讨厌得很。台上锣鼓喧天，安殿宝正在大战火头军。等到薛仁贵上场，锣鼓益发敲得响了。

淑贞趁此机会，掩住双耳说道："闹得很，我的耳朵也要震聋了。"

秦凯笑道："倘然你听了战场上的炮声，不知要怎样害怕呢。区区锣鼓声打什么紧？姑娘，你看薛仁贵枪挑安殿宝了。"

淑贞掩着耳朵，装作不闻，不去回答他。萧氏却嚷起来道："哎哟，这个胡子大将被这白袍小将一戟挑死了。这大概是薛仁贵吧？"

秦凯道："是的，英雄不英雄？"

萧氏道："英雄，岂像你是银样镴枪头，只做摆炮，毫不中用的呢。"

秦凯哈哈笑道："你也骂起我来了。"

萧氏道："当然要骂。"

说着话，台上锣鼓声停止，换了一班琴师鼓手，桌围椅靠也都换上绣着梅花兰花的，正中一盏大汽油灯也亮了起来，台旁放着不少银盾银杯，镜架对联都是一班人赠给梅兰芳的。全场的观众精神格外兴奋，静得一些儿没有别的声音。梅兰芳的《俊袭人》上场了，这位名震环球、誉满天下的梅大王梅博士，不要说平津沪粤京汉苏杭到处欢迎，就是东西洋舞台上也都去露过脸，受着外人热烈的捧场。现在又要到莫斯科，现身红氍毹上，捐着沟通中俄文化，宣扬祖国艺术的大招牌。这样前无古人、红极一时的名伶，奏演他的拿手好戏，恕我一支笨笔，也不能形容了。

巾英见梅兰芳上场，便不再和有才讲话，全神贯注地去瞧看梅博士。大家当然是为着看梅兰芳而来的，所以几千几百只眼睛，一齐盯定在梅郎身上，直等到曲终人不见，大家方始又喧哗起来。戏院散了，秦凯等立起身来，正要走时，却见那边有一位花枝招展的少妇，走到他们身边，带笑叫应道："秦老爷，秦太太，你们全家都来看的吗？"

秦凯萧氏回转身一看，乃是胡老爷的姨太太小香红。萧氏连忙握着伊的手说道："胡姨太，你们在哪里？恕我们没有瞧见。"

胡姨太道："我们在后面左边包厢里。当我们来的时候，恰好梅兰芳上场，因此不敢惊动你们。"

秦凯道："胡老爷呢？"

胡姨太道："他本来要来的，但因晚上忽然有些不舒服，所以没来，明天大概要来的。"说着话，巾英和有才并肩走前数步，胡姨太道："秦小姐，你和这位新姑爷一同在此，可快活吗？你们婚期不远，我要来吃喜酒的。"

巾英道："很好，我隔夜就来接你。"

胡姨太一眼又看见淑贞母女，便问萧氏道："这两位是什么人？"

萧氏道："就是代我女儿刺绣嫁衣的季淑贞小姐和伊的母亲。"

胡姨太听了，对淑贞上下仔细看了一眼，说道："原来这位就是秦太太同我说起的淑贞小姐，模样真生得好，无怪你们称赞不绝。"又对秦凯说道："秦老爷，今晚你也快活吗？"

秦凯一摸短髭说道："看梅兰芳的戏，怎样不快活？"

胡姨太又笑了一笑道："那边有我们的小姐等候着，我和你们明天会吧。秦老爷，明天有空时请过来打牌。"说毕，扭着身子走去了。

秦凯遂伴着众人走出戏院，淑贞母女俩便要告辞回去。萧氏和巾英便代她们雇车，许多车夫一拥而前，把二人包围住，有才便抢上去喝开米，老妈子抱着国英团团转。淑贞立在戏院门口呆看，却觉得有一个人凑到伊的耳朵边，对伊轻轻说道："这一些些送给你买东西的。"同时觉得那人有一卷纸币塞到伊的手里。伊回头看时，正是秦凯。弄得伊莫名其妙，忙退走两步，将头摇摇，不肯接受他的钱。于是这一卷纸币既不在秦凯手里，又不到淑贞掌中，落到地上去了。

这时萧氏母女已代她们雇定了车子，有才跑过来喊道："车已喊好，你们快些坐吧。"

淑贞便急急地拉着伊的母亲，一同过去，坐上车子，回转头来，向萧氏母女谢了一声，车夫撒开大腿，拖着车如飞而去。

淑贞在车上想想秦凯对待自己的情形，好不奇怪。方才看戏的时候和我十分亲近，他是一个军长，虽然是下了台的，到底是一个大人物，怎样向我这个小女儿献起殷勤来呢？他为什么又把一卷纸币私下塞到我的手里，到底是怀的什么意思？真是奇怪极了。一路想着，仍猜不出这个闷葫芦。

回到家里时，淑清友佳都已先睡，唯青萍坐在客堂中看书，静候她们回来。便问梅兰芳的戏好看吗，淑贞暗想，好是好看，可是秦凯那厮实在讨厌得很，就回答道："也不过如此。萍哥在这里寂寞多了。"

青萍放下书笑笑，淑贞一边说，一边走至青萍身边。青萍鼻子里嗅得一阵甜香，是从淑贞身上发出来的，不由带笑问道："淑妹，你身上的香水真香得很。你进门的时候，我早已闻着了。"

淑贞道："是秦巾英代我洒上的，我本来不要，可是洒已洒了，但觉很不惯。"

青萍道："原来你叨受了军阀小姐的余香，竟使我的鼻子也闻得很甜蜜的香味。"

淑贞笑了一笑，从伊身边摸出一块可可糖，乃是方才秦太太给伊吃的。一共四块，伊不舍得吃，带了回来。此时伊撕去了外面的金纸，把来向青萍口中一塞说道："你尝尝看。"

青萍道："可可糖吗？谢谢你。"口中便嚼起来。

淑贞道："你喜欢吃吗？"又从身边把那三块糖取出，自己吃了一块，把那两块都给青萍吃，且说道："因为你代我们守门，所以留给你吃的。"

青萍道："多蒙美意，守门是我应尽之义务，况且是难得的，我守了门有糖吃，淑妹真是把我当作小孩子了。"

淑贞的母亲笑道："宋少爷，难为你了。"于是大家谈了一刻，各自安睡。

淑贞睡到床上，又想起秦凯对伊的情形，真有些怀疑。我和他客客气气的，他何以要暗中送那许多钱给我呢？我自然不肯拿他的，那一卷纸币至少有百元之数，落在地上，不知结果如何。我想秦凯总要拾起的，否则即使被他人拾了去，也不能怪我的啊。今晚前去看戏，也是秦小姐再三相邀而去的，秦凯还教我们明天再去，那是再也不想去看的了。他和我坐在一起时，尽把他肥大的身体碰到我的身上来，弄得我没处躲避，恐怕他不怀好意吧。好在刺绣工作快完了，以后我也可以不再踏到秦家去了，彼此没甚关系。他虽贵为军长，于我何有？伊想到这里，心里渐渐安静，也就睡着了。

次日早上，伊又同伊的母亲走到秦家去。伊心里惴惴然，恐怕遇见秦凯。恰逢秦凯坐着包车，正从门里出来，淑贞侧身让在一边，低着头不敢仰视。淑贞的母亲却向秦凯叫应。秦凯对她们点点头，带笑说道："你们早啊。今晚可再去看戏？"

淑贞的母亲说声谢谢，秦凯的车子已跑向前面去了。母女俩上楼去照常刺绣，少停巾英走来，和她们谈谈昨夜的剧情，意思要教她们今晚再去，淑贞婉言辞谢道："昨夜已叨盛情，今晚我们要赶生活了，看了一次已够哩。"

巾英笑笑，到得傍晚时，巾英和伊的母亲等又要去看梅兰芳，这时淑贞的母亲已先回家去，淑贞尚伏在绣花架上，不停地刺绣。巾英过来，必要拖伊同去，淑贞再三推辞。巾英见伊态度坚决，只得罢了。

梅兰芳在苏唱毕三天义务戏，苏人恭而敬之地送他回沪。淑贞母女俩在秦家担任绣货，也已完工，得了一笔钱，母女俩在家中预备休息两三天，再绣别的东西。

这一天正是星期六的下午，青萍早回家来，淑贞坐在青萍房里喁喁清谈。忽然门前到了三辆簇新的包车，包车上坐着三个年轻的丽人，浓妆艳抹，打扮得非常摩登，身上穿的都花花绿绿的绸旗袍，手指上手腕上钻戒珠镯，炫耀人眼。丽人们走下车来，看了门牌，又问旁人："这里住的可是季家吗？"

左右邻的妇女们见季家门前锦簇花团似的来了几个贵妇人，都来瞧热闹。因为淑贞母女素来没有好亲好戚的，莫不惊异。那三个妇人向人问明白了，遂上前敲门。淑贞的母亲出来开门，乍睹之下，几乎呆住了。细细一看，里面一个穿着红旗袍的，就是前晚在戏院里遇见的那个胡姨太，还有两个却不认得。胡姨太一见淑贞的母亲，便带笑说道："季大嫂，我们今天特地到你家中来玩的。你女儿没有出去吗？"

淑贞的母亲暗想自己和胡姨太只见一面，彼此客客气气的，她们为什么赶上门来呢？这事好不突兀。心里这样想，嘴里却只得说道："胡姨太太光临到这里来，不胜荣幸。但是我家狭小污秽，不堪坐地的。"

胡姨太笑道："不要客气，我们是专诚奉谒。"说着话，跟着淑贞的母亲一齐走到客堂里。淑贞和青萍早听得一阵革履声和笑语声从外面进来，心中都在惊奇，从窗子里向外面偷瞧。淑贞眼快，早认得那个打前走的摩登女子，便是秦家认识的胡姨太，心中不由一怔。

青萍早凑在伊耳朵上低低问道："来的这些人是谁？你可认得？莫非里面有秦家的女郎来看你吗？"

淑贞摇摇头道："不是不是，第一个穿红绸旗袍的却是秦家认识的胡姨……"说到"姨"字，外面淑贞的母亲早喊道："淑贞，你快来陪伴客人。"

淑贞只得走出房去，和她们招呼。胡姨太笑盈盈地说道："季小姐，你要我们来玩的吗？"

淑贞当然答道："很好很好，恐怕我们招待不周的。"便请三人在椅子上坐下。

胡姨太遂介绍同来的两人和淑贞母女见过，方知一个是袁姨太太，一个是陈姨太太。淑贞的母亲因为她们是初次来的贵客，不敢怠慢。既有淑贞陪着谈话，伊遂抽身出去，托邻居王好婆快到景德路一家徽馆里去喊两盆虾仁炒面前来。王好婆和对门的李四嫂却还要拉着伊问长问短，淑贞的母亲哪有心思与她们多说，只催王好婆快去喊面，自己忙着又回到里面来。

胡姨太当着淑贞的面，向袁陈两个说了许多夸赞的话，说得淑贞很有些不好意思。胡姨太见淑贞的母亲入内，便立起身来，将伊一把拉住说道："不要忙了你，我还有几句要紧的话，要和你到房里去细说。"

淑贞的母亲不知伊有什么秘密的话，遂领着胡姨太走到房里去了，好一歇不见出来。淑贞瞧了这情景，觉得胡姨太鬼鬼祟祟的，令人大是可疑，心里便有些不高兴。袁陈二人对伊微笑，一会儿那两人也走进房里去了。淑贞却立起身来，便向青萍房里走。青萍这时正看着一本书，见淑贞进来，便问道："你不去陪客，缩进来做什么？"

淑贞向窗边椅子里一坐，噘起嘴一声不响。青萍竟如丈二和尚摸不着头脑，便不敢向伊多问。良久，恰巧徽馆里送来炒面，淑贞的母亲方才陪着胡姨太等出来用点心，又喊淑贞出来相陪。淑贞却在青萍房里答道："母亲，你陪着客人用吧，我吃不下。"

淑贞的母亲只得自己陪她们吃，可是胡姨太等三人真正吃了一些，便不肯吃了。淑贞的母亲忙着倒洗脸水，给她们揩嘴。三人各各取出小镜子，在她们面上重行涂抹了一回。将要告辞，恰巧淑清放学回来，胡姨太见是淑贞的小妹妹，便从皮夹里取出一张五元纸币，塞到淑清的手里，说是给伊买糖果吃的。淑清的母亲再三推辞不脱，只得受了。三人便说："我们要去了，再会吧。"

淑贞在房里听得三人要走，勉强出来，和伊母亲一同送至门外。胡姨太又和淑贞握了一下手，说道："改日我用车子来接你到我家里一叙。"

淑贞含糊答应了一声，看三人坐上包车，叭叭地向前去了。母女俩遂关了门，回到里边。青萍也走到客堂里来，淑贞便向伊母亲问道："胡姨太鬼头鬼脑和你到房里去说些什么话？"

淑贞的母亲微微笑道："伊是代你来做媒的。"

淑贞一听这话，脸色顿变，顿了一顿，又道："谁要伊来做媒？你怎样回答的？"

淑清也在旁边嚷起来道："她们把我姐姐给谁呢？"

淑清问了这一句话，青萍和淑贞一齐紧瞧着淑贞的母亲，听伊怎样回答，急欲知道她们为何人作伐。便是淑贞的母亲却摇摇头道："不能说。"

淑贞见伊母亲不肯说，便向椅子里一坐，把头伏在桌上，哇的一声哭起来了。

第七回

大闹青庐独夸宝物
狂欢旅舍共度良宵

淑贞这一哭，伊母亲和青萍都慌了，青萍不知怎样地去安慰伊，并且对于此事也不便讲什么话的。淑贞的母亲便说道："淑贞，我告诉你就是了，你又不是小孩子，何必要哭呢？况且男大须婚，女大须嫁，你终不能一辈子牢守在家中的啊。"

淑贞抬起头来答道："我不嫁，你也不能把我赶出去的。我有我的自由，谁要她们来做媒？"

淑贞的母亲听了，笑道："不错，我也知道你有你的自由，所以……"

淑贞觉得自己的话说得不妥，不等伊母亲的话说完，立刻再说道："别的话不要讲，最要紧的我要问你，你可曾答应她们没有？"

淑贞的母亲道："好小姐，你请放心，这是你的终身大事，我怎能不先得你的同意，贸贸然就答应人家的呢？所以你不要发急。"说到这里，回头对青萍说道："宋少爷，我这话是不是？你看淑贞一听人家提起伊的亲事，便要向我这个样子，这真使我为难了。我哪里肯背着伊去允许人家？前番只因为一念之错，已把一个亲女儿送到乡间去受苦，至今我还是深深地懊悔。宋少爷，你劝劝淑贞吧。伊对于你的话，倒还肯听的。"

青萍本来见她们母女俩谈婚事，他很难插言，所以只在旁边踱来踱去，想那三个女人来此作伐，究竟说的是哪一家呢。瞧淑贞的情形，似乎在伊的心里已有些知道，所以这样发急。伊当然是不赞成的。但是伊母亲为什么不肯实说出来呢？难道碍着我在旁边而不便讲吗？他心里也是难过得很，现闻淑贞的母亲教他去劝淑贞，便

83

只得带笑说道："伯母的话很对的，现代青年男女的婚姻，当然先要得本人同意的。既然伯母没有答应人家，淑妹何必这样发急呢？"

淑贞道："我曾听得胡姨太是上海咸肉庄里出身的人，我们和她素不相识，只在戏院里刚刚遇见一面，早知她们前来没有什么好事情的。好在萍哥也不是外人，不怕他好笑，母亲你不妨对我实说便了。"

淑贞的母亲遂坐在淑贞的旁边，叹口气说道："一个人是穷不得的，穷了便要被人家看轻。她们真不是好人，你们知道胡姨太要代淑贞做媒给谁人吗？大概你们一世也想不到的。"

淑贞听了母亲的说话，心里已有些明白，红着脸不响。淑清道："谁呢？你说了半天，仍没说出来啊？"

淑贞的母亲道："原来是那个大胖子秦凯。说了出来，真是又好气又好笑。"

青萍道："啊哟，秦凯不是早有夫人，他的女儿就要这几天出嫁了吗，怎么又娶起妻子来呢？须知重婚是有罪的。况闻他家的太太是个河东狮，又怎肯答应的呢？"

淑贞的母亲道："他当然不能再娶妻子的，胡姨太来说秦凯要想娶位美丽的如夫人。自从淑贞跟我到他家去刺绣以后，秦凯便看中了伊，一心要想讨伊做妾，早已在他的夫人面前商得同意。这次胡姨太前来做媒，也是秦太太特地委她出来的，在我房里讲了许多话，百般怂恿我允许这事，保证淑贞将来幸福，绝不吃秦太太的亏。而且她又答应我们一家可以……"

淑贞的母亲正在一口气讲下去，却听啪的一声桌子响，把大家吓了一跳。大家瞧见淑贞脸色发白，一脸怒容，气呼呼地说道："秦凯这老贼，狗军阀，他想我去做他的小老婆吗？真是睡在梦里。我家虽穷，却都是清清白白的人，我也是一个有志气的女子，不贪富贵，不慕荣华。谁肯到他家里去低首做妾呢？纵然他有刮地皮得来的百万家财，在我眼里看来，一些儿也不稀罕。他一辈子只好梦想了。哼，他这样看轻我们，该死的胖狗！母亲，你怎样回答胡姨太的？倘然你早告诉了我，我必要立刻下逐客之令。"

淑贞的母亲却依旧带着笑说道："你不要发怒，除非我是脂油蒙了心，会去允许她们。当然我知道你是无论如何不愿意的，便是我

84

也哪里肯把自己的女儿给人家做小老婆呢？所以我对伊说，这件事恐怕你不肯同意的，向她们谢绝。她们必要逼着我去问你，我遂说如若成功，隔三天给伊回音，否则便是不成功了。"

淑贞道："母亲真是好人，爽爽快快一口回绝了，岂不是好？难道怕得罪了她们吗？我们不是一辈子靠秦家吃饭的，况且现在已和他们没有什么关系了。"

淑贞的母亲道："这也是一个下场势，谁真去给伊回音呢？你放一百二十个心就是了。"

青萍听她们母女俩这样对话，只是在旁微笑，心里却不住地转念头。淑贞回过头来，对他说道："萍哥，你看那姓秦的可是个人吗？可笑他眼珠没有张开，我想要借重你的大笔，写一封很长的信去，把他痛痛快快地骂一顿，也使他知道我虽是小户人家的女儿，却也未可轻视妄念的。你想好不好？"

青萍道："这倒不必了。并非我躲懒，像秦凯那种人，骂他也是无用的。他弄兵刮地的时候，尚且不怕人家骂，何况你一女子呢？多一事不如少一事吧。"

淑贞方才点点头道："我们只当胡姨太放屁罢了。"

这时候友佳也已从学校里回来了，问到了什么客人。淑贞的母亲笑笑道："少停我告诉你吧。"便把那两盆炒面分张姐弟们吃。淑贞又跟着青萍到房里去了。

下星期三是秦巾英和何有才的结婚佳期，淑贞本答应巾英要去吃喜酒的，但因胡姨太来做过媒后，恼恨了伊的芳心，再也不高兴上秦家去了。

次日本城小报上都很详细地记载着秦何两家的婚礼，可以用"富丽堂皇"四个字来概括一切。秦家办的那副妆奁，也可以说得在袁项城孙女下嫁以后，第二次的轰动苏城了。并且附带着刊有大闹新房的一则趣闻。原来秦巾英何有才以前在上海大亚艺术大学肄业的时候，经二人自由恋爱而订的婚，风流艳史传遍同学。所以当二人的婚期，许多同级的学友都特地来吃喜酒，共有十八人，都是活泼而喜胡闹的青年。一到晚上，他们便组织了一个闹新团，酒席散后，大家蜂拥到新房里来。古有十八学士登瀛洲，现在变作十八学士入洞房了。他们也居然公推一个姓杨名尚贤的为领袖，指挥一切，把新郎硬生生架了来，开始大闹。

讲到那闹新房的风俗，由来甚久。所谓三朝无大小。亲戚好友对新郎新妇随意戏谑，凑凑热闹，本也是人情所许，不以为忤的，可是也该有个范围。所谓善戏谑兮，不为虐兮。若是越出了这个范围，也许闹得主客生了意见，感情破裂，岂不是自讨没趣，失去闹新房本来的意思。便是闹出一场惨剧来，也是有的。如前年报载，江北某县有一家保卫团团长的儿子喜期，贺客盈门，十分热闹。晚间闹新房的时候，有几个人胡闹不已，向新娘百般请求，有了秽亵的行动，逼得那新娘无地自容，羞愤之余，竟将利剪猛向伊自己的颈中力刺，立刻倒在血泊里，一缕芳魂到离恨天去了。新郎陡然间遭此惨剧，心里悲痛异常，忽变狂态，马上去取了一管盒子炮，奔进新房，对众人砰砰砰一阵乱放。众宾客惊愕之余，不及逃避的，都饮弹而死。等到有人来抢住时，十几条性命已白白地牺牲。谁料到谈笑之际，会发生出这种非常惨剧来呢？乐极生悲这句古话，真是不错。所以不论什么事情，总不可以逸出范围的啊。

那晚何有才的同学来闹新房，也是有组织的，不是讲几句笑话便可了事。因为这一对新郎新妇都是有名的交际家，凭你说什么笑话，他们声色不动的。当时杨尚贤便先向何有才要求，每人特赠喜果一百盒，又赠饼干十八听，手帕十八打。这些需索，何有才一口答应，不生问题。大家要求新郎新妇吃交杯酒，何有才和巾英各吃三杯，总算领情。杨尚贤便向新娘要求和诸同学各一握手，巾英便立起身来，面含笑容，走到众人面前，伸出伊的一只雪白粉嫩手指上戴着灿灿的钻戒的玉手来，和众人一一行过握手礼，且说："巾英今日和有才结婚，承蒙诸位同学不弃葑菲，远道而来，这是非常感谢的。现在请诸位适可而止，莫为已甚。明天当在花园饭店再设宴报答。"

众人听了，都拍起手来，但是闹新房的事却仍要进行，并不因为新娘演说了几句而中止。于是大家又要求新郎新妇在新房做探戈之舞，因为何有才在上海，常和巾英出入舞场，素擅此道的。有才不得已走至巾英身边，低声问巾英可能同意。巾英却毫不迟疑地允许可以，便把头上的纱索性除掉了，有才遂搂着巾英当着众人舞将起来。看闹新房的人，男男女女，大大小小，挤得新房里水泄不通，只留着新人回旋的一些地步。被挤在房外的人都爬在窗子外面看，看得津津有味。跳舞既毕，十八学士依旧不退场，杨尚贤又代表众人要求新郎当众行接吻礼。何有才答道："接吻是情爱的表示，宜于花前月下，和情人私吻，方有意味。若是当着大众接吻，又是出于被动的，有什么意味呢？"

杨尚贤笑道："我们不管你们有没有意味，谅你们有意味的私吻也不知有数十百次了。现在要给大家观一个公开的吻，答应的便罢，不答应时我们这个闹新团绝不肯偃旗息鼓而退的，不要辜负了良宵。"

何有才听了这话，笑嘻嘻地向巾英的脸上望了一望，见巾英没有愠色，遂走过去握着伊的玉手，对伊柔声说道："我们来一个吧？"

巾英不答。有才知道伊已默允，便抱着巾英的柳腰，巾英的头倒在有才的肩上，两人当众接了一个吻。大家拍起手来，有才遂走过去对众人说道："好了，你们的要求我都照行了，诸位都是我的好友，请原谅些吧。现在请诸君可以回去，明天我们夫妇二人当奉陪你们去游虎阜，以谢盛意。"

众人听有才这样说，便想告一段落，退出洞房。谁知杨尚贤精神抖擞，大声嚷着道："方才是公开闹，现在要私闹了。"

何有才不觉一怔道："怎么叫作私闹？"

杨尚贤道："我们十八学士组织的闹新团，向你们闹笑，这是公闹。多蒙你一一照行，又答应陪我们游虎阜。只要你把赠品预备好，等我们明天来取，那就没事了。不过我个人还得向你们闹一下子，这叫作公闹已毕，私闹上场。"

有才把手摇摇道："算了吧，明天特别多请你喝酒就是了。"

杨尚贤道："没有这样容易的事。我有一件宝物在此，这是和你们两位新人大大地有关系的。这东西便藏在我身边。"说罢，拍拍他自己的衣袋，又说道："谅二位不至于忘记了吧？这件宝物自从落到我手中以后，一向珍藏着，今日适逢二位新婚之喜，特地带来奉还的。"

何有才听了杨尚贤的话，露出一副尴尬的面孔，勉强带笑说道："我倒几乎忘记了。多谢密司脱杨把来赐还，感谢之至。请你停一刻交给我。"

杨尚贤冷笑一声道："这件宝物当然是要交给你的，可是附带着条件的，不是无条件可以交还的。你们倘然答应我的条件，我就奉还，否则我要当众宣布你们的秘密了。"

众人听了，十分兴奋似的嚷起来道："是什么宝物？有什么秘密？你们不要讲什么条件，预备交还不交还，直接交涉是我们不能承认的。我们要武力干涉，要达到利益均沾的目的。"

杨尚贤便又说道："有才兄你听得吗？我到了不得已的时候，只好宣布的。你究竟能够答应我的条件吗？"

这时有才和巾英的面上都有些慌张之状，巾英向有才紧紧地瞧着，好像恨不得要开口的样子。有才双手搓着，走到杨尚贤面前说道："你要求什么条件，你说了出来，我总可以答应的。"

众人只何有才这般地发急，不知究竟是什么宝物，大约很有严重性的，一齐又说道："宣布宣布，我们都要知道这个秘密是什么呢。"

杨尚贤笑道："你们两边都不要发急，今日之事我为政，且待我先把条件提了出来，倘然他们新夫妇不答应的话，我再宣布秘密如何？"

众人保得听他提出条件来。杨尚贤遂指手画脚地讲道："我有三个条件，要请有才兄在二十四秒钟里答应，否则我就自由行事了。"

有才把手搔着头说道："你说得好不厉害。两国交恶，下起哀的美敦书来，也要四十八小时，或是二十四小时答复，总要让人家有一些考虑的余地。倘然像你这样的，只许二十四秒钟，那么一分钟也不到，完全不让人家思量一下了。"

杨尚贤哈哈笑道："这叫作特别哀的美敦书。因为倘然要让你二十四小时答复，那么你尽可从容自在地在销金帐里度过了这个新婚第一夜，然后再来回答我了。我们却冷清清地坐到哪里去听你的回音呢？你若是愿意这样答复我的，我便一说，否则我……"

有才不等他说完，便说道："你说什么条件，只要不出情理，我们总能答应的。请不要提得太凶，不然下半年你和你的恋人朱女士结婚的时候，不怕我要照样地报复吗？"

杨尚贤笑道："不怕不怕，我们没有什么宝物失落在人家手里啊。现在我有三个条件：第一个条件就是要让我和新妇接一个吻，能不能依我？"

杨尚贤说了这话，大家哗笑起来。有才道："我说你只要不出情理，总能答应。现在你怎样提这种条件？将来你的朱女士也能让我和伊接个吻吗？交际可以公开，接吻却不能公开的啊。"

这时有一个同学一拍杨尚贤的肩膀说道："真的，你这要求太无理了。你不看新娘的脸上一双蛾眉竖起来了？不要伊回头去打个电话到伊父亲那里去，派来几个护兵，把你抓了去啊。"

杨尚贤笑道："伊父亲只能管国家大事，新房里的事他不能管的。倘然他要管时，我们这位有才兄第一个就吃不消哩。"说得众人大笑起来。

杨尚贤又说道："我说的接吻不是像新郎新妇用嘴唇来接吻。当然新娘的两片樱唇是有才兄个人的地盘，我怎敢攘夺？我只要用我的手背和新娘的手背接触一下就是了。"

大家又笑起来道："你何不早些说个清楚？这是接手而非接吻了。"

尚贤道："这叫作特别大减价。嘴唇上减到手背上，若要再减时，要减到脚背上去了。有才兄还要说我条件太凶，真是罪过。"

有才也笑起来道："不凶不凶，请说你第二个条件吧。"

杨尚贤道："第二个条件要请新郎新妇对我立下行三鞠躬礼，再要新妇即刻送我一样礼物，以为他日纪念。第三个条件就是要有才兄做狗叫三声。以上三个条件自问不凶，两位新人若能答应的，即请履行。过了二十四秒钟时，我就要宣布了。"

有才连忙说道："依你依你。"说罢，便走到巾英身边去，凑在伊的耳朵上，说了几句话。巾英把头点了一点，表示同意。于是新郎新妇遵照杨尚贤所提出的三个条件一一履行。巾英且走到面汤台畔，取了一瓶香水，赠给杨尚贤作为纪念品。杨尚贤很快活地接受了，对大家道："这个香水很是名贵的，我带回去大有用处。"

一个同学说道："你是一个男子，要这香水做什么？"

又有一个说道："他虽然自己不要用，却不可以送给他的未婚妻吗？"

杨尚贤哈哈笑道："对了对了，所以我说大有用处哩。"

末后，何有才作狗叫三声，引得众来宾拍手哗笑。何有才遂走到杨尚贤的身边，对他说道："杨，你教我狗叫，我也叫过了，你提的三个条件，我们都照办了。那么请你把那东西交还我吧，明天再请你喝酒。"

杨尚贤便从手边取出一小块东西，用纱布包好的，望有才手里一塞，带笑说道："我没有当场出你的彩，便宜了你。明天虎丘长兴馆的一顿酒菜，千万不能赖掉的啊。"

何有才很快地接着，向他西装裤袋里一塞，微笑道："绝不敢赖，请你放心便了。"

众人见他们鬼鬼祟祟的样子，一齐嚷起来道："不行不行，你们私休了吗？我们是不能答应的。什么宝物，要公开给大家一看才是。你们这个样子，何异于秘密外交，丧权辱国，我们誓死不肯承认的。"

何有才见情势不好，洞房之内空气又见紧张，遂趁众人不防时，一溜烟地逃到外边去了。众人又喊道："新郎逃走了，我们快把他抓回来，今晚一不做，二不休，必要一看宝物。我们先来捉住了这个卖国奴。"

杨尚贤忙把双手摇摇道："你们不要骂我，我何尝和新郎私休？方才提出的三个条件，你们大家看见的，明天新郎请喝酒，也不是我一个人吃的，何尝丧权？"

众人又说道："手背接吻是你接的，纪念品是你拿的，你不是太自私吗？"

杨尚贤笑道："那宝物并不公的，这是我个人的自由，和他做有条件的交换，干你们甚事？你们要纪念品，不妨也向新娘要求，大家都是相熟的同学啊。"

众人道："别的不要说，我们要看看那件宝物，方才心死。现在你们不该如此秘密，所以我们难以罢休。"

众人说着话，揪住了杨尚贤，其势汹汹。幸亏何有才的大伯和几个亲戚上前好说好话地代为解围，杨尚贤又对众人说道："诸位要看那宝物吗？那是我也不便公布的。况且新郎已拿了去，他断断不肯再拿出来的。不如待我把这宝物的内容讲给你听，便不必看了。此刻我多喝了些酒，要想早些回寓休息。你们若要听的，不妨同我一起回到花园饭店去。提起了这宝物，其中有一段大大的香艳秘闻呢。"

众人听了他的说话，十分兴奋，于是大家跟着杨尚贤退出洞房，一窝蜂地回到花园饭店去了。其余的宾客也都散归，大家传说出去，播为奇谈。可惜那宝物的内容，杨尚贤只讲给他的同学听，究竟有何神秘，怎样香艳，一般人依旧是一个闷葫芦，不能打破。便是看书的见我写了这许多时候，始终没有交代明白，大概也有些不耐吧。倘然我这支笔也像闹新郎一般地适可而止，不写下去，那么看书的又不认识书中人的，岂非一辈子永永不会明白？而我这部书也变得有头无尾了呢？那么待我慢慢地趁何有才和秦巾英洞房春暖，于飞于飞的当儿，把他们以前如何遇合的艳事，略为补述一下，这个闷葫芦也不攻而自开了。

秦巾英以前在上海大亚艺术大学修业的时候，校中许多女同学要算伊最是摩登，最是阔绰了。伊的交际手段又很好，来者不拒，人尽可友。大家也知道她是秦军长的女儿，豪华之气，当然与众不同。向伊献媚奉承的趋之若鹜。何有才在校中也是被众人所认为王孙公子的一流人物。他专喜和女同学相交，素来有个别号，唤作"穿花粉蝶"。当然他的容貌衣服都修饰得十分漂亮，他的说话做事也是非常善伺人意。一般女学生对于他，十之七八都是芳心可可的。他也是主张自由恋爱最有力的人物，因此他对于秦巾英，很有一些意思去向伊追逐。不过巾英和他不是一系，也不是同级，见面的时候较少。他遂发起了一个苏州旅沪同学会，每星期聚会一次，研究学术，联络感情。每月又有一次聚餐，有时且结伴出外旅行。秦巾英当然也被邀加入，而有才也可以有从容的时间去和巾英接近了。

他们又组织了两个篮球队，一队名唤黑猫，一队名唤白兔。秦巾英是黑猫队里的健将。有一次黑猫和白兔在校中健身房里做友谊比赛，何有才是在白兔队里的，他的篮球功夫并不十分高明，而得滥竽其中，异常高兴。秦巾英在黑猫队里，身手便捷，被伊连中数球，不过十分钟内已变成七与二之比。白兔队急了，大家各出死力，向前猛攻。何有才恰巧得了一球，要想冲入敌垒去，一奏奇功。不料前面有一个人将他拦住，要夺他手中的球。他猛抬头一看，原来就是秦巾英。不由手足都软了，背后自己的队员早在那里喊他，教他快些传球。他不觉心慌意乱，望横边抢过去时，脚下一滑，扑地跌倒在地。巾英一心要夺他的球，不防何有才忽然横倒在伊的足下，一个不留心，在有才身上一绊，跌将下去，恰恰骑在有才身上。众人见了，一齐拍手大笑，反而不想抢球了。

巾英脸上不觉微红，连忙爬起身，回顾同伴说道："倒霉倒霉，跌了一跤，闪痛了腰。"

有才也一骨碌从地上翻身起来，球也不要了，走回自己阵地来。早有别个同学抢上去说道："你们大家客气，待我来吧。"于是大家被这话提醒了，依旧争夺起来。

可是从此以后，大家时常把这事向何有才取笑，说你做了美人胯下之马，适意不适意，快活不快活？有才只是嘻嘻地笑，好像很得意的样子。后来同学们却见巾英和有才时时在一块儿聚首笑谈，他们知道这位穿花粉蝶已施展他灵敏的手腕，博得这位交际之花的青眼了，于是一半艳羡一半嫉妒。而何有才和秦巾英已颠倒情网之中，不顾人言，进行他们恋爱的途径了。

有一个星期六的下午，有才约了巾英一同离校出游，到半淞园去坐船。彼此很有兴，从半淞园出来，又在外吃夜饭。何有才的意思，想在这晚不回校了，要和巾英到大沪舞场里去跳舞。向巾英说了，巾英也很同意。于是两人在晚餐后一齐到大沪舞厅来，消磨这一个爱的黄昏。有才和巾英舞了两回，正坐着憩息，忽有一个西装少年走到他们身边，叫应道："密斯脱何，密斯秦，你们俩好不快乐啊。"

两人不由一怔，再一看时，乃是他们的同学杨尚贤，也是个风流场中的健将，遂让尚贤一起坐下。杨尚贤便开口问道："今晚你们怎会走到这个地方来？"

何有才也说道："你也怎会来的呢？"

杨尚贤道："我是被这两条腿走来的。"

有才道："那么我们也是被我们的腿走来的。"说罢，三人都哈哈地笑了。

何有才又向杨尚贤说道："素闻尚贤兄醉心于跳舞的，大约此地是常来的啊。"

杨尚贤道："不瞒你们说，我差不多每星期六必上这里来玩的。否则我要像吸大烟的人发烟瘾时，很是难受的。这叫作救国不忘娱乐，娱乐不忘救国。你们不要笑我啊。"

何有才道："我们都是同志，岂能笑你？我是主张陶醉现实，取享乐主义。我们艺术家当别具目光，最要更和美的生活。你说对不对？"

杨尚贤拍手道："对啊对啊。"

巾英把纤手支着粉颊，听他们这样说，不觉插口道："那么密斯脱杨时常一个人到这里来的吗？"

杨尚贤答道："我的未婚妻可恨她不在这里，校中又没有什么恋人，只得一个儿走来。当然是有伴侣的好。"说到这里，对二人笑了一笑。

何有才知道他说这话，有些醋意，便道："你虽没有恋人，谅必在这里已有很好的舞伴，不然何以着了迷似的，必要走来呢？"

杨尚贤刚要回答，音乐台上的乐声已悠扬地吹奏起来，座客大都离座去舞。何有才恐防巾英被杨尚贤邀了去，忙对伊说道："密斯倘然不觉疲倦时，我们再舞一下吧。"

巾英点点头，有才遂过来挽着伊的手臂一同走去。杨尚贤笑了一笑，就走到对面一个长身细腰的舞女那边去，搂着同舞。大家在这音乐声中、脂粉气里陶醉着，胡然而天也，胡然而帝了，其他一切都不顾了。舞罢，有才和巾英回到原座，见杨尚贤挽着那舞女的手一同走来，向他们介绍道："这位就是著名的舞星吕珊珊。"

有才遂一摆手，请珊珊坐在一边，侍者又送上四杯咖啡来。珊珊的态度很是浪漫，和他们有说有笑，一些儿也不客气。二人知道这是杨尚贤所宠爱的，果然十分妖冶动人。

其时已近子夜，舞客到的更多了。他们沉醉在这个氛围里，舞了又舞，直到三点钟过后，巾英有些倦意，急欲离开舞场去睡息。但在这个时候，学校里当然是回去不得了，杨尚贤好似知道他们意思一般，便向二人说道："密斯秦恐怕要睡眠了，大华饭店是很静的，我陪你们到那里去可好？那边的账房我是和他熟识的，房价可以打些折扣。"

有才心里最好杨尚贤不要同去，然而不便推却，只好点点头说道："很好，大概密斯脱杨是常到那边去的吧？"

杨尚贤笑道："难得难得。"

于是何有才付去了账，三人立起身来，杨尚贤一拍吕珊珊的香肩道："改日会吧，今晚对不起你了。"

珊珊对他看了一眼，脸上有些不高兴的样子，轻轻说一声："明天可再来。"

杨尚贤道："明天晚上我准来，珊珊你不要失望。"

于是珊珊勉强笑了一笑，说道："不送你们了。"便一扭身子，叽咯叽咯地走回同伴座上去了。

三人出了大沪舞厅，雇着一辆汽车，坐到大华饭店。杨尚贤当先引导，在楼上开定了房间，大家坐在沙发里闲谈。杨尚贤讲起跳舞，非常有兴，告诉有才说某舞场如何华丽，某舞女如何浪漫，一一说来，十分熟悉，足见得他对于此道曾三折肱了。

巾英连打了两个呵欠，对二人说道："我倦欲眠，不能奉陪了。"

杨尚贤道："密斯请便。这里有两张床，密斯随便睡哪一张，留下的一榻，我可以和有才兄同睡的。"

何有才听杨尚贤这样说，就向他紧瞅了一眼，没有接口。巾英却微微一笑道："那么我也不客气了。"说罢，卸妆先睡。

二人等巾英睡后，依旧对坐在沙发里。杨尚贤倒了一杯茶喝着，还想和有才说话，但是有才在沙发里仰倚着头，闭目养神，很静默地一句话也不说。杨尚贤一个人自然说不下去了，只得说道："有才兄，你也疲倦欲睡了吗？这边床上有两条薄被，好在天气很和暖，我们不妨各盖一条，分两边胡乱睡一宵吧。"

有才睁开眼来，皱皱眉头道："这房间有了三个卧榻便好了。因为我一向自己睡惯的，若和人同榻，便要不得安眠，如何是好呢？"

杨尚贤道："你有这个习惯吗？这也有别法想的，教他们添一个临时床，不就是三个榻了吗？你若要适意，待我睡临时床便了。"

何有才仍是不答。杨尚贤道："你听得了没有？我说的办法可好吗？"

有才把手摇摇，又指着那边床上的巾英低声说道："密斯秦已睡熟了，休要去惊动伊。"

杨尚贤见了有才这种态度，便笑笑道："那么临时床也不必添了，就让你一个人独睡那榻吧，我可以另去开房间的。大家舒服些，也是一件好事，你说好不好。"

有才听这些话，却假痴假呆地解着他西装的领结，仍是默然不置可否。杨尚贤又笑道："大约这个你总赞成了。我陪你们到这里来，无非是为你们找安眠的地方，倘然我睡在这里，害得你们不舒服，岂非反为不美吗？我去了，明天会吧。"说毕，立起身来，就望门外走。

有才口里也不留一留，懒懒地立起身来，送到房门口。杨尚贤又回头对他说道："今晚请你独自一个人睡得酣畅些，不要辜负了这个千金一刻的春宵吧。明天早上我再来看你们。"

有才勉强一笑道："多谢多谢，对不起得很。"

杨尚贤便掉转身，挺起胸脯走到电梯边，坐了电梯下去。走出大华饭店，自言自语道："有才真不漂亮，这个我也窘得他够受，然而总是便宜了他。我明天倒要看看他们的情景呢。"他一边说，一边跳上一辆人力车，把手向左边一指，车夫便拖着他飞快地跑去，大约他也是去找寻娱乐，不肯辜负了这良宵呢。

次日天气仍是很好，约莫在上午十一点钟相近的时候，杨尚贤坐着车子来到大华饭店门前，跳下车子，从身边取出一个双毫银币，给了车夫，便进了门，一直来到楼上。在那房门口站定了身子，伸手在门上轻轻地敲了两下，跟着门开了，何有才穿着西装衬衫，脚上还拖着睡鞋，立在一边招呼他进来，说道："我知道你必要来的，连忙走向门口已是很迟了。实在昨晚……"

杨尚贤把手摇摇道："不要说了，我知道的。你一个人睡得很是畅快的，可有什么好梦？"说着话，哈哈笑了一笑。

这时巾英正在妆台边洗脸敷粉，回头见了杨尚贤，伊的娇靥上不觉飞起两朵红云。杨尚贤偏又走到伊向前，一鞠躬道："密斯秦早安。"

巾英道："啊呀，不早了。密斯脱杨你早啊，请坐请坐。"

杨尚贤答应了一声，却不就座，又走到巾英睡的那张床前，见床上鸳枕颠倒，锦衾凌乱，还没有铺好。他伸手把被窝一掀，瞥见一样东西，连忙取在手里，拉过一张报纸一包。有才见了，忙过来抢道："这很脏的东西，你拿去作甚？"

杨尚贤早向西装裤袋里一塞，哈哈笑道："这件宝物真是大好成绩，待我拿去代你们珍藏。将来你们大喜之时，我当原璧归赵，只要你们多给些喜果与我便了。"

　　巾英见那物被杨尚贤取去，忍不住喊了一声："啊呀，不好不好，密斯脱杨你不要恶作剧。我的东西你不能拿去的。"

　　杨尚贤笑道："请密斯原谅，别的东西我不敢拿，这个我却定要拿的。你们总不能告我窃盗之罪啊。"

　　有才发了急，把手去向杨尚贤裤袋边抢，杨尚贤力气大，把有才推开一边，很快地跳到房门外，回头对二人说道："恭喜恭喜，你们真不辜负了这良宵。再会吧。"说着话扬长而去。二人没奈何，面面相觑，作声不得。

第八回

话别销魂偏逢恨事
同车有女初识芳容

　　良久良久，巾英口脂也不涂了，向沙发里一倒，面上露出一团娇嗔，对有才说道："你怎样被他取去的？"

　　有才道："谁防到伊有这么一着呢？并且我也不知道密斯没有收拾好呢？"

　　巾英把足一跺道："你这害人精，你撒了我的烂污，却还要我来收拾吗？"

　　有才道："你不要发急，千不是万不是，都是小生的不是，玷污了密斯清白，罪该万死，我这厢有礼了。"说着话，把他的西装袖子一并，向巾英深深地作了一个长揖。满以为这样可以逗巾英一笑，巾英却并不霁颜，仍说道："你快与我去取来，今天取不到时我要罚你……"

　　有才道："要罚我吗？任凭你怎样罚我，我都愿意接受。唯有罚我做乌龟，却一辈子不承认的。"

　　巾英听了，从沙发里立起来，又要过去拧他的嘴。有才东躲西避，两人在房里打了几个圈子。有才跑到房门边，立正向巾英行个敬礼，表示歉意。巾英仍旧要有才去拿回那物，有才道："我不是撒你的烂污，你想杨尚贤得到了手，怎肯就还？他是著名的刁钻促狭的精灵鬼，当作奇货可居，不知走向哪里去了，教我到何处去找他？况且当着别人的面前，又不能向他索取这样东西的。万一他宣布了出来，我们岂不要难下场的吗？现在只好由他拿去。他不是说过，将来在我们大喜的日子，再行归还？那么以后再说吧。他若真的不还时，无论如何我必要想法报复的。"

巾英道：“说来说去，都是你不好。”

有才点头笑道：“确乎是我的不好，请你原谅吧。海枯石烂，地老天荒，此情是终不会忘却的。”

巾英叹了一口气，也就无话可说。这天二人又在外面很畅快地游玩，晚上仍住在这饭店里，继续他们的好梦，真可说得狂欢了。次日还校，见了杨尚贤彼此一笑，声色不动。他们怎知道这一幕的秘密呢？

从此以后，有才和巾英恋爱的程度已达到了沸点，彼此如胶如漆，不像寻常的异性朋友了。放暑假时，二人回到苏州，巾英约有才到伊家里去盘桓，有才也请巾英到他家中去叙谈，来来往往，两家的家长也都熟了。何有才是三房兼祧的独生子，自幼父母就宠爱非常，长大时也是如此，他要怎样便怎样，是关起门来的小皇帝。对于他的婚姻问题，他家长早已好几次要代他订婚，希望早日娶了媳妇，好早早抱孙男。但因何有才决意要自己选择，只好由他做主。及见了有才有了这位摩登的腻友，又是秦军长的爱女，岂有不愿意他们亲近之理？而萧氏见何有才是个翩翩美少年，绅士后裔，又和自己女儿本是同学，瞧女儿心里已钟情于他，自然也认为乘龙快婿。秦凯是唯夫人之命是从的，只要萧氏能够允许，他没有不同意的。因此不多时候，这一对儿情侣竟能一帆风顺地订了婚。直到今天，大家已在学校里毕业，便涓吉成婚了。杨尚贤想起前事，自然不肯放过二人，所以带了那东西，邀了许多同学来大闹青庐，声势汹汹地提出条件。幸亏有才见机而作，一一答应，这一个风波没有闹穿出来。第二天当然要请杨尚贤等众同学在虎阜快游一回，大嚼一顿了。淑贞和青萍在报上所见的，不过十之二三，哪里知道其中有这么一番经过呢？并且这样的结合，当然可以说得是多情眷属，美满姻缘，又谁知以后还有大大的波折，出人意料之外呢？

淑贞自从胡姨太来作伐之后，心里常感到不快，镇日价和伊的母亲在家里刺绣，晚上仍从青萍补习一个钟头，希望可以增进一些学问。因此深居不出，连门口也懒到。且喜胡姨太也没有再来，秦家也无消息，稍稍安心。

光阴过得很快，转瞬榴火照眼，暑假已到。青萍在爱群小学校里的教职一席决定和校长同时辞职，不再蝉联了。于是他不得不别谋枝栖，进行云间女学的事。他到了一次松江去，和云间女学的唐校长接洽。唐校长见了青萍，问询之下很是满意，况且又是自己人介绍的，早将聘书写好，交他接受。薪水每月四十五元，虽然比较他在爱群里已短少了五元，而他是新教员，在唐校长方面是已算出足的了。青萍接了聘书，回家告诉了淑贞，淑贞虽不愿意青萍作客他乡，和自己离开，然而这是无可奈何的事，只得闷在心头。

伊的弟弟友佳也已从小学毕业，照着淑贞母亲的意思，既然早有隔壁冯老头儿允许把友佳介绍到上海一个制药公司里去做学徒，还是早些学生意的好。若是继续求学，那么学费可教谁去担当呢？然而友佳却一定再要读书，不肯去学生意。淑贞见伊的弟弟志向很高，也极愿意他继续去求学，所以和伊的母亲商量了两次，决定听友佳的志愿，让他去考省立中学，将来考取了，学费可以免的。至于其他的用费，淑贞情愿把刺绣下来的钱相助。友佳就欢欢喜喜地去报了名，预备投考。后来果然被他考取了第三名，好不快活。在暑假期中，每天早上跟从青萍一起研究些国学。青萍对于他们姐弟俩，也是竭其所能，热心指教。淑贞因为在家刺绣，从张大官那里得不到多的钱，所以很想进一步求伊生活的满足。这个发动机也是青萍拨动的。

原来在前一个黄昏，大家在庭中乘凉，上下古今地任意谈了一回，后来又讲到各人的志向，淑贞颇恨自己没有学问，不能在社会上做事。青萍却对伊说道："一个人只要有一技之能，若能够勤奋不懈，好好地去做，不愁无立足之地，千万不要看轻了自己。淑妹的刺绣功夫很深，虽薛灵芸不足专美于前。倘然能够有资本创办一个刺绣公司，或是得着有力者相助，设立一个刺绣学校，未尝不可干一些事业出来。退一步说，若能在以上所说两处内服务，也是很好的事。将来我若有机会，一定要介绍淑妹的。"

淑贞听了青萍的话，一颗静如止水的心也不禁活跃起来，也说道："萍哥之言不错，我若是一辈子伏在家里刺绣，永永没有进展的一日。我也很想出外去找些事做，请萍哥代我留心便好。"

这话说过以后，恰巧淑贞的老师陆女士因为夫婿在外公使任期已满，一同回国。到了上海，再要到北平去。陆女士惦念着山明水秀的苏州，便到故乡一游。到了苏州，又想起伊欢喜的弟子季淑贞，向人一问起，知道淑贞仍住在旧地方。陆女士便带了一些小礼物，跑到淑贞家里来探望。淑贞一见伊的老师惠临，拜见之后真是心里说不出的万分欢喜。淑贞的母亲也是竭诚招待，彼此谈些别后的情况。那时淑贞正在绣着一幅花鸟的横披，陆女士看了一看，点点头，称赞淑贞的技术愈见进步，不过老是株守在家里，徒然为人作嫁，埋没良才，言下稍露惋惜之意。淑贞本来前晚听了青萍的话，心中对于现在的环境很是不满，只苦没人提携，无处出路。今天有栽培伊的老师到来，伊如何肯失去机会呢？遂把自己要想出外去服务的意思告知陆女士，恳求陆女士可能为伊设法。

陆女士对伊说道："以前我本想介绍你出去的，只因你年纪尚轻，又是见了人羞答答的，所以没有提起。现在一别数年，已非昔比。倘然真心要出去做事的，我必能代为留意，迟早可以成功的。"

淑贞听了十分欢喜，谢了伊老师，母女俩便要留陆女士在家里用晚饭。但陆女士一则尚有他处酬酢，二则不欲破费淑贞，因此谈至天晚，即起身告辞。淑贞母女送至门外，代陆女士雇了一辆车，看伊坐着回寓。

青萍回来时，淑贞便把这消息告诉了他。青萍也觉得很是快慰，知道陆女士交际素广，只要伊有意允诺，将来必能成就的。

次日，淑贞特地到观前去买了几块钱的食物，到陆女士那里去答拜。陆女士又允许伊到了北平以后，再代伊想法，向熟人介绍。淑贞又谢了伊老师的美意，然后归去。过得数天，陆女士和伊的稿砧一齐赴北平去了。淑贞依旧在家刺绣，虽在炎热的天气也不辍手。

在这暑期中，伊和青萍的情感又增厚了不少，青萍眼见伊拒绝秦家的要求，不慕富贵荣华，所以更是敬爱。二人虽无什么盟誓恋爱的痕迹，而彼此的心里已是默契了。但是一暑期的光阴虽然日长如年，而他们觉得日暑依然苦短。

一天一天很快地去，转瞬之间，金风送凉，新秋已到。各小学校开学的日子近了，云间小学在国历八月二十日便开学，比较友佳的省立初中要早一旬，所以青萍不得不早些前往。他是新教员，校中情形尚不熟悉，遂决定于八月十六日动身。离别在即，想起心事来了。溽暑之时，他们在家里没有出外，现在天气稍凉，又要赋别，青萍遂约淑贞同至留园一游。留园是姑苏著名的私家花园，也是盛

100

氏的私家园林。景物清幽，亭台重叠，正当禁闭之后重行开放。

一天，天上有些云，阳乌敛威，起了些凉风。二人午餐后，一同坐车而往。淑贞因要和青萍谈些心里的话，因此没有携带弟妹。二人到得园中，先向各处游览一周，见风景虽好，而有些老大之象了，便在四面厅的一隅，烹了一壶清茗，坐着谈话。不知不觉又讲起身世来，青萍慨然说道："我和淑妹居住在一家，平日朝夕相聚，无言不谈。我是一个畸零之人，举目无亲，有了淑妹等在一起，心头得到许多安慰。谁料世事变幻，聚散无常，现在我为了生活关系，不得不和淑妹等分别，而作客云间去了。我虽然十二分的不愿意，可是环境使然，令人徒唤奈何。我不是和你说过，有思家之疾的吗？以后我到了松江，白天在校中上课时，也许不觉得，而一到了晚上，或是休沐之暇，便要感觉到岑寂无味了。松江虽无千里之遥，然而要回家来，也是很不便的啊。心里想着了，就觉得依依难舍，很是不快。此刻我在苏州也不过几天光阴，便要和淑妹等别离了，虽然这件事前数月早已知道，难免有此一日，然而眼前实现了，教我心里怎不难过呢？"

青萍说到这里，喉间有些哽塞，拿起茶杯来，喝了两口茶。淑贞本来剥着南瓜子吃，一听青萍向伊提起别情，伊的芳心里也有说不出的难过。蓦首望下低俯着，晶莹的泪珠已在伊的眼眶里盘旋欲出了。勉强忍住，南瓜子也不剥了，把手指只是在桌上胡乱画着，好似写字一般，徐徐答道："萍哥说的话，都是我要说的。我们和萍哥相聚日久，一旦分袂，怎不令人黯然神伤？但丈夫志在四方，你为了前途的发展，当然不能株守在家，必须到别的地方去的。将来你到了那边，自有一班同事，总有意气相投的人。课余之暇，或是饮酒，或是品茗，或研究学问，或邀游山水，不患寂寞。而我们这里少了一个萍哥，又将如何岑寂呢？况且我每晚要从萍哥实习中英文的，蒙你热诚指导，使我得益非浅，你若去后，我不但少一良友，而又失一良师。我心头的彷徨，岂是言语所能形容的呢？"

淑贞说了这话，把头一仰，两小灶泪珠已滴在自己衣上。青萍叹口气道："这别离的滋味一向没有尝过，此刻已领略了。所以在这几天里，我心中更不能宁静。"

淑贞道："你不要心神不定，还是勉为镇静的好。你去后，希望你时常写些信来，那么我们虽然不能聚在一起，而读了来鸿，恍亲謦欬了。人之相知，贵相知心。我以前读过这两句书，我们只要彼此知心，河山虽遥，能隔离我的形骸，而不能隔断我们的心啊。"

青萍听淑贞说了这些话，禁不住双手一拍道："对啊，淑妹的话真是说到我的心坎里来，使我得到不少安慰。淑妹，你是我唯一的知己了。"

此时淑贞梨窝上泛起红云，偷眼瞧了青萍一下。青萍见淑贞不响，知道伊还有些含羞之态，遂又说道："我去后，希望淑妹自己好好珍重玉体，刺绣时不要过于辛劳，以致妨碍了健康。你前年生的一场重病，实在是危险之至。金钱虽要紧，而身体更是要紧的。"

淑贞道："萍哥金玉良言，敢不从遵？现在我也不敢再过于勉力了。记得那次患疾时，病榻缠绵，经过了很长的时期，休说我母亲十分忧愁，就是萍哥也为了我而非常焦虑，相助延医，并且慷慨分金，救人之急，这种恩德也使我一辈子永永不会忘掉的。现在萍哥将要离此，萍哥去了，更有何人能够相助我们？所以我要格外自己小心，不再为二竖所侵犯哩。"

青萍道："淑妹，你提起了当年的病，为什么总要说这些话？我有什么大大地助你？而你却用上恩德两字，使我怎样受得起呢？以后请你千万不要这样说了。"

淑贞道："不错，萍哥是君子，自己有恩于人，愿意忘却的。但人家也不是不知好歹的小人，人有恩德于我，岂可忘怀呢？本来一个人援助人家，是要看他的心的。像萍哥昔日的相助，可说既尽心又尽力了，怎能教人家相忘呢？萍哥的身体不是十分强健的，我也盼望你到了外边，努力加餐，一切珍重，那么我心也安了。"

青萍也答道："淑妹的叮咛，我决不会忘记的。"

二人喁喁地谈了许多话，青萍因为淑贞说了知心的话，对他已有深切的表示，心头比较安慰了许多。因为坐得长久了，遂一同立起，付去了茶资，又到园里去走走。转了几个弯，早又到了一村，那地方更是僻静，树上鸟声绵蛮，树荫下凉风习习。二人走上假山，那边有一小小亭子，亭内有石台石凳，四下无人，青萍又和淑贞坐在亭子里，指点风景，闲谈一切。

隔了一刻，忽听假山下笑语声哗，有几个男女游客走了上来。

到得亭前，淑贞回头一看，不由一怔，原来当先走的是秦凯的夫人萧氏和胡姨太，还有一个年轻女郎，却不认得。背后跟着的也不是别人，就是那大胖子秦凯。青萍是不认识秦凯的，所以态度自若，毫不在意，可是淑贞却难躲避了。

萧氏走到相近，早已瞧见淑贞和一个美少年坐在亭子里谈话，便将自己胳膊向胡姨太身上轻轻一碰，低声说道："你看这是谁。"

胡姨太也见了，一齐走来，淑贞只得立起招呼。萧氏走到淑贞身边，对淑贞说道："淑贞小姐，好久不见了，你为什么不到我们家里来啊？并且巾英出阁之时，你不是答应要来吃喜酒的吗？为何也不来？莫非我家巾英有开罪你的地方？"

淑贞忙答道："秦太太，你这样说使我惭愧起来了。实在那天我有些不适，所以没有来道贺，抱歉得很。改日我当去请罪。"

秦凯见了淑贞，点了一点头，因见有青萍在旁，所以他昂着头，挺着胸，只是把手去拈他嘴边的菱角短须，不开口。胡姨太也向青萍上下打量了一回，伊以前到淑贞家里，却没有见过的，遂对淑贞说道："今天你同贵友出游吗？在这里相逢，真是巧得很。你这位贵友姓什么？生得好不漂亮。"

淑贞被胡姨太一问，脸上又红了起来，只得说道："这是我同居的萍哥，他姓宋。"

胡姨太跟着淑贞说了一声"萍哥"，又笑了一笑。淑贞看得出胡姨太的一笑很似奸笑，令人难受，因此伊脸上也不很好看，退后两步。萧氏见了这神情，遂说道："我们要到别处走走呢，再会吧。"说着话，他们一行人回身便走，淑贞也说一声"慢走"，回到座上去。

秦凯穿过一株大树，兀自回转脸来，从树下瞧了一瞧亭中的淑贞，好似太息的样子。此时青萍也知道来的就是秦凯夫妇了，起初他也缄默不言，等到众人去后，他见淑贞的脸上很不好看，没精打采的，坐着不响，遂说道："秦凯夫妇真是一对肥人，使人家看了几乎要失笑。"

淑贞噘起嘴说道："我不要见他们，偏偏在这里相逢，真是无巧不有的，使我很不高兴。还有那个胡姨太，谁愿意和伊多说话。我们回去吧。"

青萍听淑贞这样说，只得立起身来道："淑妹既不愿和他们相见，只不要给他们脸子便了。现在我们与他们毫无关系，你何必要生气呢？好在我们已在园中游得畅快，回去也好。"于是二人下了假山，一路走出留园，雇着两辆人力车，坐了回家。

次日青萍便忙着收拾行李，淑贞的母亲又特地烧了几样可口的肴馔请青萍吃，算是饯行的意思。这几天的晚上，青萍和淑贞坐在庭中，名为纳凉，实则清谈不倦，好似不舍得这几天宝贵的光阴空过一般。淑贞的母亲如何不懂得伊女儿的心事，她也早将青萍视为未来的快婿一样了。

到得十六日青萍便要动身，隔晚淑贞暗暗送他一个长方形的纸包，他谢了，要问里面是什么东西，淑贞叮咛他必须到了松江，方才可以拆阅。青萍自然听伊的话，放在行箧中。临时之时，大家心里非常难过，淑贞的母亲送到门外，说一声："宋少爷，路中平安。"几乎要哭出来了。淑贞一定要亲自送到火车站，伊助着青萍，携带行李，坐了两辆人力车到得车站。车站虽非南浦，而到了那里，别情更是紧张起来。火车到站时，青萍和淑贞紧紧握了一下手，说声"再会"，跳上车去。脚夫也将行李送上，淑贞呆呆地立在月台上，青萍倚身在窗边，两人讲得不多几句话，火车早已开动。淑贞将手中一块手帕向空中招展着，青萍在车上也伸起手臂挥了几下，飙轮如飞，一刹那间早载着许多离人，遄奔前程去了。

淑贞直瞧到车影没入水平线下，只剩着一缕缕的黑烟袅在晴空里，方才没精打采地回到家里。伊母亲向伊问话，伊也不回答，却坐在房里桌子边，把头伏在手臂上，双肩微微耸动。淑贞的母亲知道淑贞心里不快活，只苦没有话去安慰，只得到厨下去做饭。不多时午饭已熟，淑清友佳帮着他们的母亲将午饭端出来，淑清喊了一声："大姐姐出来吃饭。"房里没有回答，淑贞的母亲便走进房去，说道："淑贞，午饭好了，你早上吃得很少，肚子里一定饿了，快出去吃吧，伏在桌上做什么？"

淑贞抬起头来，一双眼睛已肿得胡桃般大，桌上又湿了一大堆。淑贞的母亲瞧着，不由叹了一口气，说道："你作甚这样的悲伤？舍不得萍哥离开吗？他不久就要回来的，你真痴了，又不是吃奶的孩子，舍不得离开娘亲，不要给人家笑吗？他去了，不久即会有信来的，现在快去吃吧。总不成萍哥不在这里，你一辈子饿肚皮啊。"

淑贞勉强走出房去，淑清见了，便将手指在伊自己的脸上羞着道："大姐姐，这样大的年纪还要哭，笑话笑话。你不愿意萍哥走开吗？待我写信去唤他回来，好不好？"

淑贞脸色一沉道："不要胡说，你不必管我的账。"

友佳对淑清扮了一个鬼脸，淑清讨得没趣，便去盛饭吃。淑贞也就盛了一碗浅浅的饭，坐到桌子上吃了，却不再添。伊母亲问道："你怎么不吃了？"

淑贞道："我肚子并不饿。"

于是伊待弟妹等吃毕，帮着母亲去洗碗盏，一个不当心，打碎了一只碗。伊母亲知道伊有了心事，所以做事要闯祸了，也不去埋怨伊。然而淑贞的心里总是闷闷不乐，好如失去了一样东西一般。

青萍也何尝不是如此呢？他因为以前爱群小学里的冯校长现已在上海银行里服务，知道青萍日内要到松江去执教，所以有函来，叮嘱青萍便道过沪，代他带几件东西，交与唐校长。此刻他不得不先到了上海，然后再坐车往松江。

青萍到得上海后，便去访晤冯校长，相见甚欢。冯校长便请他到馆子里吃了一顿西菜，把东西交托于他，意欲留他在沪歇宿一宵，顺便游玩。青萍两三推辞，冯校长遂亲自送到车站，代青萍购了一张二等票，等青萍坐上了火车，然后别去。

青萍坐在二等车中，见车客贵族化的甚多，大半到杭州去的，不觉自惭形秽。买了两份报纸展阅，一会儿车已开了，他坐的是寻常客车，所以每站都停靠的。车到梵王渡，略一停留，便有些人上车来。青萍只顾瞧着报纸上的一篇社评，正在赞叹言论的犀利，忽听身畔有娇滴滴的声音对他说道："先生，对不起，请你让一让。"

青萍抬头一看，见是一个年纪很轻的女子，头发分披着，虽没有烫，而式样很清爽，脸儿也生得不错。细长的眉，活泼的眼珠，小圆的樱唇，身上穿着一件淡青的旗袍，衣袖很短，露出雪藕也似的一双玉臂。手中拿一柄团扇和一皮夹，襟边套着一支自来水笔，脚踏一双白鸡皮革履，态度自然，姿色清丽，像是个女学校里的教员。背后一个脚夫，代伊捎着一只手提箱和一网篮，是从梵王渡上车的女客。因车厢中的座位处处都已挤满，没有空隙，唯有青萍坐的椅子，靠里尚有一个人的座位，被青萍放着手提皮包和几张报纸。那女子没奈何，只得教青萍让座了。青萍忙将皮包和报纸取去，自己向里边一坐，把皮包放在顶上安物之处，腾出自己的座位。女子遂把手帕拂了一拂，傍着青萍坐下。脚夫早代伊把物件放好，女子从皮夹里取出一张辅币券给了他，茶房又送上茶来，车身向后一动便开车了。

青萍依然拿着报看，而鼻子里已嗅到一阵甜香，一眼见那女子从皮夹里取出一把新式剪刀，正修剪伊的指甲。修长而白嫩的手指，满红的指甲，真可称得纤纤玉手了。恰巧女子回过头来，见青萍正在瞧伊，也对青萍紧看了一下。青萍顿觉有些不好意思，低下头仍去看报。那女子却若无其事地把指甲修剪好了，将一柄小团扇徐徐地扇着。对座有一个老者向青萍借报看，隔了一刻，老者将报还给青萍，便向青萍问道："请问贵姓？可是到杭州去游览么？"

青萍老实答道："敝姓宋，名青萍，从苏州到松江去的。"

老者又问道："宋先生到松江去，有何贵干？"

青萍道："新近担任云间女学教职。"

老者点点头道："云间女学是私立的，听得名誉很佳。"

青萍不便说好不好，口里答应了一声。这时候那女子早已听得他们二人的问答，便向青萍笑了一笑说道："原来尊驾就是校里新请来的宋先生吗？巧极巧极。"

青萍听了，不由一愣，遂问道："密斯也是到松江吗？可是……"青萍说到这里，吞吐着不说下去，好像要等伊说话一般。

女子很爽地说道："我就是在云间女学里教授音乐的，前次我和唐校长逢见，伊曾告诉我说，下学期校中已聘定苏州爱群小学里宋先生来担任教职，所以我知道的。"

青萍听了伊的说话，方知这女子正是云间女学里的同事，难得在车上相逢，便又问道："敢问密斯贵姓？"

那女子双手搓着团扇，低低答道："我姓沈，名云英，家住在梵王渡，今天赴校，恰巧和先生相逢。"

青萍微微一笑道："密斯和古人同名了。我记得明末时候守道州的沈将军，有个女儿，也呼沈云英。后来伊代率军民，大破游寇，为父复仇，封为游击的。现在有一篇《沈云英传》，流传古今。"

云英把手摇摇道："我是很惭愧的，哪里能够及得上古人呢？"

青萍道："不要客气，现在我们中国外侮日亟，危险得很。将来世界大战爆发，太平洋风云变色，我国断不能幸免敌人的侵袭，不但全中国的男子应该武装起来，准备抵御外侮，诵与子同仇之诗，便是二万万妇女，也当一致投袂继起，效秦良玉沈云英辈，挺身杀贼，共保国土的。所以我不愿意密斯说今人不及古人。"

云英听了青萍的话，只笑笑，却不回答。对座的老者却频频点头，似乎很赞成青萍之言。青萍见云英没有答话，便不谈这事，向伊问起云间女学的状况。云英遂告诉说，云间女学共有学生五百余人，唐校长办学的成绩很好，校中规模也宏大，在小学中可称翘楚。据唐校长的意思，不久想扩充初中呢。校中共有教职员十四人，伊在校执教也不过一年，自己曾在上海敬德女子中学里毕业的，又习得琴科，因此教习音乐唱歌。云英一边说，一边从座旁藤篋里取出两只莱阳梨来，把小洋刀一齐削好，便将一只削好的梨放至青萍面前，说道："宋先生口渴吗？请用这个。"

青萍不好推辞，只得道谢数语，取梨细嚼，其味果然很甜。沈云英见青萍吃了伊削的梨，似乎更觉高兴一些，遂和青萍絮絮地交谈。讲起吴中的名胜，如虎阜、天平、灵岩等，云英以前都曾游过的。青萍觉得云英吐语很是流利，态度也很大方，没有腼腆之态，不愧是个摩登女子，又和淑贞有些不同了。

不多时，火车已到松江，二人教脚夫代携着行李，走下车来。出得车站，云英对青萍说道："宋先生，这里的路径也许你不十分熟悉，待我来引导吧。我去唤车子。"

青萍点点头，付去了脚夫资费，代伊看好行李。一会儿云英早雇得两辆人力车前来，二人坐着，带了行李，一齐赶到云间女学。唐校长见青萍跟着沈云英同来，相见之时，不免惊异，便问青萍道："你们二位本来是相识的吗？"

青萍答道："以前不相识的。"

唐校长道："那么怎会一同来呢？"

沈云英嫣然微笑，便将在车上相逢的经过告诉了一遍。唐校长笑道："原来如此，巧得很，毋用我来介绍了。"

于是唐校长便和青萍谈了一会儿，把教课的表给了青萍，乃是请青萍担任五年级的级任，又领他到寄宿舍去。学校的房屋很是广大，对于教师格外优待，所以青萍能独住一间靠东的楼房。青萍看了，很是满意，遂向唐校长道谢数语。唐校长因为事务很忙，所以走开去了。青萍遂把行李教校役送到自己房间里去，一一打开来安置。天晚时，床帐都已安排定当。

校内晚餐钟声敲动，唐校长又差人来引导青萍到餐室里去用晚饭。此时大多数的教员尚没有来，只有唐校长沈云英以及会计庄先生、庶务周先生、四年级主任郭女士等数人，围坐在一桌。

晚饭后，唐校长对青萍说道："宋先生倘然没有事做，可到我处来谈谈。"青萍答应一声，唐校长又向沈云英和郭女士说道："你们也一起去坐坐。"于是三个人都跟唐校长来到校长室中坐谈。唐校长教下人去了两个西瓜前来，请他们吃。

青萍初来执教，便向唐校长问问学校方面的情形。唐校长对答如流，青萍觉得唐校长为人很是精明能干，又会敷衍，年纪虽在四十左右，而望去仍如三十以下的人一般，真是女界之秀。而沈云英却处处英爽动人，蛾眉中有豪气。唯郭女士讷讷然谨愿得很。自己和她们周旋了一会儿，已近九时，遂立起告辞，向他们道了晚安，回到自己的寝室里去。

开了电灯，一个人坐着，凉风从窗外微微吹来，四下万籁俱寂，想想自己今日开始作客异乡了，一向住在自己家中，虽然幼失怙恃，很是孤零，然而有淑贞母女等同居，彼此十分亲近，如一家人无异。谈笑忘形，一些儿不感到寂寞。此时若在故乡，淑贞早手捧书卷，走到自己房里来补习了。现在我已和伊相隔两地，音容难接了。本来人生要常聚在一块儿也不是容易的事啊。

他想起了淑贞，心里有些愀然不乐。偶然抬起头来，见窗外天空里忽然一亮，有一流星从南飞到北去，星光曳得很长，旺如闪电。暗想：此时淑贞母女必然坐在庭中乘凉，说不定这个流星伊也会瞧见的。倘我能从星上附一信去，不是比较去寄电报还要觉得爽快吗？他痴痴地瞑想，觉得世间各处地方再没有比家乡好了，为了衣食计，只得跑到别处来，今后要开始过凄凉的生活了。除非放假时候，可以还去和淑贞晤见。又想到自己在留园和淑贞握别的情景，淑贞明明也不舍得和他分开，却不得不掩藏着伊的真情，而劝他志在四方，努力奋斗，说些勖励的话。只要看伊偷弹珠泪，便可知伊的心里也有非常难过呢。唉，伊真是我的知己了。他日我决不忘掉伊，希望有一天如我二人心里之愿，所谓能离者身，不能离者心。知音者芳心自同，这颗心是黄金难买的啊。今夜我在此地想念伊，谅伊在故乡也正苦思我呢。

青萍想到这里，便想着自己在苏州动身之时，淑贞曾送他一件东西，是个长方形的纸包，曾叮嘱他说千万须到了松江方可拆阅，究竟不知何物，为何如此郑重其事？我忠实遵守伊言，放好在行箧中不敢动。现在我已到了校中，便是拆阅的时候了，怎可遗忘呢？

他一想着这事，立刻走至行箧边，开了手提箱，取出那样东西来。美人之贻，觉得这物的价值当然与众不同的，而他的精神顿时也兴奋起来。

第九回

玩风吟月名山探胜
清歌妙舞华屋晋觞

电炬之中，首先映到青萍眼帘里的，乃是一对绣花的洋枕套，花中各有一行绿色的西文，一行是"Forget me not"，一行是"Happy Dream"。青萍想这两行西文的意思，乃是"长毋相忘"和"快乐之梦"，在文字里面包含着很深的意思啊。又觉得枕套中还有一件东西，他就将枕套一抖，果然有一个西式信封，扑地落到桌上。拾起看时，信封上写着"如见其人"四字，连忙拆开来时，中间有一张照片，即是淑贞的倩影，含笑玉立。一瞧这个样子，真可说得"静女其姝"。遂想怪不得以前听淑贞说要去摄影，后来没有提起，原来伊已在暗中摄好，特地要送给我的。女子的心真是不可测度的啊。再看那照上又写着两行小字道："青萍我哥惠存"，"妹淑贞敬赠"。一个女子肯把自己的照片送给一个男子，不是容易的事。在新派妇女善于交际的，当然也没有稀罕，可是淑贞又当别论。伊以前也没有多摄影，此次特地去摄了而送给自己，又写上了字，又是很秘密的，那么伊的芳心自然不问可知了。伊这样爱我，这样安慰我，教我怎样报答伊呢？

他如此想着，把淑贞的玉照依然放在信封里，珍藏在行箧中，又将一个有"长毋相忘"西文的枕套套在自己睡的枕头上，把那一个也放好了，自言自语地说道："现在我要不忘伊，睡了这枕套，淑贞如在我身畔。至于'快乐之梦'，尚要期待着将来呢。"此时听校中睡钟打动，各处都熄了灯火，于是他也就睡了。

次日一清早便起来，早餐后写了一封信给淑贞，告知一切，说了许多感谢的话和思念之忱，写得很有些缠绵。又写了一函给他的姐姐，都交给校役去付邮。这一天上午，他帮着唐校长干去些事，到了下午三点钟的时候，大家都要休息，唐校长遂和沈云英一同至操场上去拍网球，青萍左右无事，也跟着走去作壁上观。他立在一株大树下，瞧唐校长换上了球鞋，戴着一顶白帽子，手握网球拍，很是有兴。又看沈云英穿着一件白绸旗袍，衣衫短至肩下，露出两条雪藕似的粉臂，手里拿着网球拍，一跳一跳的，宛如小鸟般，非常活泼。她们并不是比赛，只是打着玩儿，练习练习，所以用不着记分。唐校长首先发球，沈云英迎着回击，两人各施身手，忽前忽后，忽左忽右，一颗球在场中飞来飞去，看得青萍眼花缭乱，连声叫好。他觉得沈云英对于抽送之技既熟而精，确有几下出奇之处，每使唐校长措手不及，难以招架。而出没无定，尤令唐校长疲于奔命。所以唐校长常常失手，完全让云英独逞威风。

一会儿，唐校长立定了，把手摇摇道："不来了，我给你累得浑身是汗，力乏不堪，认输了。"

云英立在场中，抱着网球拍微笑着，好似兴致未尽的样子。唐校长又将手向青萍一招，青萍立即跑过来，唐校长对他说道："宋先生，你于此道也素擅吗？沈先生是健将，现在谅伊没有杀个畅快，你和伊去对垒一下吧。"

青萍道："我是不济事的，这位沈先生的网球十分纯熟，校长尚且输给伊，我哪里是伊的对手呢？"

唐校长道："不要客气，你不妨试一下子。"一边说，一边将网球拍递到青萍手中去。

云英又在对面娇声喊道："宋先生，来来来，我要请你指教。"

这时青萍只得接了网球拍，上前去和云英周旋。唐校长却又说道："我要去洗浴哩，失陪了。"回身走去。

青萍和云英上手不及数下，早已输了，遂带笑说道："密斯沈，请你的玉手放松一些，我也是无能之辈啊。"

云英笑道："不要这样说，你是故意让的。"

青萍昔日在学校里也喜欢玩这个的，现在听云英说了，遂也不甘示弱，放出他生平的本领去和云英交手。云英起初也有些轻视青萍，等到青萍的球势渐见厉害，伊也不敢怠慢，用力对付。二人又拍了一刻钟，结果仍是青萍负的。青萍遂放下球拍，走过去说道：

"佩服佩服，今天我认输了，改日再和密斯比较吧。"

云英笑了一笑，也将球拍放下，一掠额前的发，徐徐走到那株大树边。树下有一座横椅，云英坐到椅子上，将一块小手帕去揩拭伊额的香汗，青萍立在伊的面前，颇有趑趄之态。云英一指伊身旁的空座说道："宋先生，你也坐一会儿。"

青萍只得坐了下去，对云英说道："天气尚热，密斯用了力气，大概很疲乏吧。"

云英道："也不觉得怎么。宋先生可常拍的？"

青萍道："此调不弹久矣，还是在学生时代练习过。密斯的技能很是巧妙，若是出席全国运动会，一定可以有惊人的表演，夺得锦标而归的。"

云英笑道："宋先生未免过誉了，我哪里有这种资格呢？我不过心之所喜，借此运动，调剂身心。谁耐烦去和人家比赛优劣呢？"

青萍点点头，这时一阵凉风吹来，树枝乱舞，吹得云英头发蓬乱，衣服飘飘。青萍说道："好大风，多吹两阵吧。"

云英把手抚着自己的头发说道："这风吹得太急了，也许要起阵雨呢。"

青萍抬头看时，果然西边有一大块乌云涌起，把那落日都遮蔽住了。然而稀薄之处，仍有日光漏出来，又是一种色彩。而东南边天空里依然作蔚蓝色，间有一二白云横曳着，宛如山水一般。遂说道："只有这一大片乌云，又无雷电助势，恐怕独力难成，起不来阵雨的。况且乌头风，白头雨，这句古话也不错，大概今晚有些风了。"

云英道："起风也好，我最怕闷热的。校中快要开学，愿天公多赐些凉风，早杀炎威吧。"

青萍道："处暑快到，便是热也没有多时了。"

二人在椅上闲谈了一会儿，只见唐校长换了一件青纱旗袍，手握一柄芭蕉扇，慢慢地走来，向二人带笑说道："我已浴毕，你们却在这里谈话吗？宋先生，你大概也负的吧？沈先生的网球好不好？"

青萍道："尽善尽美，无以复加，我是甘拜下风了。"

云英道："你们休要再这样地称誉我了，我是不敢当的。"说时立起身来，又指着天空里说道："真的不起阵了，乌云都推到别地方去了，我也要去洗浴哩，再会再会。"伊说罢，掉转身躯跑回去了。

青萍见云英已去，自己本想也回宿舍，可是唐校长立在这里，不便抛下伊一人，只得也立起来和唐校长敷衍。唐校长和青萍在草地上且走且谈，绕了一个圈子，走回校长室来，唐校长方和青萍点点头，说声"再会"，走入室中去了。青萍也一人回到自己地方去。

又隔了两天，云间女学开学日期已临，教职员和学生都已到齐，唐校长忙得很，行礼的时候介绍新教员青萍给学生认识。青萍起始授课，他因为自己新来的人，最要使学生有敬佩之心，所以授课时非常用力，每有讲解，不厌周详，且设法引起学生求知的兴趣，所以学生心悦诚服，都在背后称赞宋先生的好处。

唐校长听在耳朵里，暗暗欢喜，觉得这个新教员果然聘请得不错，足为自己大大的臂助了。遂在星期六之夜，特地在校中开个教职员联欢会，宴请校中新旧教员。共设了两桌，各人拈了阄儿，按着纸上的号码而定座位。恰巧青萍拈的五号，云英拈的六号，两人比肩而坐。席间有国文教员余先生提议举行酒令，大家赞成。余先生便将写就的纸条，教大家抽取。云英抽着的上面写着"娇滴滴越显红白"，旁注"面色红白者饮"。云英本来饮了一杯酒，脸上又红又白，大家笑指着伊，要伊饮五杯。云英一定不肯多喝，便由唐校长罚伊唱一阕《渔光曲》。云英起先也不肯唱，后来经众人两三催逼，伊只得曼声而歌，果然唱得悠扬顿挫，声音清脆流利，大家拍手赞美。

后来有人拈着一条"笑问客从何处来"，旁注"新来教职员饮"。于是大家教青萍饮酒，青萍只得喝了三杯。过后又有人拈着一条"落花时节又逢君"，旁注"无意相逢者饮"。但一时没有人承认。唐校长指着青萍云英说道："他们有这资格。因为宋先生来校的时候，恰在车上和沈先生相逢，一同到此的。不是应当喝酒吗?"

大家拍手道："妙极妙极，该饮三杯。"

唐校长遂代二人斟酒，说道："快饮个交杯儿。"

云英本因酒量浅薄，不能再喝，经唐校长这么一说，越发不肯饮了。余先生道："那么请你再歌一曲吧。"

陈先生道："不行，这一遭该罚酒。"

云英却始终不肯抱着屈服的态度，青萍已把自己的三杯喝完了，

113

见云英如此窘迫，一时侠义心生，对众人说道："密斯沈既是不能喝酒，那么诸位也不必强人所难了。"

唐校长对青萍看了一眼，说道："宋先生，不用你做说客。这是酒令，必须通过的。否则大家都好推辞了，岂能行令？要请令官主张公道。"

余先生带笑说道："沈先生确乎是不大会喝的人，现在不妨出于权宜，只要在座诸公，有哪一位肯代伊饮了这酒，便算了事可也。"

余先生说了这话，众人都不肯代饮。唐校长又说道："这三杯酒别人是不能代喝的，除非是宋先生，和这令中有关系的方可。"

余先生遂问青萍道："那么宋先生可能喝吗？"

青萍点点头道："我来代饮便了。"说毕，便毅然慨然地将云英面前的三杯酒一杯一杯地喝下肚去。

云英见了，皱皱眉头，又不好教他休喝。青萍也不是善饮的人，酒量不大，今晚自己本已多喝了数杯，现在又加上了这三杯酒，便有些受不住了。只觉得眼前天旋地转，喉咙里痒痒的十分难过，心里跳得很急。想要呕吐，当着众人面前，兀自勉强镇定，而身子却摇摇晃晃地在椅子上坐不住。

唐校长瞧着他微笑道："宋先生醉了。"

青萍摇摇头道："不醉不醉。"

座中有一个陈先生说道："宋先生既说不醉，可能再饮一杯吗？"

青萍此时真的醉了，失了常态，点点头道："能。"

陈先生便斟满了一大杯酒，双手敬至青萍面前，说道："请干此杯。"

青萍当着众人要做好汉，举起杯来就喝。不料喝得一半，人已受不住了。一阵模糊，手里杯子一松，当的一声跌在地下，泼翻了一大堆。同时他的身子向左边一歪斜，直倾倒云英身边去。云英举起玉臂想把青萍扶住时，而青萍一个身子已倒在云英的肩旁，口中哇的一声，吐了半口酒水出来。云英喊声"啊呀"，幸亏青萍左首坐的韩先生，很快地施展身手，将青萍一把拉住，否则云英要跟着同倒了。然而云英身上穿的那件浅色绸旗袍已沾染了一堆酒渍。韩先生既把青萍握住，大家见青萍已醉得不知人事了。

唐校长道："早知宋先生的酒量不够，不必多灌他了。"

114

余先生道："不如着人扶他回房去吧，只消睡一宵就是了。"

唐校长便教两个校役扶着宋先生回转宿舍里去。陈先生笑道："他既然不能多喝，谁教他要做好汉？真是自不量力了。"

算学教员石先生在旁微微笑道："我瞧他代沈先生喝三杯酒时，已是勉力，怎能再教他喝呢？"

云英却一声不响，余先生笑道："都是我行的酒令不好，现在我自己饮了一杯，收了令，大家吃菜吧。"

于是大家停止酒令，各人用菜，尽欢而散。

唯有青萍回转宿舍，大吐大哕，满地狼藉，沉醉了一夜没有觉得。直到次日醒来，想想昨宵的事，尚有些模糊不清。唐校长告诉了他，他方觉自己未免失礼了，一向很谨慎的，怎么自己失于检点，一时贪饮了杯中物呢？人家和我都是新交，不要笑我狂态吗？以后不可不严以律己了。

散学时，他从五年级教室走出来，见云英打从对面走廊里刚要走到校长室去，向自己点点头，微微一笑。青萍忙走上去说道："昨夜我酒醉失礼，唐突了密斯，幸恕冒昧。"

云英道："宋先生，昨宵你果然醉了，不打紧。"说着话，匆匆地走入室去了。

青萍见云英没有立定讲话，遂也到教员室里去坐着，改去一些学生的作业。见众人都走去了，室中只有自己一人，坐了好多时候，该出去散散了。于是他就走出室，信步踱至校园里，花木阴翳，秋色满园，静悄悄的，有一群小鸟在那里飞上飞下。他刚才立在一个茅草亭边，玩赏景色，忽听背后叽咯叽咯的革履声响，回头看时，乃是云英翩然而至。

云英走到青萍身前说道："我方才从图书馆楼上下来，见你独自走到校园里去，所以也就走来，莫非你要在此闲步吗？"

青萍道："正是，密斯来了最好。昨宵我醉后狂吐，沾污了你的衣服，真是抱歉得很。若没有唐校长告诉我时，我也不知道呢。我自己责备自己，不该如此失礼。"

云英笑道："这事过去了，你何必放在心上呢？况这事对于我也有些关系的。因为余先生唐校长若不罚我喝酒，你自然也不会代我喝。你不代我喝时，也许你不会即醉的。倘然我喝了这三杯酒，我也要醉得不能自持了。你不是代我喝醉的吗？我还能怪你吗？"

青萍听云英如此说，心中大慰，便道："密斯能这样宽恕我，真是万幸。"

云英道："不过我要劝你以后少喝些酒，不要再喝得这样大醉。因为酒和烟都是有害于人体的。此中利害，宋先生当然知道，毋烦我细说。但人情常忽于所微，以为这是不要紧的，不肯留意，所以往往有许多人为了饮酒而影响了他的健康。且酒能乱性，故大禹戒旨酒。人在酒醉之后，很易做不道德的事，甚至犯罪，在社会也数见不鲜的。我们知识分子应该加以注意。你以为我的话说得对吗？"

青萍道："密斯的话真是说到我的心坎里，我当视为金科玉律，服膺勿失，以后再不敢狂饮了。本来这是酬酢时聊以助兴，何必多喝？否则两人猜拳时，应当胜者饮酒，何以反罚给负者去喝呢？当然不是好东西了。若非密斯爱……"说到"爱"字，只吐了半个音，立刻缩转去，改换了"不以我为鄙弃，怎肯为此忠谏？《论语》上说，友直友谅友多闻，密斯真是既直且谅了"。

云英早已听出那个"爱"字，虽然青萍没有道出，然而伊的颊上已有些微红，遂走进茅亭里去。青萍跟着步入，恰巧茅亭中有两个石凳，二人面对面地坐下，随意闲谈一番。转瞬天已垂暮，二人方才走出校园。

一个校役迎面走来，手里拿着几封信，一见青萍，便带笑说道："宋先生，有你的信在此。"说罢便将手中一个白色洋信封递上。

青萍接到手里一看，知是淑贞的来信，便不拆阅。那校役又将一个活页信封递与云英道："沈小姐，你也有一封信。"

云英接过去，看了信封上的字，便咕着道："我妹妹来的信。"一边拆着信，一边向青萍说道："我们停会儿再见。"遂走回伊的宿舍那边去了。

青萍也回至自己的宿舍里，开亮了电灯，方把淑贞寄来的信拆阅。写得很长，凡是青萍去函上所问的，淑贞无不详细答复，且写上许多思念的语句，很是缠绵。有一节写着道：

　　……萍哥去了，萍哥的声音好像依然在我的耳畔。萍哥去了，萍哥的容颜好像依然在我的眼里。萍哥究竟去了

116

呢，还是没有去？令我惝恍起来了。每三思量，萍哥真的去了，萍哥的形体是不在家里了，而萍哥的精神却寓居在我的心中。所以萍哥虽去，而似乎萍哥尚在我的眼前。萍哥见我如此写，不要笑我太会幻想吗？

自从萍哥离家后，天气也凉快得多。我们不再坐庭中纳凉，即使再坐时，不能听萍哥口讲手画，海阔天空地告诉我们许多逸事奇闻，增加我们的知识了。小妹妹常常问我萍哥几时回来，我说相隔甚远，大约放寒假时方可回家。伊说时日太远了，怎样等得及呢？不错，这长时间的久别，教我们怎能不朝盼夕念？哪里再能够如昔日天天聚在一起呢？但我与萍哥握别之时，萍哥不是曾对我说，在双十节边或可抽暇回来吗？我告诉了淑清，淑清便天天盼望双十节快到了。然而尚有一个多月的光阴呢，我没有别法想，只盼望你多多写信前来了……

我送你的一些微物没稀罕的，你何以要这样地谢我？这是我希望你在外边不要忘记我，夜夜酣睡，做快乐之梦的。我摄的小影可像我吗？丑陋得很的，请你不要笑，也不要给谁看……

我们这里去了一个萍哥，便没有以前的热闹。我每晚走过你的房门前，必要痴痴地想，以前在这时，萍哥总是点着灯在房里看书写字了，现在却是双扉紧闭，不见人影灯光了。室迩人远，悠悠我思……

这一类的写得很多，可见淑贞的芳心对他如何关切。使他读了又读，对着这几张信笺出了神。晚餐的钟声铛铛地响起来，方才放好了信，去吃晚饭。夜间便又作了一封复书，寄给淑贞。很多安慰之语，他和淑贞的感情既深且厚，现在因离别而更进一步，断非他人所可比拟了。

青萍在校中执教，不知不觉已有一个多月。他待人很是和气，唐校长等也都对他很好，尤其是沈云英，休沐之暇，常要聚在一起，促膝谈心，真是一见如故，道合志同。青萍有时也觉得自己和云英的友谊未免亲密一些，然而自己也不知何以如此。云英喜欢拍网球，

117

常要青萍和伊对拍，青萍只要自己有暇，云英要他怎样，他无不奉陪。

有一天，他们拍完了网球，坐在场隅草地上闲谈。青萍问起松江有何名胜可以一游。云英道："在清浦境有个佘山，相距不远。上面风景很好，有天主教的礼拜堂，经外人修筑得道路平坦，大可往游。"遂约青萍，便在这星期六前往。因为云英在星期六是没有功课的，而青萍也只有一课算术，可以请人暂时庖代。他们决定了，便去邀唐校长同行。唐校长曾到过一次，答应可以陪他们同往游览。

谁知到了星期五的晚上，唐校长忽然对二人说道："明天我有些要事，须至上海去和人接洽，所以佘山之游恕不能奉陪了，还是你们二人去吧。"

青萍听说唐校长不能去，未免扫兴。云英道："我去邀密斯郭，看伊去不去。如伊能去的，我们多一佳侣。"

青萍点点道："也好。"

但是云英去和密斯郭说了，密斯郭懒懒地未表同情。云英跑回来，告诉青萍道："密斯郭不愿意去。"

青萍道："糟了，不如缓期再游吧。"

云英听了大不高兴，对青萍紧瞅了一眼，说道："怎么你也不愿意去了吗？"

青萍带笑答道："我本来要往游的，没有什么不愿意。不过人家都不能同去，未免减少兴致。"

云英道："人家不去游，难道我们一辈子游不成吗？我们两个人不是伴侣吗？人少了也好，免得主张不一。近日秋光大好，正可驾言出游。我想明天一准去游，一个人要有勇气，但你如真的不高兴时，也不妨作罢。以后也不要去游吧，不必缓期。"

青萍听云英说这些话，大有负气之意，倒教自己不能推辞了，遂说道："密斯既然有兴，我自当追随。我们仍照原来的方针也好。"

云英见青萍愿意前去，就回嗔作喜。次一日清早，二人便离了云间女学，向佘山去。

到得佘山之麓，见那里有一个很大的牌楼，上刻圣母之像。循着山径一路上去，道途很是整洁而平坦，绿荫如盖，景物清幽，山径曲折而上，看看前面疑无去路，及至近时，只须一转弯又有平坦之路了。每一曲折处，即有一小亭，亭中有天主教所立之碑。据山中人说，天主教徒到此必膜拜如礼，有一处转折所在，立着两个女神，凌风张翼，庄严美丽，栩栩如生。半山又有礼拜堂，很带着宗教的色彩。山顶也有一座天文台。二人且走且憩，觉得此山和别的山有些不同了。下望秋叶湖，宛如一面明镜，平铺林表，水光湛湛，又似一瓣秋叶。山上处处有嫣红的野花，树木苍翠可爱，引人入胜。

二人到得山巅，云英走得已是力乏，娇喘微微，在一块大石上坐着休息。青萍也觉有些疲乏，坐在一边。向四下里眺望，胸襟顿觉一畅。白云片片自东而西，缓缓而逝，很有萧闲之态。此时二人几忘尘俗，云英将手指着山半绿荫深处二三红楼，对青萍说道："山中空气新鲜，景物清丽，倘能终年卜居于此，一生当无烦恼。"

青萍不觉微笑道："密斯也有此种出世的思想吗？在山泉水清，出山泉水浊。与其处身奸诈百出，魑魅当路的社会中，自然不及择山林深幽之处，与木石居，与麋鹿游，纸帐铜瓶，清风明月，没有尘俗之累了。然而国家兴亡，匹夫有责。我辈青年既受教育，怵于国势的阽危，外侮的紧急，民族沦亡的危险，理当有爱国的热心，剑及履及，大家起来共赴国难，又岂能够肥遁鸣高，独善其身，在青山绿水中为岁月主人，享受清福，做世外桃源的幻想呢？"

云英听了这话，不禁点点头道："宋先生，你说得大义凛然，非常佩服。今人醉生梦死，般乐怠敖，真如燕巢危幕，鱼游沸鼎，不顾到亡国之祸转瞬将临，连我也是惭愧得很啊。"

青萍道："话虽如此说，一个人在城市里住得厌烦喧嚣了，到山林里来换换空气，春秋佳日，借此出游，也未尝不是正当的玩意儿。方才我的持论，也未免过于苛刻一些，激烈一些，否则我们到佘山来，为的是什么？又将何以自圆其说呢？只要有些无益的娱乐，不去流连忘返，沉溺在里面，自趋堕落，便得了。"

云英笑了一笑，说道："宋先生倒会曲譬的。但是有些人也在那里嚷着娱乐不忘救国，救国不忘娱乐啊？不错，我辈也不能效贾长沙痛哭流涕，自殒其生的。我们自己宽恕自己，今天还是尽情游览，莫谈国事吧。"

青萍对云英看了一看，不由笑道："密斯，你要笑我太迂腐了，是不是？"

云英刚要回答，只见下面又有几个游山的人走将上来，其中有一个神父伴着两个碧眼黄发的法国人，策着手杖，乃是从天文台里出来的。那两个外国人立在山顶，眺望了一会儿，口里钩辀格磔地说着话，二人都不谙法语，所以不懂他们说些什么。瞧他们的状态，大约也在赞赏山上风景之美吧。不多时，便走下去了。

云英立起身来，打个呵欠，指着西边的落日说道："时已不早，我们游得已是畅快，不如下山去，再作道理。"

青萍说声好，也就一跃而起，采了一朵紫色的野花，双手奉给云英道："此花不知何名，开得很是鲜妍，我把来献花与密斯。"

云英笑道："谢谢你。"遂接在手里，插在伊的襟上。

二人一步步走下来，云英瞧着山景，时时回头，好似恋恋不舍的样子。恰才下至半山，忽听那边树下有人娇声唤道："云英，云英，慢慢走，怎么到此的？"

云英和青萍回转头去看时，见石楠树下走来两个女郎，一个穿着黄色软绸旗袍，一个穿着一身白衣，像个女看护。云英认得那穿黄旗袍的女郎正是伊的同学何素珠，连忙带笑说道："素珠姐，好久不见了。你怎么在这山上？"

这时素珠和那白衣女看护一齐走近身旁，素珠握着云英的手问道："你现在哪里做事？前闻松筠姐说起，你在松江某学校教书，可有这事吗？使我想念得几乎生病了，为什么不写一封信给我呢？"

云英道："以前我只知你在湖州，后来有人说你不在那里了，所以没有信给你。你不要怪我吧。我现在松江云间女学里任教职，你在此做什么？"

素珠答道："不错，我以前是在湖州，但因家父于去年调到这里佘山上来，所以我一同至此的，甚是空闲，没有事做。只因我春间生了一场大病，借此静养不出去。"

云英点点头道："在此很好，我也想住在山上呢。"

素珠对青萍相视了一下，又问云英道："这位先生是谁？"

云英道："他是宋青萍先生，也是敝校的同事。素闻佘山名胜，因此今天同来一游。"

素珠道："原来是宋先生。"便代伊的同伴介绍，方知这位白衣女郎姓温名绮，果然是山上教堂里的女看护。此时素珠又说道："我方才和密斯温闲步出林，凑巧遇见了云英姐，现在请到舍间去坐一会儿，谈谈可好？"

云英道："谢谢你，可是我们匆匆下山，想在今天回去了。"

素珠摇摇头道："恐怕时间已晚了，何必如此局促？明天星期日，校中不是放假的吗？再在山上盘桓一天，我不见你的面倒也罢了，既然相见，怎肯放你就走？无论如何今天不放你回去了。那位宋先生既是伴你来的，一定也可以答应。舍间虽然隘小，两位下榻之处尚有，千万不要客气。"

云英笑道："怎好如此叨扰？"说时看看青萍的面庞。青萍不能表示怎样，所以站在一边，笑嘻嘻地不说什么。

素珠又道："你答应了我吧，算是赏我一个脸。若是定要去时，不是同学好朋友了。"

云英听素珠这样说，真是盛情难却，遂对青萍说道："我们便在山上留宿一宿吧。"

青萍道："也好。"

素珠见他们已答应了，遂喜滋滋地和温绮一同打前走着，引导二人到伊的家里去。素珠的家即在礼拜堂的一边，是一座小小的洋房。门前有花木，有草地，很是清洁，四围风景又佳。到得里面即在客室中坐定，下人献上茶来。素珠的母亲是一个五十多岁的老妪，慈祥可敬，听说伊女儿的友人前来，也就出来招呼，和云英青萍等略谈数语便退去。温绮因有别的事，也走去了。

素珠和云英并坐在一只横式的大藤椅中，手握手面对面地絮絮讲当年学校里的事情，和有些同学的近况。青萍一个人独坐在窗边，听她们谈话，自己有些无聊，见桌上有一份《字林西报》，遂取了翻阅。素珠和云英谈了好久，瞧见青萍看报，遂说道："宋先生请你原谅，我们贪讲话，太冷淡你了。"

青萍把报放下，带笑道："没打紧的，我看报也很好的。"

云英道："我们讲讲山上风景吧。"

素珠比他们熟悉，便约略告诉二人听。青萍不明白天主教的内容，向素珠问了一些教规，素珠讲起耶稣基督博爱的精神，以及世人的罪孽，好似在那里传道起来了。天色已黑，素珠家中便要进晚餐，素珠遂引二人到餐室中去，又见过素珠的父亲，是一位道貌肃

121

然的神父，披着黑色的礼服。还有素珠的弟弟妹妹，大家围坐在一桌，肴馔很是丰盛。当进食之前，素珠的父亲先跪下祈祷，素珠的母亲和素珠以及弟弟妹妹一齐伏在地上，跟着祷告。青萍云英虽非信教之人，此时也只得低着头，垂着手端坐不动。等到他们祈祷完毕，大家用饭，素珠和伊的母亲忙不迭地敬客，二人碗上放着许多菜肴，应接不暇。

晚餐既毕，素珠又伴着二人回到客室里小坐，伊的妹妹送上一大盆紫葡萄来。素珠道："这是我们种的玫瑰葡萄，味道很甜的，请二位尝尝。"

二人谢了，摘着便吃，果然大是可口。隔了一歇，素珠一看自己臂上的手表，遂对二人说道："此刻有八点半钟了，今天晚上我们礼拜堂里有个信徒祈祷会，注重灵修的事，家父必定要家人都去参加，我不得不去，所以不能奉陪，好在不到一个钟头便可了事的。晚间山上月色很佳，你们可以在附近走走。少停我再导引你们去安睡。大概你们未必便要游黑甜乡的吧？"

云英道："很好，我们去赏赏明月，等你回来。"

于是三个人一齐走出去。云英因为山上夜间较凉，所以把日里脱下的短大衣御上，到得屋外，素珠指着一处平坦的所在说道："就请在那边散步一会儿吧。这里山上没有迎来野兽的，尽管放心。我去去便来。"说着话掉转身躯，望前面灯光明亮的礼拜堂走去了。

云英遂和青萍沿着山径走去，在一小亭边有个很光洁的大石磴，云英把手帕拂了一下，和青萍一同坐下。抬起头来，见天上一弯明月如美人纤眉一般，从云中显现出来。月光照射在地上，树影石影，纵横错乱。远处山峰隐隐约约的都如老僧入定，一阵阵的清风吹得山下松林发出涛声，又有许多凉蛩在草中石隙唧唧地叫着，眼前的境界真幽默极了。接着听得礼拜堂里琴声悠扬，唱着赞美诗的声音，使人听了感到上帝的伟大，造化奇妙。

云英对青萍说道："素珠和我是一班毕业的，伊的外国话程度很好，伊家里是笃信天主教的，因为伊的父亲是教中神父，时常调到各处传教，所以伊跟着家庭到东到西。伊曾劝我入教，但我却还没有这个意思呢。"

青萍点点头，也不说什么。云英又道："今夜明月虽未团圆，而月光非常皎洁，月夜的山景真是微妙。我以前随着父母在杭州游过夜湖，那里也是有月，月亮光芒照在湖心，诗情画意，比较日间好玩得多了。"

青萍道："天上的明月实在有不可思议的神秘，非但骚人墨客，游子思妇对着它饶有一种感想，无论什么人站在月下，心里总要感受到一种微妙的。它增加了大地夜色的美，使这宇宙不至寂寞。苏东坡说，唯山间之明月，江上之清风，可以取之不尽，用之不竭，这话是很对的。别的事世上很不平等，而风与月却是不分等级，任人享受的啊。"

云英听了青萍的话，没有回答，只是仰着螓首，对着天上的月痴痴地出神。一会儿，伊忽然口里唱起歌道：

> 日落西山，一片罗云隐去，
> 万种情怀，安排何处？
> 却妆出嫦娥，玉宇琼楼缓步。
> 天高气清，满庭风露，
> 问耿耿银河，有谁引渡？
> 四壁凉蛩，如来相语，
> 尽遗了闲愁，
> 聊共月华小住。
> 如此良宵，人生难遇。

伊唱到"人生难遇"，顿了一顿，对青萍说道："这是李叔同作的《秋夜歌》，曲调很好，意思也很深的。前天我在校里曾教授给六年级学生唱，所以我已很熟。方才唱的是第一阕，尚有第二阕呢。"

青萍道："密斯唱得非常清脆动听，使我如聆仙乐，真是'如此良宵，人生难遇'了。"

云英笑道："你喜欢听么？待我再歌第二阕。"

伊说罢，张开了樱桃小口，又唱起来道：

> 寒蝉吟罢，蓦然萤火飞流。
> 夜凉如水，月挂帘钩。

爱星河皎洁，今宵雨敛云收。

虫吟侑酒，扫尽闲愁。

听一支长笛，有谁人倚楼？

天涯万里，情思悠悠。

好安排枕簟，独寻睡乡优游。

金风飒飒，底事悲秋。

云英是唱歌教员，当然对于音乐一道素有研究的。伊的歌喉更显清圆流利，如黄莺儿在枝上娇啼。青萍听着，连连赞美。云英歌得高兴，又唱起一阕《思故乡》道：

十年赋长征，儿女最关情。

花晨月夕，景物凄清。

客行虽云乐，不如计归程。

鱼雁常少，寤寐交萦。

满腔离恨向孤灯。

半世羁身困影形。

绮窗前想梅花开放了，

恨只恨消息苦不早……

青萍听了这阕《思故乡》，不禁触动了他的心事，想起故乡的淑贞，此时不知在家里怎么样。今宵我却在这里优哉游佘山上，和沈云英赏月清游，若被伊知道了，恐怕伊就要大大不欢，而疑心我忘怀于伊了。其实淑贞和我相知在心，凭我处于什么环境之中，我一辈子不会忘掉伊的。

云英见青萍默然不语，倒有些奇异起来，遂问道："这一阕我唱得如何？"

青萍点点头道："很好。"

云英见他忽然有些不自然的态度，带着疑怀又问道："莫非我唱了这歌，引起了你的乡思吗？"

青萍道："对对对，今夜的月色大佳，便是密斯不歌此阕时，我也要动思乡之念。李白诗：'床前明月光，疑是地上霜。举头望明月，低头思故乡。'只消改一字便得了。"

云英道："改哪一个字？"

青萍道："'床前'改为'山前'，不是情景逼真了吗？"遂朗声吟了一遍，又吟道："'君从故乡来，应知故乡事。来日绮窗前，寒梅著花未？'密斯唱的歌，充满着思乡的情绪，所谓'满腔离恨向孤灯，半世羁身困影形'，天涯游子都难免有此感慨，何况皎皎明月照着这沉寂的空山？只要见了这夜景，自然使人格外要动思乡之念了。"

云英微笑道："旅居在外的人，当然免不了时时思及故乡。不过现今的时代，轮轨四达，交通便利，我们的家乡又非远隔数千里的。我们朝上要想回去，至迟晚间便可到了。在外服务也很是自由，很是快乐，何至于要时时刻刻思故乡呢？不比古人迁谪在外，或是万里经商，他们离别家人，独自住在外面，形单影只，常是三年五年不能回乡一聚天伦之乐，所以他们要时时刻刻地思故乡了。古人寄起信来，也没有今日的便利，须要等候便人回乡，方才可以托他带封亲笔书函，或是口信。千难万难，思念之情自然更深。现在有快信，有电报，有航空信，只要不是穷乡僻壤便得了。"

青萍听云英如此说，觉得伊比较自己旷达得多，但是自己家中本来也没有什么人了，何以要思故乡呢？不是为了淑贞一个人吗？他一边想，一边接口说道："密斯的话说得不错，我们的故乡都是近在咫尺，当然也毋庸多念，但也不可一概而论的……"

他刚说到这里，只见何素珠在月光下翩然走来，见他们正坐着清谈，便带笑说道："你们二位在此赏月谈心，好不快乐。"

云英连忙立起身来，上前握住何素珠的手说道："夜间山上不敢乱跑，只得在此谈一会儿话。你们的聚会已完了吗？"

何素珠点点头，又道："我们可以到上面小亭子里去坐坐，今夜月色很好，我也不舍得早睡哩。"

青萍听着，也立起身说道："很好。"于是三个人一起向上面走上去。

果然有一小小凉亭，三人同坐在亭中，又谈了好一歇，夜深露重，方才走回来。何素珠引导他们分别至客室去安睡。

次日起身，云英便想回去，何素珠苦苦劝留，要他们在山上吃了午膳而去，且要他们一同至礼拜堂去听讲。云英和青萍只得答应，跟着何素珠到了礼拜堂里，见堂中坐的大都是山路教徒，也有几个男女乡人。有一个玄冠玄服的神父，高高地立在台上领导，就是何素珠的父亲了。何素珠请他们坐在长椅上，伊自己便上去奏琴。大家直立唱了赞美诗，唱完了诗，神父便和众教徒长跪在地上祷告。祷告的语句很长，所以福国利民、主道广布以及教会里的事，逐一上求。众教徒的态度都是非常诚心，青萍和云英看了，觉得这种虔诚的精神真可钦佩。祷告完毕，大家坐起身，于是神父开始讲经。大家都肃然恭听，二人虽是门外汉，坐在旁边静聆福音。

礼拜完毕，已有十二点钟，仍由素珠陪着，回到伊家用午膳。肴馔很是丰富，都是素珠特地吩咐预备的。午饭吃毕，云英和青萍又略坐片刻，方才别了素珠以及伊的父母，下山归校。素珠又亲自送到山下，恋恋不舍而别。青萍既归，觉得此游很是畅快，而月下清歌，更觉心头温馨，云英的莺声似乎尚在他耳边呢。

又过了两星期，一天散课毕，青萍将学生的一部分考卷送到校长室来，唐校长笑嘻嘻地对他说道："前一次你和云英去游佘山，我因事不能够陪你同往，很是抱歉。在这个星期六，你要不要到云英家里去玩呢？"

青萍听了一怔道："到密斯沈家里去作甚？"

唐校长说道："怎么，你没有知道这事吗？"

青萍道："什么事？我真的不知。"

唐校长笑道："你真的不知情吗？我来告诉你。这个星期六是云英二十初度，我是知道伊生日的，预备要送些纪念礼物给伊。伊要请我们全体教职员一同到伊家里去欢宴，因为伊的父亲沈寿彭以前曾做过几任盐运使，家道富有，只生了两个女儿，大的就是云英，小的名唤撷英，宠爱非常。所以此次云英二十岁生日，伊的父母要代伊大大地热闹一番，借此和众亲友欢聚。我和余先生陈先生等决定前往祝嘏，如何？云英没有告诉你吗？"

青萍道："伊没有告诉我。现在知道了，当然要随你们一起去的。只是我不知道送什么礼物才好。"

唐校长道："我们全体教职员想送伊一个大银盾和一顶寿幛，可是尚未全体通过。我私人名下另外再送些美术品给伊，因为云英很喜欢美术一种东西的。"

青萍道："很好，今天是星期二，还有四天光阴，待我去预备吧。"

唐校长道："你如加入了公送的礼，也不必另送了。我是一则为了校长的身份，二则上半年舍间也有一些小事，伊送了很重的礼，自然我也不得不多送一些的。"

青萍含糊答应了一声，回身退到外边，却见沈云英拿了网球，青萍听云英唤他，便身不由主地跟了伊去。二人在场上拍了一会儿网球，青萍将网球拍一抛，对云英说道："我们算了吧。"

云英意兴未尽，走过来问道："你怎么不拍了?"

青萍把手向那边大树下一指道："我们过去坐了谈谈，好不好?"

云英笑了一笑道："也好。"把网球拍放下，和青萍一齐走过去并肩坐下。

青萍先开口道："你可有什么事瞒我?"

云英将手一掠伊耳边的云发，答道："我有什么事瞒你? 你问得好不奇怪。"

青萍道："在这星期六，你府上可有什么事?"

云英不觉笑起来道："原来为此，是我二十岁的小生日。本来想告诉你，恐怕你要见笑。区区二十寿辰，有什么惊天动地?"

青萍道："他们都知道呢。"

云英道："谁告诉你的?"

青萍道："唐校长。"

云英道："对了，我在别人面前也没有说过啊。你既然知道了，务请你那天必要光临，也使蓬荜增辉。"

青萍笑道："你不要这样说，我理当亲趋华堂，拜贺生辰的。不过到那时高朋满座，我不要自惭形秽吗?"

云英对青萍看了一眼，说道："你也不要这样说。"

青萍哈哈笑道："我们都不要这样说。"

这时候唐校长和密斯郭一同走来，对二人说道："你们在此谈心吗?"

云英脸上不由一红，说道："唐校长，你把我的生日告诉了宋先生，他正在问我哩。我当然要一起请你们去吃杯薄酒的，只是要劳你们的驾，不敢当罢了。"

唐校长答道："我已代你一一宣传，到那日我们都要来的，府上必有一番大大的热闹。"

云英道："这个我却不知。我自己在校中，一切的事听凭家父怎样做主便了。但是我很惭愧的，我并非什么要人，却要做起寿来，岂不是笑话吗？"

大家胡乱谈了一会儿，各自走开。

次日，唐校长把这事公开出来，云英也请众教员一齐前去吃寿酒，众人自然答应，又说了许多笑话。云英却背地里要请青萍和伊在星期五的晚上先去，唐校长等因为校中有课，须要在星期六的下午方可动身。青萍道："只是我在星期六的上午也有一课。"

云英道："不要紧的，前番你和我同游佘山，不是也请人代的吗？现在你何不再请人代了呢？"

青萍见云英一定要和伊先去，他不忍拂伊的意，只得答应了。

到了星期五的下午，散课以后，云英便邀青萍一起同行。唐校长遂把众人公送的礼物交给青萍先带去，于是青萍陪着云英，携带物件，坐了火车动身。黄昏时已到了梵王渡，青萍跟着云英下去。云英道："舍间就在前面，我们不必坐车了，走吧。"

青萍点点头，便抢着代云英携了行箧，向前走去。转得一个弯，云英将手向前面一指道："我家到了。"

青萍跟着一看，见前面一带矮墙，里面黑压压的都是树木，中间一座高耸耸的四层洋楼，窗子里一处处都有灯光透出，无线电收音机的靡靡之声一阵阵传送过来。又转了一个弯，便到了那巨厦的门前，铁门的上面电炬照耀，有"怡庐"两字。站着一个巡捕和一个男下人，正在那里讲话。

那下人回头一见云英，便立下着说道："大小姐回来了，何不预先通知，好开车子来接。"

云英笑道："这一些些路，何用接得？"

下人连忙把铁门移开了，从青萍手中接过物件，代他们先拿到里边去。云英一摆手，请青萍进去。此时青萍倒觉得有些踌躇起来，暗想：云英的家中原来这样阔绰的吗，我贸贸然地跟伊跑了来，少停和伊的家人相见，真要自惭形秽了。

云英见他趑趄着，便笑道："宋先生，怎么不走了？"

青萍只得硬着头皮，走上前轻轻对云英说道："我不是太冒昧吗？"

云英笑道："有什么冒昧不冒昧的？有我领导着，不用慌，你又不是新娘子怕见人。"

青萍听伊这样说，笑了一笑，跟着云英往里走去。门里是水门汀的人行道，两旁是草地，种着两株大树。秋风吹着树叶，簌簌有声，两三落叶随风飘下，旁边停着一辆簇新的皮而卡。二人已走到洋楼之前，踏着白石的阶沿走上去，推门而入。屋里面灯光明亮，如同白昼一般，乃是一条甬道，一个十六七岁的小姑娘，穿着紫色的旗袍，烫着头发，颊上涂着胭脂，正托着一盘空玻璃杯，从右边门里走出来。一见云英，又带笑说道："大小姐回来了。"

云英点点头，问道："阿宝，他们都在客室里吗？"

阿宝答道："二小姐等都在那边，太太在楼上。他们正等候大小姐回来了，我去报告太太知道吧。"说着话，回身就走。

青萍暗想，好一个娇婢，云英不说时，我哪里看得出伊是下人呢？

云英遂领着青萍推开右边的那扇洋门，只见里面绿色电灯之下，沙发里椅子上坐着几个很摩登的青年男女，正在谈笑得起劲。见了二人进来，一齐立起，中间有一个烫头发穿绿绸长旗袍的走过来说道："大姐回来了。我们方才到火车站来候过你，以为你今天不回来，母亲也惦念你呢。"

云英道："今天我上完了课，方才赶回来的，所以迟了。"遂代青萍介绍道："这就是我的二妹撷英。"又指着窗边立着西装的少年说道："这是密斯脱朱。"又指着沙发前两个少女道："她们两位是我的表妹文娟月娟。"又指着右边椅子里一个很胖的少年道："这个是我的表兄葛锡侯。"又指着胖少年旁边立着的一个摩登少妇道："这位就是表嫂。"

青萍向他们一一鞠躬行礼，云英又指着青萍对众人说道："这位就是我校中的同事宋青萍先生。今天他伴我一同来的，明日唐校长等在下午一起来。"

众人一齐向青萍点点头，大家坐下，云英指着钢琴旁边一张单人沙发请青萍坐下，伊自己跑去和文娟同坐。伊的表兄葛锡侯笑嘻嘻地对伊说道："我们都是特地赶来吃寿酒的，你是寿星，为何反迟到？"

云英笑道："寿酒须等明天方可以请你们吃，今日回家怎好算迟呢？"

表嫂道："今晚是暖寿，大家须快乐一下。"

撷英抢着说道："酒席已预备了，不用急。"众人都笑起来。

青萍坐在一边不响，只觉得脂香粉腻，宝气珠光，生平第一次到这种场所，又见众人都对他看，尤其是撷英的一双流利的眼波，不住在青萍面上打转。青萍倒有些不好意思，要想避免伊的注视，别转脸来，却不防云英的表嫂也在笑嘻嘻地对他相视。他不由脸上一红，忙又掉转脸向对面看时，文娟月娟姐妹俩一边和云英谈话，一边也在偷眼瞧他，这样青萍便有些局促不安。恰巧阿宝托了一杯咖啡进来，放在青萍旁边的短几上，娇滴滴唤一声："少爷请用。"立在一边，也对着青萍瞧看。

云英问道："阿宝，太太知道我回来了吗？"

阿宝道："我已告诉太太，太太就下楼来了。"

话犹未毕，云英的母亲沈太太已走了进来。青萍跟着众人一齐立起来，见沈太太年纪也不过四十多岁，穿着一件深灰色的软绸夹旗袍，头上梳一个横爱司髻，手指上也戴着一只光闪闪的钻戒，足穿一双白缎绣花鞋，打扮得很入时，更不见老了。

云英走上前，叫了声母亲，沈太太说道："云英，你怎么此时才来？不好多请一天假吗？"

云英答道："校里一时无人代课，况且我并不要做生日，即使要借此热闹一下，几个相知戚友便得了，何必去惊动人家？我还是像小孩子一样的人呢。"

沈太太笑道："我们代你一切都预备好，你倒这般说起来了？我因为你二十岁，可以在家做寿，三十岁便要到人家去做寿了，所以有心代你热闹一下。"众人都哈哈笑起来。

云英把头一扭道："母亲不要胡说，我是一辈子要在家里的。"

此时青萍笔挺地立着，专待云英和他介绍。沈太太也已瞧见了他，便问云英道："这位是谁？"

云英道："啊哟，我几乎忘记了。他是我们学校里的宋青萍先生，和我常在一起打网球的。因为他明天没有什么课，所以我请他先陪我来。"

青萍上前鞠躬，叫了一声伯母。沈太太忙请他坐下，阿宝拉过一张椅子，让沈太太也坐了。沈太太便和青萍寒暄数语，问起他的家世，青萍直言回答。那位密斯脱朱却和撷英低低说着话，撷英又望了青萍两下，面上微微地笑着。

云英回过头来，见二人这般情形，说道："你们二人背着人讲什么话？"

撷英笑道："姐姐，我们讲你又怎样？"

云英道："我不比你，有什么给你们讲？你们不妨说出来，给大众听听。"

密斯脱朱笑道："我们没有讲你，请你不要多疑，是我问撷英明日怎样上寿。"

云英道："真的吗？明天你可以对我磕头。"

密斯脱朱把舌头一伸，说道："啊哟，要磕头的吗？我穿了西装，例不向人磕头。请你原谅吧。"

云英笑道："不行，这就叫作拜寿。你明天可以穿中装的。"

云英的表嫂在旁也笑起来道："不错，拜寿是要向寿公寿母磕头的，但是现在只有你这个寿母，快去找一位寿公来吧。"

众人又笑起来。云英道："表嫂你这张嘴会说会话，专向人打趣。我是说不过你的，不许你说。"

表嫂道："舌头生在我嘴里，你若不许我说，我越要说。"

云英道："好，你说吧，我教表兄收拾你。"同时回过头去，问伊的母亲道："爹爹现在何处？"

沈太太道："他正在书房里。"

云英道："我介绍宋先生去见见吧。"说着话，遂引导着青萍走出室去。

穿过甬道，转了一个弯，来到一个绿纱门前。云英把手推开，和青萍一齐踏进去。只见里面陈设非常富丽堂皇，靠东沙发上坐着一个年近五旬的老者，身穿玄色毛葛马褂，嘴边微有短须，目架金镜，精神饱满，正在那里看书。云英便叫一声："爹，我回来了。"

沈寿彭抬头见他的长女和一位很俊秀的少年走进室来，便放下书卷，立起身点点头道："云英，你来得很好，寿堂等早已预备好了，明日有许多亲戚朋友要来热闹哩。你学校里的同事也要来的吗？"

云英道："他们都要来的，今天我同宋先生先回来。"说罢，遂介绍青萍和沈寿彭相见。沈寿彭一摆手，请青萍坐在那边沙发里，很和气地与他谈话。青萍谈吐隽雅，对答如流，使人很容易知道他是一个很有根底的学者，沈寿彭暗暗赞叹。

这时候云英的母亲走了进来，说道："外边开饭了，宋先生远道而来，想必肚子饿了，快请入席吧。"

跟着又有一个男下人走到门口来说道："酒筵已设，二小姐等都在那边了，老爷等请去吧。"

沈寿彭说声请，遂陪着青萍一齐走到餐室里来。电矩璀璨，桌上银器灿然耀目，大家推让了一回，挨次坐定，举杯痛饮。沈寿彭和云英的表兄等都是善饮之人，一杯杯地劝青萍喝。青萍不知不觉地一连喝了五杯，再要喝时，云英对他紧紧看了一眼，青萍恍然有悟，便不敢再喝了。恰巧云英的表兄提了酒壶又向他来斟酒，青萍谢谢道："兄弟的酒量甚浅，恕不能奉陪了。"

云英的表兄道："我看宋先生的酒量似乎尚能再饮，怎么即此而止？"

青萍把手摇摇道："真的不能再喝，否则又要醉了。"

云英遂把前次校中聚餐，青萍大醉的笑话讲给众人听，又道："宋先生受了这个教训，所以不敢多喝了。"

密斯脱朱说道："不要紧的，今天醉倒了有我扶持，我们为密斯暖寿，宋先生应该多喝几杯。"

云英道："密斯脱朱，你多喝几杯吧，不要多劝人家喝。"

撷英早说道："密斯脱朱已喝了七八杯了，你为什么不让宋先生多喝？今晚宋先生并没有和你一起坐啊？来来，我同姐姐照个大杯可好？"

云英摇摇头道："我没有你会喝，你和会喝的人去畅饮一下吧。"

撷英笑道："姐姐不会喝时，自有人再来代你喝的。"

云英对伊白了一眼道："谁代我喝？你说你说。"

132

云英的表嫂在旁笑道："云英妹妹，我来说可好？"

沈寿彭恐云英受窘，便说道："你们不要多说废话，谁喜欢喝的多喝几杯，何必强人所难？我虽喜喝酒，却不喜欢硬教不会喝酒的人喝的。"

恰巧下人上菜，沈太太道："不要闹酒，吃菜吧。"于是大家举箸吃菜，告了一个段落。可是云英的表嫂喜欢说俏皮话，向许多人调笑，对青萍也着实说了几句。青萍觉得此人谈锋甚健，妙语连珠，可以说得女中仪秦了。沈太太只顾把菜敬给青萍吃，青萍吃也来不及了。

席散后，大家又到客室中去憩坐，女仆一一献上香茗，云英撷英姐妹俩又去取了不少莱阳梨，教阿宝一一削了，放在大盆子里，插上牙签，请众人吃。云英的表兄多喝了数杯酒，一味地胡言乱道，而表嫂又是多说话，室中只有他们二人的声音了。撷英又开着收音机，听了一会儿歌曲，沈太太遂领着云英去看寿堂，大家跟了出来。

青萍走到寿堂里，见两边挂着寿幛，正中挂了寿星轴子，一对高高的红烛，插在大方供上，已预备好了。正中几上又放着许多银盾银鼎等各种珍贵寿礼。云英看了微笑道："这教我何以克当呢？现在国难当头，民生凋敝，救死唯恐不赡，我们却花了钱来做寿，不要被人笑骂吗？外边也有许多人把做寿的筵资做赈灾之费的，我们何不如此？"

沈寿彭哈哈笑道："云英，你说的话很得大体，我已代你捐出了三百块钱给慈幼协会了，你放心吧。我们近来闷得慌，借此聊寻快乐。比较那些丧心病狂之流，还差胜一筹呢。"

云英的表兄也说道："莫谈国事，且食蛤蜊。我们还是聪明些吧，何必做什么傻瓜？识时务者为俊杰，大家总要领略这个意思啊。"

青萍听了这话，引起了他的感慨，对着正中的寿星轴子默然无言。

大家看了一刻，沈太太对云英说道："宋先生大概有些疲倦，要早睡了。我叫阿宝引导宋先生到二层楼第二间客室里去睡，好不好？你表兄表嫂已住在第一间了，文娟月娟一个睡在你房中，一个睡在撷英室中。"

云英道："很好，还有密斯脱朱呢？"

撷英道："他是前天就来的，住在爹爹书房后面的一间小室里。"

于是沈太太便喊阿宝过来，青萍遂和众人道了晚安，跟着阿宝走上二层楼去。阿宝将钥匙开了房门，又开了一盏电灯。青萍见客室里收拾得很清洁，阿宝又代他铺好了床上的被褥，说声："宋少爷，请安睡吧。明天会。"笑了一笑，回身走出房去，代青萍拉上了房门。

此时已经半夜，青萍也觉得有些疲倦，便上床安睡。醒来时已有八点多钟，见那边阳台上装着热水龙头和冷水龙头，梳洗的服务器一应俱全。青萍遂过去洗脸漱口，把头发梳理一下，略洒上一些生发水，整整衣襟，开了房门走出来。听得楼下汽车上喇叭声，已有客人来了。

他走下楼去，恰巧第一个便是逢见云英。只见伊今日的装束又不同了，背后的云发烫得一齐卷起，好似梳了一个香蕉髻。面上略施薄粉，两颊涂上一些胭脂，耳上悬着两串晶莹的珠圈，下垂至肩。身上穿件小红花夹金绸旗袍，罩着杏黄的坎肩，脚上穿一双高跟革履，手臂上套着一只红色的小镯，似玉非玉，似珊瑚非珊瑚，手指上又戴着一只钻戒，一闪一闪地耀人之目，可称得富丽两字。便带笑问伊说道："密斯沈早安，今天我要向你拜寿呢。"

云英把手摇摇道："不敢当的，不过今天晚上有茶舞，宋先生可擅此道吗？"

青萍道："我是乡下人，不会跳舞的。密斯大概很熟谙的了。"

云英方欲回答，早有阿宝走过来说道："大小姐，太太有事唤你。"

云英答应一声，便吩咐阿宝领青萍到餐室里去用早点，伊自己却叽咯叽咯地走上楼去了。青萍用过早点，走到客室中，见云英的表兄以及密斯脱朱等都在那边，大家坐着谈谈。少停云英和撷英以及表嫂等众人一齐走来，还有几个男女客人，青萍都不认识的，都是妆饰得十分华丽。青萍暗想，云英到底是富家之女，总难免有些奢华的习气，往常在学校中倒并不觉得，今日却修容媚态，几乎不认识了。我此时处身绮罗阵中，脂粉堆里，如入众香之国，如登多宝之船，浑忘其所以然了。

云英又将收音机开着，大家听了一会儿，阿宝跑进来说道："老爷太太到寿堂里去了，小姐可要去拜寿？"于是众人一齐立起身来，嚷着"拜寿拜寿"，一齐走到寿堂上边去。云英的父母正陪着两个老太太在寿堂里谈话，于是大家拜过寿，沈寿彭又陪众人到后边花园里去散步一回，珍禽奇卉，足供玩赏，便是沈寿彭的一番经营也可想而知了。

午时，摆上酒席，大家欢饮。午后男女宾客络绎而来，唐校长和云间女学的众教员也一齐到临，云英便和青萍一同招呼，先到寿堂上祝寿毕，然后到客室里去坐谈。晚上有一班玫瑰歌舞团前来奏技，因为沈寿彭新近在园内造了舞厅，所以众友人送了这班歌舞团前来热闹一下。晚宴后，大家都到舞厅里来看歌舞团各种表演，清歌妙舞，脂香粉腻，大家看得很是得神。青萍和几个男同事坐在一块儿，云英却陪着唐校长等同坐。

在十点钟的时候，歌舞团一幕《眼儿媚》演毕，略为休息，云英的表兄又发起茶舞，便请歌舞团中的人奏着爵士乐，请男女来宾都来跳舞。表兄和他的夫人成对，撷英和密斯脱朱成一对，其他有云英的表妹和几个摩登的女宾，也都和几个西装男子一对对地舞起来。

唐校长带着笑对云英说道："你不去跳一下吗？"

云英摇摇头说道："他们都喜欢这个，让他们去高兴，今晚我却坐着看了。"说着话笑了一笑，回过头去，恰见青萍正在瞧伊，又嫣然一笑。

青萍问道："密斯沈，你怎么不去舞一下？"

云英摇摇头，仍陪着唐校长等谈话。少停跳舞终止，云英的表兄走过来，指着云英说道："我们都跳舞，你是寿星，怎么自己倒不加入？你又不是不会跳舞的人啊。"

撷英在旁笑道："恐怕我们这里面的人没有姐姐的对手，所以不肯同舞。"

云英道："不要胡说，这中各人的自由，你们不得干涉的。"

大家说笑着，玫瑰歌舞团的正剧《七情》起始表演了，众人遂坐定了看，觉得非常肉感动人的，直到夜深，方才辍演。又有其他的游艺，所以大半人没有睡眠。

次日，众宾客都散去，云英留住唐校长等一行人，要陪伴他们到半淞园各处去一游。因为今天是星期日，可以坐晚间的车回去的，唐校长等自然都答应。午饭过后，云英和撷英预备四辆汽车，请众人出游，却不见了唐校长，四处去找，不见影踪。青萍等都说："怪哉怪哉，方才唐校长还和我们在一起吃饭的，怎么此时不见伊呢？"

余先生道："莫非伊独自悄悄地回松江去了？"

云英摇摇头道："绝不会的，伊和你们一起来，也该一起回去。况且伊答应了我，岂能溜之大吉？倘然伊真的如此，那么我们今晚大家都不要回去，明天学校里不能上课，彼此戏弄一下，看伊怎么办法？"

众人听了这话，一齐笑起来。笑声未毕，只见撷英陪着唐校长匆匆走来，云英连忙问道："妹妹，唐校长在哪里，亏你怎样请来的？"

撷英道："唐校长在我母亲房里安安静静地坐着谈话，我马上把伊拖了下楼来的。"

云英道："好，我们都在这里等你一同出发，你和我母亲在那里讲什么话呢？"

唐校长微笑道："此刻恕我不能发表，将来也许大家都会知道的。"

众人说道："奇怪，有什么话不能发表呢？"

唐校长道："你们不要疑心，好在这不是直接交涉，秘密签字，无关国家大事的，你们不要管他吧。既然你们要紧出游，不要空费时间，走吧。"

唐校长一边说，一边自己移步先往外走，于是众人一齐走将出来，大家分头坐上汽车，驶向上海方面去了。

云英的母亲却在家中忙着料理各事，端整十数份寿桃寿糕和一些糖果，预备送给云间女学教员的。到了六点钟时候，云英等游罢归来，又宴请唐校长等在家里用了晚餐。唐校长等一看表上时刻，火车将要到站了，于是向云英的父母道谢告辞。云英要留居家中一日，向唐校长请了假，所以不能同行。青萍却只得和众人一起回去。云英亲送众人至车站，代他们买了票，送他们上车以后方才回家。

这里青萍等回到校中，时候已是不早。昨日通宵未眠，所以都觉疲倦。有的回家去，有的住校的，各自安睡，次日照常上课。

隔了一天，云英也来了，星期六的下午早散课的，青萍下了课，正要到寝室里去换件衣服，却逢唐校长对面走来。唐校长一见青萍，伸手一招道："随我来。"青萍便跟了伊去，以为总是有什么校课要商量。到得校长室中，唐校长合上了门，说声请坐，青萍便在写字台旁坐下。唐校长自己也坐定了，对着青萍相了一相，带着笑说道："宋先生，你以前大概没有和人家订婚过吧？"

青萍不防唐校长向他问起这句话，脸上一红，不知怎样回答。

第十回

校长多情愿为月老
王孙好色竟作迷狂

唐校长瞧青萍这个样子，暗想：现在的时代，男女社交公开，婚姻自由，一般女子大都是落落大方，见了人毫无羞涩之态，何况青年男子？谈起了婚姻大事，有的竟要兴高采烈，手舞足蹈起来，为什么青萍却像昔日的处女一般呢？遂又笑了一笑，说道："宋先生，我不是有意和你打趣，实在是人家托了我，我须得向你问明白一声。大概宋先生还没有和他人订过婚吧。"

青萍点点头，唐校长道："如此很好，我来代你做媒，你赞成不赞成？"

青萍听了，抬起头来说道："古人云，匈奴未灭，何以家为？恐怕我还谈不到这事。"

唐校长道："宋先生不要这样说，我们中国的国耻不知何日方能湔雪，倘然你要等到沼吴以后，不是我说句滑稽话，恐怕你头也白了。"

青萍也笑道："我希望不要如此。倘然再隔数十年，我们的敌人未除，国难未纾，大好中华早已四分五裂地断送给了人家，我们也要做亡国奴了。"青萍说到这里，大有愤慨的样子，又说道："九国公约不是说什么保全中国领土完整，主权独立吗？试瞧现在我国的领土完整不完整，主权独立不独立？这不是欺人之谈罢了。我们中国倘能真的自强，那么领土主权自己可以保全，不受敌人蹂躏了。好，现在九国公约早已被敌人撕破了，各国惮于敌势猖狂，噤若寒蝉，谁能出来说句公道话保守这公约呢？我国人起初还是梦想人家来帮助，其实自己不争气，做了阿斗，有哪个傻子来扶持呢？现在……"

青萍滔滔不绝地一口气说下去，唐校长拍着纤掌说道："且慢，我今番不是和你谈国事的，你又何必这样放言高论，变成了游骑无归？宋先生，你没有读过《金人铭》吗？"

青萍笑道："不错，我说得太激烈了。实在也不过说说而已，口硬人不硬，哪里及得到敌人的飞机大炮呢？"

唐校长道："又来了。剪开闲话，书归正文。你猜猜看，我把哪一个撮合于你？"

青萍摇摇头道："我哪里猜得出校长心里的人？"

唐校长笑道："你说错了，这不是我心里的人，恐怕是你心里的人呢。"

青萍听了这句话，有些明白了，心里不由跳跃起来，脸上假作镇定，慢慢说道："校长这样说，我不懂起来了。"

唐校长把两指弹着椅子上的扶手，微笑道："宋先生，你真的不懂还是假的不懂？我是喜欢爽爽快快地说的，就是沈云英，请问你中意不中意？"

青萍又低头头不答，唐校长道："我来告诉你吧，前星期云英二十华诞，你不是先伴送云英回去的吗？云英的母亲沈太太见了你，非常合意，所以第二天当我们去游半淞园的时候，不是你们寻来寻去地找我吗？我就在饭后被沈太太邀我到伊房里去谈话的。伊告诉我说，伊膝下所生唯有两女，云英为姐，撷英为妹，二人的年龄相差不过一岁，都到了待字之年，早想了向平之愿。云英的父亲沈寿彭对于云英更是钟爱，他老人家的意思，想留云英在家招赘一个东床快婿。以前虽有许多人来做媒，无如云英都不愿意，情愿终身不嫁，陪伴二老。然而二老岂肯如此呢？所以不知不觉地耽搁下来。现在撷英和那位密斯脱朱由友谊而进于恋爱，已商得双方家长同意，快要订婚。不过沈太太的意思，依年序而论，最好云英的婚事先订了，然后再订撷英的。或是二女同时订婚，也是佳话。伊即中意了你，就在那夜向云英细细查问你的家世，知道你家中无人，这一层先已及格，而你的才学丰富，人品高尚，更使他们垂青于你。沈太太又征询过云英的意思，对于这头婚事抱怎样的态度，云英口里虽然没有说愿意不愿意，而伊却不再说什么不嫁，这一点可知云英的芳心里已是满意了。所以沈太太这样告诉了我，托我向你做媒。倘然你对于云英没有问题的，他们要招赘你在家。据沈太太说，伊家约有近百万的家财，将来云英得十分之六，撷英得十分之四。这并不是有意说给你听，我也知道真正恋爱的基础和婚姻的重心不在这个上的，但是事实是如此，不得不向你附带提及。"

唐校长说了这许多话，青萍依旧默然无言。唐校长忍不住又说道："宋先生，我说句冒昧的话，我瞧你和云英时常聚在一起，不作俊游，定是絮语，你们虽然相处得为日无多，然而情感已深得很了。宋先生自己虽不觉得，而当局者迷，旁观者清，我们已认为你们是好朋友了。我喜欢爽快的，请你直截痛快地给我一个答复可好？"

唐校长说话时，青萍心中却在默默地暗想，自己和云英相交日浅，而彼此很谈得来，情感很好。余山之游，月夜清歌，更是使人绻绻难忘。但我只止于友朋的关系，并无何种妄想，却不料人家却有了这样的意思。云英果然是可爱的，美人的青眼也是难得的，娶妻如沈云英，也可说美满姻缘，将来长享艳福。又是唐校长为媒，真是使自己梦想不到的了。若然此刻拒绝不允，那么唐校长不要笑我是呆子，不近人情了吗？然而自己的心室贮藏着淑贞，淑贞和我的深情已有悠久的历史，无论如何，我是不能丢下伊的。况且云英还是新交，我更不能弃旧恋新，仰慕虚荣。沈家是钟鸣鼎食之家，我是窭人之子，若我去入赘，也是齐大非偶。孟子说："鱼我所欲也，熊掌亦我所欲也，二者不可得兼，舍鱼而取熊掌者也。"那么，我的宗旨不能不坚定，云英是鱼，淑贞是熊掌，不可不辨别的。

唐校长见青萍仍不响，遂又道："宋先生，你心里究竟如何？"

青萍摇摇头道："此时我不欲急于干这事，并非矫揉造……对不起唐校长了，请你原谅。"

唐校长衔着这个使命，特地自告奋勇向青萍提出，总以为如此良缘当然一说便成，自己做了大媒，青萍必定不胜感谢，谁知竟遭青萍拒绝，岂不出于伊料想不到的吗？所以伊对青萍紧看了一眼，脸上满露奇异之色，说一声："咦，宋先生，使我不明白起来了。你不是说尚没有和人家订过婚吗？云英不是你的好朋友吗？为什么这样迟疑不决，说什么不急呢？这事情本是可遇而不可求的，宋先生，你不要错过机会啊。"

青萍道："不，实在此时我不欲早有室家，否则像云英这样的富贵人家的女儿，能下嫁给我这个穷措大，我岂有不愿之理呢？请唐校长原谅。"

唐校长听青萍再说了一遍，不由微叹道："你不必向我请原谅的，只是你未免太辜负云英了。"

青萍听着这一句话，心里不由难过起来。确乎自己这样回绝人家，别的不打紧，对于云英大大辜负伊的情意了。唐校长又问道："宋先生，你莫不是已和他人有了婚约，不肯说出来吗？否则我总要说你不近人情了。"

青萍又想唐校长果然也猜得出我的心事，不过自己与淑贞虽然两心相印，可是婚约却没有订，怎可以向人家宣布呢？遂答道："我虽没有和人家订过婚约，然而心里不愿意就谈起这事。可否请唐校长代我婉言答复，稍缓再说？"

唐校长勉强笑了一笑道："你要稍缓再说，不妨稍缓可也。"

这时两人的谈话已告结束，青萍便立起身告辞退出。他低着头，一步步地走回宿舍里去。关上了门，向椅子中一坐，心里只是细想这事。自己和云英确是比较旁人密切一些，也因为云英的性情和我很是投契，不期而然地渐渐接近起来。谁料到沈家居然提起婚事了，真使我难以回答。现在我为了淑贞之故，只得对不起云英，未知云英以后对我如何，倒多了一重痕迹呢。想到这里，大有无可奈何之慨，连晚餐也忘记去吃。

次日见了云英，他虚着心，未免有些异样。但是云英却和他谈笑自如，好似没有此事一般。他想莫非唐校长不曾告诉伊吧，然而过了几天，见云英始终不动声色，他心里放下了许多，课余之暇仍和云英时常聚在一起闲谈。

看看国庆日快要到了，在六号下午，他接到淑贞的来函，问他在双十节的那一天究竟归不归，伊有件要事要和他一谈。青萍不知淑贞有何要事，马上写了一封回信说，自己必要返苏，于是他很迫切地盼望国庆日快快到临。恰巧国庆日是星期一，九号是星期天，八号是星期六，所以青萍在八号的下午便可动身回去。

但是唐校长因前番余山之约，没有陪伴青萍云英同游，而此次有两天闲暇，云英发起要到杭州去一游，遂约青萍一齐前去，一览六桥三竺之胜。青萍归心如箭，无意出游，便婉言辞却，推说苏州家里有些要事，不能不回去。唐校长和云英虽觉扫兴，却也无可如何。

到那日，青萍在松江购了几篮蹄子，坐了火车回转苏州去。在车上又买了一大串香蕉。等到火车至站时，遥见北寺塔矗立城墙之内，探出它的巍巍塔顶来，好似在那里冷眼窥人。青萍心中暗暗欢喜，自己别离了苏州，虽不过一个多月，却已似一年半载，怀抱里的婴孩见了母亲一般地快活。

他下得火车，雇着一辆人力车，急急赶回家来。车子到了汤家巷，家门在望，更是心喜。只见门前立着一个人，穿着色丁布的夹旗袍，纤腰秀项，明眸皓齿，不是淑贞是谁呢？

青萍喝住车子，跳下车来，携了东西，便叫一声"淑妹"。淑贞见来的果是青萍，桃靥堆笑，便来接青萍手中的黄篮和香蕉，且说道："萍哥，你回来了吗？我知道你是坐这次快车回来的，所以到门口来看看，巧得很。"

青萍道："多谢淑妹。"遂将车钱付去，和淑贞一齐走到里面。

见淑贞的母亲和淑清友佳等都坐在客堂里，这时天色近晚了，大家见青萍回来，一齐欢迎，青萍一一叫应了。淑清便说道："好，萍哥回家了，今天大姐姐对我说，你在晚上一定要回家来，和我们相聚数天，我们听了，好不欢喜。方才大姐姐看了时辰钟，已有好几回走出门来候你了。"

淑贞的母亲倒了一杯茶，送到青萍面前，说道："宋少爷喝茶吧。自从你到松江去后，我们家中冷静了许多，时常要思念你。虽然你和淑贞时时有信来，可是我是一个字也不认识的……"

淑贞的母亲说到这里，淑贞脸上一红，早抢着说道："母亲你虽不识字，然而我总读给你听的，你如何不知道呢？"

淑贞的母亲见淑贞发急，遂又道："不错，我也是听淑贞告诉说，你在松江身体很好，双十节要回家一行，所以心中很安慰，唯有盼望这个双十节快到了。"

青萍道："多谢伯母，我在外边也时常要想念你们，恨不能腋生双翼，回家来看看，不得已只有通信了。且喜我们大家都安好，这也是乐事。现在友佳弟弟和淑清妹妹读书谅必用功。"

淑贞的母亲道："他们很好，友佳进了中学，比较以前格外勤学，我希望他将来能够像宋少爷一样好。"

青萍笑了一笑道："我有什么好呢？友佳弟将来必能远胜于我的。"

淑贞去掌上灯来，又端上一盆洗脸水给青萍洗脸。青萍道谢不迭。洗过脸后，把带回的东西分给了他们，自己开了房门进去。淑贞代他掌了一盏灯，跟着也走到他的房间。青萍见自己出去了好多日子，屋子里一些儿没有灰尘，桌上收拾干净，不像是无人居住的，便带笑问淑贞道："莫非你们代我收拾过的吗？"

淑贞点点头道："我因知萍哥今天要回来，所以已代你打扫洁净了，床上被褥也端整好了。"

青萍跟着向床上一看，果然枕被都安置好，便道："谢谢淑妹如此关切。"

淑贞笑了一笑，二人便在窗边桌子旁坐下来。青萍瞧着淑贞的脸庞说道："我们虽然别离不久，已似有许多时日。且喜淑妹的芳容比较以前稍觉丰腴，这是可喜的事。此番回来，有两天聚首，我们可以畅谈一切了。"

淑贞把手掠着耳旁的发，说道："萍哥到了那边，功课想必甚忙，课余之暇如何消遣？校中可有新雨？"

淑贞说这话是无意的，但是青萍听了，心中突地一跳，大概我与云英交友的事，已被淑贞知道了吗？然而绝没有人告诉伊的。说也惭愧，我到了云间女学，多了一个腻友，并不觉得岑寂，但是此事我怎能告诉淑贞呢？不要使伊多疑吗？遂镇定着答道："淑妹，我在课后除了批阅学生的卷子以外，看看杂志，做了两篇东西去投稿，实在无甚消遣。"

淑贞道："萍哥如此用功学术，真是难得之至。"

青萍听了，暗暗叫声惭愧，自觉生平不惯打谎语，如何今番对着淑贞不老实起来呢？良心上受着谴责，难过得很。继思此事不可不达权，况且我已为了伊而拒绝沈家之请，总是对得住淑贞了。这样一想，心头稍安。遂问淑贞道："前日你的信上提起有要事待我回家商议，不知究竟何事。现在你可能告诉我吗？"

淑贞点点头道："我本来要告知你的。在夏天的时候，我不是告诉你，为了在家刺绣无甚发展，所以曾恳求我的陆先生代我想个法儿吗？现在陆先生果然有信前来，此事成功了，不过我也须得出门哩。"

青萍道："成功了吗？可喜可喜。但不知在哪地方，怎样一个事情？这倒要考虑一下的。"

淑贞道："便是为了这缘故，要待萍哥回家一商。我把陆先生写给我的信给你一看，你便知道详细了。"

淑贞说罢，遂立起身，跑到自己房中去，取了一封快函前来。青萍接在手里，抽出信笺读后，便把那信还了淑贞，说道："陆先生介绍的事，大概是不错的。那个东方刺绣公司大概是新成立吧？我在报纸上没有见过广告。"

淑贞道："确乎是新开幕的，前数天新闻报上曾登过一次大广告，萍哥没有见吗？大约他们不但包揽国内的绣货，而且要销于外洋的，因此范围较大。经理是姓梅，不知是何许人。陆先生介绍我去，也是间接的。那公司开办之始，也许需要我们这种人的吧？"

青萍道："既然在上海，相隔不远，这事淑妹大可就得。"

淑贞道："我也想去试试看，不过我也是从来没有离开家庭的人，上海只在前数年到过一次，一切情形不熟悉，自觉有些畏葸。况且这里的人更要少了，萍哥已到了松江，而我又去上海，家中剩下我母亲及弟妹二人，不是要使他们更感到寂寞吗？"

青萍道："我们为了生活的挣扎，当然不得不离开家庭。倘然一辈子守在苏州，也不是久远之计啊。苏州的环境实在太使人静止了。"

淑贞笑道："你出了门，便有这感想吗？那么起初时候你也为什么不舍得离开这里呢？"

青萍笑了一笑，不说什么。淑贞又说道："我若赴沪，母亲等自然只有留在这里，一则弟妹都在校中读书，二则我绝没有大薪水可得，上海居大不易的。不过倘然在这公司里没有宿舍的话，我一个人住到哪里去呢？陆先生的函上没有说明，这岂非一件很困难的事吗？"

青萍点点头道："不错，到上海去做事，先要有个宿处。倘然要自己去想法，不但很困难，而且费钱的。你或者写封信去问问陆先生。"

淑贞道："陆先生很忙的，伊已代我写了介绍信，我不好意思再去和伊啰唆。不如自己到上海去见了那姓梅的，问明白了再说。倘然那边没有寄宿舍的，薪水微薄的，那么我依旧在家里刺绣吧。把薪水去抵房饭金，是不合算的。倘然薪水大的，虽没有寄宿，我只好自己想法去找地方了。"

青萍道："这样也好。"

淑贞道："我一个人跑到上海去，陌陌生生地怕见人家，所以要想请萍哥伴我去走一遭。"

青萍道："淑妹要我伴往吗？自当遵命。但不知何日动身？"

淑贞道："萍哥此次回家约有几天耽搁？"

青萍道："今天星期六，后天是国庆日，迟至星期二的下午，必要赴松。因为那天下午还有课呢。有了职务羁绊，不能自由，否则我很想和淑妹等多聚几天呢。"

淑贞想了一想，又说道："这样日子又尴尬了。倘然明天赴沪，那么一则萍哥今夜刚才返苏，如何又离去？二则我也不及预备的。国庆日公司里放假，无人可见，势必要待这星期二，方可前去。但是萍哥在那天又要回松江去了，到底怎样是好呢？"

青萍道："明天是星期日，公司中当然例假，也不能去见人的。算来算去，当然只有下星期二了。淑妹既然需人相伴，况且这是正经的事，明天我就写封快信到校中去，请一天假吧。星期二我送淑妹赴沪接洽后，不妨晚车到松江便了。"

淑贞道："如此很好，难为你请一天假了。"

青萍道："这一点我应当尽力的。淑妹有了出路，我心里也是说不出的喜欢呢。"

两人这样说着话，淑清跑进房来说道："母亲唤你们出去吃晚饭。萍哥哥肚子里想必饿了，大姐姐莫要多讲话吧。"

二人笑了一笑，一同走出房来。友佳早帮着他母亲把菜肴一样样地搬到桌子上。原来今天淑贞的母亲知道青萍要回家，所以特地煮了几样可口的肴馔，青萍素来中意吃的，请他饱餐一顿。青萍见了这许多菜肴，知道淑贞的母亲特地为他预备的，便笑谢道："啊呀，你们怎么煮了这许多菜，竟使伯母大忙了。"

淑贞的母亲笑道："这一碗红烧狮子头和虾饼子都是淑贞煮的。宋少爷，你在校中吃的菜大概不及家中自煮的好吧。"

青萍道："对不起淑妹了。"

淑贞的母亲道："难得的，宋少爷不要客气。"于是大家一齐坐下吃晚饭。淑贞的母亲特地另外拿了一双筷子，夹了许多菜敬给青萍吃。青萍也不客气，大嚼而特嚼，吃了不少。

晚餐后，淑贞助着母亲去收拾，青萍坐在客堂里，和友佳谈谈学校中的事情。少停，淑贞母女二人走了出来，大家坐着闲话。淑贞的母亲向青萍问问学校中的情形，又把淑贞要出去的事告诉青萍。淑贞道："方才我早已和萍哥说了，现在商定下星期二请萍哥伴我至上海去接洽哩。"

淑贞的母亲道："又要有劳宋少爷了。我也不舍得让淑贞离开家里呢，只因淑贞的负担很大，伊虽是个女儿，却像男子一样的，因此伊急于出去找事做。难得陆先生有介绍信寄来，伊想要去试试，我当然不能不放伊去。伊对我说要待你回来商量商量，我们是没有见识的，宋少爷你以为如何？"

青萍道："出去试试也好，在家里总是不能赚钱。一个人为了衣食，不得不辛苦了，只要所做的事有兴趣就是了。淑妹已决定去尝试一下，我伴伊同去看看情形，再作道理。"

淑贞的母亲道："很好，拜托宋少爷吧。"

大家谈谈说说，不觉听得时辰钟有十一点钟了。淑贞的母亲便道："宋少爷在学校里是睡得早的，今天火车上也很疲乏，时候不早了，请安睡，有话明天再谈吧。"

青萍果然也觉得有些要睡，于是和淑贞母女道了晚安，先回房去睡眠。淑贞回到自己室中，却在灯下埋头刺绣，让母亲弟妹们先睡。伊绣了一个钟头，方才解衣安睡。

次日上午，青萍出外去拜访几个朋友，午后在家中闲坐，恐怕要搅扰去淑贞的刺绣时间，所以坐在自己室里，静静地看些书报，一声儿也不响。却见淑贞悄悄地走过来，他就含笑相迎，闲谈起来。青萍问起秦凯那边的情形，淑贞道："秦凯家里我始终没有再去过，他家没有第二个女儿出嫁，我们也没有第二次生意，和他们没有什么关系。况且秦凯这种人，饱暖思淫逸，野心勃勃，对我胡思乱想，

146

真是歪嘴吹喇叭，一团邪气。我们再去做什么呢？不过秦凯的女儿巾英自从嫁了何有才后，不到半年却闹出了大笑话、大风波。苏州大小报纸盈篇累幅地登载了不少，又可痛又可丑。难道你不知吗？"

青萍摇摇头道："我在松江不看苏州的本地报，当然不能知道。秦何二人的结合不是自由恋爱吗？为什么发生了可痛可丑的事呢？我倒不明白起来了，请淑妹告诉我可好？"

淑贞道："我告诉你吧，你一定有大大的感叹，这是男子的罪恶呢，是女子的罪恶呢，还是有别的因素构成的呢？请你评论一下。"

青萍道："好，你把事实讲了再说。"

淑贞正要告诉时，忽听伊母亲在外边喊道："淑贞，你快出来，张大官来算账哩。"

淑贞答应一声，便对青萍说道："我因要出外做事，所以教张大官来把我名下的一笔账算清楚，以后单由母亲去做他的绣货了。你等一等，稍停再告诉你吧。"说着话，走出房去了。

但是这个黄昏，他们又别的事，淑贞没有提起。次日是国庆日，青萍邀着淑贞友佳淑清一齐到无锡去游玩了一个整天，直到晚上坐火车回家的时候，淑贞才把何秦二人发生的一段痛史情趣告诉青萍知道，青萍很是叹悯。

究竟是怎么一回事呢？著者趁他们畅游归去休憩的当儿，提起毛椎，把这事原原本本，详详细细，写个清楚吧，也可使读者知道女子要求自立的生活，不是容易的事，其中黑暗正多。她们还是在万恶势力之下，无异待宰的羔羊，足使有心人放声一哭呢。

何有才与秦巾英的婚姻，人人都说美满良缘，无上艳福，谁不歆羡，谁不赞叹？但不知何有才以前时候，趁着一时高兴，种下了孽障，以致闹出一场大大的风波，好姻缘变成恶姻缘，又岂一般人测度到的呢？

原来何有才自以为风流书生，常喜欢做那狂蜂浪蝶，去拈花惹草。自有一班年轻子弟、侧帽吴儿，和他一同出去冶游。因为他在未和巾英订婚之前，宛如不羁之马、脱辐之牛，家中无人能够约束他。自从秦何联姻以后，他有了巾英的监视，且又在恋爱沸热之时，所以稍稍敛迹，不敢冶游。然而一年以前，他早和汪莲香结了不解之缘了。

汪莲香是谁呢？伊是阿黛桥畔的卖花女郎，金阊一角本是吴门繁华所在，而阿黛桥畔，灯火楼台，金迷纸醉，尤其是销魂之地。不但妓寮称盛，笙歌盈耳，而车水马龙，旅舍相望。每当夕阳西坠，电炬初明之时，常有粉白黛绿者流，倚门卖笑，目成眉语，一班走马王孙、坠鞭公子，寻欢章台，问津桃源，销魂蚀骨，流连忘返。因此艳迹韵事，流传人口。自从禁娼之后，凤去楼空，名花匿迹，景象便见暗淡。可是眇不忘视，跛不忘履，一班寻欢作乐的人，依旧要在肉林中云雨荒唐，消遣那有涯之生。所以淫业在暗中反而活动得很。金阊接近虎阜，七里山塘间花事最盛。茉莉珠兰，卖花声叫彻里巷。而卖花的大都是年纪很轻，姿态很婉媚的女子，虽然是从半村半郭中来，而吴宫花草，大都秀丽，她们不穿华服，也作时世妆，别饶一种诱人的媚态。莺啼燕语，浅笑轻颦，足使一般急色儿为之颠倒，不能自持。她们喜欢到旅馆中去兜揽生意，搔首弄姿，极妍尽态，借着卖花为名，与顾客接近。所以花虽不多，而进益却比较别种卖花人来得多了。买花的顾客也大都抱着醉翁之意不在酒的宗旨，买两剪白兰花，说几句轻薄话，寻寻开心，客中岑寂借此消遣消遣，未为不可。有些色情狂的男子，要想染指一脔，那么只要你肯花钱，也可以春风一度，绸缪终宵的。个中着实有几个面貌秀丽、体态轻盈的小家碧玉，驰誉于姑苏台畔，她们的收入也不错。唉，羞恶之心，人皆有之，难道她们甘心操这淫业吗？无非环境所迫，为了金钱而出卖肉体，出卖灵魂。也有许多久而久之，自以为一种营业，不管生张熟魏，只要金钱到手，忘记了其他的一切。旁观的倒很代她们可怜呢。

　　何有才那时候放了暑假，回到家里，只因没有什么消遣，至于劳什子的书，家中新旧藏书虽然多得很，而他却没有心思去阅读。常与几个朋友研究些娱乐生活，因为禁娼令严，吴宫花事，未免阑珊。他们到了阊门外，无处可避，遂想起了这些卖花女郎来了。何有才和两个友人闹着要探寻奇迹，遂到城外去，特地在一家吴东旅舍里开了一个上等房间，要玩玩别有风味的卖花女郎。果然有两个卖花女郎走到房里来，问少爷们可要买白兰花。何有才一看那两个卖花女郎年事都很轻的，姿态也十分风骚。其中一个穿着白纱短衫，黑绸裤子，截发作时世妆的，一张小圆的脸儿，生得眼泪婉媚，

148

樱唇红小，颊上又有一个小小酒窝，倒有几分像电影明星胡蝶的模样。并且腰肢甚细，楚楚可怜，完全没有乡间女儿粗蠢之态。不由心里暗暗喝声彩。

那卖花女郎见有才正在向伊紧瞧，便又笑了一笑，酒窝越发深了，走到有才面前，把手中所携的篮子送上来，低声说道："少爷买两剪香香吧。"

何有才笑道："你们女子固然爱花，但我们男子却用不着花，不要买。"

卖花女郎见有才说这几句，带着笑，并非真心回绝，便又说道："怎么说男子用不着呢？你们大少爷买两朵花带在身边香香，区区几个钱也不在乎此。倘然有女朋友的，更是用得着，买了送送人不是更好吗？"

何有才听了，对那卖花女郎脸上相了一相，哈哈笑道："你倒这般会说话，怎样叫作女朋友？送花给女朋友又有什么意思？请你说说看。你说得对的，我就买你的花。"

卖花女郎把头一扭道："我不会说的，你们这样的摩登少爷总有女朋友的。"

何有才道："好，摩登少爷这四个字，你倒会形容人的。你们却是摩登的卖花女郎了。"

卖花女郎道："我们是小人家的女儿，又有什么摩登不摩登？只想出来赚几个钱罢了。请你买两剪吧，我们说得嘴也酸了。"

何有才道："只是我没有女朋友，买了下来送给谁呢？你篮里的白兰花，每一剪要几个铜子？"

卖花女郎便从底下油纸里解出一堆较大的白兰花来，说道："每两剪大洋一角，少爷要买一块钱的吗？"

何有才的朋友说道："人家卖白兰花，每剪至多两三个铜子，怎么你的白兰花价钱如此之贵？你当我们是洋盘吗？"

何有才把手摇摇道："不要和伊去计较，这价钱不贵，我就买一块钱吧。"说着话，从他的皮夹子里，取出一个雪亮的银圆拈在手掌中，对那卖花女郎说道："一块钱几剪花？"

卖花女郎道："二十剪。"说罢，便要数出花朵来。

何有才却说道："且慢，我买了没有用处，还没有定当送给谁，你代我想一下。"

卖花女郎笑道："你的朋友我怎么知道？我只知道将花卖给你。"

何有才道："也罢，我就请你代送一个女朋友吧。"

卖花女郎道："你的女朋友姓甚名谁，住在哪里？告诉了我，我可以代你转送去的。"

何有才笑道："我的女朋友远在天边，近在眼前，就是你。送给你可好？"

卖花女郎说道："我不来了，少爷休要和我取笑。我配做你的女朋友吗？"

何有才道："你不高兴做我的女朋友，那我不买了。"

卖花女郎发了急道："你说了买，如何不买？"

何有才把一块钱高高举起，带笑说道："不买又怎样？"

卖花女郎知道何有才有心和她打趣，遂伸手来抢道："一定要捱卖给你的了。"

何有才趁势握住了那卖花女郎的纤手，把银洋放在伊的手掌上，嘻嘻地说道："你不要发急，你要捱卖给我吗？恐怕我买不起你啊。"一边说，一边不住地摩擦着伊的手。

卖花女郎也不把手缩回去，很柔顺地尽何有才抚摩。何有才又问伊道："你姓什么，叫什么名字？我真心要和你做女朋友呢。"

卖花女郎又微微一笑，低下头去答道："我姓汪，名莲香。"

有才啧的一声道："好一个芳名，莲香莲香，现在正是荷花香的时候，香啊香啊，我闻闻你身上可香？"

一边说，一边将莲香用力一拖。莲香把篮向地下一丢，趁势倒在何有才的怀里说道："不要闹，我是来卖花的。"

何有才却不管伊说什么话，只把手去伊的胁下呵痒。莲香咯咯地笑个不住，把身子缩作一团。何有才乘机占了些便宜。他的朋友也和那一个卖花女郎调笑，买了几剪白兰花。何有才又将莲香拖至室隅，附在伊的耳朵上叽叽咕咕说了好多话，等到莲香点了一下头，方才释手。莲香已是两颊绯红，羞得抬不起头来了。

何有才的朋友拍手笑道："你们说什么秘密的话，我们猜也猜着了。今天晚上我们一准要……"

何有才急把手摇摇道："瞧我的脸，不要说吧。后天我请你们去游荷花荡,吃船菜。莲香也去。"

两个朋友道:"很好,一言为定,后天我们要叨扰你了。我们本想一游荷花荡,有了莲香同往,人面荷花相映红,格外令人有兴了。"

大家鬼混了一阵,莲香和伊的同伴方才别去。何有才的朋友遂带笑对何有才说道:"今晚大约你住在这里了,要不要我们做伴?"

何有才连忙向他们行了一个敬礼,说道:"对不起,我已允许你们去游荷花荡,那日由我做东……"

何有才的话还没说完,一个朋友早抢着说道:"今晚任你寻乐,是不是?"

何有才微笑不答。又一个朋友说道:"何兄今夜就要游荷花荡了。"

何有才道:"此话怎讲?"

朋友笑道:"莲香阵阵,恣君大嚼,不知此游与那游何异也?"说得大家都笑起来了。

那里已有四点多钟,何有才等怎肯枯坐在旅寓中,遂出去到近处散步闲逛。晚间又在大庆楼点了菜,沽了酒,请那两位朋友畅饮。何有才自己也喝了几杯酒。当他付了酒钱,走出酒楼时,两个朋友有意和他打趣,喊道:"导仪员引新郎新妇入洞房。"

何有才道:"新妇在哪里?"

朋友道:"莫要慌,新妇停一刻自会来也。"

三人回到吴东旅馆,略一憩坐,何有才的朋友说道:"我们不要不识趣,走吧走吧,莲香来了。"

说罢,二人立起身来要走。何有才道:"不送了。"

一个朋友回转头来说道:"有才独乐乐,与人乐乐,孰乐?"

何有才笑道:"这件事体不宜与人乐乐,只好独乐乐了。"

又一朋友说道:"我记得以前上海大舞台见过王芸芳和李春芳合演的莲香一剧,你不要着了莲香的迷才好,否则……"

何有才道:"谢谢你,少说两句吧。伊人真的快要来了。"

二人又笑了一笑,走出房去。何有才送至门口,说了一声明天会,看二人徐步下楼,便喊茶房进来,知照了数语,茶房只是点头,退将出去。何有才遂坐在椅子里,等了一刻,见茶房已领了莲香进来了。此刻莲香换了一件白纱旗袍，面上敷粉涂脂，更见妖冶了。何有才便挽着伊的手教伊坐下，并肩软语，真觉得楚楚可怜，摄人魂魄。何有才饮了酒，兴致更好，得意忘形，着意温存。于是在这夜里云雨巫山，魂销真个。春宵苦短，夏夜更短，好梦醒来，不觉东方之既白。

第十一回

富贵可求大营祖墓
鱼熊兼爱别筑香巢

人类虽然提倡着平等，可是言论与事实是矛盾的，世间上人他们的出身、他们的遭遇，或登衽席，或堕泥溷，其中竟有天壤之别，何尝能够真正平等呢？譬如闺秀名媛，锦衣玉食，尽享受种种幸福，不知忧愁为何物。好似名葩奇卉，珍护有人，十分高贵，又岂一般蓬门中的小女子所可望其项背呢？

汪莲香本是七里山塘普济桥畔的人，伊的父亲汪大为识了几个字，读了几本医书，在虎丘悬壶为医，但是无人问津，门可罗雀。家中又无一瓦之覆，一垄之植，不得已设帐授徒，为猢狲王。那时候学生的束脩很是菲薄，又大都是小户人家的子弟，所以每节一千文的也有，每月三百文的也有，至多每节送上一元大武，已算最好的了。收了二十多个学生，坐满了一屋子。那些学生的名字无非是阿根、小和尚、金生、水生、小三子、毛头儿、福生、全生、小妹、三宝、桂宝、长生之类。读方字的，读《三字经》的、《百家姓》的都有，至于读《大学》《中庸》的，已是程度最高的了。一天到晚地喧闹不休。汪大为年纪已老，身体衰弱，常常闹得发牢骚，恨恨地自叹道："大为大为，先父代我取这名字，希望我将来能够大有作为的，谁知我潦倒一生，无所成就呢？"

他的妻子邹氏见伊丈夫精神不济事，常要教大为休睡一会儿，节节力，养养神。当大为睡的时候，邹氏便代伊丈夫坐在诸生中间弹压，一边做针线，一边督促学生读书。邹氏虽然不识字的，而伊的威势十足，学生虽然顽皮，只要师母双目一瞪，便吓得不敢吵了。邹氏又因丈夫所得的束脩尚不能以此糊口，所以很辛勤地代人家制

153

衣服，得些工钱来相助度日。邹氏耐苦的精神，邻里人家常常称道的。他们膝下只生一女，还是汪大为老年时所得的，聊娱桑榆之景，取名莲香，钟爱异常。小时候面貌即生得令人可爱，六岁时汪大为便教伊也坐着识方字，很是聪明，每天可识十余字。所以汪大为虽然处境困苦，而眼见着这个聪明伶俐的女儿，足可稍解忧心了。

不料汪大为有一次责打一个学生，那学生是大饼店里的儿子，山东人，很有蛮力，十分倔强，一定不肯让先生责打。而汪大为定要施以夏楚，以儆其余。一师一生，拉拉扯扯，汪大为年纪老了一些，更兼气得发昏，竟跌了一跤，立刻口嘴歪斜，不省人事。邹氏正在后面河滩上洗衣服，莲香发了急，立刻跑去报信。邹氏大惊，忙来扶起丈夫，睡在房中床上。知道伊丈夫患的中风，连忙央邻人到城里去请医生到来医治。一面放学，教诸生回家去。众学生大欢大喜，挟了书包，一哄而散。晚上医生来看时，开了一张药方，教邹氏煎了给大为试服。邹氏平日听得伊丈夫说过，中风要吃回天再造丸，便问医生可能吃这药丸，并问此病可有危险。医生也无肯定的说话，只教他们试试看。邹氏无可奈何，只得赎了药，煎来给丈夫服下，又把再造丸用酒化了灌下去。但是毫不见效，大为只是昏睡无语。延至次日晚上，溘然长逝。邹氏痛失所天，哭得死去活来。家中又无钱办理丧事，只有向各亲戚商量些金钱，好容易方把伊丈夫收殓了。从此邹氏朝晚啼哭，郁郁不欢，有了肝胃之疾，不到一年，也长辞人世。家中只剩下莲香一人，年龄尚小，不能过活，遂由邹氏的妹妹银宝领去抚养。

银宝没有生过子女，所以倒也很爱伊的甥女。银宝的丈夫姓韩，名福元，本是个看风水的阴阳先生，一年所入尚可敷衍度日。可是他性喜曲蘖，每晚必至半塘桥畔小酒店去喝酒，非喝得大醉，不肯罢休。因此他赚下的钱，大半耗费在酒上。于是银宝只得做些针线，相助着度过去。自从银宝把莲香领了过来后，韩福元主张领男不领女，很不赞成他妻子的所为。银宝说：“这是我的甥女，伊没有了父母，无人抚养，即使我不要领，却为了姐姐面上，也不得不领过来，给伊一碗饭吃的。你若要领男时，你去领来便了。”

两人争论起来，牵涉到生育问题，韩福元又怪银宝不会生产，夫妇之间勃溪了一场，银宝哭了一夜。因此韩福元见了莲香很是憎厌的。而且韩福元酒醉以后，时常要发脾气，向人胡闹，动不动就要打人。莲香被他拍过两下头的，所以当韩福元酒醉归来时，莲香吓得一声儿也不敢响，躲到厨下去烧火，或是掩在室隅，战战兢兢，如临深渊。弱女子寄人篱下，当然有难为人道的凄惶。

光阴一年一年地过去，莲香渐渐长大起来，出落得姿色秀丽，与众不同，确是蓬门中一朵活色生香的女儿花。邻里人家见了，一齐啧啧称美，说这个丫头有了这样的俏面庞，将来可以嫁个如意郎君，一辈子不愁吃着。有的说假使能把莲香去学习歌舞，将来一定可以大出风头。有的又说莲香在这里太埋没了，不如去入青楼，倒是一棵钱树子呢。但银宝却教莲香在家里做麦柴扇，这因为每年春间各处来游虎丘的人很多，麦柴扇便在这时大销特销，本钱很轻，制作也很容易的。所以游山的人往往见有许多乡妇女，大的小的，拿着各种麦柴扇，在游客身边絮聒不休，一定要你买几柄方才罢休。一般游山的人归来时，手里总是握着麦柴扇，当作玩意儿了。不过麦柴扇也不是一年到头有生意的，所以银宝又教莲香学习刺绣，做些粗生活，赚些钱来，添制两件衣服穿穿。

这样又过了两三年，幸运而不幸运的事降到韩福元的头上来了。因为上海有一家暴发的富户陆姓，特地要向苏州乡下买一块牛眠吉地，葬他们的先人。遂托了一个苏州的朋友找一位善于看风水的阴阳先生，那朋友闻得韩福元在城外颇有些小名气，于是介绍给陆姓。他们从上海赶来，坐了汽油船，邀同韩福元一起去横塘那里看几块坟地。那些乡人早已探知来此看坟地的先生是韩福元，遂有人先期到韩福元门前来接洽，托他从中帮忙，许以重利。韩福元唯利是图，当然答应。到这天看地的时候，他陪着姓陆的看了几处，都说不好。最后看到那一块预先约定的地方，韩福元详细视察了一下，假作惊奇之状说道："我看了十多年的风水，苏州各乡以及外县各处山地，也不知看了千千万万，却没有见过这块坟地的完全美满了。背后靠山，前面临水，气势非常雄厚。来龙结穴，一切都好。将来筑墓以后，大吉大利大富贵，子孙必出将相。而且岁岁平安，年年如意。舍此以外，恐怕再没有第二块吉地了。"

陆某听他如此说法，当然心中大喜，跃跃欲动，非买此地不可了。乡人见其计已售，自然故意把售价抬高，且说某巨公亦颇有意卜宅于此，曾还价至若干，而不肯脱手。因知这地风水好，所以非到原数不售。韩福元却在陆某面前意图撺掇，又有意讨好，向乡人商量，归人情让。做好做歹，到底成功了这笔生意。不但姓陆的要谢他，而他又可向乡人索酬，两面进账，这也是社会上一种黑幕。

陆某筑墓时，务求伟大宏丽。他又献了几种计划，自然囊中又饱。更是尽情喝酒，大醉特醉。倘然一年之中，能有这种生意两三次，可以安坐而食，徜徉醉乡之中了。但是那陆某筑墓以后，不到三个月，他的四龄爱子忽然在家里拍拍皮球，跌了一跤，昏厥过去，虽然救醒了，可是寒热大作，呓语喃喃，夜里大哭大喊，直到明天上午便死了。死时全身青紫，医药无救，好不奇怪。

陆某既抱丧子之痛，悲不自胜。谁知道不幸的事接踵而来，他做的标金又办理去了数万元，情绪更是懊恼。而他的夫人突然患起头痛的病来，痛得满床乱滚，一颗脑袋顿时涨得如大西瓜一般。陆某连忙去请了有名的中西医生前来诊治，人人摇头，个个束手，不明是何病症。因为寒热没有的，就是外科名医也不知所可。姓陆的夫人反把医生大骂一顿，怪声怪气地迥异常态，又嚷着屋中有鬼。陆某是个迷信神佛之人，所以先请看香头的来，看香头的遂说祖宗不安，坟上风水不好。陆某自思我新造的祖茔，特地请了著名的阴阳先生看过，说是一块大好吉地，怎会和坟地有关系呢？将信将疑，许多迷信的事一样一样照办，还请了一个法师前来驱鬼除妖。足足闹了三天，他夫人到底不救。临死之时，双手抱着头，婉转哀鸣，铁石人见了也要泪下。陆某放声大哭，几乎晕去。半年之中，既失爱子，复丧娇妻，交易所里尤连次失利，亏折无数。一家人家去其大半，他如何不能痛心呢？事后思量，就要怪到自己在苏州横山造的茔地了。但是韩福元明明对自己说过，这是大富贵大吉利的坟地，再好也没有的。何以我家中的遭逢偏是这样的倒灶呢？莫非他的话不准确的吗？

陆某起了怀疑之心，后来和一个朋友谈起这事，那朋友也疑心那个阴阳先生的本领不济事，遂介绍海上某道尹，也是善看风水的，不过他是一个清客客串，不肯取钱，而要趁他高兴的，抽个暇到苏州去，再代陆某在墓地上相视一下，形势到底吉利不吉利。陆某听了，正中其怀，立即托那位朋友去说项。过了三天，那朋友前来复命，说某道尹业已许可，于是约定了一个日期，陆某和他的朋友陪同某道尹一齐坐了火车，赶到苏州。又雇得一艘汽油船，开至横塘茔地上去相视。

某道尹仔细视察之下，对陆某说道："这是一块绝地，凑巧筑在七煞头上，一年之内，家破人亡。若不迁避，后患不堪设想。当初是听了什么人的说话而买这块地的呢？"

陆某遂老实告诉了，某道尹道："这个地方只要稍谙地理的人都知道是不好的，怎么韩某偏会死的说出活的来呢？无论如何，这坟地是必须迁移的，否则对于你本身也有大大的不利呢。"

陆某一听这话，毛骨悚然，回去后立刻托某道尹再去堪舆地方，拣定了一块吉地，大兴土木，把苏州的祖茔迁到那边去，花了不少金钱。道尹虽不领酬，而事情毕后，陆某送给他两件小小古董，价值在二百元左右，某道尹也受了。

陆某对韩福元始终不能释然，千方百计派了人去探听个中秘密，始知那韩福元并非真的看错了地势，实在因为他和乡人早已暗中通了场所，所以怂恿自己买了这地方，以便从中取利。但是自己非但白白地虚掷了许多金钱，而断送了娇妻爱子，此恨绵绵。他说大吉大利，而大大的不吉不利，是可忍孰不可忍。遂托了苏州一个在帮的弟兄，纠同小流氓前去，把韩福元门前悬的一块牌子打个粉碎。又乘韩福元出外之时，中途把他拦住，将一包屎塞进韩福元的口里，请他吃屎。这件事传遍了苏城，当作笑柄。

可是陆某迁墓以后，厄运依旧有加未已，他的兄弟又死了。他叹道："从今以后，我再也不相信风水之说了。左也不好，右也不好，金钱糜费了无算，精神消耗了不少，结果却是如此，这又是从哪里说起呢？"

陆某虽然醒悟了，而韩福元的生涯却因此而大受影响。大家都唤他吃屎阴阳，以后便没有人来请教他了。韩福元经过这番挫折之后，他不自悔过，反怪陆某害人，终日仍是沉湎酒乡，心里却不如以前高兴。酒醉归来，常常寻事生非，当然莲香更是他的泄怒的对象了。银宝所有的首饰也给他质去，家中本没有什么积蓄，自然生活一天一天地困难。

这样过了两年，吃尽当光，实在支持不下去了。据韩福元的意思，要把莲香鬻给人家为妾，或是送到勾栏中去，可以靠伊多几个钱。便是银宝却一定不肯答应，说这是对不起伊亡姐的。韩福元更是怀恨在心。恰巧山塘上有一家种花树的俞姓，要韩福元去相助记账，每月可以有七八块钱的薪水。韩福元本来不高兴去做这些琐事，却因两年来毫无生意，手中没有一个大钱，恐慌已甚，所以答应去做。然而他得来的一些薪金，只好供给他沽老酒，哪时有余钱可以养家呢？银宝便和莲香忙着做女红，自己度日。

这样又过了一年，有一个夏天，银宝忽患痢疾，日夜要泻数次，寒热有一百零四度。莲香急得在床边暗暗饮泣，废寝忘食服侍伊的姨母。而韩福元却好像不在心上的，仍向酒店里买醉而归，不去代他的妻子延医诊治。还是银宝自作主张，教莲香跑到阊门去，请了一个中医前来看病。吃了一帖药，病势却更加重。不到三天，银宝已离开这个世界了。莲香和伊姨母自幼至长，已患难相知，一旦姨母抛了伊而长逝，伊怎不伤心？哀哀哭泣，宛如死了自己的母亲。然而韩福元却并不觉得怎样，把他妻子草草收殓了，送到丙舍暂厝。家中的事素不顾问的，至此遂丢给莲香去管。

那时莲香已当破瓜之年，更是可人，门外桥头不时有些狂蜂浪蝶来调笑伊，逗引伊。莲香见这些人到来时，常常匿伏不敢走出。这些油头少年却在伊家后门唱山歌，九腔十八调的，无非唱些淫秽之词，莲香一半儿懂，一半儿不懂。有时在门隙里偷窥偷窥，却见这些人都是不三不四，没有一个可人意的。伊抱着不睬不理的主义，任他们在门外做巡阅使，伊却躲在门里做针线。但是伊每天必要煮饭洗衣的，所以上午时候或下午三四时左右，伊必要走到后门河滩上去取水。有一天，伊因为门外无人，遂到河边去洗些衣服，不料有三个少年穿着短衣，像工人模样的从东首走来。他们正是昨天傍晚打后门喊伊的芳名的。一见莲香在河边洗衣，以为千载难逢的机会，三个人笑嘻嘻地走上来喊伊道："莲香妹妹，我们等候多时了，

158

你好啊。昨晚我们来看你，你怎么不肯出见啊?"

莲香回头一见恶少，吓得伊脸也红了，不敢再在河边洗衣了，连忙带了没有洗好的衣服，从踏步上走回家去。三人早遮住了道口，说道:"不要走，不要走，今日看你到哪里去?"

莲香只得停止脚步，向左右一看，并无他人走来。这里是僻静之处，难得有人来的。三人瞧着莲香赵趄畏缩的样子，更是得意。中间便有一个人上前去要拉伊的手，莲香用劲一摔，口里迸出两句话来道:"不要动，我要喊的。"

那人道:"谁怕你喊，你要喊时尽管喊。"

又一人说道:"谁敢来多事，看老子揍他。"

莲香知道他们无理可讲，这里果然没有人来的，当时生了急智，便将手向东边一指道:"你们不要嘴硬，那边有一警士来了。"

三人回头看时，莲香忙向斜刺里夺路便走，好得后门就在眼前，三脚两步早逃到门前。三人回头见没有人，知已中计，又见莲香逃走，遂喝一声:"狡猾的小丫头，逃到哪里去?"飞也似的追来。一个人已追至莲香背后，将伊一把抱住。莲香回转身来用力一推，那人顺手牵羊，在莲香胸前摸了一下，莲香喊了一声"啊哟"，早将那人推开，跳进门扶持，把门扑地关上，手里衣服也堕在地上，心头小鹿乱撞。只听他们在门外说道:"便宜了这小丫头，伊越是害怕，我们越要同伊胡闹。"又一人说道:"我追得快，总算吃着了一个面包。"又一人笑道:"这面包是沙利文的呢，还是广州食品公司的呢?"那人道:"当然是沙利文的，不大不大，还是小面包哩。"说罢，哈哈哈一阵狂笑，以后便不听得声音了。伊方才放心。

韩福元虽在外边，也有些知道。他见莲香的姿色果然出众，自己若不在伊身上找些钱用，岂非呆鸟吗?以前他妻子在安然时候，很坚决地反对着，卵翼着，现在他妻子已死去了，莲香既然在我家抚养成人，那么由我一人做主，谁也不能来干涉的了。趁伊正在年轻之时，快快代伊打算一下，也是为了自己啊。于是他想起一件事来了，他在俞家记账，不是常见有年轻的卖花女郎前来批购玫瑰、茉莉、香水、白兰等花，到市上去卖的吗?现在阊门外马路上、茶馆里、旅店中，很多她们的踪迹，生意倒也不错。因为她们借着卖花为名，暗中却牺牲色相，去引诱那些好色的少年子弟，可以多得意外的收入。像青山桥边的何阿凤，不是个中的翘楚吗？倘教莲香去做这生意，那么莲香的姿色不比阿凤远胜多多吗？一定能够有很好的收获的。只怕莲香不肯去做罢了。然而伊是在我家里长大的，我有主权，可以命令伊怎么样做。并且我可以对伊说得怎样怎样的好，我看伊情窦已开，也许情愿的。

主意已定，这天韩福元回到家里，便唤莲香至身边，把自己的意思很婉转地向伊说明。一派花言巧语，不由莲香不依。隔了几天，莲香自己携着花篮子，在街上做卖花女郎了。起初时候，韩福元生恐莲香面皮太嫩，不肯上前，不会做生意，便叫一个卖花女子伴伊，一同到金阊道上去唤卖。莲香起初当然面嫩，见了男子尤其畏缩，可是不到半个月，伊已有很好的功夫了。而且伊的喉音清脆，在曲巷深街中曼声而呼时，这清脆娇俏的卖花声，一声声传送到人家的耳朵里去，没有一个不动心的，都说好听好听，大家要出来看看这个卖花女郎，而莲香的娇姿便显现在人家眼前。既闻其声，复见其人，莫不喝一声彩，而莲香篮里的花也换了钱了。

环境实在是可以变化人的，社会是个大火炉，人们投身其中，好如一根轻细的鸿毛，没有不被这大火炉熔化了去。洁身自好，穷而不变的人，世上能有几何呢？所以莲香既已做了卖花女郎，耳濡目染的都是些什么？伊又是亲自经历的，个中三昧，业已会意，伊已非昔日的莲香了。说也奇怪，山塘街上的恶少见了伊这般老辣的状态，至多跟在一旁说说笑话，不再像从前那样地胡闹了。

韩福元自从他姨甥女莲香做了卖花女郎以后，他的酒益发喝得多了，腰袋里钱也多了。莲香也做起几件时式的新衣，穿在身上，越发显得美丽可爱。后来居上，物竞天择，卖花女中有了莲香，青山桥畔的阿凤为之减色不少，现在要推莲香为第一人了。莲香的艳色既已鹊起，自然爱伊的大有其人，那些登徒子只要有了金钱，那么要破坏一个女子的贞操，也不算是什么一回事的。所以当伊被何有才爱上之时，伊早已不是处女了。可床笫之间有了经验，仗着伊的一副狐媚功夫，反把何有才颠倒得落了魂似的，倾心相爱。一夜云雨，十分恩爱。

160

次日，何有才便悄悄地送给伊十块钱，又伴着伊出外去买了一件衣料和一些化妆品赠伊，叮嘱伊今夜务须再来，自己仍在吴东旅社等候。莲香以前虽曾接过几回生意，可是骤雨狂风，不堪凌虐，哪里有何有才这样风流的人物和温存的轻怜呢？因此伊对于何有才内心里也发生出真的爱情，和对待别人不同了。自己回到了家中，揽镜自照，鬓发蓬乱，粉颜半褪，三分是羞，七分是喜。韩福元见这夜莲香住宿在外，知道伊有了生意，所以等在家里拿钱。莲香便交了六块钱出去，韩福元也不查问，又到酒店里去大嚼大饮了。

这天莲香已来不及出去卖花，在家中做去些家事，晚上对着镜子敷粉涂脂，妆饰了一回。把何有才买给伊的一瓶香水洒上了身，果然阵阵甜香，沁人心脾。伊就匆匆地出了家门，把门暗暗锁上，赶到阊门吴东旅舍来。途中逢见两个儇薄少年，和莲香有些认识的，便向伊问道："阿莲到哪里去？怎么不卖花？"

莲香睬也不睬，一本正经地走路。那两人口里咕着道："搭什么松香架子？敢是今晚又去接生意了？禁了公娼，便宜了你们这些私娼。将来总有一天末日到临的。休要这样使骠劲，仔细看我来撕裂你的臭东西。"

莲香听在耳朵里，自然有些气恼，但也不敢和他们答骂，以致吃眼前亏。就一径走到了旅馆里，见何有才和两个友人坐在那里谈笑，一见莲香步入，大家欢迎。莲香一一叫应了，便坐在何有才的身旁，如小鸟投怀一般，显出十分亲热。大家说笑一番，吃过晚餐，何有才要践前晚之约，特地托友人去雇好了船舶，以便明晨去游荷花荡，又约定了几个知己的朋友同去。那两个友人谈到十点多钟，方才别去。这一宵他们俩携手同登阳台，娇啼宛转，更得其乐。

东方乍白时，二人鸳梦方酣，忽然一阵剥啄声，把他们惊醒过来。何有才连忙披衣下床，先去开了门，原来就是那两个友人来了。走进门说道："对不起，我们来搅醒你们的好梦哩。实在游荷花荡必须一天亮马上去的。从前人家去游时，大都晚上便坐着船，摇到那边即泊舟荡畔，夜间打牌喝酒，寻欢作乐，等到天明时，红日还没有肆威的当儿，遂去荡中领略荷花的色香味。那时候红白的荷花清香扑鼻，莲叶田田，承着许多露珠。游人胸襟一爽，神志一清，再

161

喝一盏莲子汤，方得其乐。现在时世不好，隔夜去的人没有了，但是早上去时必须要大早而特早，若过了九点钟，便去晒太阳，还有什么色香味可以领略呢？从阊门去是很远的，幸而我们雇得汽油船，拖着画舫同去，可以到达得快一些。然而我们恐怕老兄夏宵苦短，错过了时刻，累别人久待，所以不揣冒昧，赶来一唤。请你们原谅，不要骂我们是冒失鬼啊。"

一个友人一边说，一边走至床前，见莲香伏在一条大毛巾里面，露出了半个上身，酥胸前玉乳半掩，涨红了面孔说道："两位少爷，不要走过来，我还没有起身哩。"

那友人哈哈笑道："你尽管起来好了，害什么羞？何妨公开公开。"

何有才便从床边取过衣服，给莲香去穿，自己把二人拉至门边说道："二位不要窘伊吧，莫耽搁了时光。"

二人笑道："何，你倒这样地袒护伊，要下逐客令吗？把我们拉到哪里去呢？"

何有才道："不敢不敢，请你们在此立一下，待伊起来。"

一个朋友笑道："好，你竟做护驾将军了。"

何有才笑道："内卫内卫。"

三人这样说时，莲香早已穿好了衣服，从床上下来，走到面汤台前去了。何有才才让二人上坐。二人在旁紧催，一会儿何有才洗过脸，穿好西装，莲香也梳妆毕，披上一件黄色华尔纱的旗袍，足踏绣花鞋子。伊今日打扮得格外艳丽，何有才只是瞧着伊微笑，又代伊整整衣襟，掠掠云发。一个朋友笑道："别这样细做了，时候不早，走吧走吧。"

于是四人一齐出了旅舍，跑到南星桥下，登舟时已有二三友人坐在那里等候了。大家争看着莲香，有的拍着何有才的肩膀说道："尽享受温柔艳福，兀的不乐杀人也么哥？"

莲香只是躲到何有才身后，把一双水汪汪的俏眼睛向众人偷睬不止。少停，众友毕集，何有才便吩咐开船。汽油船果然驶得很快，晨光熹微中，拖着一行人向前而行。水面上清风徐来，帆影映日，尚不觉得炎燠。到了荷花荡，汽油船和画舫即泊在百吉桥外，大家另坐了小舟，进去游玩了一番，便回到绿荫深处泊住，大家在船上打牌。这因为何有才等以前早已游过，此番来游荷荡，完全是醉翁之意不在酒。有了活的莲香，河中的莲香反而不在心上了。大家直闹到傍晚，方才回到阊门，上岸而散。何有才仍挟着莲香，回转旅寓，继续他们的欢梦。

一连几天，何有才同莲香恋爱得十分沸热，难解难分。但是何有才的囊中已告罄了，好多天不回去，父母面前似乎交代不出，只得和莲香说明了，回家一天，并且可以去想法弄些钱出来，约莲香后天仍到这里来欢会。

莲香回到家里，不见了何有才，也觉惘惘如有所失。伊的一颗心已完全系在个郎身上了。韩福元业已探听明白，知道他的姨甥女已被城内一个富绅之子名唤何有才的爱上了，那么这个机会万万不可失掉，自己可以靠伊身上麦克麦克地进账了。遂叮嘱莲香须要好好儿伺候姓何的，千万不要失去他的欢心。将来倘能嫁了何有才，平地青云，衣食无虞，可以到富贵人家去过日子了。莲香和何有才相处了数天，也知何有才确乎是世家子弟，挥金如土，虚拟着一个痴愿，他日可以嫁了他，那么脱胎换骨，过好日子了。现在又听了伊姨父的说话，心里更是热得非凡。挨过了一天，又到吴东旅馆里来，与何有才重聚。曲尽其媚，不由何有才不死心塌地地恋爱伊。

但是光阴易过，金风送爽，暑假之期已满，何有才快要离开吴门，仍到上海去读书了。他们正在热恋的当儿，一旦分开，各自舍不得。何有才恐防自己去后，莲香或者要去卖花，难保伊不再被他人攫夺而去，若要占为己有，必要想个法儿，不使伊再干这个生涯才好。遂和莲香两三商量，自己每月愿意津贴二十块钱给伊，交换条件是教莲香千万不要再到外面来卖花，并且允许莲香，待到他毕业以后，在外任事，便可多加津贴之金，也可想法把莲香娶到家中为妇。莲香听了何有才这种说话，心里自然一百二十个愿意，把终身托给了他。一口答应，得到了津贴，自己留下五块钱，其余的十五元都交给她的姨父收下。韩福元因为将来大有希望，所以很表同情，教莲香照着何有才的话，守在家里做些女红，不要再到外边去干那昔日的生涯。

何有才赴沪以后，心上时常要挂念莲香，一到星期六，意马心猿，忍耐不住。上海的电影也不要看了，坐了火车回到苏州来和莲香畅聚幽情，而在他父母面前却推托到友人处去。他父母还以为何有才思念双亲，抛不下家乡呢。

何有才对莲香件件都满意，只一个缺憾，便是莲香识字不多，不会握笔作书，自己没有情书可读，无以慰相思之念。因此他特地从上海书肆中购了不少字典尺牍白话文以及低级趣味的说部和连环图画，带给莲香，好让伊提起读书识字的兴味。莲香也知自己是个没有学问的小女子，而何有才是个大学生，若欲始终维持他的爱心，自己至少限度也要能够通通信，看看书，方才不至于被他看轻。所以伊得了那些书籍，果然很勤奋地自修，有些不明了的地方，问问她的姨父。而何有才回苏的时候，得暇也亲自指点一二。好在莲香的天资本是不错的，又加着自己能用心，事半功倍，有志竟成，不到几个月，莲香已能写白话信，和何有才通起尺素来。满纸的"爱"字"念"字，以及"哥呀郎呀"，何有才好不快活，说她是个可造之材呢。

但是一般男女的色欲，不仅得到一个对手方，便引为满足，而喜新厌旧，尤其是恒人之情。自从何有才与秦巾英交友之后，他的灵魂又被巾英勾摄去了。星期六和星期日却被巾英时常约到外边去游玩，不是咖啡馆便是电影院，不是公园便是舞场，哪里再有工夫回到苏州来和莲香亲热呢？莲香盼望心切，接一连二地写信去催他，于是他不得已在巾英面前推说家中有事函召，要回去一趟。偏偏巾英好似不舍得和他分离的样子，立即随着他返苏。到苏之后，又把何有才邀到伊家里去盘桓，不使他有片刻暇晷。何有才发了急，想法脱了身，方才跑到莲香处来一聚，当然露出匆忙的神情。莲香觉得他有些变态，心中生疑，向他再三诘问，而何有才指天誓口，表示自己没有二心，把别的话搪塞过去。莲香也奈何他不得，只希望何有才早早毕业，自己能和他早日结婚，到了他家以后正了名，便不怕他有什么变心了。其实这是莲香一片痴情，聊以自慰。夫妇之间若没有深挚的真爱情维持其间，那么随着环境而转移，往往年纪已大，子女绕膝，也要闹起离婚案来的。更何怪年轻的男女，朝三暮四，结合不出于纯正，视爱情为玩物，离异为儿戏的呢？

何秦二人的恋爱一天热一天，何有才更没有工夫和莲香绸缪温存了。但莲香一颗芳心却贮藏着何有才，始终不渝呢。后来何有才与秦巾英联姻的消息传到了莲香耳畔，其时何有才已从艺术大学毕业，在苏创办了美术公司，预备和巾英结婚了。莲香朝夕盼望，好容易遇见了何有才，二人又在吴东旅馆里住夜，枕席之上，莲香便向何有才责问，何有才也知这事到底瞒不过伊，遂推说这是父母之命，自己不得已而如此。

莲香见何有才在此时还要假言哄骗，不由泪痕满颊，对何有才说道：“我不是三岁小孩子，你休要当面说诳。你和那秦小姐是上海学校里的同学，是从自由恋爱而得到家长同意的，还要说什么父母之命呢。我也知道的，人家是富贵人家的千金小姐，又是有学问的大学生，当然看得中你的意了。可是你既然不爱我，何以一直把我瞒在鼓中，以为可欺。不日你们一对儿成婚了，却将我置于何地？我虽是小户人家的女儿，没有常识的，不能去和姓秦的相比，但我自从和你结识后，爱你之心始终如一，你却不多时候变了心肠。人家都说青年的男子容易做薄幸郎，你就是了。想当初的誓言还在我的耳朵里，你说什么毕业之后得到自立，可以增加我的津贴，然而只有这一句空言，至今没有实行。我姨父常在我耳边絮聒，要我和你早日讲个明白，我却不希望你加什么津贴，只望你的爱心不变，把我早日娶到家里，那么我也心定了。现今你将对我怎样办呢？”说罢泪下如雨，将伊的身子只顾在何有才的身上乱扭。

何有才代伊揩着眼泪，用话安慰道：“你不要怪怨我，这真是有口难辩。但我无论如何，绝不抛弃你的，请你放心。”

莲香道：“到了这个地步，我怎能放心呢？你玷污了我的身体，如何是好？你若然娶了姓秦的，而把我抛弃，我也绝不甘心的，而我的姨父也要和你理论。”

何有才道：“这些话都用不着讲，我总是爱你的。”

莲香道：“你怎样爱我呢？你不是就要和人家结婚吗？结婚之后，只见新人笑，不闻旧人哭，还会把我放在心上吗？况且我也永远不能到你家中来了，不如死了吧。我这个苦命的女子，明明是已被人家抛弃，而人家还要哄我呢。"

何有才道："我自有办法。"

莲香道："你且说出来，我听听是怎样办的。恐怕这事没有两全之理。"

何有才道："你说没有两全吗？我偏要两全其美。"他说了这话，顿了一顿，又说道："亲爱的莲，我和秦家的亲事是勉强的，一时受了人家的诱惑，实在是对不起你。好在我已有经济独立权，我不久可以代你在城外租一座小房子，把你接出来，另外居住。用一女仆伺候你，一切日常费用由我一人担当。且待我婚后，徐徐想法，把你正式娶为偏房。只要我爱你，名义上的大小没有多大意思。你看如何？"

莲香听了这话，默然不答。何有才道："你倘然再不赞成时，逼得我也无路可走了。"

莲香想想，果然也没有再好的办法了，他总不成为了我而不和秦家小姐结婚啊。自己总是小户人家的女儿，生得低贱，怎会做大户人家的媳妇？看来也只好做做偏房侧室了。伊这样安慰着自己，稍去心中的悲戚。何有才紧紧催着伊道："你能够答应吗？我的莲，你答应了我吧。"

莲香方才说道："这须待我回去和姨父商量一过，得到他的同意，方可回复。"

何有才道："既然如此，你代我婉言奉行，一切请你原谅。"

莲香对他白了一眼道："原谅原谅，别的事都可原谅，这件事你实在太对不起我了。"

何有才笑道："待我以后多多补偿吧。"说着话，将莲香搂在怀里，接了一个热吻。于是可怜的莲香收起眼泪，强为欢颜，一任何有才颠之倒之地拨弄了。

过后莲香便去和韩福元商量。韩福元的主意，只要何有才肯把莲香娶去，妻妾与否却不坚执。何有才要和莲香先租小房子，他也能同意，但须何有才答应先送他三百元，将来正式娶进门的时候，再送三百元，作为聘礼。莲香明知自己不是韩福元的女儿，自然他只要有钱到手，什么事都可允许的了。以前自己在韩福元手里过日子，曾受过不少苦楚，现在何有才既能认我为妾，我也只有去走这条路啊。

隔了一个星期，二人见面时，莲香告诉了何有才听。何有才当然答应，遂先去筹措了三百块钱来交与莲香，转给伊的姨父。一面又去三六湾那里看定了一所屋子，购置一些动用器具和房间里的摩登木器，把莲香迎到那边去。虽然不能说金屋藏娇，而可说香巢别筑了。何有才在和巾英未结婚之前，日间虽没有工夫，而晚上却时时背着人到这香巢里来，与莲香欢聚。莲香用了一个女仆，俨然做起少奶奶，倒也快快活活。虽然这是暂时的快活，而莲香既不能为深长久远之计，当然只求眼前的现实啊。

谁料后来何有才和秦巾英结婚以后，有形皆双，无影不逆，朝朝夜夜厮守在一起，何有才除却日常到美术公司里去工作时间而外，其余时候总是伴着巾英到东到西，毫无片刻闲暇再到莲香处来。莲香孤衾独宿，空屋静居，当然觉得异常岑寂。有时何有才偷偷地偶然来此遛一趟，也坐不到一点钟，便急急忙忙地回去了。莲香不惯这情形，便向何有才要求他实践前言。何有才以前不过是搪塞之计，他怎敢在巾英面前启齿呢？只说时候还未成熟，请莲香稍待。莲香却是非常抱怨，常易发怒。无可奈何之时，便把胸头一股怒气发泄到女仆身上去，左也说伊不好，右也怪伊不是，女仆自然含怒而不敢言了。

有一天，何有才正想偷个闲隙跑到莲香处去欢聚，忽见他的夫人秦巾英收拾了两件皮箱，好似要出门的模样，便向伊询问，巾英道："我昨晚忘记告诉你，今天下午我母亲要到上海去游玩数天，伊教我一同前往，所以我要出门几天哩。"

何有才道："你要我一同去吗？"

巾英淡淡地答道："我母亲没有说。"

何有才道："那么我就不去，盼望你早日归来。"

巾英点点头道："当然要早来的，你放心便了，我总不会一去不返啊。"

何有才笑道："很好。"于是巾英和何有才的母亲告别，带着随身的使女，匆匆地坐着车子回家去了。

何有才心里暗暗忖度，巾英这一去至少要三四天或一星期方回，我可以趁此机会去安慰安慰莲香了。所以这天午后，他在美术公司里草草把事办毕，便到三六湾莲香处来。莲香一见何有才前来，又喜又怨。何有才遂告诉莲香，说他妻子跟岳母到上海去了，自己可以在此安心住宿数天，一边又取出一卷纸币，塞在莲香手中。莲香方才面上稍有笑容，晚上何有才吩咐女仆，向美昌福菜馆喊来几样菜肴，打了几斤酒，和莲香坐在楼上，便听人声鼎沸，足声杂沓，如潮水般拥上楼来，乃是一队娘子军，手里个个执着木棒，高声大呼"捉奸捉奸"。何有才不觉一愣，立起身来，正要喝问。娘子军队里早跑出一个靓装女子来，满脸杀气，蛾眉倒竖，不是别人，正是他的正式夫人秦巾英女士，宛如飞将军之从天而下。

第十二回

神女生涯可怜孽障
爱情逝水终痛离鸾

何有才今晚在此间和莲香欢聚，是放下一百二十个心的。谁料到半路里杀出程咬金，有这个突如其来的袭击呢？慌得他手足无措，连忙对他夫人说道："怎的怎的，你不是到上海去了？怎么走到这里来……"

话犹未完，秦巾英走到他身前，将他一把揪住，冷笑一声道："好，你在这里，难道不许我也到这里来的吗？我先要问你，这里是什么地方？是你的家吗？这一个无耻的卖淫女，是你的谁人？你却瞒着我，竟在这里饮酒作乐吗？你的假面具现在给我揭穿了，人格何在？我同你到律师那边去理论。"

何有才知道毛病出了，自己的把柄给巾英抓住了，还有何话可说？便趁巾英不防，猛力把伊一推，挣脱了身子，冲出重围，逃下楼去。巾英被有才一推，立脚不稳，踉踉跄跄地险些儿跌了一跤，幸亏有人扶住，但是有才早已滑脱去，更使伊发怒，遂恶狠狠地说道："逃走的是乌龟，我不怕你逃到什么地方去，绝不放过你们的。"转回身来，跑过去把莲香扭住。

莲香本来不知是怎么一回事，起初以为有人来吃白食，及听有才和巾英说的话，方知来的便是何有才的夫人秦巾英了，心中陡地吓了一跳，不知如何是好。躲在一边，眼见何有才脱身而走，秦巾英大发雌威，自己在这屋子里怎样走呢？现在伊给巾英拖住了，一时说不出话。

秦巾英一手指着伊说道："你这淫贱的女子，诱惑人家的丈夫，该当何罪？你们的事我已完全探听明白了，今夜特来请教。那厮逃走了，依旧放不过他。但是你们这些淫贱东西，不知廉耻，实在害人不浅。若不给个厉害你们看看，也不知道我秦巾英是何许人。"说罢，纤手起处，啪啪两声，莲香的颊上早着了两下，顿时红肿起来。

莲香见巾英来势凶猛，不敢抵抗，只想挣脱。巾英回头喝了一声打，那些娘子军本来立在一边，摩拳擦掌，扬棒摇棍，专待巾英命令可以下手。现在听得巾英的喝打，大家一声吆喝冲将上来，乒乒乓乓地在室中一阵乱打乱捣，所有何有才代莲香购置的一房间摩登器具，都被众人捣个粉碎。同时巾英又和着两人将莲香按倒在床，在她身上重重地打了几下，又把伊的裤子撕个粉碎。听人说警士来了，巾英方和这一队娘子军凯旋而归。

那何有才逃出重围，回到家中，知道自己上了巾英的当，现在这事情又弄僵了，巾英不是好惹的人，自己该怎样想法去对付呢？此次巾英率领娘子军跑来寻衅，怎样拿得如此之稳？好似神机军师一般长驱直入，非有内应不会如此的。那么莲香家中没有别人，只有那个女仆，也许是那女仆泄露风声，牵引出来的？

哈哈，何有才的料想是对的。原来那女仆因前次受了莲香的气，特地暗暗到秦家去告密，有意要掀起这大风波来。秦巾英得知这个消息，气得不成模样，起初就想和有才交涉的。后来想出这条毒计，有意诓骗何有才堕入彀中，抓住他们的把柄，预备把二人大大出丑一番，这娘子军也是巾英特地花了金钱暗地组织起来的。但巾英因为心急，得知有才已在莲香妆阁，赶去得早一些，二人尚在饮酒，并未同睡，且又被何有才兔脱，只苦了莲香，凭空吃了一顿侮辱。

何有才虽知自己一走，莲香当然脱身不得，不知怎样地受辱了，然而舍此以外，也无别的上策。这一夜工夫，何有才竟没有一刻安睡。到了明天朝上，仍旧想不出好的办法，正想差人到秦家去探听一下，却见看门的人入报有客求见。何有才出去一看，乃是韩福元，心中不由一怔，便将他让到花厅上。韩福元以前和有才见过一面的，今天他的面色很不好看，一拉何有才的衣袖，凑在他的耳朵上低声说道："莲香自杀，你该怎么办？"

何有才听得这个恶消息，大吃一惊，一时说不出话来，只说："怎的怎的？"

韩福元冷笑道："何先生，这件要问你的啊。请你去出面料理吧，我的甥女为了你而这样惨死，你怎样对得起伊，对得起我？"

何有才道："伊怎么死的？昨晚的事出于仓促，我也只有一走，不知他们闹得怎样？"

韩福元叹口气道："你自己太会讨便宜了。这事虽是你夫人的不好，然而祸根到底是你。我来告诉你吧。昨晚你的夫人带领一辈虾兵蟹将，把莲香的房间打得粉碎，光是捣毁器具倒也罢了，又将莲香痛打一顿。可怜这小妮子虽然是小户人家的女儿，可是出世以来，从没有被人这样打过，打得伊好不可怜。那时候我也没有知道，直等到今日天色方明，女仆跑来告诉我说，莲香不知在什么时候自缢而死。我得了信息，连忙跑去一看，果见我的甥女吊死在床栏杆上，唤之不应，气绝已久。啊，你的夫人所施的手段太毒辣了，教莲香怎受得下？大约伊又气又羞，无人劝慰，就此自寻短见了。现在怎么办呢？何先生你吩咐一声吧。"

何有才此时也不觉十分惊惶，暗想：闹出人命官司来了，又怎样办呢？遂顿足说道："我哪里料得到有这么一回事，我真对不住莲香。现在外边可有人知道吗？"

韩福元道："此刻外边尚没有人知晓，然而这事总是瞒不来的，一讲出去，报馆记者一知道，立刻就要传遍全城了。你和秦家都是此间富家望族，闹出了这事，对于你们的名誉也是大有妨碍的。"

何有才搔着头道："这……这怎么办呢？"

韩福元将手摸着下颏，又冷笑一声道："好好一个女子被你糟蹋坏了，又为了你而丢了性命，又怎么办呢？"

何有才道："我想大事化为小事，最好瞒过了人家吧。"

韩福元道："何先生，你真会讨便宜。难道我的甥女就此白白地死了吗？不要说伊的阴魂不散，就是我韩福元也只有这样一个甥女，将来年纪老了，想靠靠伊的。一旦惨死，万分伤心，我也不肯含糊过去的啊。"

何有才听了这话，便懂得韩福元的意思，便说道："官休不如私休，我和你私休了吧。你且请坐，我们不妨从长计议。"

韩福元遂向旁边椅子上坐了下来，一只右腿架在左膝上，颠了几颠说道："我倒听听你怎样私休。"

何有才道："莲香死后，衣衾棺木一切丧葬用费当然由我拿出钱来，托你韩先生办妥。此外又奉敬你二百番，好不好？"

韩福元道："说得这样容易吗？我太对不起甥女了。没有如此简单的吧？"

何有才道："那么你的意思又怎样呢？"

韩福元道："我本不愿私休的，预备控之于法，看你两家怎能脱得关系？现在你既然要和我商量，我为息事宁人起见，迁就你何先生。我今提出条件，你答应的便遵办，否则有人吊死在房里，人家如何会不晓得？时间是不等人的啊。"

何有才道："不错，快请说出你的条件来吧。"

韩福元道："我甥女死得如此凄惨，在伊死后须要七七做，八八敲，大做佛事，超度幽魂。并且要用上等的棺木盛殓，这样方对得住伊。但一切费用至少要一千二百元，对于我名下的损失，也要你赔偿三千块钱。此外我还要想法去运动左右乡邻，最要紧的塞住女仆的口，只算莲香遇见了冤魂讨债，无故自缢的。无钱不能行事，其间一切用费也要数百元，你一共给我五千块钱，那么大事化为小事，小事化为无事了。"

何有才听韩福元的要求太大，便说道："要这许多钱吗？那么我情愿吃官司了。这件事虽然是我的不好，但一则是我夫人闹出来的，二则莲香的自缢并没有人强逼伊，是伊自寻短见的，我并不知情。细想起来，还是伊负我的啊。"

韩福元见何有才的说话忽然强硬起来，遂冷笑一声说道："何先生既如此说，那么我反而跑来多事了。看你打起官司来，五千块钱够不够？恐怕不但金钱损失，你的名誉也要涂地呢。好，我们在公堂再见面吧。"说着话，立起身来，像要往外走的样了。

何有才忙道："你且请坐，不妨讨论讨论。"

韩福元又坐了下来，说道："何先生，你须知时间不容你讨论的了，是则是，否则否，我的话是很和平的。本来索性牺牲了我的甥女，为了你而着想。谁知你不肯用钱，也就罢了，再讨论什么呢？"

何有才道："那么你说的数目能否减少？我也要算算值不值

得干。"

韩福元笑道："这件事又不是什么买卖，有讨价还价的？你总是不值得了，须知我牺牲了一个甥女，也不见得值得啊！"

何有才被他这样说着，可谓推车撞壁，心中慌了，一时倒没得主意，又说道："我一共出三千块钱可好？"

韩福元道："我要求的数目是最低限度，今天不能让你再便宜了。"

何有才见韩福元不肯退让，只得答应，但因手中一时拿不出许多钱，便和韩福元商量，今天先付你一张一千五百块钱的支票，以后再分三期付给。韩福元道："这也可以的，不过期限要近。你写好三张期票给我便了。"

于是何有才马上到里面去开好支票，写好期票，盖了章，出来交到韩福元手里，对他说道："我既然出了钱，这事却不管了，拜托你好好去办妥吧。"

韩福元一边把支票期票看了一看，折叠好了藏在贴身袋里，一边说道："得人钱财，与人消灾，我总代你办得四平八稳。事不宜迟，我要去了。"

何有才遂到门口，回身走进，心中说不出的懊恼，连呼："晦气晦气，不知韩福元回去可能办妥？若被新闻记者探得了底细，韩福元只手岂能遮天？这件事不是玩的。又有巾英那边不知怎么样了，伊昨天去打过出手，总算出过气了。伊对于我究竟如何，难道我们的情感就此决裂了吗？伊的脾气很坏的，触犯不得。不要伊今天再带了娘子军打到我的门上来啊。啊呀，何有才，何有才，你真是鬼摸头了。一向自命风流，处身温柔乡中，今番却陷在奈何天里了。人常说我是喜星高照，喜气洋洋，喜事重重，谁知道有这一场风波出来，弄得我进退维谷呢？那么以前的金闺好梦，竟是今日的不解冤孽了。"

他越想越闷，早点也吃不下，懒洋洋地怕上公司。忽见小大姐跑来说道："少爷，秦家有电话，要你亲自去接。"

何有才听了，一半儿忧一半儿喜，便走到电话前，拿上听筒，说了一声喂，就听得听筒里有很响的声音说道："你是有才吗？我是秦凯，你马上到我处来。"

何有才答应一声，那边就挂断了。何有才不知秦凯何事唤他，大约总是和此事有关系的。但秦凯既有呼唤，自己也不得不去。遂怀着鬼胎，坐了自由车到得秦家。到得秦家，一问下人，知道秦凯正在书房里，他就硬着头皮向书房走去。一脚踏进书房门，只见秦凯和他的夫人萧氏左右分坐在大沙发中，脸上都是充满着一团怒容。暗想这情势不好，他们必是要向自己问罪了，不得已硬着头皮走上前去叫应。

二人一见何有才走来，秦凯第一个就开口道："有才，你是大学毕业生，总算是个知识分子，怎会干出这荒唐事情来的？"

何有才道："这是我的荒唐，请岳父母大人原谅。只因以前一时高兴，随人家做冶游，便认识了这个卖花女郎，以致不能摆脱。今日悔之不及了。请你们原谅。"

秦凯冷笑一声道："这种事情如何原谅了事？即使我原谅了你，我的女儿却不肯原谅你啊。"

萧氏也说道："你既然以前和这种淫贱的女子发生了暧昧，如何再来娶我的女儿，你不是明明欺人吗？"

何有才道："这都是小婿的不是。现在巾英那里我去向她请罪，也要请岳父母大人在一边帮忙，把这事消弭过去，以后我绝没有什么不道德的行为了。好在那个女了昨夜也已自尽了。"

萧氏道："死得好。这种小妖精若然活在世上，不知要迷惑多少人，害得人家夫妇不睦。死了也干净了，否则我们也要请公安局严行驱逐呢。"

何有才立在一边，静候二人允许他改过自新。因为二人没有教他坐，他也不敢坐，如木偶一般呆呆地立着，和平常来的时候大不相同了。

萧氏又叹了一口气道："你要我们帮忙吗？难了难了。你该知道我这女儿是不好惹的，那小妖精虽然死了，伊对于你也不肯罢休的。你想见伊的面吗？一则这不是容易的事，二则你还是不见的好。昨夜伊向我们哭闹，发了大半夜的脾气呢。当时我相信你是个君子，所以把女儿嫁给你的。我女儿到了你家以后，诸多不惯。起初以为你家是很富有的上等人家，却不知外面好看，内中空虚，已是个败落乡绅，苏州人所说的苏空头。我们的巾英是堂堂军长的女儿，何忧攀不着好亲？嫁到你家来，真是辱没了伊，使伊一世不称心。我们本来有些不愿，只因伊是和你同学，伊自己爱上了你，所以我们也就玉成了这姻事。倘然你能够好好待伊，倒也罢了，哪里知道你是一个坏东西，骗得我女儿如此田地？你还有什么真爱情呢？莫怪伊要怨怒交加，大哭大闹了。我们岂非都上了你的当？现在你还有面目来见我们吗？"

何有才被萧氏唠唠叨叨地训斥了许多话，竟把他骂得一文钱都不值，不由脸上涨得通红，便说道："我此番到来，也是岳父打电话唤我来的，否则……"

何有才的话没有说完，秦凯早嚷起来道："是我唤你来的，你又怎么样？"

秦凯说时声色俱厉，何有才只好不响。秦凯说道："无论如何，你不应该哄骗我的女儿，得罪我的女儿。我女儿是好好嫁给你的，你却这样薄幸无情。现在你还我一个清清白白、完完全全的女儿来！"

何有才听了这话，暗想：别的东西都可以照价赔偿，这件事怎能教我赔得出呢？你女儿早已不完全了，是伊自己情愿的，现在又不是我不要伊。秦凯是军人出身，说起话来不免带些蛮劲的。今天他唤我前来，却不是从中调解，竟是向我交涉。弄得不好时，说不定要武力解决呢。但我也不怕他，至多法庭上相见罢了。巾英躲着不出面，是何道理？他心里虽然这样想，嘴上却不敢说出来。

萧氏又说道："想不到你在和我女儿结婚之前，已结识得那个淫贱女子。这样岂不是害了我女儿一生？无怪伊要大大地吵闹不休了。"

秦凯将桌子一拍道："王八蛋，该死的东西！你瞒了我女儿做这种混账的事情，非但对不起我女儿，也是欺我夫妇。"他说到这里，双目圆睁，嘴边菱角式的小胡子翘了起来，真有些威风凛凛，摆出以前军长的威势来了。

何有才见了这个样子，且听秦凯向自己辱骂，那么自己再立在这里做什么呢？遂说道："我是王八蛋，辱没了你的女儿。好，有话再说吧。"说毕，反身向外便走。

秦凯忙喊声"不要走"，立起身来时，何有才早已走出书室了。秦凯摆着肥胖的身躯，追上去说道："我们的话还没有讲完，你就要走吗？"

他追到外边时，何有才已走至外面水门汀甬道上了。恰巧看门的站在一边，秦凯便大喝一声道："快与我拿下，把他送到公安局去。"

这种口气好像把何有才当作罪犯一般看待，那看门的虽听秦凯吆喝着，但是一瞧跑出来的乃是新姑爷，倒使他不明白，不敢上前动手。何有才心里明白，两步并一步地跑到门口，跳上自己的自由车，飞快地驶去。这里秦凯追不着何有才，又是混账王八蛋地把下人骂了一顿。

萧氏过来劝他进去，说道："他会逃走，我们和他法律解决，看他怎样对付？我们且去安慰安慰女儿吧。怪可怜的，伊昨夜哭了好久，恐怕此时方才起来。伊若知道我们曾把何有才唤来时，伊不要自己下来向他交涉的吗？"

秦凯道："我本来把他关起来的，这厮溜得快，竟被他免脱。若教他去上战场，稳是一个败兵逃将了。这厮真没有胆量，明天我教女儿打上门去，把他家打个落花流水，教他们知道我秦家的厉害。横竖打出事来，有我抵挡。"

萧氏道："算了吧，你们总讲理的。我以为还是教律师和他家讲话，绝不使他们占半点儿便宜就是了。"两人气咻咻地回到里面去。

那何有才拼命踏着车子，望家驶去。因为心里有些慌张，没有全神贯注，不料横巷里奔出一辆包车，车上坐着一个年轻的摩登女子，手里撑着一顶绿绸的化洋伞，侧身而坐，风头很健。何有才虽然听得喇叭和踏铃交响，但是驶得正快，要想刹车，一时哪里来得及？自己这辆自由车已向那包车的横面撞了过去，豁刺一声响，自己车子直跳起来。何有才跳得快，身子落地，两脚踏稳，车子虽然跌倒，自己却毫无损伤。可是那辆包车被何有才的自由车猛力一撞，包车夫拉不住车杠，向横里跌倒，于是包车翻了一个身，那车上的摩登女子早两脚朝天，跌翻在地。

顿时就有许多看热闹的人围成了一个圈子，大家拍手而笑，却没有一个人动手相助。其时警察已走来了，那包车夫从地上爬起，一瞧何有才是个上等人，并且没有逃走，遂说一声："你的车子怎样走的？把我们的车儿也撞翻了，局里去。"一边说，一边去看他的女主人。那女子翻了一跤，幸亏跌得不重，也早从地上爬起，手腕上的手表面已跌碎了，那柄花洋伞也跌破了，玉颜涨得通红。包车夫也将车子拖起，二人准备要向何有才交涉。

何有才定神一瞧，认得这个摩登女子就是本地交际之花胡玉珍女士。自己以前曾和伊有过交情的。遂对伊一鞠躬道："原来是胡女士，大大对不起了，可曾跌痛？"

胡玉珍见撞倒自己的乃是何有才，一时板不起面孔，只得说道："不打紧，跌得还轻，不过吓了一下。"

何有才道："抱歉之至，改日我请密斯胡吃夜饭。"

胡玉珍勉强笑了一笑道："何先生，好久不见你面了，今天你请我吃苦头吗？"

何有才把一手加在额上，向胡玉珍行了一个敬礼道："不敢不敢，我今天出门没有带上眼珠子，冲撞了密斯。"

胡玉珍笑了一笑，踏上包车说道："再会吧，改天要你请吃大菜的。"

包车夫见自己主人没有和人家过不去，当然也不好开口，遂拖着伊向前去了。看的人也就散开，何有才暗暗说一声惭愧，也跨上自由车驶回家中。

他一想秦凯夫妇方才说的话，对我很是严厉，巾英必要和自己决裂了，并且莲香那边的事虽然自己花了钱，却不知韩福元能不能办妥。我自己在此不妙，不如暂且往上海去走一遭，到我朋友家里去住个十天八天，避避风头，看此事究竟如何消弭过去。倘然秦家一定不肯和我干休，我也只得和巾英离婚。像巾英这种脾气，我也吃不消的。以前我们交朋友时，伊还是和我客气，没有放出来闹。早知如此，我和伊结婚是失算的。齐大非偶，古之训也。伊专仗着父母家有财有势，把丈夫不看在眼里，我怕淘气，也已耐受了许多，伊仍旧不说我好呢。现在出了这件事，即使勉强不离，伊对于我的态度不消说得更要恶劣了。伊要离时，我也就和伊离。从此离了吴门，流浪到外边去，到别的地方去立足吧，无面目在这姑苏台畔了。

他暗暗忖度了一番，决定到上海去。遂写了一封信，留给美术公司里的同事吴君，说明自己家庭中有了尴尬的事情，不得已而离苏，拜托他独力经营这公司吧。在自己父母面前却一些儿也不声张，悄悄地又从银行里去取了五百块钱，把他自己名下的活期储蓄款取出馨尽。遂带了些随身衣服，赶向火车站，坐下午四点多钟的快车溜到上海去了。

他到了上海以后，写给父母一封信，请他们准和秦家商量离婚之事，他一时不能归苏，要到异方去干些工作了。信上不留地址的，当然不希望他的父母和他通信。他在朋友家中住了好多天，见报上登出他父母的词来了，大略说所事正在进行谈判，要何有才回家，并无大碍。但是何有才三十六着，走为上着。他把这件难解决的问题去给父母去应付，再也不肯回来。隔了一星期，他跟着一个南国的朋友一同到广州去了。

秦家急欲把此事解决，请了律师向何家来交涉。同时韩福元听得何有才已走，自己费尽心力把这事应付过去，第一次所得到的一千五百块钱，确乎自己没有多大好处可以沾润的，他的希望全在两张期票，假使到期不能兑现，那么岂不是白白地牺牲了一个莲香，便宜了何有才，为人作嫁，空劳神思吗？所以他也就跑到何家来，向何有才的父母理论。何有才的父母明白底细，自己儿子欠的债不能不承认，遂答允如期照付，韩福元方才放心而去。

至于何有才与巾英的事，因为秦家有财有势，很难对付。而何有才又不在此间，所以他父母初拟置之不理。后来秦家教律师迭次催促，倘再不答复，将诉讼于法。何有才的父母没奈何，只得托了一个姓周的律师去讲和。但是巾英十分心急，扬言一定要和何有才离婚，且要何家赔偿损失，逼得何有才的父母无路可走。幸亏不知怎样的，何有才忽又来了一封挂号信寄给周律师，把自己的事托付他全权代理。因为周律师和何家本是亲戚，托他办理，自然很能尽力帮忙的。有了这封信，当然事情较易办了。周律师遂和秦家的律师数度商议，结果是协议离婚，何家赔偿了五千元，作为了事。好在秦巾英所有妆奁中的细软早已带了回去。

这件事虽然没有经过法庭裁判，而苏州一般人民大概有些知道内中的秘幕，只是碍着秦凯的势力不敢怎么样。报纸上大都暗中讥讽。有一家小报馆本是要敲何家的竹杠的，只因本人早已出亡，没了对头，便欲到秦家去想法。先做了一篇离婚秘史，是小说的体裁，第一天登了出来，大家一看就知道是说秦何二家的事情。那小报馆以为登了出来，倘然秦巾英不欲张扬，自然要去设法，教他们不要刊登，他们便可以开口讨价。谁知毫不生效，他们遂索性做下去。起先都说何有才，后来说到巾英，加意描写得十分醒豁。巾英再也忍耐不住了，便去和伊父亲商量。秦凯勃然大怒，倘然照了他从前握有兵权的时候，早已要派了卫兵去封闭报馆，捉拿编辑人和著作人了。他遂教律师写信到报馆中去交涉，一面请公安局去捉拿著作人，轻轻地加上了一个妨害风化的罪名。情势很是严重，吓得著作人竟逃避远方。而报馆方面立即停刊原作，登报道歉，一场风波方告平息。总算秦何二人离鸾小史中的余波，然而外间人悠悠之口，却是不能掩闭的了。

那宋青萍经淑贞详详细细地告诉一番，心里很有感慨。本来齐大非偶，古有明训，而何有才又是滥用爱情，纵欲妄行，种瓜得瓜，种豆得豆，这种烦恼岂非自己惹出来的？他没有吃官司，还是他的便宜，然而家乡已不容他居住了。他枉是一个知识分子，却闹出这种尴尬的事来，足够给一班轻薄子弟的前车之鉴了。

这天夜里，淑贞因为明天马上要到上海去的，所以收拾收拾，自己此去倘然能够彼此合意而成功的，一时也许不能就回来，必须带些衣服和应用物件。青萍和淑贞的母亲帮助伊料理，忙至十二点钟方才竣事。淑贞的母亲便催青萍去睡，青萍便告辞了，回到房间去睡眠。那时友佳和淑清早已酣睡黑甜乡里，她们母女俩虽然睡到了床上，却是絮絮地讲个不休。一夜过去，未曾合眼，东方已白。

他们是要坐八点多钟的车赴沪，所以母女俩赶紧起来，一会儿友佳淑清也都起身，青萍便走出房来，淑贞的母亲在厨下端整早饭，淑贞却把弟妹招到房里，向他们叮嘱许多话。青萍忽然想起什么的，便告诉他们说，自己要到观前去买些东西，教他们快用早餐，不要等待，自己在外边吃了。他遂坐了车子，到观前采芝斋去买了八罐西瓜子和松子糖、南枣糖之类，预备带到松江去送给唐校长和沈云英的，仍坐着车子回到家里。见客堂中静悄悄地没有一个人，不觉心中一奇，踏进淑贞的房里，却见淑贞母女和友佳淑清四个人都坐在房里，相对着饮泣，个个面上挂着眼泪。青萍不知他们为什么哭，更是惊奇，竟呆呆地立住，忙问怎的怎的。

第十三回

有志谋生初来海上
无心行乐小饮园中

淑贞见青萍回来，便说道："萍哥你买好了东西吗？我们要不要动身？"

青萍一看他腕上的手表道："现在已是七点半，马上要去，但你们为什么在房里淌泪？"

淑贞的母亲立起身来，叹口气说道："宋少爷，你该知道淑贞平日与我朝夕相依，助理家事，母女俩有说有话的，彼此相慰。现在伊为了一家衣食计，要离乡背井到外边去做事，以后伊一人旅居沪上，势必不能时时回家来省视的。那么家中只有友佳和淑清，他们年纪尚轻，叫我有话和谁讲呢？所以临别之时，不免彼此依依难舍，心里头自然酸辛起来。唉，假使伊的父亲没有故世时，何至于要伊出去找事做呢？"淑贞的母亲说话时，把手帕揩着眼泪。

青萍却说道："伯母休要悲戚，现代的青年，男女也没有什么分别，倘然有本领可以赚钱，一样也要到外边去服务，求自立的生活，不一定守在闺房里的。像我教书的学校里，也有许多女教员，她们不是都离开了家乡到外边来做事的吗？况且苏沪相隔非遥，星期日淑妹思家时，可以抽身回来探望一次，也是很便的。所以我劝伯母千万放心。"

淑贞听青萍这样说，暗想：青萍现在倒说得这样慷慨，那么他前番到松江去的时候，为何也要黯然神伤、不忍分别呢？难道他闹着的 Homesick 思家病早已消灭了吗？遂忍不住地说道："萍哥，这也难怪我母亲的，我们母女一直厮守在一块儿的，我又不惯出门，当然伊更是不放心。慈母的爱打击到我的心头上，使我也觉得很不情愿离开这家庭呢。"

淑贞的母亲又道："我的女儿和外面一般女子是不同的，伊守在家中，只知刺绣，帮着我做人家，绝不会去到外边和人家交际。上海又是繁华之地，伊一人孤身前去，我自然更不舍得，也是更不放心。即如你宋少爷前次到松江去，我的心里也是很难过的。不过男子总要出外做事，不能守在家里的。至于淑贞和我相依为命，一旦分离，叫我怎不悲伤呢？"

青萍听了点点头，正要开口，淑清早在旁边说道："不要说母亲不舍得，就是我们也很不愿意大姐姐到上海去的，大姐姐去了，也没有人再来代我们温书了。假如二姐没有送给人家去做养媳妇时，那么有伊在家中，不是可以使母亲的心稍得安慰吗？"

淑贞的母亲听淑清提起了淑顺，伊的目眶里又涌出不少眼泪来了。友佳却在旁嚷道："我看还是青萍哥哥说的话不错，大姐姐到了上海，得便仍可回家来一叙的。我和小妹妹在家里，常劝慰母亲，绝不使老人家忧愁，大姐姐在外边也请不必挂念。现在时候不早，你们快些动身吧，不要多讲了话，耽搁了时光，以致脱车啊。"

青萍便道："是的，淑妹快跟我去吧。"他说着话，便跑到自己房里去取东西。等到他走出来的时候，淑贞也提着一只小提箱，走到客堂里。

淑贞的母亲去端了一盆热水出来，对淑贞说道："你的脸上尚有泪痕，洗一个脸去吧。"

淑贞点点头，便托着面盆到房里去。青萍跟着走进去，对伊说道："你要带的东西大概都已端整了，没有忘记吗？"淑贞摇摇头。青萍又把铺盖和一只网篮提了出去，到门外去添雇了一辆车儿，吩咐黄包车夫进来，将行李搬出去。

淑贞洗好了脸，衣服早已换好，穿着一件紫色绉的衬绒旗袍，足穿一双平跟皮鞋，向伊母亲告辞，跟着一步一回头地走出门来。淑贞的母亲和友佳淑清送到门外，颤着声对青萍说道："我拜托宋少爷了。"又对淑贞说道："你在外一切要保重，到沪以后，马上就写信来。"

淑贞点点头道："我一切理会得，母亲，请你自己珍重。"

青萍道："伯母放心，我必送淑妹到那公司去接洽稳妥，方才再到松江去的。"

这时黄包车夫已把行李分载在车上，青萍和淑贞坐上车子，又向他们说声再会，车夫早已拖着二人如飞地跑去了。淑贞的母亲立在门口，直望至二人坐的车儿不见一些儿影踪，良久良久，方才和友佳淑清走进门去。一边对二人说道："你们也到学校里去吧。"一边眼里竟像断线珍珠般落下来。心里的难过，恐怕非言语笔墨所可形容呢。

青萍和淑贞到得火车站，青萍抢着付去了车钱，把行李交给脚夫便去买票。淑贞要从身边取出钱来，青萍忙摇摇手道："你不必拿出来，这一些些值得什么。"说着话，便去买了两张三等车票。轧过票，一同走到里面月台上。隔得一刻时候火车已来了，他们上了车。坐定后，行李也安放好，汽笛一声，火车又开了。

青萍傍着淑贞，听着车声隆隆，不由使他想起自己以前到松江去，在车上邂逅沈云英的一幕来，心中未免有些感触。淑贞和云英的性情是不相同的，一伉爽一淑静。云英究竟在外边交际惯的，见了男子并无拘忌，襟怀磊落，言笑自如。而淑贞却是一向守在家里的，不惯和人交际，对人总有些羞涩之态，不知到了上海以后，可能改变得活泼一些。否则在此五方杂处的沪滨，若有人骗伊去卖掉了，恐怕伊一时也不会觉察啊。不过伊有一个好处，就是品性很狷洁的，意志似乎也很坚固，因为伊能够拒绝秦凯那里来说媒的人，不慕荣华，倒有些像古时贞节之士，富贵不能淫，贫贱不能移，这一点使我心里非常敬服的。而且伊能够孝亲，是个有至性的人。虽无学术，而刺绣之技很精，所以在我看来，在这茫茫浊世中，也是一个难能可贵的好女儿了。现在我有了两个对象，一个是淑贞，一个是云英，她们两人对于我都很钟情，将来究竟我和哪一个同圆好梦呢？但细细思想，淑贞是共患难的，时期较久，结合较固，彼此的情苗早已种在心田里。云英是不期然而然的，虽是蒙伊一片好心，输情于我，然我已有淑贞，绝难再去接受人家的爱。至于弃旧恋新之事，也非我姓宋的所愿为。圣人云：素富贵行乎富贵，素贫贱行乎贫贱。我就是这个意思。只要想想我自己的身世和地位，那么淑贞当然是我很好的对偶，不必他求了。权然后知轻重，度然后知长短，我心里已权了不知若干次，度了也不知有若干次，早已决定，所以唐校长为我做媒，我也婉辞拒绝。为什么我的心里有时仍要想念云英呢？我想倘然淑贞在沪能够立定脚跟，我早些直截了当地和伊订了婚，把我一颗心安安定定地牢系住了，然后想法能在上海得到一枝之栖，那么可以把松江的教务辞去，渐渐和云英因不见面而淡忘了，这才是不落痕迹的妙法哩。

青萍这样想，眼睛望着车上的顶板。淑贞见青萍在那里转念头，也不知他想什么事，因为对面正有一个五十多岁的老者，戴着老花眼镜，一手拈着额下的胡须，尽向他们俩注视着。所以伊也不好意思去和青萍讲话，一双妙目望着窗外的野景，不声不响。约莫过了好多时候，火车开到昆山停住。青萍的思潮方才告一段落，和淑贞闲谈起来。

到得沪站后，青萍导着淑贞，吩咐脚夫代他们携着行李，一齐走出火车站，雇了两辆人力车，赶到九江路东方刺绣公司。那边乃是发行部，只有两间办事室。青萍问明白了，知道经理先生梅良正在楼上办公，遂付去车钱，把行李交给公司里的下人，他自己引着淑贞走到楼上办公室去见经理。

先有人进去通报过了，出来对他们说道："经理请。"于是青萍在前，淑贞在后，走进室去。见沿窗写字台前有一个西装男子，年纪约有四旬，嘴边略有短髭，相貌生得平常，而态度很是十分神气。一手握着一支雪茄，立起身来，向他们点点头道："请坐。"二人便在旁边椅子上坐下。

青萍问道："先生就是这里的梅经理吗？"

梅良答道："不敢不敢。"一边说一边向淑贞紧瞧了一眼。

青萍便将淑贞交给他的那封陆先生的介绍函，双手交与梅良，且说道："我们特地从苏州来拜访先生，接洽一切。"

梅良点点头，一摆手仍请青萍坐了。他抽出信笺来瞧着，口里衔着的雪茄，烟气缕缕，从他的鼻管里喷出来。旁边有个书记，正坐在打字机前打字。青萍淑贞二人很静默地坐着。梅良看完了信，把信笺向台上一放，从嘴里拿出雪茄来，在白银的小烟盘上磕去些

184

灰，对着淑贞微笑道："这位就是季淑贞女士吗？"

淑贞点点头道："正是。陆先生写了这信介绍我到公司里来的，不知梅先生以为如何？"伊说话时低倒了头，不脱处女含羞的样子。

梅良又吸了一口烟说道："很好，前几天我也接到令师陆先生的来函，知道这事了。季女士是陆先生的高足，刺绣之技当然是很好的。况又有陆女士的介绍，自当尽先聘用。现在此间刺绣部有十多个妇女天天前来绣货，不过她们的技术不精巧，也是很不高明。虽有一位黄女士在那里指导，可惜那位黄女士年纪大了些，精神不济事，技能方面也不见得十分优美，所以此间需才孔殷。陆先生信上说季女士的刺绣有独到之处，是伊得意的高足，鄙人当然不胜欢迎的。就想有屈季女士在此担任指导，季女士倘然自己要动手绣些时，更是欢迎之至。"

淑贞听梅良一口答应，又说上许多恭维的话，心里很觉欢喜，便抬起头来说道："多谢梅先生的好意，但我的技能很浅薄，恐怕不克胜任吧。"

梅良哈哈笑道："季女士不要客气。"又向青萍问道："请教尊姓？是季女士的什么人？"

青萍只得说道："敝姓宋，草字青萍，是伴送我的表妹来此接洽的。"

梅良把头转了一下道："原来宋先生是季女士的表兄，现在何处得意？府上是不是也在苏州？"

青萍答道："正是。我现在松江云间女学担任教务，所以便道一同来沪。"

梅良道："很好。"

青萍因淑贞虽已承梅良的聘用，只是尚有其他几项未曾接洽妥当，不得不再向梅良问道："舍表妹得蒙贵公司宠任为指导员，不胜荣幸，此后舍表妹自当黾勉职务，以冀不负陆女士的美意和梅先生的雅望。但我不揣冒昧，还要向先生一问，舍表妹薪水可得若干？并且要问公司里可有寄宿之处？因为舍表妹一向守在家里，上海地方更是不熟悉，最好公司里有膳宿，免得再想别法了。"

梅良听了青萍的话，把雪茄猛吸了数口，又把烟尾向身后痰盂里一丢，然后对二人说道："季女士的薪水，多少尚未能一定，那位黄女士在这里是二十块钱一月，膳食自给的。季女士是陆先生的高足，又是陆先生介绍来的，当然比较别人要优待些。初起时彼此试试，大约月薪三四十元之间，以后察核成绩，当可逐步加薪。并且公司里倘然在每年结账的时候有了盈余，职员们也有分红的希望。只要季女士安心在此任职，我敢说将来绝不会使伊失望的。至于膳宿问题，在上海地方本来是很困难的，敝公司发行部是在此间，而刺绣部却在贝勒路底，那边职员大都没有住宿，膳食倒可以贴在公司里的，每月十块钱也得了。"

青萍听了梅良的话，暗暗打量：淑贞在苏州家里刺绣，每月也可以得到十七八块钱，假如这里的薪水是三十元的，那么除去了十块钱的膳费，也只有二十块钱到手了。况且住宿之处也不能解决，这样何苦出来谋什么事，反而母女分离呢？以我主张不如回到老家去吧。便轻轻地问淑贞的意思如何，要不要在此做事？淑贞的意思也和青萍一样。

梅良见二人如此光景，又说道："季女士若一定要寄宿在公司里，我也可以想法，不过房间狭窄些罢了。"

青萍遂对梅良说道："既蒙想法，这是最好了，不过舍表妹在家中每月刺绣所得，也有二十块钱左右，所以伊对于此间的职务，尚须考虑一下。然既承陆女士介绍在先，梅先生许录于后，似乎人家的美意也不可辜负的，是不是？"

梅良听了这话，心里如何不明白，他又向淑贞端详了一下，笑了一笑，说道："季女士在这里试用的期间中，我也不能即许较多的薪水，不过四十块钱一个月却可以肯定的，将来成绩好时立刻可以加薪，请季女士斟酌一下吧。"

淑贞暗想：既然梅良允许至少有四十块钱一个月，也可以干了。像青萍有学问的人也赚得有限，何况我是一个初出茅庐的人，只靠着十指斗巧，岂能和人家多所计较？将来做出了成绩，自有增加薪水的希望，那么我当然可以试试了。否则我不但白跑一趟，也要辜负我老师一片好意哩。遂点点头道："梅先生，我准在贵公司服务，一切还请梅先生指导和提携。"

梅良道："不敢不敢，你们要不要到刺绣部去看看？季女士可要在别的地方耽搁？行李有没有带来？"

青萍早代淑贞答道："行李已带来了，舍表妹没有别的地方耽搁，鄙人少停便要到松江去的，所以最好要请梅先生派个人领我们到宿舍那边去安排，若能得一参观刺绣部，真是固所愿也，不敢请耳。"

梅良道："既然如此，我自己陪你们去走一遭吧，敝公司的刺绣部在贝勒路底，我们坐汽车去，不消一刻便到的。"

青萍道："梅先生正在办公，岂可空费你的宝贵光阴。"

梅良道："不要紧，我本来要到那边去哩。"说着话，把写字台上的东西收拾收拾，一锁抽屉，立起身来，披上一件大衣，戴着呢帽，又挂上一副没有脚的夹鼻眼镜，走过去对那打字的人说道："香港大来洋行和纽约乔得利公司的信，在这个下午两点钟以前必须寄出，你打好了，我马上就要回来的，待我签字。"

那人答应一声，嘀嘀嗒嗒地打着字。梅良又叼上一支雪茄，衔在口里，手里拿了一根司的克，对二人说道："你们请随我来吧。"

二人跟他走出室来，梅良又说一声"少待"，他又走到左边一间室中去了，隐约瞧见里边也有两三个职员在那里办事。不到三分钟时候，梅良回身走出，同二人走下楼来。

公司里的下人守着淑贞的行李，正在旁等候。梅良一眼瞧见了，把手中司的克一指道："这些东西就是季女士带来的吗？"

青萍答应一声是的，梅良对下人努努嘴道："搬到汽车上去。"下人说声是，连忙掮着提着走出门去了。梅良向二人一摆手，走到外边人行道上，见旁边有一辆簇新的黑色福特车。下人已把行李放到车上去，汽车夫开了门，立在一边伺候。梅良先让二人上去，淑贞靠里面右边坐下，青萍便坐在左边。

梅良踏上车来，见淑贞坐在里边，便说道："季女士请坐到中间来，较为舒适。"

淑贞道："谢谢梅先生，这样坐着很好。"

梅良也只得在左边坐下。当汽车驶行的时候，梅良问起淑贞的家庭状况，淑贞约略告诉了几句。青萍也向梅良问问公司的贸易状况。梅良答道："现因创办的时候，还不到一年，公司里的营业正在渐渐发展。"

他曾经出过洋，对于欧美各国的商界很熟悉，英美两国都有特约的公司，法意两国也在接洽中，将来的营业很有希望的。梅良自夸自赞，说得天花乱坠。又说起公司的股东，什么某要人某富商，以及华侨中的某某实业巨子都是有股份的，资本雄厚，交际广阔，真是一时无两。青萍听了，有些半信半疑。

一会儿汽车已开到贝勒路底一座小小洋式房屋的前面停住。三人一同下车，梅良吩咐汽车夫把行李搬入，自己引导着二人走进去。

那刺绣部是在二层楼上。走进一间光线充足地方宽广的所在，见里面正有二十多个妇女列坐着，在那里刺绣。有些人不免交头接耳，窃窃私语。有一个四十多岁衣服朴素的妇人立在一个绣花架旁边，看她们刺绣，正是梅良所说的那位黄女士了。

她们听得革履响，回转头来，瞧见梅良引导着客人前来，顿时寂静无声。梅良便代淑贞和黄女士介绍过。黄女士听说这是公司新请来的指导员，又是刺绣名家陆女士的高足，立刻显出殷勤的样子，当着梅良的面引淑贞到几座绣花架边去看看。

淑贞见她们绣的花，自己都懂得，心中觉得一安。众人见了这样子，知道公司里又添了重要的职员，不约而同地数十对目光都注射到淑贞脸上来。淑贞究竟面嫩，脸上已有些红了。

梅良便对二人说道："我陪季女士去看看寝室，好不好？"

青萍道："很好。"

二人便跟着梅良走出刺绣室，转了一个弯，早见那边有一座狭小的楼梯。梅良当先拾级而上，二人跟着走到上面，便是一个三层楼。梅良走到东边一间小室门前，推门进去，回头对二人说道："有屈季女士住宿在此吧。"

二人步入一看，见这室狭小得很，假如搭了一张床，再放一张小桌子，那就无回旋之地了。房中很暗，只有朝西两扇窗，阳光是难得来的贵客。在冬天时候开了窗，西北风却反是入幕之宾。淑贞看了，心里虽然有些不满，可是人家本无宿处，特地想法出来的，怎能说不好呢，只得微微答应了一声。青萍双眼微皱，瞧着不响。

梅良明白他们的意思，便又道："这里三层楼上本来是贮藏东西的，所以房间都很低小，似乎局促一些。下面二层楼上有两个寝室，一个是那位黄女士住的，一个是公司里李先生住的，所以腾挪不出了。听说李先生因为住在公司里不便，所以他想把家眷接到上海来，现在正在积极找寻房屋。倘然李先生的房屋问题有了解决，那么他的寝室可以让给季女士住宿了。大约不久便可以成功的，请季女士稍待一下如何？"

淑贞点点头道："好的。"

梅良又道："季女士的行李，我们下去时可以吩咐下人搬上来。至于床铺桌子，我叫账房就去预备，不知季女士有没有带帐子？"

淑贞摇摇头道："没有。"

梅良道："那么我吩咐他去预备一种新式的床来吧。"

淑贞道："谢谢梅先生。"

于是三人一齐回身走下三层楼，见二层楼上那边果然有几个寝室，门都关上。又走下了二层楼，到得楼下，也有一很大的写字间。梅良从身边取出钥匙，开了门，请二人进去坐定后，下人献上茶来。梅良便吩咐他把季小姐的行李送到三层楼上靠东空着的小房间里去，下人答应一声，退出去了。

梅良又对二人说道："我们公司里贸易往来，都在九江路发行部，所以此地除了刺绣一部，其他办事的人很少。我每天也要来两次，看看他们。那位黄女士对于管理方面太松懈，而且很守旧，不能迎合潮流，因此我对于伊有些不满意。恰巧陆先生介绍季女士来帮忙，真是一时难以请得到的。季女士年方青春，正是有为之时。"

梅良的话还未说完，淑贞两颊早已红晕，连忙说道："我年纪太轻，经验尚浅，恐怕不会做事，还请梅先生指教。"

梅良一摸自己额下的短髭，哈哈笑道："季女士何必客气，今天你休息休息，明天我来介绍你正式任职，你难得到上海来的吗？宋先生可以陪你出去玩玩。此时我尚有一些别的事情，改日再奉陪。"

青萍听了这话，便立起来说道："我们耗费了梅先生不少时候了，谢谢梅先生。现在我们要到别处去一行，晚上舍表妹大约可以在这里住宿了，一切还请梅先生指教。因为舍表妹尚是初次离家，涉世未深，对于上海的社会情形很不熟悉的。"

梅良点点头道："不错，我也看得出的，令表妹既有陆先生的介绍，鄙人自当格外青眼，请你放心吧。我可以再叮嘱此间黄女士好好招待，不到两天便会熟的。"

青萍听说，便和淑贞向梅良鞠躬告退。梅良很殷勤地送至门外，说了一声再会，然后回身进去。

淑贞跟着青萍走了几步，抬起头来向青萍道："萍哥，我们到哪里去？"

青萍笑道："我们到什么地方去呢？你看时候不早了，已近十二点钟，我陪你去吃饭吧。"

淑贞道："不要你破钞，我在公司中吃不好吗？"

青萍又笑道："你可以在公司里吃，难道我也可以跟你一同吃的吗？这一次很难得的，我不算请客，你陪我吃一顿饭不好吗？"

淑贞笑笑道："那么我们节省些，不要上大馆子里去。"

青萍点点头，遂雇了二辆人力车，坐到三马路老半斋。青萍陪着淑贞进去，在一间内坐定，便有侍者上来问用什么菜，送茶送手巾。青萍教淑贞点菜，淑贞笑道："我点不出的，随意吃两样，饱了肚皮就是了，我吃不下许多的，不要糟蹋。"

青萍听了，暗想：淑贞更比我拘谨了。倘然换了沈云英，又将大大不同了。他遂不勉强伊点，自己写了四样菜，交给侍者拿去。侍者又问酒要吗？淑贞早摇摇头道："不要。"侍者暗暗笑了一下，走出去了。

淑贞便和青萍讲起方才接洽的情形，青萍道："今日的经过很是良好，那位梅经理竭诚地招待，且允许你月薪有四十元之数，也是不容易了。大概那边正需要淑妹这种人去教导吧，我很代你庆幸。"

淑贞道："我是初次到外边来做事，况又人地生疏，一切自知没有经验，心里很有些胆怯呢。"

青萍点点头道："这也难怪你的，你只要诸事谨慎些便得了，有难解决的问题，你也可以写封信给我。好在松江到上海是很便利的，我总可以来相助你。你也不必胆怯，习练习练，将来自然不怕陌生了。"

淑贞道："多谢萍哥的美意。"

这时侍者已送上菜来，青萍遂和淑贞用饭。吃毕，青萍又付去了钞，陪着淑贞走出馆子，走到大马路一带去散步，给淑贞瞧瞧热闹。

将近两点钟时，青萍对淑贞说道："我送你回去吧，因我还要去访问冯校长，你也须在你的新宿舍里安排一下的。"

淑贞道："不错，请你送我去。"

于是两人雇了车子，坐着回到贝勒路东方刺绣公司。下人招待着上去，见房间里已有一张新式的木床安放在那里了。沿窗又有一只两抽屉的小桌子，一盏电灯恰好悬在床前，要写字看书时，可将花线移挂到窗上去的。还放着两张小椅子，这样房间里无回旋之地了。

青萍便吩咐下人帮着淑贞将行李打开来，好让淑贞安排被褥。又对淑贞说道："淑妹，你在此料理料理，我去了，少停再来。"

淑贞道："萍哥，你是不是坐六点钟的车到松江去吗？请你早些来。"青萍答应一声，匆匆走下楼去了。

青萍去后，淑贞把床上铺好，又把网篮里的应用物件搬将出来。到三点钟过后，早已料理清楚，独自一人坐在房中，等候青萍前来。看看已过四点钟了，还不见青萍来，心中有些焦急。想起了家中的老母，此刻不知在家里做什么，当然十分思念我的。我们母女俩一直厮守在一起，没有一天分离过。现在我离开了家，我母亲不知要怎样的不惯呢。从此老人家夜里刺绣的时候，没有人相伴了。我最好在外边能够多赚些钱，按月将家用寄回去，也好使我母亲少做些生活。伊年纪已老，一向非常辛苦，夜间刺绣更伤目力，还是早些睡眠，休养精神。只要将来我弟妹都成立了，我们姐弟三人难道养不起一个老母吗？希望伊桑榆暮景，多少得些安慰，快快活活地尽其天年，那么我们也不愧为人子女了。

伊这样默想着，心里觉得有些凄惶，眼眶里隐隐有些眼泪，几乎要滴出来。听得房门外革履声，立起身子，青萍已推门而入，手里挟着一些东西，带着笑对淑贞说道："你料理好了吗？"

淑贞道："我又没有多带东西，早已好了。等候你回来，已有一

191

个多钟头了。"

青萍把房门关上，说道："对不起，我从冯校长那边谈了出来，又到新新公司去买了一些东西，所以来得稍迟了。"说着话，便将手里的物件放在桌上，解开来给淑贞看。又说道："我因为淑妹常常要喝热水的，现在天气冷了，你虽然带着茶壶茶杯，终是不便的，所以我买了一个热水瓶送给你。还有半打毛巾和两件卫生衫，是顺便买的，请你不要客气。"

淑贞道："你伴我到上海已经破费你了，还要去买东西送我，叫我怎过意得去呢？"

青萍道："我们自己人不要这样说。"遂拉过一张小椅子，对着淑贞坐下。

淑贞坐在床沿上，青萍向淑贞脸上细细看了一下，问道："淑妹方才又伤感些什么？"

淑贞把头低下去，轻轻说道："我没有什么伤感。"

青萍道："你不要瞒我，你的眼眶子里不是有泪痕吗？"

淑贞把一块手帕在手中拈弄着，只是不响。青萍道："我也料得到的，你必然在那里思念家乡，是不是？这也不能怪你，一个人初离家乡，难免如此。我初到松江去的时候，也是刻刻思念着的，何况你呢。不过我劝你总要旷达一些，你是女代子职，现代的家庭都仗你相助，那么你自己也要和男子一样。天下的事情往往不能兼顾的。你还是为了你的家庭，为了你的前途，去奋斗一切吧。只要等到将来友佳弟学成后，你的仔肩也可卸除了。我虽然不能处处相助你，愧惭得很，然而彼此相知，是深表同情的。我们二人都要努力奋斗，向前途进行，扫除我们的荆棘，在黑暗之中找到光明。只要我们有忍耐，有决心，我想一定可以成功的。淑妹，你必要放宽自己的心，坚持你的信仰。若然多愁，便要多病。你在外边做事，你的玉体更是要珍重。你以前怎样劝我的，我现在也要奉劝你了。"

淑贞点点头说道："萍哥说的话句句都打入我的心坎，我一定听你的。"淑贞说这话时，声音带些颤动。

两人正在谈着心事，却听外边一阵铃声，接着有人来轻轻叩门。淑贞开门一看，就是那位黄女士，便要请伊进来。

黄女士一看房中坐着青萍，便说道："季先生，下面已停工了，我来看看你，今晚你是住在此地了，很好。我的房间就在二层楼，少停请你来谈谈。这里六点钟用晚餐，梅先生叫我招待你，你如有什么需要，请对我说便了。"

淑贞道："谢谢黄先生。"

黄女士又道："停会儿再见。"回身走下去了。

淑贞回进来，仍把室门合上，再和青萍坐谈一刻。已到五点钟了，青萍便要和淑贞分别，说道："我要赶火车去哩。脱了这班车，须到十点多钟方再有一班，不能到学校了。淑妹，你今晚也请早些安睡。黄昏时不要多生思虑，明天好打叠起精神做事。"

淑贞苦笑了一下道："萍哥，我今晚一个人在这里了，当然是只好早睡。可是人非木石，怎能没有思想呢？我在家中时，母亲弟弟妹妹夜间总在一块儿，刺绣的刺绣，读书的读书，有说有笑，很不寂寞。现在孤灯一榻，客地独居，一个人也不认识的，如何不要思家呢？"

青萍道："我也不是叫你绝对不要思家，但劝你胆子大一些，胸中也放宽一些，须知思也无益的，你只要在此安心做事便了。国历元旦，我校里放假三天，届时我要回里，当到此间来探望你，和你回家走一遭，好不好？"

淑贞点点头，青萍又道："你的身子不很强健，现在外边，望你更要珍重，工作之暇看看书报，也会增加智识的。更望你时常写些信来。"

淑贞道："我当听你的说话，望萍哥也时时写信给我，得到安慰。"

青萍道："当然。"说到这里，立起身来，伸手过去和淑贞紧紧握了一下手，取了他自苏带来的东西告辞欲行。淑贞知不能相留，遂微微叹了一声，送出室来。两人一同缓缓地从一层楼上走到下面，淑贞送到门外，立在人行道上。青萍又安慰伊数语，淑贞螓首低垂，默默然地欲语不语，眼眶里又隐隐含着珠泪。伊恐怕被青萍瞧见，所以低倒了头强自抵制。青萍见了伊这种情形，好似吃奶的小孩子舍不得离开娘怀，因此他心里也觉十分难过，走不好，不走也不好，这样地痴痴地相对立着，好似挨磨着时光。

恰巧有一人力车夫，拖着车子走来，见了二人便上前来兜生意。青萍一看他手表上时候不早了，便对淑贞说道："淑妹，善自珍重，我要去了。"

淑贞抬起头来，一滴泪珠正落在胸前，颤声说道："萍哥，你去吧，不要脱了车。"

青萍遂回身坐上车子，放下行箧，吩咐车夫快拖到火车站。车夫听说到火车站的，立刻拉着车拔步便跑。青萍回转头去看淑贞时，却见淑贞沿着人行道追来，喊着萍哥慢走。青萍忙喝住车夫，将车子停下。淑贞早跑到车后，青萍问道："淑妹有什么事？"

淑贞却涨红了脸，顿了一顿，方说道："你到了松江，要写信到我母亲处去吗？"

青萍道："要的。"

淑贞道："那么请你在信上千万不要说起我初来海上种种不惯的情形，并且还要托你去劝劝伊老人家，叫伊不要思念女儿。"

青萍道："当然是我要这样写去的，淑妹放心，请你不要挂念，公司里大概快要用晚餐了，你回去吧，改日再见。"

淑贞又道："国历新年你必要到这里来伴我回苏的，不知我公司里可要放假？"

青萍道："当然也要放的，到时我一准来沪便了。"

于是淑贞快快地说声再会，掉转身往公司走去。青萍坐着车子，赶到车站，坐着火车，回松江去。到得校中，已近八时，校里的寄宿生正在上夜课。青萍回到自己宿舍里，放去行箧，拿了苏州买的食物，便走到校长室里，见里面电灯光明，知道唐校长必在室中，便轻轻叩门。唐校长说一声请进来，青萍推门而入，见唐校长正坐在写字台前书写，遂道一声晚安，把食物放在旁边茶几上。

唐校长放下手中笔，一抬身子带笑说道："宋先生，你放了假，还要请假，真是他乡不及家乡好了。"

青萍道："唐校长，我本不应该请假的，只为家乡又有些小事情，必要亲去，不得不多耽搁一天了，不知谁代的课？"

唐校长道："别人没有空，云英代了两课，其余的都由我代。"

青萍道："谢谢你们二位了，我在苏州带着一些糖食，奉赠校长和密斯沈的。"

唐校长笑笑道："谢谢你，我们在杭州也带得一些东西留着送给你的，请坐请坐。"

青萍道："啊哟，这是愧不敢当的，又要破你们的钞了，你们在杭州谅必游得很畅快的。"一边说，一边在沿窗一张椅子上坐下。

唐校长道："可惜日期太短，未得遍游，好在从前我们都去过了，密斯沈买的东西最多，着实花去些钱呢。"

青萍道："此游我没有追随同往，很是抱歉，也很歆羡。密斯沈今晚可是在哪里陪学生上夜课吗？"

唐校长道："不，今晚轮着密斯郭，伊大约在房间里，我去请伊来。"遂一按桌上的叫人铃，便有一个校役走来。

唐校长道："根寿，你去请沈先生来谈话，可说宋先生已回来了，现在校长室中相待。"

根寿诺诺答应而去。唐校长又和青萍谈谈苏州的情形。数分钟过后，便听门外走廊里叽咯革履声，接着便见沈云英翩然步入。二人都立起身来，青萍见沈云英烫着头发，脸上薄施脂粉，身穿一件夹金软绸的夹旗袍，在电灯下闪闪有光。袖子管短到臂弯里，露出雪白粉嫩的手臂。一阵香风送到人家鼻管里来。背后根寿手里挟着不少东西，也放在一边，回身退出。云英和青萍彼此点头叫应，就坐在唐校长左面的沙发里。

唐校长对云英身上瞧了一下，微微笑道："沈先生，你这件新制的夹衣好不漂亮，但在这晚上却嫌冷了。"

云英闻言，不由脸上一红，带笑答道："方才我和密斯郭出外的时候，便穿上了这件旗袍，不过外面还罩着短大衣的，我回校懒得脱去，在寝室里脱了短大衣，坐着看书。一听根寿来说宋先生已回来，在此间等候着，你叫我马上前来，我就带了东西跑来了。我明白的，你们要笑我太穿得艳丽了，是不是？"

唐校长摇摇头道："我没有想到这个，宋先生你以为如何？"

青萍很难回答，只得说道："密斯沈天生美丽，不论穿什么衣都好的。穿了这件新衣，更觉锦上添花了。不过夜间稍觉冷些，秋深了，还请密斯珍重。"

唐校长拍手笑道："好一个锦上添花，云英云英，宋先生也在这里夸赞你美丽了。"

云英笑了一笑，却不回答唐校长的话，对青萍说道："你刚才来吗？家乡好吗？"

青萍道："很好，我顺便带得一些糖果送给你的。"

云英道："多谢多谢，吴中采芝斋的糖是很出名的，我很喜欢吃他家的脆松糖。"伊一边说，一边又指着伊叫根寿拿来的东西，说道："这是两罐雨前茶叶，是在狮子峰买来的，大概是真的了。还有两盒橄榄、四把折扇和二丈杭纺，是我送给宋先生的。"

青萍道："密斯沈怎么送了我这许多，不敢当的，有了吃的还有穿的吗？我受了食物吧，这杭纺请密斯留着做衣服吧。"

云英道："我因为杭纺质良而价廉，一时高兴，买得很多，特地分赠给朋友的。唐校长我也送伊一匹，还有密斯郭密斯李我都送的，我自己也留下一匹，你再叫我留着何用呢？"

唐校长也在旁说道："宋先生不用客气，人家一片诚意地送物，你若要推却时，不是辜负盛情嘛。"

唐校长这句话一语双关，二人的脸上都红起来了。青萍只得谢了云英，完全接受。

唐校长又道："我也买来一些小食物，明日再送与宋先生吧。"

青萍道："那么我老实先谢了。"

于是三人坐着，随意闲谈。一会儿，校内钟声又响，夜课已毕。青萍便站起身来，拿了云英赠送的礼物，谢了又谢，告辞了，回到宿舍中去。云英也拿着青萍送的食物，和唐校长说声明天会，走回寝室去。

次日青萍抽暇写了两封信，一封是照着淑贞的嘱托写给淑贞的母亲的，一封写给淑贞，问问伊起居初任事的光景，因为他对于淑贞很不放心呢。隔了数天，接到淑贞的来函，告诉他说在公司里做事，有梅良的指导，和黄女士的相助，尚能胜任。不过夜间一人独居，很觉凄凉，难免思乡之念，且叫青萍好好珍重身体，不要挂念。青萍得了这封书，又写信去安慰伊，他很想明年最好在上海小学校里谋得教职，那么自己可以和淑贞常常见面了。冯校长和上海教育界中人很多相熟，若然托他去介绍，也许可以有数分成功的希望。无奈此间的教职也是他介绍的，唐校长是他的表妹，对我很优待，那么我怎好在冯校长面前启齿呢？况且唐校长一知这个消息，一定要挽留我不让我辞职的，我到此不过教了半年书，一旦脱离，有什么理由呢，我总不能向人家直说的啊！这样看来，冯校长那边不如稍缓再说，先托其他的朋友吧。

他想了好多时候，遂又写了两封信给友，这也是碰碰机会的意思。因为他的一颗心牢系在淑贞的身上，所谓身无彩凤双飞翼，心有灵犀一点通。以为自己早晚可以和淑贞缔结良缘，现在不过大家为了生活问题，以致分开在两地罢了，这个缺憾将来总可以弥补的。至于云英和自己的情感，虽然没有增加和减退，而他的心里却很望其能减退，免得被情丝所缚，误落情网，不能摆脱，变成一种三角恋爱，生出无限痛苦，对于大家都有不利的。他抱定这个宗旨，所以在校内处处地方极力要避去云英的亲近。课余之暇，不是和众教员一同坐在教员室里办事，便是自己回到寝室中，关了门看书撰稿，不去和云英一块儿散步，或是拍网球了。云英见了他的面，虽然谈笑如常，无甚差异，但在情愫上确乎已渐渐在那里淡漠起来了。

有一天正是星期日午后，他接到淑贞一封来函，他启视时，内中夹着一张小小照片，是没衬底页的，一看乃是淑贞的倩影，娉婷玉立，摄得很是活泼，背后写着一行字道"亲爱的萍哥，这纸上的小影请你永远放在身边，好似我也在你身边了"，下署"你的淑贞"。他不由心里一喜，再看信时，大略说在公司里办事已有半月，自己尽心指导，众人也都翕服。梅经理和善可亲，允许伊晚上可以自由拣绣公司里的出品，酬资另给。现在正精心刺绣一个总理遗像，预备他日参加国际展览会时陈列的。自己的寝处也移到二层楼，因为公司里的某职员已看定住宅搬出去了。至于苏州家里，友佳也有信前去报告家人都平安。现奉上小影一帧，以代良觌。因公司职员皆有留影，故遵梅经理之嘱，在沪新摄此影，未知可酷肖否。

青萍看了上半封信，心里很安慰，很快活，但是读到下半封，又使他平添不少忧虑了。原来信上又说，伊在前夜忽然头痛而怕冷，发起寒热来，睡了一天，次日还未痊愈。幸亏梅经理代请一个西医前来诊治，吃了药，渐渐退热，今日还不能做事。因恐青萍要怪伊没有信，所以勉强修书告知一切，但请青萍勿念，也不要写信告诉伊的老母。伊的病痊愈时，当再修函来告知云云。

青萍知道淑贞有恙，心头顿时不安宁起来，暗想今儿若是星期六，那么自己还来得及赶上一趟，去探望伊。此刻时候却不能了，因为明天便要上课的。遂把淑贞的信向衣袋中一塞，回到寝室，取出信笺信封，写了一封很长的信，大都是安慰淑贞的话，并望伊的清恙速即痊愈。再写一信来，以免悬念。措辞很缠绵的，自己读了一遍，封好了，粘上邮票，拿在手里，便走出去邮寄。

刚走到校门口，见唐校长打从街上买了不少东西回来，背后一个女佣代伊提着。青萍带笑说道："校长，采办什么货物？"

唐校长笑道："今年是儿童年，因为下星期三我们校里不是要开个儿童狂欢会吗？今天我没有事，所以我出去买些应用的东西。宋先生，你去寄信吗？"

青萍点点头道："是的。"

唐校长便将手里一小包东西递给青萍道："这一包巧克力糖，我送给你吃吧。"

青萍接过谢了一声，也就向那放淑贞信的衣袋里一塞。唐校长往里面走，青萍往外走，他出了校门，走过一条巷，前面便是邮政局了。因为今天是星期日，局中下午不办公的，所以外面的两扇大门紧紧地关上，但是门上却装着一个邮筒，任人投寄，青萍便把他的信投入其中。

他不即回校，信步仍往前走去。低着头仍在思念淑贞，两地分开，自己不能亲自去探望伊一遭，伊病中虽然尚有公司中人照料，然而都是不关切的，谁能细细体贴到伊的心头？伊为了生活，也流浪到外边来，一旦生了病，孤灯只影，当然要感觉到万分凄凉。想伊前次在家里卧病时，不但有伊亲爱的老母在病榻之旁朝夕看护，而我也是代伊延医赎药，尽力相助。今番大家分开，情景又是不同了。幸而伊信上说寒热渐退，没有加剧，否则丢下伊一人，又将怎样办呢？

198

他这样想着，心中有些闷闷不乐，自己和淑贞虽然心心相印，已有很高深的爱情，可是大家为了生活问题，劳燕分飞，尚不能早谐良缘，我理想中的家庭不知何日可以实现，心中更觉有些惆怅的情绪。

他又走了两条街，猛然一想，自己走在街上转心事，无目的地走着，将走到哪儿去呢？不如回校去吧。想到这里，遂停住脚步，却见前面有许多男男女女走向左面一个大石库门里去，旁边一带很长的粉垣，上面蒙着许多爬墙草。在绿油油的里面缀上几朵三角形的红色小花，很有诗情。墙里面高高低低地露出许多树木。再向门上一望时，有两个很古朴的石刻大字，乃是"蘧园"，一想这里原来就是蘧园了。一向闻得这蘧园是此间著名的私家花园，却从来没有进去游过，这几天报上不是登载着在蘧园有菊花和金鱼大会吗？我既已到了这里，不如顺便入内一游，聊解愁闷，何必过门不入呢？

青萍这样一想，遂买了一张门票，走到园中去游览。见这蘧园，亭台花木，曲折幽深，很像苏州的留园，不过没有留园那样占地多罢了。一处处陈列着菊花，标明着花的种类和主人的姓名，五光十色，美不胜收。又到金鱼陈列的所在，也是有各色各样，很多生平未见的。游人众多，挤挤挨挨地不容你久立细看。还有几个不三不四的憸薄少年，故意向妇女小孩那里挤轧，倒有一半人是醉翁之意不在酒的。

青萍觉得这样未免太乏味了，他不高兴再在人丛中受拥挤，所以便拣清旷之处走去。前面正有一个鱼池，鱼池之东堆叠着一座假山，假山上面有两株乌桕，猩红可爱，又有一个绿漆的小亭，亭中似乎有人在那里烹茗。

青萍却不走上假山，立在池边，瞧着池中澄清的水，水中也有许多金鱼在那里唼喋，有些掉尾而来，有些悠然而逝，也很有佳境，比较那些养在盆里的活泼而自然得多了。可是游人大都拥在那边观览，没有别到此地来静观的。那么游客的心理也不是瞧瞧热闹吗？

他又想到庄子濠上之乐，竟痴痴然地渲染在思想里面。忽听东面假山上有人娇声唤道："宋先生，你一个来吗？快请上来。"

他抬头一看，却原来是沈云英，立在一块假山石上，一手攀着

199

树枝正在唤他。云英穿着绿色绸的驼绒旗袍，外面罩着一件短大衣，一手向他招招道："宋先生快来吧。"背后还立着一个女子，也是校中的同事密斯李。萍真想不到竟会在这蓬园里遇见她们二人，只得答应一声，走上假山去。

云英带笑说道："宋先生，你一人独来这里赏菊吗？何不早和我说了，我们一齐来呢？"

青萍道："今天我本不想出来的，只因方才出校去，投寄一函，在街上信步走走，却走到了这里，知道园中有菊花金鱼大会，所以便道入内一览。但是拥挤得很，也没有什么趣味。二位几时来的？"

云英道："密斯李今日高兴，邀我来此看菊花。我曾问过唐校长可有兴同来，伊却要出去买物，没有答应。我便在饭后先跑到密斯李家中去坐谈了一会儿，然后到此的。我们在亭子里泡的茶，宋先生进去坐坐吧。"

青萍点点头，跟着二人走进亭中，在一张小圆桌边坐下。堂倌遥遥瞧见了，便又绞上热手巾，送上一壶茶来。青萍见桌上有碟瓜子，遂抓了些嗑着，却并不多说话。云英见青萍脸上眉峰微蹙，似有些不欢之色，不知他有何心事，也不便询问，遂和密斯李谈话。青萍嗑着瓜子，侧转了头，痴痴地瞧着亭外的乌柏。密斯李因见他的茶杯中空着，便提起茶壶代他斟茶。

青萍没有觉得，云英忍不住说道："宋先生，人家代你斟茶，你不谢一声吗？"

青萍回过头来见了，连忙欠身道谢。密斯李放下茶杯道："宋先生不用多礼，今天大概你有些心事吧，竟有些视而不见，听而不闻呢。"说罢微微一笑。

青萍闻言，不由脸上一红，答道："没有什么心事，我不过贪瞧了园景，竟被这大好秋光吸引了去。"

云英也笑道："风景果然很佳，否则宋先生也怎会独自来此玩赏的呢？"

青萍听云英话中有刺，只得打叠起精神勉强敷衍，其实心里却悬于海上的淑贞呢。三人闲谈一会儿，天已近晚，园中的游人渐渐散去。青萍见堂倌前来冲水，便抢着还去了钞。

云英笑道："宋先生，今天我同密斯李出来，早已讲好，一切由我请的，怎好破费你呢？"

青萍道："密斯不必客气，大家随便的好。"

云英道："我还要请密斯李在此吃蟹，宋先生你不要走，和我们一起吃吧。"

青萍被云英这样一说，倒不好意思坚辞，遂带笑说道："持螯赏菊，二位真是雅人深致，既蒙相邀，也不敢辜负此口福了。"三人遂一边说，一边走下假山，从走廊里慢慢踱到南边一个小轩之前。那轩的四周也排列着许多菊花，轩中窗明几净，收拾得很是雅洁，有几个座头，桌上都供着一瓶菊花，东边座上已有数人在那里小酌。

云英指着靠里一个座头说道："我们坐在那边吧。"

青萍说声好，三人走到座边，丁字儿坐着。堂倌早走上前带笑问道："三位可是吃蟹的吗？今天新到的阳澄大蟹，只只肥满的，任客拣吃。"

云英点点头道："那么你们代我们预备起来，先来一壶酒、两个冷盆，白鸡可有吗？"

堂倌道："有有，我们的白鸡又嫩又鲜，还来一个洋鲍鱼可好？或是枪虾也很鲜活的。"

云英摇摇头道："洋鲍鱼我们不吃。宋先生，你对于枪虾可吃吗？"

青萍道："密斯吩咐下去好了，我都吃的。"

云英道："那么来一盆野鸭吧，你们可有吗？"

堂倌道："有有。"遂喊下去了，一会儿早将冷盆和酒端上。云英拿过酒壶，便代二人斟酒，说道："我已讲明白，今晚由我做东，少停你们不许和我客气，否则我不来了。"

密斯李笑道："我是老实的，你请放心。"

青萍也道："密斯沈，我也吃你的，谢谢。"

于是三人吃喝起来。青萍觉得云英与人交际，又老练，又大方，和淑贞大不相同了。一壶酒毕，堂倌来问道："蟹已好了，三位可要就吃？酒再添上一壶吧。"

云英道："蟹可以拿来，酒却不要了。"堂倌答应一声而去。

密斯李说道："大家喝得酒不多，宋先生也许尚未尽量，怎么你说不要添呢？"

云英对青萍看了一眼，微笑道："我恐怕他吃醉啊。"

密斯李笑道："原来如此，记得前次校中宴会时，宋先生曾被人灌醉过，所以云英姐不让他喝了。"

青萍笑道："密斯沈的美意令人可感，使我一辈子不会忘记的，不打谎说，近来我对于杯中物难得喝喝，即使应酬人家时，也是浅尝而止，不敢狂饮了。"青萍说着这话，想起前事，心里顿觉有一缕柔情在那里荡漾着。而云英的脸也不觉有些微红。

此时堂倌早送上几小碟子，醋了酱油了姜了应有尽有，又把吃剩的冷盆拿下去，托上一大盘煮熟的大蟹来，果然是两螯白雪堆盘重，一壳黄金上箸轻。

青萍赞一声好大蟹，大家也就不客气，剥着嚼着。青萍拣了一只很大的雄蟹吃，且对二人说道："九月团脐十月尖，现在正是古历的十月中，当然要算雄的好了，我欢喜吃里面的油，雌的蟹黄似乎太觉坚硬吧。并且雄的螯大，这一只好似一对武器，约有二两重，这样方可说持螯赏菊了。"

密斯李道："我也喜欢吃雄的。"

云英道："我是雌雄都喜欢吃，今晚你们可以尽拣雄的吃，好在这里的蟹是不管大小雌雄，每只计值的。不过我们所吃的蟹是不是真从阳澄湖来的，不免尚有些怀疑。"

密斯李道："听说他们每天有人往昆山去采办的，照这样子，不至于有名无实吧。"

青萍道："每只蟹算多少钱呢？"

云英道："我以前在此吃过一回，是一块钱两只蟹。"

青萍道："太贵了，在我们苏州吃蟹还可以便宜些。"

云英道："细细计算，不贵不贵，在上海还吃不到呢。"

三人且吃且谈，一共吃去了十一只大蟹。大家吃不下了，云英便叫堂倌拿了稀饭和粥菜，各吃了一碗。堂倌又送上三杯姜糖汤。云英揩过脸，便从皮夹里取出一张拾元的纸币，交与堂倌，找上一元八角钱，云英便将角子赏给了堂倌。

青萍道："我老实让密斯破钞了，多谢多谢。"

云英笑了一笑道："我们走吧。"

三人一同走出蓬园，已是七点多钟了，街上很是静悄悄的。密斯李要回到自己家里去，所以走过了一条巷，便和青萍云英说声明天会，独自走去。青萍陪着云英一路走回校去，凉月一钩，看云端露出它的娇靥，清光照到地上，恰巧二人的影子相并着，晚风吹来，有些寒意。谈起佘山之游，很多回忆的情感。

到得校中，遥见唐校长的室中电灯亮着，云英对青萍说道："伊还坐在里边呢，我们进去谈一会儿吧。"

青萍因为今天自己在蓬园和云英等小饮，预先没有告知唐校长，并且自己逢见唐校长时曾说去寄信的，那么唐校长要疑心他有意说谎呢。还有唐校长代自己做媒，自己婉言推辞，以后和云英踪迹稍疏，怎么今天又在一块儿饮酒吃蟹呢？不要使伊猜疑吗？他这样一想，遂说道："我不去了，密斯请去谈谈吧。"说了这话，想着身边有一包巧克力糖，便从大衣袋里摸出来，递给云英道："这包糖是唐校长送给我吃的，我知道密斯很欢喜吃这个，转送与你吧。"

云英道声谢谢，接过糖去。青萍立刻脱帽，向云英说一声密斯晚安，掉转身躯，便往自己宿舍那边走去。云英把糖往短大衣袋里一塞，正要走到唐校长那边去，却瞥见地上有一东西，无意识地俯身拾起，原来是一封信，谅是青萍遗失的，不如明天还给他吧。

走了数步，前面廊下正有一盏电灯，云英把信凑着灯光一看，见是一个粉红色的信封，上面写着蓝墨水很小的字，很有些娟秀，像是女子的手笔，旁边写着"淑贞寄自上海"，伊心里不由蓦地怔住。

第十四回

伊人难见陡起疑云
好事多磨终成画饼

次日青萍起身，想着了昨天淑贞寄给他的信，便向大衣袋里一摸，却已不知在何处不翼而飞了。他把手按着额角，细想这封信是在哪儿失去的呢？我看了以后，便放在衣袋里的，写好了回信，出去寄的时候，在校门口遇见了唐校长，伊送给我吃一包巧克力糖时，这封信还在衣袋里和糖一起放着。后来在蓬园赏菊吃蟹，我始终没有动过。直到回转校中，在走回我寝室之前，我忽然想起了那包糖，曾拿出糖来转送给云英，那么一定在那个时候失掉的了。我昨晚又没有多喝酒，很清醒地记得。现在这封信业已失去了，叫我到哪儿去找呢？若是掉在外边的倒也罢了，倘然是掉在送糖的时候，也许会被云英瞧见，拾了去的。这封信上淑贞写得多，不论什么人读了以后，当然知道我和淑贞的情爱很深的，关系很密切的，何况云英是一个聪明女子呢？伊也可知道我所以对于婚事方面诸多托词，并非是无因的了啊。况且淑贞寄给我的小影，也夹在信里，我怎样失去了呢？就是没有被云英瞧见，而被他人拾去时，他人一定也要向我闹笑，说我在海上有了恋人了。我但愿这封信被校役扫除了去，不落痕迹，这是最好的事。然而假定被校役瞧见的说话，那么信封上有我的名字，校役也不肯抛去或者要送还我的。总而言之，千看万看，不要给云英看了去。继思我和淑贞相知有年，患难相依，彼此很是光明磊落，这封信即使被人家瞧见，也没有什么大不了的事，至多给人家说些笑话，我也不妨承认我和淑贞是有了恋爱的啊。就是沈云英知道了，也不过给伊明白一些。好在我和云英只有友谊，伊也不能管这事，大家都是很坦白的，我没有对不起伊的事，也绝不会刺伤伊的心。

青萍这样一想，心头安慰得多了，听得早晚钟响，他就离了寝室，走到餐室里用早饭。唐校长和云英等都在那里，彼此道了早安，也没说什么。餐毕，大家走出来，青萍走到教员室里去。当他走过廊下的时候，瞧瞧地上清清爽爽，哪里有一些儿影子呢。

他坐在教员室中，预备了一些课程。众教员陆续而来。云英和密斯郭也携着手儿一同走至，大家照常谈笑，不见有人把信还他，也不见有人和他开玩笑。他又默察云英的颜色也和平常一样，不知伊究竟有没有拾到这封信。假使伊走得快的话，也许伊不会瞧见的，天下事未必有这样巧的吧。可是他也不便向云英询问，只好放在自己肚里，一时猜想不出，听其如何了。钟声敲动，众人都去上课，青萍也挟了书走到教室里去。

下午他逢见唐校长，谈话时，唐校长似有意似无意地对他笑笑道："密斯李说，昨天你和云英等在蓬园持螯赏菊，真是雅兴不浅，大概是尽欢而归的了。"

青萍脸上微微一红，答道："这真是无意的，我本无心行乐，所以没有出去，只到邮局寄信，闲步街头，忽然走到了蓬园，方知里面有菊花大会，顺便进去一观。想不到遇见了她们二人，云英要请密斯李吃蟹，我当然只得奉陪了，这也是相逢得巧啊。"

唐校长点点头道："巧巧巧，你和密斯沈常是很巧的，我望你们再要巧一巧，那么大家快活了。"说罢笑了一笑，翩然而去。

隔了几天，青萍又接到淑贞的来函，告诉他说，伊的身体已完全恢复，照常做事，请他不必垂念。青萍心里的一块石头方才放下，便把这封信很郑重地放在自己箧中，以免再次遗失。

光阴过得很快，转瞬又近总理诞辰了。那天正是星期一，青萍暗想巧得很，自己在此没有什么事，松江到上海较便，不如在星期六下午到上海去走一趟，去看看淑贞。伊那里星期日也停工的，我可以和伊畅叙一天，陪伊出去游玩一下。伊到了上海，恐怕没有人相伴出游吧，倘使伊的公司在总理诞辰那天也放假的，那么伊在两天空着，也可以回苏州去。若是不放的，我可以在星期一从容地回来，比较枯守在这里，不是好得多么？

他这样打算定了，待到星期六，忽然老天下起雨来，下得很大，气候骤然大冷，使他大为扫兴，不能动身了，只得守候着明天再说吧。

这天下午，他在校中看了一会儿书，很是无聊，便走到校长室来。室中生着火炉，唐校长和云英以及密斯李密斯郭等四个人正坐在那里围炉闲谈。

唐校长见了青萍，便说道："宋先生没有到外边去吗？"

青萍道："这样不好的天气，我到哪里去呢？"

密斯李道："那么宋先生一同在此谈谈吧，少停唐校长将要请我们吃宵夜呢。"

唐校长指着云英身旁一只空椅子说道："请坐，晚上你和我们一同吃，讲些有趣味的故事给我们听听，好不好？"

青萍走过去，把外边大衣脱下，挂在椅背上，一屁股坐了下来，带笑说道："遵命，不过我屡次吃你们的，很觉过意不去，今晚请众位赏脸，由我做个小小东道吧。"

唐校长道："好，宋先生你要请客，我就老实让你吧。"

云英瞧着青萍的脸上微笑了一下，密斯李和密斯郭都说道："好的，我们不管谁做东道，只要有的吃就是了。"

于是大家随意闲谈起来，唐校长道："我们现在又有两天闲暇，可是天气已冷，风寒木落，没处去游。宋先生，你不回苏州去吗？"

青萍答道："没有事不回去，但我本想今天到上海去探望一位朋友，耽搁两天，预备星期一再回来的，却不料天公不作美，未能成行。"

云英接着说道："我也本想回家去一趟，也被这恶劣的天气所阻，真是天公不作美了。倘然明天能够放晴时，我还是要回去，否则只好待到下星期，因在家里我尚有一些寒衣没有带来呢。"

唐校长又向青萍道："明天不下雨，宋先生可仍要到上海去呢？"

青萍点点头道："要的。"

密斯郭说道："这样你们二人可以一同走了。"

青萍道："不错，倘然密斯沈明天回府的，我当然可以在火车上相伴。"

云英道："明天不下雨，我将坐九点钟的车动身。"

青萍道："我也要看老天可下雨哩。"

206

大家谈了一会儿，天色已晚，青萍便叫校役到一家广东馆子喊宵夜送来，鱼生了鸡生了，随意点了数客。

一会儿早已送来，大家便到餐室里去吃宵夜。在校中寄宿的还有一位国文教员韩老先生，青萍恐他一人冷静，也要请他来同席。直到八点多钟，肴馔已尽，众人腹中都饱，分别各回寝室。密斯李却雇着车独自回去。

到得明天，青萍一早起身，见天已放晴，但冷了许多，他没有到餐室里去吃早饭，自己在火酒炉子上煮了一大杯牛奶，拍一个生鸡子，搅在里面吃了。又吃几块饼干，心里早已萦绕着淑贞。看见一个校役来说道："宋先生，今天可要到上海去？沈先生叫我来问一声。"

青萍想起昨晚和云英口头的小约，遂点点头道："要去的，你去请沈先生稍待片刻。"校役匆匆去了。青萍将领结扣好，换上一双皮鞋，罩上外面的大衣，又拿出一条栗壳色的绒绳围巾围在头上。这条围巾本是沈云英亲自织就，在国庆日过后早送给他的，因为青萍曾代云英写了一些东西，所以沈云英特地以此为酬。青萍藏在箱子里，直到今天才用呢。又将呢帽戴上，锁了房门，急忙离开宿舍，跑到前面来。早见云英立在那边等候了。

今天云英穿着新式皮领的大衣，粉颊脂唇，越显得红白，手上套着白鸡皮手套，格外富丽。大家叫应了，云英见青萍围上伊自己送的绒绳围巾，不由瓠犀微露，笑了一笑，问道："这围巾长短恰好，可是我织得很粗劣的。"

青萍道："谢谢密斯的手泽，比较向店肆里去买来的工细得多了。"

两人说着话，校役早又走来说道："沈小姐叫我雇的车儿已在门前，价钱已讲妥了。"

云英道："很好，宋先生，我们走吧。"

两人都是轻身，没带物件，履声橐橐地走出校门，坐了人力车，赶到火车站。青萍本要坐三等车的，但因他知道云英欢喜坐二等，自己不得不陪伊同坐，遂想掏出钱来去买两张二等车票，谁知云英捷足先登，早已将车票买下，也只得有叨伊了。

两人坐上火车，仍是并坐在一张椅子上。青萍买了两份报纸和云英各自展阅。车行如飞，二人在车上坐得不多时候，已到了梵王渡。云英将脱下的大衣挽在臂上，立起来说道："宋先生，我们要明天会了，愿你在上海多多快乐。"

青萍听了这话，不由一怔，随即也立起身，让云英走到外面，带笑说道："我很抱歉的，因要到上海去接洽一些小事，以致路过这里，而不能相从密斯到府上拜候。"

云英笑了一笑，青萍又道："外面的风很大，你的大衣穿上身吧。"便代伊提起大衣，让云英穿了上去。

这时火车已停了，云英又向青萍点头，匆匆走下车去。青萍站着，从车窗里瞧到云英的背影姗姗走出站去，心里不禁有怅触，不防车开时车厢猛地一撞，青萍的身子摇了两摇，往后倒去。幸亏背后有座椅，否则不要跌一跤么。他连忙支持着将身坐下，见同车的人有好几个都对着他露出嘲笑的样子，只得仍拿起报纸来看，遮着自己的脸，隔断众人的视线。

不多时已到了上海，他走出了火车站，急急雇着了一辆车儿，坐到贝勒路东方刺绣公司。他的脑海里似乎已瞧见淑贞立在他的面前含笑相迎了，忙跳下车来，付去车资，走到里面。见一个公司里的下人正从楼上走下，青萍便问道："季淑贞小姐可在里面?"说着话一脚已踏上了楼梯。

下人却把手向他摇摇道："出去了。"

青萍闻言，不由一呆，再问道："我要见的是姓季的小姐，是苏州人，请你代我到楼上去看看，伊不会出去的。"

下人很坚定地说道："谁打谎话，季淑贞小姐真的出去了，你不相信时自己到楼上去看吧。今日这里是停工的，上面一个人影儿都没有呢。"

青萍见他的态度不像胡说，只得把一只脚缩到地上，打一转身，自言自语道："我想伊是总不会出去的，伊在上海可说一个熟人也没有，她走到哪里去呢? 哦，莫非淑贞回苏州去了? 早知如此，悔不预先写一信告诉伊了。"

那下人见青萍自言自语，也就不去理会，走到一小室中去了。隔了一会儿出来时，瞧见他仍在门口打转。

青萍一看手腕上的手表，又向下人道："你可知季小姐到哪地方去的？要不要回来吃饭？"

下人答道："这个我却不能回答你，不过今天午时大概不会回来的了，否则此刻要吃饭哩。"

青萍道："你可见伊带着行李走的吗？"

下人摇摇头。青萍没奈何，只得又对那下人说道："少停倘然伊回来时，请你千万告诉伊说，姓宋的特地从松江来此看伊，叫伊等着，不要再出去，三点钟左右我再来吧。"

下人答应一声，走到里面去吃饭了。青萍懒懒地走出公司，仍坐着车儿，回到五马路满庭芳一家饭店里去独自一个儿用午饭，好生没趣。暗想：今天真是来得不巧，淑贞究竟到哪儿去的呢？伊绝不会一个人出去的啊？少停倒要问问伊呢。

吃罢午饭，便到冯校长那边去访问。谁知冯校长也不在家，自己又扑了一个空，十分无聊，只得又坐了车子赶到公司里来。以为淑贞在外边吃了饭回来了，谁知淑贞仍没有回来。这时不过两点多钟，自己跑来跑去地做什么呢，无论如何，淑贞必要回来的，不如牢守在这里等候伊吧。

他打定主意，遂对下人说道："我因为有些事情，今天必要会见伊，大约伊总快要回来了，我也省得来来去去，便在这里等候吧。"

下人对青萍看了一眼说道："你先生倘然不怕厌气，就在这里等候季小姐也好。"遂去开了一间客室的门，让青萍坐在里面，送上一碗茶来，已是半冷半热。

青萍一个人坐着，把车上拿来的报重行翻阅。天气很冷，室中又没有火炉，也没有阳光，他耐着性守候。看看已到四点钟，数张报纸都已看毕，连平常不注意的药房广告，或是什么个人启事也看个仔细，仍不见淑贞回来。

他将报纸放下，立起身来，在室中打着圈儿走，暗想：这真奇怪了，淑贞在上海一个熟人也没有的，伊到什么地方去呢？若是在外边吃午饭的说话，此刻时候也要回来了，怎么还不见伊的情影呢？今天我真是倒霉，早知这个样子的，不如坐在松江学校里安适得多呢。老天偏偏昨日下了雨，今日又晴朗了，假使今天依旧风风雨雨，那么我也不至于跑到海上来扑个空了。

他想到这里，长吁短叹，十分苦闷。两手插在腰袋里，走出室来，要想再问问那下人时，那下人不知走到哪里去了。另有一个下人口里衔着香烟，立在门口闲瞧，青萍便走上去向他说道："季小姐到哪里去的？楼上可有别人吗？"

那下人回转头来，对他相了一相，把香烟猛吸了几口，答道："季小姐一早就出去的，楼上没有人，今天听说经理先生请客啊，大约晚饭时候总要回来了。"

青萍点点头，仍回到客室中去，方知今天淑贞是被梅经理请到外边去吃饭了。但是他们既然吃的是午饭，无论如何早就要散席了，为什么仍不回来？也许他们又到别地方去游玩了，我要见伊，只得守候。可是整整一天光阴，完全白白耗费了呢。这会客室的门上是有玻璃的，能够看得出外面，若是有什么人从外边走到楼上去，必要打从室外经过的。所以他坐在椅子里，双目却瞧着门外，看淑贞几时回来。想起自己的家乡苏州灵岩山上有块石头唤作痴汉等老婆，淑贞不啻是我的未婚妻，我这样痴痴地等候伊，不是好像痴汉等老婆吗？不觉又好气又好笑。

又等了一个钟头，仍不见淑贞回来，天色渐晚，黑暗已笼罩着空中。他实在沉闷极了，刚才想走出去，那先前的下人已走来，把电灯开亮。青萍两手握着拳头，不时地在自己腿上敲，忍不住又问道："季小姐是同梅经理出去的？我已在此守候了半天，他们究竟可要回来吃晚饭？"

下人响也不响，回身走去。青萍一肚皮的气没处发泄，霍地立起身来，三脚两步走出客室，说道："你这下人好不懂规矩，我向你问话，你如何不回答？"

那下人回转头来，瞪了他一眼道："你问的事情我回答不出，况且你已问过了数回，我早已同你说不知道的，岂不是多问吗？真讨厌。"

青萍："我守在这里已有数点钟，我不说厌气，倒惹你讨厌起来了。"

下人冷冷地说道："这是你自己情愿在此等候的，没有人强逼，有什么厌气不厌气呢？干我什么鸟？"

青萍见那下人说话一味顶撞，十分倔强，便又指着他说道："哼，你和人家寻相骂吗？我问你是不是公司里的下人？"

210

那下人答道："是怎样？不是又怎样？我又不是你用的，不配你说话。"

青萍见他如此模样，是无理可喻的，心中却更是愤怒，恨不得马上跑过去击他两下巴掌。但那下人身材又长又大，像是一个有膂力的人，自己又没有什么本领的，若去打他，一定要回手，恐怕自己反吃了眼前亏。只得又抖着声音说道："好，我从来没有见过这样的下人，今天我不和你讲话。"

那下人丝毫不肯退让，大声说道："我也从来没有见你这样的客人的，究竟谁要和谁讲话？你今天不讲也好，到了明天又怎样？"

二人正在吵闹，门外却走进一个人来，乃是黄女士，一见这情形，便向下人问道："刘六，你和这位客人吵什么？"

刘六把手向青萍一指道："你问他吧。"说罢便向里面一走。

黄女士认得青萍的，遂上前叫应，把青萍让到客室中去问道："宋先生几时来的？我们的下人何事得罪先生？"

青萍答道："我是今天上午特地从松江到此探望我的表妹，谁知伊出去了。下午再来，一直守候到此时，实在沉闷之至。我就向那下人询问，谁知反惹了他的厌，不睬不理，我向他责问数句，他一味蛮横无理，以致闹起来了。"

黄女士道："对不起得很，那下人名唤刘六，性子很不好，明天我当告知梅经理来斥责他一番。宋先生请坐，你真是等得非常气闷了。"

青萍一边坐下，一边问道："黄女士，听说今天梅经理在外请客，黄女士大概也去赴宴的，不知我表妹为什么到了这时候还没有回转公司？黄女士可知道伊在哪儿吗？"

黄女士答道："不错，今天梅经理在悦宾楼请我们吃午饭，我和季小姐一同去的，但是散席后大家各走各路。听说梅经理因为季小姐初至上海，各处都未游过，所以要陪伊到半淞园去一游。季小姐曾要我同去，我因别有他事，未就相随而先走的。伊大概和梅经理去游半淞园了，然而现在已是天晚，应该回来了啊。这里最迟六点半要吃晚饭的，我想季小姐在这一小时内必要回来，只好请宋先生耐性再候一下吧。"

青萍道："我已等得尴尬了，只好再守候伊归。"

于是又向黄女士问问淑贞在公司里的近况，黄女士说道："季小姐究竟是年纪轻的人，十分聪明，技术也很高妙，无怪得到梅经理的宠用了，等一会儿梅经理必要伴伊回来的。"

青萍又问道："那位梅经理住在哪里？家中可有什么人？"

黄女士答道："梅经理也是住在公司里的，他家中有什么人，我却不能知道。因为他本福建人氏，到上海来经商的啊。"

青萍听了，点点头。黄女士见青萍不再发问，遂立起身来说道："宋先生请你再坐一刻吧，我要失陪了。"

青萍只得说一声请便，眼瞧着黄女士走出室去。他一个人仍是枯坐着，痴痴地等候淑贞。看看已到六点半，公司里的人都吃晚饭了，淑贞仍没有回来。他暗想今天淑贞跟着那梅经理出去游玩得连时候也忘掉了，可知他们当然是十分快乐的。可惜自己等僵了，时候已晚，若早知他们在半淞园时，我也就驱车前去，瞧瞧他们作何光景，现在却来不及了。但此刻他们总应该出园，何以不见回转呢？大约他们又在什么地方去寻乐了。好一个梅经理，多谢你这样大献殷勤，我并不是以小人之心度君子之腹，总觉得你们俩究是初交，不当如此亲呢，你对于淑贞怀的什么心思呢？

他想到这里，渐觉有些气愤，肚子里也很饿了。他再也忍不住，将手搔着头皮，只是长吁短叹。只见黄女士又走进室来，对他微微一笑道："宋先生的耐性真好，还在这里等候吗？你没有吃晚饭，腹中想必饥饿了。唉，他们真是游玩得出了神，此时还不归来，好不奇怪。"

青萍不觉也喊道："奇怪奇怪，女士可知他们今晚究竟归不归？"

黄女士冷笑一声道："归不归？"说了这三个字，顿了一下，又向青萍脸上瞧了一眼，然后再说道："这个恕我不能回答你，大约……"说到这里又露出沉吟的模样。

青萍自知这个问题当然叫伊不能回答的，好像自己方才问那下人一样。哦，我何必这样牢守着呢？发痴吗？恐怕人家都要笑我了，便对黄女士说道："说不定他们今晚未必归来的，那么我也不必再在这里等候了，我要去哩，倘然女士见了我的表妹，请你告诉伊说，今天我近午时便来看伊的，下午二时重来，直等到晚上七点钟，挨饿熬冷，却仍不能相见。明天请伊再不要跟人家出去了，我在九时左右当再到这里来拜访。"青萍说着话，目中几乎淌出泪来。

黄女士道："谨遵台命，今夜我若不及瞧见伊，明天一早我必去通知伊，今天真是大大对不起宋先生了。"

青萍道："谢谢你，我们再见了。"说罢，便向黄女士点点头，告别而去。

青萍出了公司大门，走到街头，寒风扑面，夜色昏茫，心中十分惆怅，不知走向哪里去是好。前面一个人力车夫拉着一辆空车子迎上来兜生意，青萍站定了，想了一想说道："我到二马路源源旅馆去吧。"

这句话好似和那车夫商量，但车夫不懂他的意思，一拍车垫，说道："先生请坐吧。"

青萍坐到了车上，那车夫遂拖着他向前便跑。不多时到得旅馆门前，车子停住。青萍懒洋洋地走下车来，呆呆地立在人行道上，也不付钱。

车夫便将手一指道："这边是源源旅馆了，先生请你将车钱给我吧。"

青萍跟着一看，果然已到源源旅馆，便从身边掏出一个双毫银币给了车夫，遂走进旅馆去，在楼上开了一个小房间，便叫茶房送上一客特别饭来。因为他也不高兴再到饭店去吃饭了。

他坐定后，又叹了一口气，不知怎样才好。听得门外有报贩卖夜报，他遂去买了一份《新闻夜报》闲瞧。一会儿茶房送上饭和菜来，青萍一个人独坐着，将晚餐吃毕，又坐着看报。但是隔了一刻钟，这一份夜报早都看完，看看时候，还不过九点钟，自己将做什么呢？除非上床睡了，他遂锁了房门，脱衣安睡。但是他的头刚才横到枕上时，脑海中的思潮顿时涌将上来。想在这个时候淑贞有没有回到公司里去呢？倘然仍不归时，伊在外边做什么呢？伊是一个青年女子，却跟着一个男子在外边游玩得忘记了时候，难道可以住在外边吗？倘然那个梅经理没有人格的说话，那么淑贞好似小鸡交给一黄鼠狼，很有些危险性哩。他想到这里，顿时代淑贞捏一把汗，心中更觉不安起来。

继思淑贞是一个颇知自爱的少女，按着伊平日的言语和行为，谅不至于跟着人家糊里糊涂地湮没了伊的本性。也许伊今天被梅经理强邀着，却不过情，到什么戏院里去看戏了。我和伊相知已深，不应该马上就起疑心。男女是一样的人，伊难得在外边同男人交际的，我就要对伊种种妄测吗？青萍这样一想，心中又似乎稍安。

然而一转念间，又想一个人的理想往往会和事实相反的，人们的心也是很活动的，世上的事很多变幻无穷。淑贞一向守在苏州家里，没有出去和人家交际，伊不知世道险恶，人心鬼蜮，上海的社会更是和内地不同，好像四面环伺着许多魔鬼，安排下许多陷坑，专引诱一般人到罪恶中去，一失足成千古恨，尤其是青年最为危险。淑贞的阅历未深，当然很容易受人家的欺骗。我以前瞧梅良态度很是油滑，若是他对于淑贞不怀好意时，他只消略施手段，摆布一下，淑贞便像小孩子一般难逃他的掌握了。我虽然相信淑贞没有虚荣心，伊不见会被人家很容易地诱惑了去的。不过一个人也是跟环境转变的，谁能够说得定呢？且看伊今晚归不归，若是不归的话，那么我的猜疑竟不幸而中了。无论如何，我只有等到明天见了伊的面，再看情形如何吧。我想伊若知道今天我要来沪时，也绝不至于这个样子了。现在偏偏我突如其来地去看伊，这倒是出于他们所不防的了。但我不在松江学校里安然睡眠，却跑到上海来开着小房间住宿，又是白白地守了大半天，耗费我宝贵的光阴，这真是何苦呢？岂不是为了淑贞吗？明天告诉了伊，看伊怎生对得起我啊？况且我是和沈云英一同离校的，早知如此，我何不到云英家中去盘桓，反而快乐得多呢。

他越想越懊丧，在床上辗转反侧，哪里睡得着。外面阳台上常常有脚步声经过，隔壁房里的客人，男的女的笑语喧哗，大概是刚才看了夜戏回来呢。人家的兴致多么高，自己却躺在床上转心事，有谁知道呢？直到下半夜旅馆里人声已寂，他仍是不能入梦。将近天明时，蒙眬睡去，似乎在一个园林中瞧见淑贞和那梅良手携着手，肩并着肩，在那边浅草地上笑语喁喁地向自己身边走来。他忍不住喊了一声淑妹，但是淑贞好像没有看见一般，只管走着。他气极了，又见梅良忽然将淑贞抱在怀里，对他笑嘻嘻地做出一种揶揄的样子，他骂一声不要脸的东西，便从地上拾起一块三角青石，照准梅良的面门飞去。只听啊哟一声，跌倒在地的乃是淑贞而非梅良，头已打破了，鲜血直流出来，对着他蹬足大哭。于是他又觉得懊悔自己不该如此鲁莽，去下这毒手了。又见梅良恶狠狠地跑过来，手里握着一管手枪，向他骂道："好小子，胆敢飞石伤人，我请你吃卫生丸。"砰的一声便有一颗子弹向自己胸口打来，他不由一吓，蓦地醒来，乃是一梦。心中还觉得气吁吁地余怒未平。暗想：这个梦虽然是根据我的心境而幻成的，但也可以说是不祥的噩梦。

这时天已明了，一看表上已有八点钟了，连忙披衣起身，吃了早点，付去了房饭钱，出得旅馆门，坐了一辆人力车再赶向东方刺绣公司去。心中暗想：昨晚不知淑贞可曾回寓，倘然住在外面的说话，我此刻去时又不能见面了，那么我只有回松江去吧。

他这样想着，车子已到了公司门前，那边正靠着一辆汽车，公司里跑出一个人来，身上穿着皮大衣，鼻端架着一副没有边的眼镜，手只拿着一根司的克，正是梅良。

那时梅良也瞧见了青萍，点点头招呼道："宋先生，你来看季女士的吗？"

青萍答道："正是的，请问梅先生可知我表妹在公司里吗？"

梅良微笑道："在楼上，请你快去吧。"说罢，踏上汽车去了。

青萍付去车钱，跑到里面，恰好那个刘六立在那里，一见青萍，便板起面孔走到别处去。青萍一想既然淑贞在楼上，我也不必再烦这些恶狗去通报了，还是自己上去吧，遂噌噌噌地走到二层楼上，刚想跑向三层楼去，一转念间，淑贞以前来信告诉说伊的住处已搬到二层楼了，只不知伊在哪一个房间里，遂咳了一声嗽。左边房间里门开了，淑贞走将出来。

伊身上穿了一件羊皮旗袍，外面罩着青布罩袍，一手拿着一个木梳，正在理发，向青萍带着笑点点头道："萍哥，我在这里，请你进来吧。"

青萍见了淑贞的面，不由微笑道："淑妹早安，你就住在这房间里吗？"说着话很快地走进室去。

淑贞把门合上了，回转身来，放下木梳，取过一个热水瓶，就是青萍送给伊的，倒了一杯开水，送到桌上，说一声萍哥请坐，青萍便在一张椅子上坐下。瞧那房间比以前的大了一半，东边一排四扇玻璃窗，窗前一张桌子，就是自己坐的所在。靠南是一张小铜床，上面的被褥折叠得十分整齐，右边放一张五抽屉的台子，上面放着一只小小的木钟和一个花瓶，瓶里插着几朵紫色的洋花。壁上挂着一张淑贞的小影，还有一个油画的镜架，画的是一个西方美人，半裸着玉体，临流掬水，倩影倒映入水中，冰肌玉肤，秀色可餐。青萍看得出了神，倒不开口了。

淑贞便在他对面坐下，见他端详着那幅画，便说道："这房间比较二层楼上的蜗角之地宽舒得多了，你昨天曾到这里来看我的吗？我真是十二分地对不起你了。"

青萍方才回过头来说道："淑妹，这真是我料想不到的，我因昨天是星期日，今天是总理诞辰，校中放假，有两天闲暇，心中很挂念淑妹上次清恙之后，玉体可曾恢复健康，所以抽暇跑到上海来，专程拜访。本来星期六便要来的，只因那天下了雨，未能如愿。但昨日中午时我到这里，偏逢淑妹也是外出，下午两点钟再来，一直守候到晚上七点多钟，始终不见淑妹。那时候我心里何等焦急，黄女士可曾告诉你吗？这真是我料想不到的啊。"

淑贞听青萍一连说了两句"料想不到"，脸上不由一红，低着头说道："萍哥，我真是非常抱歉的，请你原谅。你守候我的情景，黄女士昨天夜里已告诉我了。还有那个刘六得罪你，我当然告诉梅经理，早把他歇掉，稍泄你的怒气可好？"

青萍摇摇头道："这倒不必，此亦妄人之流，妄人奚有于我哉？我也有不是之处，不要提起他了。只是你昨天出游，谅必十分快乐，夜间什么时候回来的？我早知你一定要回转的话，索性在此等穿了。"青萍说了这句话，自觉失言，连忙改转来道："淑妹当然是要回来的，不过天气很冷，肚子又饿，我一个人在来宾室里再也坐不住了，所以跑出去，开了源源旅馆的房间住宿一宵的。"

但是淑贞的脸上更红得如玫瑰花一般，颤声说道："我怎么会不回来呢？这真不巧，我一向不出去的，昨天梅良因为公司里接到了一批很好的生意，一时高兴起来，便请公司里的男女同事到外边去吃饭，不论何人必要出席，我只得跟了他们去了。偏偏吃过饭后，梅良又因为我来海上，没有游玩过，遂很坚决地要陪我到半淞园去，我再三推辞不脱，只得勉强前往一游，哪里知道半淞园游罢出来，他仍不肯送我回来，驾着汽车又陪我到一家西菜馆去吃了晚餐，又至大光明影戏院中看什么《风流寡妇》的影片。直到十点钟方才回来。一天工夫，坐着汽车，赶东赶西，使我头脑子里觉得昏沉沉的，我真是疲乏极了，以后再也不高兴跟他出去了。而且最遗憾的，累你白白守候了许多时候，我怎生对得起你呢？若是你早一日先写个信儿给我，我知道你要前来时，随便怎样我总不出去的了。现在你要怪我吗？恨我吗？”淑贞说到这里，眼圈儿一红，像要哭出来的样子。

青萍听了，以前的怨恨完全化为乌有，心中反觉有些不忍，无端使伊受了委屈，便喝了一口开水，很诚恳地说道：“我怪你作甚？这都是我的不好，倘然我预先写了一封信给你时，你也不至于出外去游玩一天了，这也是我自取其咎。今日见了你的面，很是快活，昨日的事大家说过了，不要提起吧。”

淑贞道：“我总觉得有些对不起你，所以昨夜回来时，黄女士告诉了我，我心里便十二分的不安宁，不知你住在何处，心里怎样怪怨我，今天要不要到来，想了好多时候，竟睡不成眠了。直到黎明时，倒睡着了一个多钟头。”

青萍道：“这样又累你欠睡了，你的玉体近来觉得如何？前次你有清恙时，我接到你写来的信，一颗心悬悬于你，只恨不能够抽身前来探望，后来你又来信告诉我说好些了，方才稍慰。想那时候你一个人在外卧病，乏人照料，当然是倍觉凄凉的。现在天气已寒，希望淑妹更要善自珍卫。”

淑贞听了，点点头道：“多谢萍哥垂注，这几天我的精神似乎还好，夜间也刺绣二三时，然后安睡。”

青萍道：“你还要做夜生活吗？太辛苦了，你在此待遇很好的，金钱果然是多多益善。但是身体方面也不可不顾到的，近日苏州家里可有信来吗？”

淑贞答道：“前天我弟弟写来一封信，他们身体尚都安康，不过我母亲因我不在伊的身边，常要思念，希望我回家去一趟，这可见得慈母之心了。”

青萍点点头道：“对的，伯母是非常疼惜儿女的，淑妹也是孝思不匮，我心里常常因之感动。”

淑贞微笑道：“我孝什么呢？”

青萍笑笑，又道：“我想同你到外边去好吗？”

淑贞道："萍哥，你要我到什么地方去呢?"

青萍道："老实说，昨天我若会见了你，很想同你到苏州去一趟，但是今日却已来不及了，晚上我就要回松江去的。此刻时候不早，我同你到外边去吃饭，游玩半天可好?"

淑贞本来今天不想再出外了，但青萍来了，昨晚已是大大对不起他，此时怎好再行拒绝呢? 遂说道："你要我出去，我就同你出去走走吧，不过我是阿木林，一些儿不懂的，你说到哪里去就到哪里去便了。"

青萍笑道："不要客气，凡是初到上海来的人，大都要先挨受这个雅号，但是像淑妹聪明的人，不到一年半载也就不再做阿木林了。"

淑贞微笑道："恐怕不见得吧?"遂立起身来，走到那边去，取了一面镜子，对着把头发又理了一下，脸上敷着一些白玉霜，然后把外面的罩衫脱下，露出里面那件紫酱软绸的皮旗袍。这是淑贞去年做的，尚不舍得穿在身上的呢。又走到床上去取过一件皮领的呢大衣披到身上去。

青萍便问道："这件大衣可是新制的吗?"

淑贞道："是买的现成货，今年的天气冷得很早，上海地方的风很大，老老少少都穿大衣，他们见我没有大衣，便叫我去购制，前星期黄女士陪我出去买来的。好的价钱太贵，我哪里买得起，就是极力凑钱买了下来，恐怕过了一年又不时兴了，因为大衣的式样年年在那里变换的呢。现在这一件虽然不好，却已花去我二十八块钱了，所以我想在晚上多赶些绣货，好多赚几个钱弥补弥补。萍哥，你要笑我一到上海便要学时髦吗?"

青萍道："这是应当要的，式样很好，穿在你的身上更是好了。"

淑贞笑了一笑说道："那么我们去吧。"

青萍说声是，身子也就立起，陪着淑贞走到室外。淑贞把门锁上了，双手向大衣袋里一插，陪着青萍走下楼来。正逢黄女士从楼下走到楼上来，见了青萍，便点点头笑道："来了吗? 你托我说的话，我已告诉了季小姐，今天你们俩可去畅游一下了。"

青萍道："谢谢你。"

淑贞不说什么，只同伊说声再会，跟青萍走到门外。又问道:

"萍哥，我们到什么地方去？"

青萍道："我们仍旧到老半斋去吧。"于是两人坐着车子到得三马路老半斋。进去拣了一个座头，点了几样菜，慢慢地吃起来。

青萍对淑贞说道："昨天淑妹吃了整桌的中菜，又吃过西菜，今天吃的真是上海人所说的桂花得很，只好算作经济的饭菜。"

淑贞正把筷子夹着菜吃，听了这话，又放下筷说道："萍哥言重了，我是不论什么都吃的，在我看来已是很好的了。你不要说这种话吧，我一向的为人是怎样的，你大概也已深知。不过我屡次叨扰你，没有报答，此刻这一饭之费由我做个东吧。"

青萍道："你何必同我客气，我叫你出来吃饭的，当然是我请。"

淑贞笑道："不是这样讲，目下我在上海做事，你是宾，我是主了。我常常吃你的，难道我不好请还你一次吗？"

青萍摇摇手道："不要不要，等到将来你再请还我，我们俩真所谓来日方长呢，何必客气。"

淑贞听了这话，脸上又是一红，侍者又送上一样菜来，青萍忙说请用请用。

一会儿二人将饭吃毕，青萍付去了账，同淑贞仍坐在室中喝茶，淑贞忽然指着青萍颈上围的那条栗色的绒绳围巾问道："这个织得很好，不像店上卖的，谁和你做的啊？"

青萍答道："是……"他刚才说了一个是字，觉得自己万万不能说出这是沈云英送的，以致引起伊的猜疑，非前途之福，只得瞒过吧。遂顿了一顿又说道："是从一家店上买来的，淑妹怎说不像呢？"

淑贞道："我因为店里织的大都没有这样精致美妙，所以问一声。我也代你织得一件青灰绒绳的内衣，使你身上可以加暖一些，因你身上的绒线衫已旧了，恐怕不暖热，换一件新的穿吧。"

青萍道："谢谢淑妹的美意，你不是很忙的吗？又要费了功夫代我织这东西。"

淑贞道："我在监督和指导的时候，手里倒常空着，做得一些儿也不费力。现在已织成了，少停请你带去吧。"

青萍谢了又谢，隔了一歇又道："我们不要老坐在这里吧，此刻不过一点钟，我们且到外边去随意走走，三点钟时我们再到南京大戏院看影戏，好不好？"说着话打了一个呵欠。

淑贞道:"今天我总奉陪,只是又要使萍哥破钞了。"

青萍道:"难得出去消遣消遣,也是人生生活上不可缺少的调剂,况且我们有限制的,花不了许多钱。"一边说一边立起身,代淑贞穿上大衣,一同并肩走出了老半斋。在人行道上慢慢地走着,转了一个弯,往南行去。不多时已到了四马路,那边书肆林立,都标着大廉价的广告。青萍遂和淑贞走到一家书局里去观看。

青萍是一向有书癖的,眼前有了许多书籍,他再也不舍得空手而回了,便买了两种文艺上的书以及一本杂志。他又因淑贞喜看小说的,所以也买了两部新小说和一本女子月刊,送给淑贞,淑贞伊快活地接受了。伊自己又掏出钱来,购了一些形式美丽的信笺信封,以及文具用品等,预备新年回去送给弟妹的。

他们在书局里耽搁了好多时候,已近三点钟了。青萍遂喊了车子,和淑贞一同坐到了南京大戏院,购了票进去坐定。他们今日看的乃是一部西方的有声影片,唤作《金缕曲》。淑贞看得津津有味,觉得昨日今朝大不同,昨天和梅良一同坐在大光明,不知怎样的自己好像如坐针毡,心头不得安宁。而梅良偏又十二分地向伊献殷勤,时常把他的头凑到伊的耳朵边来,刺刺地讲个不休。若非为了他是经理先生的缘故,自己早已向外一走了。今天却换了一个心上的人儿坐在身边,心头便觉得十分愉快了。

一会儿电影映毕,观客纷纷离座,伊似乎觉得今天电影映演的时间为什么特别的短,然而在青萍的手表上已是五点一刻了。

青萍道:"淑妹我送你回去吧。"

淑贞很不自然地点点头,一同走出戏院来。刚才踏到石级上,忽听背后有人娇声唤道:"淑贞,你也在这里看戏吗?"

淑贞不防此地有人招呼伊的,回头一看,原来就是秦凯的女儿巾英,见她身上披着一件灰背大衣,白绒手套,脚踏一双黑色高跟皮鞋,头发烫得蓬蓬松松,好像一个狮子头。脸上涂得红是红,白是白,十分妖艳。身边还立着一个西装少年,却不是何有才。

淑贞只得立定了脚步,也叫应一声。巾英走到伊的身边问道:"你不是苏州的吗?怎样到上海来?现在你们是不是仍住在原处?"

淑贞便把自己来海上谋生活的情形约略告诉了几句。巾英点点头道:"很好,你的刺绣技能有独到之处,不愁无哚饭地。"一边说,一边瞧着青萍，又问道："这位是谁？是不是你的未……"

巾英问到这一句虽然缩住，淑贞的脸上早已飞起两朵红云，嗫嗫着答道："他是我的表兄，姓宋。"

巾英带着笑向青萍点点头道："宋先生。"

青萍在旁听她们讲话，知道这位就是大名鼎鼎的秦巾英，也就点头答礼。淑贞假装着痴呆，向巾英问道："你可是同何先生到上海来游玩的吗？"

巾英闻言，不由一怔："什么何先生，你难道不知我早已和何有才离婚了吗？我想你总知道的吧。那厮真是个坏坯子，不要脸的，爱情不能专一，一味欺骗人家。谁知道他在和我结婚的以前，早已同一个金阊亭畔的卖花女子发生了肉体上的关系，租着小房子，住在三六湾呢。他以为我瞒在鼓里，一些儿也不知晓的，时常背着我偷偷摸摸地到那边去欢会。我究竟不是没有眼睛耳朵的人，后来被我知道了，真是气不过他，便带了人到那儿去打一个落花流水，也叫他们识得我的厉害。现在我已和那厮离去了，彼此男婚女嫁，各不干涉。我是不瞒人的，像何有才这种人，也不在我的眼里，离去一百个，只当五十对。新时代的妇女岂能受男子的欺侮吗？这样还是便宜了他，这里一位是我新认得的好朋友，他是正中铁厂的小开小钱。"

巾英说着话，那小钱已走过来，向二人点点头。淑贞也不知道小钱名唤什么，遂叫了一声钱先生。巾英又对淑贞道："现在耽搁在亨利路亨利村一个女同学家中，说不定出月我要到你公司里来看你，因为我也许要在这个年底和他结婚了，仍想拜托你绣一些东西。"

淑贞笑笑道："原来又要大喜了，很好。我们公司里对于这种绣货也有现成，若要定绣也可以。"

巾英道："那么稍缓我一准要来有劳你的，再会吧。"说毕，遂和小钱携着手走到左边去，早有一辆簇新的轿式黑牌汽车靠拢来。

淑贞看两人跳上汽车去了，便回头来对青萍说道："想不到在这里遇见了伊，原来伊又要嫁人了，却不知伊说的小钱，比较何有才是否后来居上。萍哥，你听巾英说的话以为如何？"

青萍道："伊倒是很干脆的，不愧是个新女子。可惜……"说到这里，顿了一顿。

淑贞一边走一边问道："可惜什么？"

青萍道："可惜伊对于婚姻问题似乎完全出于一种感情用事，太不措意了。其实伊不知与其贻悔于后，何不审慎于先，这并非是一种普通的买卖可以马马虎虎的，不过伊还是很爽快而有胆量的人，否则一辈子忍着痛苦，悔之不及了。"

淑贞听了青萍的话，却一声儿不响，跟着走到马路上。青萍便又雇了人力车送淑贞回转公司，重到淑贞室中去坐着闲谈一会儿。觉得在这个半天之内，很有兴致，昨天的不愉快早已消灭了。

看看时候已是六点钟，青萍便要告辞。淑贞遂从箧中取出那件织就的绒线衫来，将一张报纸包好了，双手递与青萍道："天气已冷，萍哥回去后就换上吧，但不知可能称身。"

青萍接过去谢道："多蒙淑妹惠赐寒衣，这是费了淑妹的精神，一针一针织就的，我穿在身上，更当体贴到淑妹爱我之意了，愿淑妹珍重。我在新年元旦再来伴你一同回乡。"

淑贞点点头，青萍遂挟了绒线衫，和自己买来的书籍，上前和淑贞握手道别。淑贞伸着柔荑，让青萍握住了，说道："萍哥，你的身子也要保重。我在这里很安适，无事也不出外，请你放心勿念。"

青萍道："这是最好了。"握着淑贞软绵绵的玉手，紧紧地摇了两摇，放下了，走出室去。

淑贞在后送出来，走下楼梯，瞧见那边经理室中电灯已亮。青萍道："梅良大概已回来了，他也住在公司里的吗？"

淑贞道："是的，他住在靠阳台前面的一个房间里，我和黄女士都住在前边。那梅良在晚上不是一个人饮酒，便是到外边去。听说他常要上跳舞场的，这个人似乎有些荒唐。我到夜间自己做些刺绣，有时黄女士到我房里来闲谈一番，然后安睡。现在你要去见见梅良吗？"

青萍摇摇头道："不必了。"

二人正说着话，那边室门一启，梅良早走了出来，一见二人，连忙带着笑上前招呼。他对青萍说道："昨天兄弟在外边宴请公司职员，又因季小姐初到上海，一趟也没有出去游玩过，所以乘着大家有暇，聊伴一游，看了影戏而回。不料宋先生来过的，抱歉得很。今天你们可曾游玩什么地方？"

淑贞道："我们也没有到哪里去，只看了一回影戏。"

青萍不得不和梅良敷衍几句，问问公司里的营业状况。梅良很欣然地告诉他，目下外国的订货很多，营业大有希望，倘能再有进步，便要再想扩充。季小姐在此办事十分认真，下一个月恐怕可以加些薪水。只要公司有利可获，大家欢喜。梅良说了这话，对淑贞微微一笑，露出很得意的样子。青萍一则不能多耽搁时候，二则不欲和梅良多谈，便说道："此刻我还要赶火车去哩，再会吧。"向梅良点点头回身就走。

梅良和淑贞跟在后面，一同送到门外。青萍喊得一辆车儿，回转头来，又对淑贞说道："淑妹进去吧，行再相见。"跳上车便叫车夫快些赶到火车站去。不过心里怅怅地如有所失，晚餐便在火车上吃了。

回转校中时也不去惊动他人，坐在自己寝室中，将昨今两天的事细细思量，觉得淑贞和自己的感情依然很好。伊的性情是十分贤淑而真挚的，我当然不该起疑。但是梅良那厮恐怕未必见得是一个忠实谨厚的君子，像西人所说的绅士 gentleman 态度吧？并且他也住在公司宿舍里的，和淑贞朝夕相见，亲近起来不是很容易的吗？淑贞的位置很好，但环境似乎不见得好吧。既思淑贞和自己已有相当的情爱，伊是和外面浪漫女子不同的，不贪荣华。以前能够拒绝秦家的要求，这是最好的试金石。我不必为了伊和梅良出游一次，便在背后生出疑云来，加以妄测。只要对于我们俩的婚事早谋妥定了就是了。他想了一会儿，便丢开念头，取出他买来的书看了数页。因为昨夜没有安眠，呵欠连连，所以抛下书，便作华胥之游了。

次日起身，便换上淑贞送的那件绒线衫，穿在身上，不长不短，不宽不紧。暗想：我不过是个矮人子，又是孤儿，无才无能，偏逢红粉多情，加以青眼，既有云英织赠围巾于先，又有淑贞送绒线衫于后，是不是我的艳福呢？然而前途还是渺茫，谬职教鞭，毫无建树，虽想再去读大学，研究些有用之学，将来可以为国家社会不无小补。然而一时也难以如我之愿，我须要尽力去奋斗呢。

听得早晚钟声响动，便挟着书出去了。在饭厅里遇着沈云英，彼此含笑说了一声早安。云英又向他问道："密斯脱宋，海上之游乐乎？"

青萍以为云英无意间和自己说着玩的，很淡淡地说道："没有什么快乐，匆匆三两天光阴，我到哪儿去玩呢？"

云英道："这自然不及将来返里度岁之乐了。"

青萍笑了一笑，大家就用早餐，餐毕就到教员室里去了。

冬天的光阴日曜甚短，过得很快，转瞬已至新年。青萍因为有十天没接到淑贞的信了，心里难免格外挂念，好容易盼望到元旦的早晨，他就带了一只小网篮，放了一些预备的东西，急急地坐车赶到上海去。至于唐校长等却被沈云英约到嘉兴去游玩。这一次云英没有向青萍邀请。青萍别有目的，也不措意，以为云英早知自己要回苏州的，所以不来约他了。

他到了上海，坐着人力车赶到刺绣公司时，暗想这一遭淑贞总不至于又到别地方去了。果然淑贞守候在公司里，一见青萍前来，相见之后不胜快慰。他们预备坐十二点五十分的快车回苏州的，所以淑贞已将自己要带回去的东西预备在身边。于是二人午饭也不及吃了，马上坐车至站，购了两张三等票，登车返苏。

在途中的时候，二人随意闲谈，淑贞告诉青萍说，伊的月薪在今年起加了十五元，这是公司里一种特殊的待遇。青萍听了自然欢喜，但又闻梅良因为黄女士缺乏办事能力，已在岁底将伊停职，指导之责完全归淑贞一人担任，那么淑贞的事务要比较忙一些，而且少了一个女同伴，似乎又不便当些了。

到得苏州，二人下了车，雇了人力车，坐着进城。一会儿家门在望了，青萍心中真有说不出的喜悦。车子到得门前停住，恰巧淑清和友佳开门出来，一见二人，淑清早喊道："大姐姐和萍哥一起回来了，我去告诉母亲。"立刻先回身奔进去。

友佳帮着淑贞携物，青萍付去了车钱，一同走进去。只见淑贞的母亲从客堂里走出来，头上戴一顶绒线帽，身上穿一件黑色绉纱的旧棉旗袍，笑嘻嘻地对二人说道："你们回来了，都好吗？我真是无时无刻不挂念你们的，今天是不是宋少爷打从松江先到上海，陪淑贞回来的吗？淑贞友佳兄妹俩听说今天你们要回来，他们非常快活，吃过了午饭，到门口来探候七八次了，这一遭果然被他们候到了。天气很寒，到里边坐吧。"

青萍和淑贞都向伊叫应了，走到里面放下物件。大家坐定，青

224

萍便问淑贞的母亲身体可好，又问问友佳在学校里的状况。淑贞的母亲却和淑贞絮絮地问起公司中的情形，听得女儿位置很好，进去不多时候又加了薪，很得经理的信任，自然不胜快慰。但是淑贞却似乎并不觉得怎样的高兴，不过老母无恙，弟妹皆好，心头因之稍慰。伊就将带来的东西分送给友佳淑清，二人更是快活。淑贞又购得一件锦地绸的衣料和一斤丝绵，奉给伊母亲，预备做丝绵旗袍的。淑贞的母亲更觉得伊女儿一片孝心，十分可爱。青萍也将松江买来的土产和以前云英送给伊的食物，他没有吃的，也一齐送给淑贞的母亲，又将两丈杭纺送给淑贞。淑贞母女俩谢了收下。

不多时天色已黑，淑贞的母亲去掌上灯来，淑贞回到房里去，友佳淑清也跟着他们的姐姐进房。青萍也回自己房里休息。又隔得一会儿，淑贞的母亲已将晚餐烧好，请青萍出来吃。淑贞友佳淑清一齐到下去帮着把菜肴搬出来，摆满了一桌子。

青萍道："伯母太辛苦了，我们都是自己人，何必很忙的，烧了这许多菜。"

淑贞的母亲带笑说道："前天淑贞寄了钱来，且有信告诉我道国历元旦必要回家，宋少爷也一准相伴回来的，因此我很快活，特地预备了几样菜，大家欢叙一下，有几样菜还是昨天就煮好的。"说着话，又指着左边的一碗菜心红烧狮子头，说道："这是我做的肉圆，我们吃了团团圆圆。"

青萍不由瞧着淑贞微微一笑。淑贞的母亲又道："这火腿白烧鸭是宋少爷爱吃的，还有那盐水大虾，是因为淑贞到了上海，恐怕不易吃到，在上海鱼和虾不是价值都很贵而又不新鲜吗？包饭作里的饭菜绝不会有这种虾的。"

青萍和淑贞听了，也觉得老人家爱惜小辈，样样都想得到的，遂谢了几声，大家坐下一同吃饭。淑贞的母亲又把一只筷子夹了许多菜给二人吃。

饭后淑贞罩上一件罩衫，帮着伊母亲洗碗盏，伊母亲不要伊动手，叫伊去坐。但是淑贞一定要来帮忙，不欲老人家一个儿费力。青萍坐在外边和友佳淑清等闲谈一番。少停淑贞走出来了，一同坐着闲话。但青萍觉得今天淑贞的脸上暗藏着一层忧郁，处处跟着人家勉强欢笑，和自己交谈时淡淡地很乏意兴。因为留心细瞧伊的纤细双眉，时时紧蹙，这是不可掩饰的。只不知伊心里究竟为的何事？照常情讲起来，伊今天回家，当然应该快快活活的了。所以背地里不免有一些怀疑，很想得间探探淑贞的心思，却苦没有机会。因为淑贞的母亲收拾了出来，只顾和伊女儿讲话，好像数年没有见面，一时讲不完胸中的话，青萍反觉说话的机会较少了。

看看时候已过十点钟，淑贞打了两个呵欠，伊母亲就说道："今天你们坐了火车，大概有些疲倦，不如早睡吧。"

于是淑贞点点头，立起身来和青萍道了晚安，走进伊的房去。跟着淑贞的母亲和友佳淑清一齐进去了。青萍却独自一个人掌了盏灯，回到他自己的房里去。瞧见了壁上自己一人的影子，心里便觉得有些怅惘，想起了他地下的老父，不知魂归何处，亲恩难报。又想念着他漂泊天涯的姐姐，手足分离，难聚一处，更是平添不少凄惶的情绪。寒风鼓窗，夜气更冷，他只得微微叹了一口气，自到床上去安寝。

那边淑贞到了房里，又讲了一刻话，友佳淑清都睡了，唯有伊和伊的母亲同睡在一张床上，依旧滔滔不绝地讲话。淑贞问起乡下的淑顺，淑贞的母亲便淌着眼泪说道："提起了淑顺，真是使我痛心。听说董家的老头儿已死了，虽然疯人活着也是无用，可是他总是一个主人，家中主人死了，一切的事情更是七颠八倒，做不起人家了。那老太婆只会欺着小媳妇，压迫着伊一天到晚地做事。他们小夫妇又不对的，淑顺虽然苦头吃得袜底深，却无处去告诉。可怜的淑顺，伊竟和他家的老黄牛一样了，这都是我害伊的，我虽想去接伊来住几天，但是至今还没有实行，且不知那老太婆可肯答应呢？"

淑贞听了，眼圈儿又不觉红着，对伊母亲说道："二妹最是可怜，我们虽然说苦，但是和伊一比较，却又天渊之隔了。我们都在自己母亲膝下，你老人家是何等地爱护我们。"

淑贞的母亲说道："当初你父亲死后，我一个人要扶养你们四个小儿，实在不是容易的事。现在我年纪老了，已不中用，全仗你帮助支持这人家了。不过淑顺早已给了人家，悔之不及哩。"

淑贞道："母亲的苦楚我都知道，照理现在年纪渐老，应该节省精神，稍得优游自在，可是环境还不许。我只希望弟弟将来长大了，

226

母亲可以享一些福。弟弟读书很用功，很知苦辣，也能孝顺母亲，大约将来不至于使你失望吧。请你不要伤心，我另外交给你五块钱，隔一天你去买一些用得着的东西，到蠡市去探望一遭，看看二妹作何光景。倘然能够接伊回家住几天，自然更好，万一不能如愿，安慰安慰伊也是好的。"

淑贞的母亲道："你赚的钱也是有限，在外也要做些衣服，况且前天你已将家用寄来了。若再拿出钱来，这个月里你不要缺乏钱用吗？"

淑贞道："不要紧的，我现在自己带做夜工，再可以得些钱的，母亲，你不必代我顾虑。"

淑贞的母亲答应一声，心里觉得自己的女儿真是能够尽孝的，也不枉以前的一番吃苦了。母女二人直谈到一点多钟，方才各自睡着。

次日上午青萍出去探望几个朋友，午时回家吃过了饭，便陪伴淑清友佳出去观电影。淑贞不欲出去，伊情愿在家里和伊母亲讲话，因为明天便要回上海了。

到五点多钟时，天色垂暮，青萍和友佳淑清看罢了电影回来，见淑贞不在客堂里，遂走到他自己的房中。友佳和淑清也走到房里去了。

青萍独自坐得一歇，见淑贞走进房来，手里拿着一封信，笑嘻嘻地向他说道："这里有封信，方才寄到，萍哥，你猜猜看是谁寄给你的？"

青萍闻言，不由一怔，暗想：这是谁来的信呢？难道沈云英有什么信来吗？偏偏被淑贞接到，这便糟了。所以踌躇着说道："你叫我猜吗？我哪里猜得着呢？请问是否男子手笔呢，还是女子写的？"

淑贞对青萍看了一眼，又咯咯一笑道："问得奇怪，难道你外面有女朋友吗？不错，是女子写给你的。"

青萍被淑贞这样一说，脸上不禁红起来，只得说道："哪里哪里，淑妹你不要和我闹玩笑，莫非是冯校长写给我的，请你给我一看，便知分晓。"

淑贞见青萍有些窘态，便把信轻轻放到他手掌里说道："你瞧吧，这不是女子写给你的吗？"

青萍连忙接过一看，不由笑起来道："呀，原来是我姐姐寄来的，伊为什么不寄到校中，又寄到家里来呢？"

淑贞道："这是很容易猜的，我同你说了是一个女子的，怎么你还猜不出是你的姐姐呢？"

青萍说道："我被你故意捣弄玄虚，就忘记了我姐姐，这不是笑话吗？伊来信不知说什么，待我拆开来看吧。"青萍一边说，一边撕开了信封，抽出一张信笺来，见上面写着道：

青萍弟弟：

有好多时候没有接到你的来信，使我非常的怀疑，驹光如驶，倏又隆冬，不知你的身体可好？近来教授之暇，可做些别的工作？请你快快告诉我一切，以免你漂泊天涯的姐姐苦念不已。屈指计算此信到达之日，当在岁尾年头，你大概要回到苏州的，所以我遂寄到家中了。很急切地盼望你的复音。

我自受打击之后，已改变了我的人生观。这几年来在外边奋斗，是极不容易的，倘然我要告诉你，不知要哭掉几包眼泪，便是你也一定要为了我而酸辛的。但是我要告诉你，天助自助者，到底我在这艰险困苦的环境里能够安然立足于社会上，我想在废历年底回到苏州来，瞧瞧故乡的情景，且和我亲爱的弟弟做一次久别后的重逢。谅你听到了这个消息，必然非常喜悦。我还要到老亡父墓前去拜祭一番。亲爱的弟弟，我和你是孤雏，是人间的不幸者，这个缺憾是再也不能补偿的了。只是我的罪孽更重，清夜自思，不禁泪下。唉，我想到了过去，真是没有一件事不使我伤感的啊。

亲爱的弟弟，还有一件事也是常悬在我心中而急欲早日确定的，就是你的婚姻问题。你奋斗到现在的地位，也是不容易的了，虽然你胸怀大志，并不以此自满，而再在谋你前途的发展，不过宋家只有我们姐弟二人了，我是不要说起了，只望你能够早早有了妻室，成一良好的家庭，那么我心里也可以得一些安慰。泉下双亲有知，也可含笑无憾。你要笑我头脑太旧了吗？你前次来信曾告诉我说，你和淑贞妹妹彼此有了很深固的爱情，而你又认为淑贞是你理想上的一个很好的妻子。不错，伊的性情是十分温和的，一些儿没有不良的习惯。听说伊的刺绣技能现在更有进步了，伊的母亲也是一个好人。两家住了多年，竟像自己人一样，你也常得她们的照顾，那么这真是很好的姻缘了。外间的一般摩登女子当然非我家妇，除了淑贞，很少合宜的人了。只是你们为什么迟迟地不早些宣布正式订婚呢？事不宜迟，我劝你早日定当吧。大概她们也赞成你的，让我回家时候来吃蜜糕，好不好？

信上写得似乎太多了，可是在我肚子里要说的话还不到十分之一，其余的留着回家和你细诉衷肠吧。即颂

康健

姐咏蘩手启

青萍将信默诵一遍，很快活地对淑贞说道："我姐姐要回来了。"

淑贞听了便道："真的吗？咏蘩姐在外边也有好多年不回来了，我一直在思念伊呢，伊究竟几时回来？"

青萍不加思索地将手中的信递给淑贞道："淑妹，你瞧吧。"

淑贞接在手里说道："你叫我看吗？我就看了。"说着话，遂展开信笺默诵着。但伊读到中间的一段，娇靥上顿时泛起两朵红云。读毕后，不声不响地将信还给了青萍，坐在椅子里，右臂倚在椅背上，两个指头支持了下颐，半侧着脸，似乎在那里想什么。

青萍见了伊这个光景，以为伊为了婚姻问题而含羞起来。伊虽和自己往常厮守在一块儿的，已有了情愫，但是总免不了儿女的情态。暗想自己一向蕴藏着的愿望，虽然已有七八分光景，可是还未实现，不免悬悬于心，难怪我姐姐为了我的婚姻问题而焦急，确乎是要早些解决为妙。我不如乘此机会，探探伊的意思也好。便慢慢地走到淑贞身边，低下头去柔声说道："淑妹，你看了这信有何感想？我们是相知在心的，不必明言，总之淑妹是我心里最敬爱的人。淑妹平日待我的一片深情厚谊，实在是感激得很的。只因自己马齿空加，而事业和学问毫无进步，不胜惭愧的。我所有的不过是一个

纯洁的心，完全要献给淑妹。如淑妹以为我俩已到了成熟时期，而没有其他问题的，那么形式上的事情也不可缺少，好使我姐姐也可以得到安慰，不知淑妹以为如何？"

青萍这几句话，虽然说得也婉约，然而无异向淑贞求婚，所以他说完了，两手下垂静静地立着，专等淑贞一启齿间便可到达情海的终点了。但淑贞怎样回答呢？伊的蛾首益发低下了，竟伏在手臂上，默默然地不答。伊口里虽然不说话，可是芳心之中却跳跃得非常厉害，又像起了波澜，不得安宁。

青萍等了一歇，见伊不回答，也不由一怔，难道淑贞这样娇羞的吗？伊以前又怎样对我披露衷肠的呢？自己话已说出来，只得再说一声道："淑妹淑妹，我说的话请你原谅，你若不以为忤的，请你点一下头便了。"

但是淑贞也不点头，依旧伏着不响。两肩微微有些耸动，似乎在那里暗暗啜泣。青萍觉得十分奇讶，瞧着这个样子，他不好再说下去了，背转身在室中踱了数步，又走到淑贞身边，见淑贞仍是这样，再也忍不住了，便用手去在淑贞皓腕上摇了数下，说道："淑妹你怎样？"

淑贞微微半抬起头，青萍已可瞧见淑贞的眼眶里泪珠莹然，真是猜不出所以然，想淑贞和自己已有了爱情，那么我现在所说的话一些儿也没有亵渎伊的地方，伊何至于默然不答？反而啜泣起来？难道伊以为受了委屈吗？或是有什么为难之处吗？真觉得奇哉怪也。此时的青萍竟弄得进退狼狈，不知怎样才好，把手搔着头，不胜惶惑。

良久良久，淑贞方才迸出两句话来道："萍哥，你原谅我的，此时恕我不能回答你。"

青萍听了这话，更觉得奇异，自己以为没有问题的事，不料现在却生了问题了。否则伊为什么此时尚不能回答我呢？他这样想着，淑贞说了两句话，却又低倒了头拈弄手帕。

天色已黑下来，淑贞的母亲掌了一盏灯走进房来，带笑说道："天黑了，你们竟坐在黑暗里讲话吗？"

淑贞手里的一块手帕不觉落到地上，连忙俯身下去拾起手帕。青萍也过来谢了一声，接了灯，放到桌子上，因此淑贞的母亲丝毫未曾觉察，回身走出去。两人又静默了一会儿，青萍觉得常是这个样子也很不妥的，只好把这问题暂时搁起再说，遂和淑贞讲些别的话，想把方才的事泯灭。恰巧淑清和友佳都走进房来，和青萍讲起方才看的电影。于是淑贞趁这当儿立起身来，走回自己房里去了。

晚餐时大家出来一同坐着吃饭，青萍偷看淑贞的脸上，眼圈儿很红，双眉更是紧蹙，似乎伊回房去又偷偷哭过的，心里觉得莫名其妙，就是伊不欲答应我，何必要这样不快活呢？女儿的心理真是难以捉摸的了。

淑贞的母亲瞧见了，也很奇异地问道："淑贞做什么？你刚才哭过的吗？"

淑贞勉强一笑道："我做什么哭？不过有一些灰尘沾在眼睛里，揉搓了好一会儿才好。"

淑贞的母亲以为伊女儿说的话是真的，也就不疑了。晚餐后，大家讲了一回话，各去安睡。

青萍回到自己房中，想想淑贞方才的情景，终是不解。自己因为读了姐姐的来函，乘机向伊进言，无论是谁，总以为水到渠成，良缘天谐，绝没有什么别的问题的了。哪知淑贞偏偏如此不自然，真是出于我的意料之外。伊好似有什么委屈的事，对于我们的婚姻问题有些迟疑了。然而伊为什么不很坦白地和我实说了，或者可以解决。现在瞧了伊那个样子，倒使我不好再行启齿了。青萍独自转了好久的念头，心中便有些闷闷不乐。一枕黄粱，梦魂里也是有些不安。

次日二人见了面，对于昨晚的事大家一句不提，各装出若无其事一般。但是这个痕迹已是不可澌灭了。午后青萍仍伴着淑贞坐了火车，赶回上海。送伊到了东方刺绣公司里，又在室中坐了闲谈一番，然后别了淑贞回松江去。

这三天光阴匆匆地过去，心里头却多了一件很难过的事，不知自己将要怎么办。又听得唐校长和云英等去游鸳湖回来，游踪所至，兴趣甚高，心中更觉惆怅。

隔了一日，他正想修书寄给淑贞，却又不知怎样下笔，忽然淑贞的信先来了。他忙拆开细阅，觉得淑贞这封信语句虽不多，而措辞十分动人，大略说伊前晚非常抱歉，正因伊心中自有苦衷，所以没有爽快答复，现在要请青萍原谅。末后又写些伊身世的可怜，对于青萍的前途勖励一番，希望他秉着以前的素志，努力进展，达到他的目的。但伊关于婚姻之事却没有一句肯定的话。虽然显出伊的好意，而青萍的心头依然未得解决。但遂写了一封复函寄去，也是空空洞洞地说了一番，又寄一函给伊的姐姐，欢迎伊早日回家一叙。

从此以后，青萍的心灵上起了一重云翳，没有以前的光明，所以他的态度也比较失去了活泼，每天除上课以外，其余的时候大都看书写字，也绝少和唐校长沈云英等一辈人周旋。

不知不觉又到了寒假，青萍便和校中同事聚了一回餐，束装返苏。路过上海，便去探望淑贞。却见淑贞面庞稍觉清瘦，遂问伊可有什么不适。淑贞却说没有，因为淑贞的公司里须要过了废历二十五日方才停工，所以青萍只得先行回苏。

淑贞的母亲见青萍回来，很是快活，特地烧些可口的小菜请他吃。友佳和淑清又都放了假，和青萍谈些学校中的生活。淑清尤盼望大姐姐早日归家。

但是隔了两天，大姐姐还没有来，而青萍的姐姐咏蘩却带着行李从香港回来了。姐弟相见后，好不快活。咏蘩见青萍数年之中更长得一表人才，他的面貌有五六分像父亲的，所以握着青萍的手，心中悲喜交集，不觉滴下泪来。青萍见伊的姐姐容貌比前老了一些，虽然还是二十多岁，然而看上去倒像三十以上的人了，可见他姐姐在外面的辛苦。身材本是瘦长的，现在却反胖了一些，小圆眼睛依然那个样子，却多了一副眼镜。

淑贞的母亲见了咏蘩，也是十二分地欢迎。咏蘩拿出些岭南的土产送给淑贞的母亲和友佳兄妹，且向他们道谢照顾伊弱弟的美意。淑贞的母亲说了许多客气话，且夸赞青萍怎样怎样的好，咏蘩听了自然格外快慰。淑贞的母亲又代咏蘩在青萍的卧房内搭了一张临时的床铺，以便咏蘩夜来安置。他们姐弟重逢，当然絮絮地说了许多话，各将近状细诉。

次日青萍陪着他的姐姐到外边去游玩了半天，认认久别后苏州的面目，觉得进步甚少。

又次日姐弟俩到乡间去扫墓，回来后，咏蘩便向青萍问起婚姻的问题。青萍一一告诉了咏蘩。

咏鬻道："我们不要问它有什么别的问题，我为你着想，应该可以早些定当了。不如等到淑贞回来后，待我去和伊的母亲商量此事，务要得到着落。好在淑贞的母亲对于此事也很赞成，绝不至于反对的。"

青萍听了咏鬻的话，却仍觉得有些未尽妥适之处，以为不如稍待。然而咏鬻的心里却渴欲在这废历岁尾年头的当儿，把弟弟的亲事早得解决，青萍也只得由他姐姐去一试了。

隔了两天，淑贞也回家了，大家团聚在一块儿，真是欢欢喜喜。咏鬻和淑贞常坐在一起闲谈，伊遂告诉青萍说，淑贞对于他感情很好，并无什么不满之处，大概这是总可以成功的。以前淑贞没有答应，也许是儿女子羞涩之态。但青萍仍不以为然。咏鬻很抱乐观，要想得闲去和淑贞的母亲一谈，却因她忙着过年过节，没有闲暇。

直到大除夕，淑贞的母亲空着无事了，友佳、淑清在下午各到他们的同学家里去玩了，青萍坐在房中看一本书，咏鬻走进室来对他说道："现在她们母女俩正在房中，待我去和她们谈谈这事，我总要吃了你的蜜糕，才能定心一点儿。"

青萍点点头道："姐姐必要如此，那么你去试试吧，我以为淑贞总有别的隐情呢。"

咏鬻笑了一笑道："弟弟放心，你在此等候好消息吧。"于是翩然而去。

青萍独坐着，心里很不定，虽然对着书看，却是视而不见。隔了良久，方见他姐姐走回来，忙问道："怎样了？"

咏鬻的脸上没有刚才的欣然了，摇摇头说道："你的见解是不差的，我太抱乐观了，事情真是没有理想上那样容易的。"说着话，又将纤手向空中画一个圆圈，叹口气说道："古人说画饼充饥，你和淑贞的婚事，看来也要像画饼一样了。好事多磨情难料，我终是一个不明白啊。"

233

第十五回

人约黄昏游词逆耳
瑕留白璧隐痛刺心

天下的事情往往有出乎常情的，这也是人生的变化吧。青萍同淑贞彼此的感情不可谓不深，可以说得是患难中的知交，二人的身世和地位彼此仿佛，淑贞的母亲对于青萍也是非常合意的，以为他是一个有志的青年，而又是知道稼穑艰难、不习浮华的好子弟，所以早有心要将淑贞许配给他。而淑贞的芳心也是好久贮藏了青萍，充满着纯洁的感情，绝没有第三者来分去伊的情爱。至于青萍也早认淑贞是他的心上人儿，所以虽有沈云英这样富而不欲、美而不佻的好女子，又有唐校长代他做媒，机会不可谓不好，而他很坚决地拒绝，可见他的心意完全倾向于淑贞，锲而不舍了。那么这重姻缘可以说得双方同意，绝无阻挠，早可以实现。而青萍的姐姐去向淑贞那边说项，也不过是一种形式上的事，当然可以一言而成。谁知青萍的姐姐咏繁说什么画饼充饥，好事多磨，竟会不能达到目的，这岂非是至可奇怪的事？无怪青萍当时听了他姐姐的说话，好似顶上浇了一勺冷水，使他大惑不解，失望到极点了。唉，青萍哪里知道淑贞心里自有伊不可告人的苦衷呢。

原来淑贞为求生活起见，经伊老师陆女士的介绍到了上海，在东方刺绣公司里任职以后，待遇很好，所有事务自己尚能对待得下，心里暗暗欢喜。伊得到一个很好的职业，可以将薪水去供给家用，帮助弟妹求学，可使老母肩上的负担卸下而得稍休。因此努力做事，一些儿不敢懈怠。经理梅良很欢喜伊，对于绣件的事情常常和伊商量，淑贞说的话完全听从。

淑贞虽然是公司里新雇用的，而因得经理的信任，在刺绣方面着实握有一些权力，后来居上，竟把那黄女士也压倒了。但是伊觉得梅良虽然待伊很好，而言语之间常露出轻薄的情景，毫不尊重，所以伊心里很有些不自然，对于梅良反而不敢亲近。

自从总理诞辰的前一天，伊被梅良邀着出去游玩了半天，直到黄昏始归，以致累青萍白守了半天，非常歉憾的。从此以后，伊决定不再跟梅良到任何地方去了，自己是个少女，又是孤身寄旅在外，一切不可不格外谨慎，免得瓜田李下，发生无谓的嫌疑。然而淑贞虽不欲和梅良亲近，而梅良偏偏要来和伊接近。

恰巧上海新到了一班海京伯马戏团，团中人才众多，虎豹狮象各种野兽搜罗得广多，演出的技艺也很有惊人之处，一向闻名海外的。上海人平日对于各种游艺都玩得有些腻烦了，换了新鲜的玩意儿看看，正合胃口。并且给好奇之心冲动了，所以马戏场人山人海，卖座大盛，大家都来看海京伯。连附近各地都有坐了火车轮船赶来瞧热闹的。于是马戏团的老板袋里麦克麦克，做了一场好生意，中国人的钱真是好骗，无怪大家都要争夺这个远东市场了。

梅良听得海京伯马戏团非常好看，如何肯失机会？在星期六的晚上，他就约淑贞一同前去观看。却不料淑贞推说头痛不能出外，梅良似信不信地只好罢休。到了明天再约伊去观看，淑贞不好再说头痛，只得说自己生性胆怯，不敢前去。梅良说了许多壮胆的话，见伊的态度很坚决，任凭你说得怎样天花乱坠，总是不答应，也就不再提起了。

淑贞坚拒了两回，对于梅良不觉有些歉然，恐怕梅良要恨伊。然而梅良一些儿没有见怪，依然和平常一样，黄昏的时候，梅良倘然不出去，常常要请淑贞到他的经理室中去谈话，而所谈的都是闲文，并非关于公司里的事。淑贞觉得非常讨厌，因为伊在夜间要抽出工夫来刺绣，可以在薪金之外多得些钱，谁高兴陪着梅良去闲谈呢。但因梅良是经理先生，不得以委屈一些，也是为了自己饭碗的关系，有时候也只得到那边去坐坐了。

这一天晚上，天气很冷，淑贞坐在自己宿舍里，低着头刺绣，忽听门上有人轻轻叩了两下，不觉蛾眉紧蹙，知道那个讨厌的东西又来缠搅了。伊只得高声问是谁，听外面答道："是我，季女士，有事奉请。"

淑贞放下针线，勉强立起身来，开了门，见梅良当门而立，伊只得说道："梅先生可有什么事吗？我正在赶绣那个总理遗像呢。"

梅良道："请季女士到我室中去谈谈可好？"

淑贞口里虽没有答应，只得熄了灯，走出房来，把门关上，跟着梅良走到了他的室中。经理室是生着火炉的，比较外面暖热得不少，梅良把门合上，指着火炉旁一张披着狐皮的沙发上说道："季女士请坐。"淑贞只得坐下。梅良便叫下人冲两杯咖啡茶来，他自己取出一支雪茄，燃上了火，衔在口里猛吸。坐在淑贞的对面，和淑贞随意谈话。

淑贞见这一遭又没有什么事，坐在这里实在没有意思，非但耗费光阴，而且如坐针毡的，一百二十个不愿意，忍着一肚皮的闷气，勉强带笑问道："梅先生，公司中可有事要吩咐我吗？"

梅良摇摇头道："没有什么要事。"一边说，一边取下雪茄，喷出一口烟气，把来夹在两指中间，向地下弹去些灰。

淑贞道："那么我要去了。"

梅良对伊瞧了一眼，说道："怎么你就要去了呢？"

淑贞道："我要紧绣好那东西。"

梅良道："季女士，你太辛苦了，天气这样冷，你房里又没有火炉，不怕冻坏手指吗？便在这里多坐一会儿吧，公司里近日营业很好，订货甚多，我想多招几个女工，好使出货来得快些。"

淑贞听梅良提起公司的事，不好走了，只得耐着性儿坐下，喝了一口咖啡，答道："既然订货过多，自当添雇女工，否则将要有应接不暇之虞了。不过此次若要添招女工，最好要录用素谙刺绣的人，因为现在这一班女工中间很有几个门径未窥的在内，需要人常常去指导，而且又不是心灵的人，对于出货上未免受其影响。"

梅良听了这话，将左手向膝上一拍道："对了，季女士说的都是切中弊病之言，上次招用女工是黄女士检定的。那黄女士本领浅薄，办事又很颟顸，我很不喜欢伊，所以再要延聘能者。恰逢陆女士介绍女士到此，使我们公司里得到一个人才，欣幸之至，所以我想下月一定可以加薪水给女士了。下次添用女工一事，可以由女士一人做主，黄女士不得顾问，也许我不久便要将伊辞去了。将来这里的事要完全仰仗你，请你多多帮忙，公司营业若得蒸蒸日上，我绝不忘记你的功劳的。"

淑贞听了梅良的一席话，便又着手说道："梅先生这样过誉，使我不胜惭愧，黄女士为人尚称诚实，做事也没有什么不当之处，梅先生倘然把伊停了职，恐怕像我这样经验薄弱的人独力难当吧。"

梅良哈哈笑道："季女士不要客气，我觉得你勇于任事，克勤克慎，必能胜任而愉快的。倘有困难的地方，我可尽力相助，我们彼此相知以心，请你不要见外就是了。"说罢，将雪茄又放在口里，吸了数下，笑嘻嘻地对着淑贞的脸上注视不释。

淑贞听梅良说什么相知以心，又说不要见外，暗想：你是经理先生，我是职员，凡是公司里的事在我范围之内的，你和我商量怎样去做，我自当尽力干去，责无旁贷，大家的对象是为了公司非为个人。况我来此任事期间尚不多，怎能说到相知以心呢？知心二字岂易谈到，除非青萍可以同我说这种话。伊想到这里，又想着了青萍，所以将粉颊贴在手背上，低下粉颈，默然无语。

梅良见淑贞这般情景，笑了一笑，又说道："季女士，我很敬重你的为人，你到了上海，竟能不喜浮华，视若无睹，一些儿没有上海摩登女子的习气，真是难能可贵。我前次约你出去看马戏，你总是托故不去，其实偶然逢场作戏，也是没有什么妨碍的，我常常代你想，一个人老是蛰伏在公司里边，足不出户，埋头刺绣，不要太感到寂寞吗？我以为娱乐足以调剂人生，一个人生在世上，工作当然是重要的，但是娱乐也不可少，它可以排除你的烦闷，娱悦你的耳目，使你心胸畅快，否则人生不是太无味而像荒旱的沙漠了吗？季女士，我劝你不要轻忽了娱乐。"

淑贞道："这是我的性情使然，并非矫情。"

梅良又道："即如我一个人寄旅在上海，日间做事时忙忙碌碌，倒也不觉得什么，但是一到晚上没事做的时候，便觉得异常的寂寞，不得不想找一些娱乐来调剂一下子了。然而上海这种地方醒醒得很，有许多不正当的娱乐，我是不愿意去寻的，宁可守在公司里和你谈谈了。倘然我在上海有了一个美满的小家庭，我就可以从公司里回去，不至于常常感到寂寞了。哈哈，老实说，你们女子耐得住寂寞，而我们男子却有些耐不住，你不知道上海之夜不知有许多人在那舞场青楼中胡天胡地地流连忘返呢。"

淑贞听了不响，伊心里又想：你对我谈这些话做什么？忍不住又想走了。

梅良却又接下去说道："季女士，照我现在的地位，在上海有个小家庭，也可以住一座小洋房，坐一辆雪佛兰，不愁没有钱用，那么何以不把家庭也搬到上海来，反而自己一个人冷冷清清地独宿在宿舍中呢？恐怕你也要有疑问了。我老实告诉你，我在家乡本来也有一个妻子的，生了一个女儿，早已夭殇，而我的妻子不守妇道，我和伊意见不合，所以在五年之前早已离婚。家中只有一个老母年纪大了，喜欢住在家乡，不愿意到上海来，我也不敢勉强伊，遂一个人来沪经商的。在家乡我们有很多的田地房屋，也是富有之家，便是这个公司所有的资本，大半也是我拿出来的。我因一个人不能饱食无事，老死牖下，所以决志到上海来。不过没有了家庭，使我心里总是得不到安慰，在这过去的五年之内，虽有许多人来代我做媒，然而我的意思对于家乡的女子都嫌愚蠢，而上海的女子又太活泼了，只有苏州的女子又温柔又秀丽，合乎我的理想的，然而一时也没有机会啊。季女士，你想我不是要早些得到一个良好的伴侣吗？"梅良说完了这话，一支雪茄也吸剩一个烟尾了，他就立起身来，把烟尾丢在痰盂里，回转身来向淑贞一望，只见伊脸上泛起两朵桃花，映着熊熊的火光，更觉娇艳了。

梅良在室中踱了几步，靠在写字台边，一手把他的夹鼻眼镜取下来，用一软绸小手帕一边揩着，一边又说道："提起了姻缘，真是很奇异的，若是无缘时便是勉强结合为夫妇，到后来也要离异，像我就是了。倘是有缘的，无论如何，逢着怎样的艰难挫折，到底是成功的。我有一个朋友，他起先和一个女同学有了恋爱，但是两边的家中都得不到同意，我的朋友后来便娶了别一个女子，而那女同学也跟着家人远赴蜀中去了。我的朋友以为这是一个大大的缺憾，虽女娲氏也不能采石补此一角缺陷的情天。谁知过了两年，我朋友的妻子忽然撄疾去世，而我那朋友的女同学忽又从蜀中回来了，别后重逢，悲喜交集，结果二人仍缔结了良缘。这样看来，三生石上定前缘的一句话也不是完全迷信了。只不知我和谁也在三生石上定过缘的，我等候好久了。"

淑贞听梅良絮絮叨叨地越说越不像样了，他这种话怎好同我说的呢？莫不是梅良有了歇斯底里病吗？我坐在这里更是无谓之至。遂立起身来说道："梅先生，时候不早了，早些安睡吧。"

梅良道："九点钟才打呢，早睡了要睡不着的，季女士再坐一会儿去吧。"

淑贞摇摇头道："不，此刻我很有些疲倦，请原谅，愿梅先生晚安。"淑贞说了，往外便走。

梅良不好意思拦阻，只得伸手把门一开，让淑贞走出去，还带着笑说道："季女士，天冷得很，回去不必刺绣了，公司里请努力帮忙，我一定增加你的薪水，绝不食言，你也须要体会我的好意啊。"

淑贞嘴里勉强迸出一个谢字来，还是半吞半吐的，向梅良点了头，回身走到楼上去了。伊刚才到房里，坐定后，心中兀自在那里怦怦跳动，却又听房门上有剥啄之声，不觉使伊心里大大惊异，暗想：我刚才回室，难道那厮又跟来了吗？真是讨厌，我将怎样对付他呢？遂带着不快的声音问道："是谁？我要睡了，不开开了。"

接着便听门外有人冷笑着说道："唉，你刚才开门的，怎么我来时却不开门了？是何道理？"淑贞方知这回来的乃是黄女士，连忙立起来，过去开门。

黄女士一闪身走了进来，顺手把门合上，站定了身子，对着淑贞脸上一阵紧瞧。淑贞被伊瞧得有些不好意思，只得说道："原来是你，恕我没有知道啊。"

黄女士微笑道："哦，我来惊扰你，这是我的不是，因为我对于刺绣的事有些地方来问问你。"

淑贞道："很好，请坐了再谈，但我是不懂什么的。"

黄女士道："不要客气，梅先生时常夸赞你好呢。"说着话便在沿窗一张椅子上坐下。淑贞坐在绣花架边，黄女士向伊问了几个问题，淑贞都回答了。黄女士道："谢谢你的指教，我实在是个笨伯。"

淑贞很诚恳地说道："我的经验尚浅，你何必同我说这种客气话，大家一样为公司服务，有事一同商量，何分彼此？"

黄女士点点头，又说道："刚才梅先生请你到经理室中去谈话的吗？谈得很长久，我是知道的，梅先生待你真好，你虽然来得不久，而梅先生对于你已待作心腹人，这是不可多得的良机。季小姐，你切不要错过啊，像我们是落伍的人了，什么都不中用。近来梅先生对我更是恶劣，他是喜欢年轻的人，所以你的前途幸福无量，我要向你恭喜一声了。"

淑贞听黄女士说的话，带有几分讽刺之意，心里更觉难过，遂勉强说道："我是年纪轻的人，自知很不解事。梅先生待我怎样，我也不大留意，只知道为公司而服务，除了职务以外的事一概不愿与闻的。"

黄女士道："那么方才梅先生请你去谈些什么？请你原谅，这是我不该问的。"

淑贞很不高兴地答道："也不过讲些公司里普通的事罢了，我早已说过什么都不懂的，梅先生偏喜欢要和我谈，其实我哪里有这种空闲的工夫呢。"

黄女士冷笑一声道："季小姐，你不要辜负人家的美意，你看梅先生和公司里别的人肯多谈一句话的吗？这是他看得起你。"

淑贞听了这话非常难受，可是一时又想不出什么话来回答，却鼓着小腮一声儿不响。黄女士又笑笑道："你请早些安睡吧，我不敢再打扰你了。"说罢立起身，道了一声晚安，走出房去了。

淑贞将门锁上，回转身来，把绣花架收拾一边，坐在沿窗桌子前，两手掩着脸，不由眼眶里流下两滴泪来，把足一跺，自言自语地说道："他们都来欺负我，我真是受不下的，不如回家去吧。梅良那厮方才说的话不伦不类，大概他对于我有些野心，所以这样有意我和亲近，种种地方表示好感。但他哪里知道我的性情不欢喜这样的，随便他待我怎样好，我这颗心绝不被他诱惑而活动。唉，世间卑鄙龌龊的男子真多。莫怪萍哥再三叮咛我说，人心鬼蜮，不可不严防啊。照这情景，我在此间做事不免有些危险。最讨厌的是他常要来邀我去谈话，自然要使黄女士生疑了。伊方才明明是有意讥刺我，我说不过伊，倘然伊停了职，一定要恨我呢。我离开了老母弟妹跑到上海来做事，一则为了我的生活，不得不向外奋斗，二则以为女子也应该得到一种职业，为社会使务，使经济可以独立。谁知女子投身在这个污浊的社会之中，实在不容易立足的啊。我若然不情愿受这种肮脏之气，还是到家中去吧。"

伊想到这里，眼泪扑簌簌地落下来。又想这件事可要和青萍商量一下呢？但青萍上次来沪的时候，偏逢自己被梅良邀着出去游玩了大半天，以致累青萍白守了好多时候，瞧他对于我的情形，虽然表面上没有什么差别，可是在他的心里不免总有些猜疑，而我也一时解释不清的。所幸我们俩多年相交，相知以心，也许他还能容忍的。我也以为事实胜于雄辩，只要我现在再把梅良对于我的种种情形详细告诉给他听，不是反足以增加他的猜疑吗？他将怎样代我做证呢？这样看来，也有些不妥的。最稳妥的一条路，只有我立即向梅良辞职，离开这个公司，那么梅良也无所施展他的鬼蜮伎俩了。

淑贞想到这里，辞职之念跃跃欲动，但是一转念间，觉得这事不得不慎重考虑的，自己跑到上海来为的是什么？岂非为了生活而挣扎吗？在家中虽然也好刺绣，但是经过放绣货的一重压榨之后，值得的绣件也很难得。况且不是常有做的，哪里有这里的地位好呢？人家要谋我的地位的很多，一时也不容易找到，现在外边失业的人，又是这样的多。我既已得到了这地位，弃之可惜。倘然我一旦束装言旋，不要我家里的老母为我担忧吗？且陆师那边没有知道这事的真相，倘见我辞职不做，一定也要大惑不解的，我如何能够把这种事去告诉人家，以后休想人家代我介绍了。何况在最近期间内又有加薪的希望，怎好丢了走呢？唉，我为了生活的问题，也不得不暂时隐忍着，再看后来吧。我只要抱定宗旨不受那厮的诱惑便了。淑贞这样想着，于是伊起先想要辞职的勇气渐渐馁缩下去，不敢孟浪从事了。

伊伏在桌上，想了好久，心里总是气闷不过，寒风敲窗，夜色渐深，四围人声静寂，只有马路中间有汽车上的喇叭声。于是伊懒懒地解衣上床，熄了灯，拥衾而睡。梦魂中也不胜懊恼呢。

次日上午，淑贞仍照常监督着女工刺绣。黄女士也在一边，淑贞见伊和自己的态度很见冷淡，暗想：我对你很诚恳的，为什么你也要妒忌我？岂知梅良和我亲近，并不是我欢迎的事，况且你的本领确乎是不及我啊。好在梅良不久也要将你辞掉了，恐怕你还没有知道，何必同我苦苦作对呢？

伊正在思想，忽见下人上楼来报称有一位女客要见季小姐，淑贞听说不知是谁，自己在上海并无什么戚友，这人从何而来？且是见了面再说。遂走到楼下会客室里一看，里面站着一个很摩登的女子，原来就是秦巾英，方才想起了前日在电影院门前遇见的一回事，便进去含笑相见。

巾英道："我今天特来看你是要定些绣货，不过期限很短促的，因为我不久就要结婚了。"

淑贞答道："可以遵命，从速赶绣。"

巾英道："让我先来参观你们的刺绣部是怎样的。"

淑贞道："秦女士要参观吗？我当引导。"于是淑贞陪着巾英走到楼上去参观。大家见淑贞引导着一个富家的女子来，都很注意。巾英瞧了一眼，便到淑贞房里去坐谈，商量各种绣件。淑贞知道巾英是有钱而喜欢奢华的人，所以这样那样地代伊设计。巾英一件一件地定下，结算起来，已有一千七百金。

这时候梅良忽然从发行部回来，听人说来了一位订货的女客，马上跑来相见，把巾英招待到他自己经理室中去。又听淑贞告诉他说这位便是苏州秦凯军长的独生女，已向公司里定了一千七百元的绣货，于是对于巾英更是恭维。又在巾英面前大吹一回法螺，要请巾英出去吃饭。巾英是在外交际惯的，人家诚意要请伊吃饭，何必客气呢，遂一口答应。

梅良便邀淑贞陪着同去，淑贞推说公司事忙，不克分身。但巾英也要伊一同去，且说道："你若不去，那么我也不必去了。"

梅良乘机对淑贞说道："季女士，你一起去吧，你倘然不去，秦小姐没得人陪，也就去不成了，不是要失去我们公司的敬意了吗？"

淑贞碍着巾英的情面，不好再说不去。巾英很爽快地从身边取出一张五百元的银行支票，交给梅良作为定钱。梅良写了收条，又开明了各件东西，留了底钱，然后交给巾英。这样时候已近午刻，他遂陪着巾英和淑贞一同出了公司，坐着汽车，到大西洋餐馆去吃大菜。

巾英一些儿也不客气，吃了喝了，谈笑自如。淑贞坐在一边相陪，却很不自然。巾英知道淑贞不是交际场中的女子，也不以为奇。饱餐了一顿，遂约期再来看货，告辞而去。梅良要想趁此机会和淑贞出去游玩，但淑贞再三推辞，要赶紧回公司。梅良只得仍用汽车送淑贞回转公司，且许淑贞对于这项生意给淑贞百分之五的回佣，以酬伊的介绍。淑贞不肯接受，梅良却一定要送给伊，先给了伊五十块钱。淑贞回到楼上时，黄女士早已知道伊介绍得一批生意，格外有些妒忌，一句话也不问。淑贞也并不自喜，照常工作。

到得国历年底，淑贞果然加了薪，而黄女士也被梅良辞歇了。黄女士去后，刺绣部中完全由淑贞一人主事。虽然忙些，然而淑贞做事勤奋，也不过如此。巾英所定的绣货早已完工，巾英前来付余款，把绣货取去，还请淑贞到时去吃喜酒呢。

淑贞在公司里待遇虽觉增进，然而因为梅良常要和伊来厮缠，使伊心里不快，但也不能去告诉人家，只好忍在心头。暗想过了废历新年，或者托青萍在上海找得一个寄宿之处，自己不住在公司里，那么可以避去梅良的纠缠了。听人家说，上海有女子公寓，专供旅沪妇女寄宿的。又有妇女青年会，也可寄居的，只是不知道在什么地方，内容又是如何的，以后问了青萍再说吧。所以伊只望快快到了废历新年，公司里放了假，回去和青萍细细讨论这事。不过有些话也不能完全实说，恐惹起他的猜疑了。

有一天天气阴霾，在放工的时候，梅良已从发行部回来，又请淑贞到他的经理室中去谈话。问起淑贞绣的总理遗像，淑贞回答说再有三天工夫便可竣事。梅良遂说三四月里在美国芝加哥要开个万国博览会，可以将淑贞绣的总理遗像送去陈列，必能获奖，把淑贞夸赞一番，淑贞却很淡然。

讲了一刻话，淑贞要想走回房去，梅良却对伊说道："今天我请你到杏花楼去吃晚饭可好？"

淑贞暗想：又来了。连忙谢绝不去。梅良道："今晚我诚心请你，不用推辞，因为今天是我的生辰，请你吃寿酒，你如何不去？"

淑贞道："原来今天是梅先生的寿辰，那么公司同人理该共同庆祝，待我明日告诉了发行部同人，大家热闹一下吧。"

梅良道："我为的是不要他们得知，免生麻烦，所以在他们面前瞒过不提，很早地回来。只因你是公司里很重要的职员，又是我心里钦佩的人，遂一片诚心地请你同去吃一顿晚餐，花不了多少钱，也使你我快乐一下。"

淑贞道："独乐乐，孰若与众乐？我想还是明天大家一同聚的好。"

梅良道："有了季女士同去，不好算独乐乐了，请你不要再客气。"说着话，露出一些不耐的神气。但淑贞态度坚决，仍不肯同他出外。梅良把手搔搔头皮，又说道："你既然不欲出外，那么我就喊几样菜来，便在这里请你小酌，你总可以答应了，我不要你拜寿的，哈哈。"强笑了一下。

淑贞听梅良这样说，再不能不领情了，点了一下头说道："你不要去花钱，我吃不下什么的，依我也不必多此一举了。"

梅良道："要的要的。"

淑贞遂别了梅良，走回自己室中去了，写了一封家书，吩咐下人寄去。天色已黑了，坐在房里，对着壁上自己的影儿，呆呆地瞧着，只听门上有人叩了两下，说道："季女士，菜来了，请来喝一杯吧。"乃是梅良的声音。淑贞只得立起身来开了门，跟着梅良到得楼下经理室中。

见一张圆桌上满放着许多佳肴，正中一只电气炉子上面放着一个小锅，里面发出沸声。梅良一摆手，请淑贞在上首椅子里坐，淑贞只得谢了坐下。梅良取过一瓶白兰地来，开了瓶塞，便在自己面前一只玻璃大杯内斟满了一杯，在淑贞面前放着的乃是一只较小的杯子。梅良刚要拿过去斟酒时，淑贞早一手抢住说道："谢谢梅先生，我不会喝酒的，况且这白兰地是很厉害的酒，绝对不能喝。"

梅良只得放下，带笑说道："你虽不会喝酒，可是寿酒总不能不喝一些的。"

淑贞摇摇头道："我不会喝，那天在悦宾楼我也没有喝什么，我不打谎，请原谅。"

梅良道："我记得那天你喝过一杯绍酒的，白兰地既嫌太凶，我这里还有一瓶葡萄酒是很甜而很平和的，绝不会使你喝醉，可以喝一杯了。在这大冷的天气，喝些酒多少可使体内的温度增高一些，你若不喝时太乏趣了。"一边说，一边走过去，向玻璃橱里取出一瓶紫色的葡萄酒，代淑贞斟上一杯。

淑贞只得接到手里，谢了一声，放在桌上。梅良笑嘻嘻地朝着淑贞坐下，喝了一口酒，夹着菜敬给淑贞吃。淑贞将身偏坐着，梅良敬着许多菜，伊只得勉强吃了一些，坐在那里心里时觉不安。而梅良瞧着淑贞的面庞，很是得意，自己吃着菜，又说道："去年我在家里度生日，没有良伴，十分沉闷。今日有季女士在一起，公司里营业又很发达，我心里快活得多了。将来公司扩大范围，季女士是大大的功臣，不消说得薪金可以加多，而红利也可多提几成，以酬女士的劳绩。"

淑贞听了，低着头没有什么表示。

梅良道："我冒昧要问季女士的生辰是在何时，到那日子我要向你祝寿的。"

淑贞道："我们这种人也配祝寿吗？"

梅良道："不要客气，你正当如花如玉之年，芳龄想尚未满二十，前途幸福无量，二十大庆究在何日？我们自己人，请你不必隐瞒，我当到苏州来祝嘏，送一些薄礼，也是聊表我的敬意。"

淑贞哪里肯告诉他，只得说道："谢谢你的美意，我是不敢当的。"

梅良见伊不肯说，笑了一笑，指着那杯葡萄酒劝伊喝，说道："今晚大家畅饮一下，你何必拘束呢。"

淑贞只得拿起杯子喝了一下，觉得这酒味道很甜，并不难喝，所以一口口地把一杯葡萄酒喝干。

梅良取过杯子，再要代伊斟上时，淑贞却说不要了。但梅良仍代伊斟上半杯，放到伊的面前，又请尽量用菜。淑贞只得随意吃些。梅良早将一杯白兰地喝干，又斟了大半杯喝着，兴高采烈地和淑贞闲谈。

淑贞恨不得马上吃完了便回房去，所以对梅良说道："梅先生，你虽是喝酒的人，但这白兰地也是很厉害的，请你还是少喝些吧，免得醉了。"

梅良道："我喝起酒来非醉不可，今晚听季女士之言，喝完了这杯便不再饮了。"说罢，举起杯来一连喝了数口，这一杯酒便干了。

淑贞遂要求吃稀饭，于是梅良吩咐下人盛了两碗稀饭前来，和淑贞吃了，又吩咐下人将残肴撤去。淑贞托词要回房去洗脸，谢了梅良想走。梅良却双手拦住道："且慢，请再坐一会儿去可好？"

这时下人已送上洗脸水来，梅良便请淑贞先去揩面，淑贞只得到桌上边去洗脸了。

梅良又对下人说道："那边两杯可可茶，我已端整好了，你快去冲来。"下人答应一声，托着两盏玻璃杯子走出去了。淑贞草草洗过脸，梅良也洗过了，下人已将室中收拾干净，送上两杯热腾腾的可

245

可茶来。梅良陪着淑贞坐谈。

淑贞因为吃了火锅，嘴里觉得有些干燥，遂将这杯可可茶喝下肚去。又坐了一会儿，看看时候已过九点钟，便向梅良告辞回房。梅良送到楼梯边，说了一声晚安。淑贞匆匆地走回房中，自觉这顿寿酒吃得很不爽快，幸亏黄女士不在这里，否则不要又被伊说些尴尬话吗？我总要未雨绸缪，早自为计。决定过了废历年，断乎再不能住在这里了。

淑贞还想坐下去绣花，但伊刚坐到绣花架边，绣了四五分钟，不觉呵欠连连，只想睡眠。暗思自己素来不要早睡，何以今晚如此倦惫，莫不是喝了一些酒的关系？只听梅良的革履声很响地从门外走过，谅他也回房去睡了。自己勉强振作精神，再绣了数分钟时，眼皮尽往下合，手里的针线不知做到哪里去了，照这个样子再也不能支持，只得锁了房门，脱了衣服上床去睡。

刚睡到枕上时，已徐徐入梦，十分好睡，一切都不觉得了。但是到了次日的清晨，淑贞清醒过来，阳光从窗外射入，照到床上，伊心里不由怦然一惊，想起昨夜自己做了一场噩梦，不知这梦是真是幻，但愿这梦是虚幻的。倘然是真的话，那么自己不是完了吗？伊辨别了一回，不禁伏在枕上啜泣起来了。哭了足有一个多钟头，泪如泉涌，哭得非常悲哀，双目肿得如胡桃一般大，枕边湿了一大堆。这一场哭恐怕蜀道鹃啼，巫峡猿鸣，也没有这般哀苦。伊实在伤心极了，再也没有勇气去面对这阳光。因为自己一向冰清玉洁，白璧无瑕，现在却被人玷污了。记得昨晚自己睡状也有些特别，莫不是吃了人家的迷药，以至于此？夜半人静的当儿，不知怎样的来了一个恶魔，那恶魔便是梅良，好像磨牙吮血的豺狼，不知在何时扑了上来，自己竟像一头可怜的羔羊，一些儿没有能力抵抗，白白地为人牺牲，受人蹂躏，真是我何不幸而为女子身呢？唉，梅良这厮竟是个人面兽心的坏东西，你和我无怨无仇，而必欲凌辱我吗？想到这里，一口银牙几乎都咬碎了。

时候已是不早，只得换了亵衣起来，却发见床头放着一卷纸币，约莫有百十块钱，不问而知这是恶魔放下的了。好，那厮当人家都是贪钱的吗？这些区区阿堵之物，能够买我的灵魂，换我的肉体吗？该死该死。伊益发恨了，拿起这卷纸币来撕得粉碎。下了床，对着床上的枕被泪下如雨，想这一床的枕被也都肮脏了，自己所受的羞辱，虽汲长江之水，也不能洗濯干净了，我怎样对得起爱我的青萍呢？唉，我到这里来，一心为社会服务，谋我生活的安定。谁知社会上竟布满了恶魔，使我初出茅庐便遇见了，他有金钱，他有权力，就仗着这些来欺侮人家，把人家当作他的玩物，还有什么人道主义呢？想外边尽有不少谋职业的女子，过着苦痛的生活，而不可告人，我就是其中的一个可怜虫。这种污秽的残酷的世界，我还要活着做什么，不如一死为愈，那厮再也不能来糟蹋我了。人生在世，迟早总要一死的，我没有面目再去和人家相见，不如自尽吧。我若死后，必当化作厉鬼以扑杀此獠。

伊又伏在桌上，且想且泣，忽然牙子一咬紧，立起身来，去取过一根绳子，打了一个圈，四下里相了一相，便去悬在床架子上，对着那圈儿叹道："想不到我季淑贞这般命苦，竟得到如此的结果。亲爱的萍哥，再也不能和你相见了，愿你不要再想着我这个薄命人，努力自求你的幸福，将来不难得到一个良好的妻子的。我的老母以及弟妹也不能再见了，并非是我忍心丢下你们，实在是环境逼得我如此的啊。"将足一跺，把头向圈儿钻去时，忽然眼中似乎瞧见伊老母的慈容，对伊连连摇着手，不觉一怔，自己的头也缩住了。再一想我若一死，虽然脱离了这污浊的人世，不再受恶魔的包围，然而我的老母假若见我这样惨死，伊的心不要片片碎裂吗？我等姐弟四人只有我和淑顺年纪最长，淑顺自幼送给人家做了养媳妇，我母亲至今引为恨事。我是长依在膝下的，母亲有什么话只有对我说，因为母亲辛苦了一世，到现在只有我能够安慰伊。我到上海来时，伊已是万分舍不得，倘然我丢了伊而一死，这个重大的打击叫伊怎能受得起呢，也许伊也不能再活了。况且我家的生计全仗我维持的，我死后叫他们怎样过活，而我的弟妹也无人帮助他们读书了，不是我的一家都要完了吗？

淑贞这样一想，又觉得死不是唯一的良法。那么将怎样办呢？伊正在死不得活不得的当儿，房门上有人击了两下，伊呆呆地立着不动，跟着听得钥匙响，房门也就开了，走进一个人来，正是梅良。伊不觉圆睁着双目，牙齿紧咬着樱唇，恨不得把梅良一刀刺死。

梅良一见床上的圈儿，脸上不由变色，说声不好，连忙过去把绳子抢下，伸起手将淑贞的玉臂拖住，相着淑贞的面庞说道："淑贞，你何苦如此，这是万万使不得的，你的前途幸福不要都断送了吗？"

淑贞将手臂猛力一摔道："我的一生已被你断送了，还要说什么幸福不幸福。我还问你，你究竟是人是禽兽？"

梅良带着笑向伊一鞠躬说道："我当然是个人，昨夜多多冒犯，请你原谅。我总是一辈子不忘你的。"

淑贞双肩耸动，别转脸去啜泣起来。梅良道："别哭了，我不忍见你这样哀泣，请你饶恕我。"

淑贞道："这个岂是请原谅的事，我实在不情愿受你的污辱，我死了，看你可能逍遥于法网之外？"

梅良道："我的季女士，不要这样说，此后我和你同心合作，把这公司兴起来。你的母亲就是我的母亲，你的弟妹就是我的弟妹，到明年我当想法接你的家人一起住到上海来，在甘东路那边有座小洋房，我快要买下来，将来我和你组织新家庭，我真心诚意地爱你，不是很好的事吗？我绝不会没有良心的，你千万不要寻什么短见。现在外边要上工了，请你快快止住哭泣，梳洗了出去主持吧。我倘然忘记了你，绝没有好死的。"

淑贞不愿意听这种话，但是伊也死不成了，将足一蹬，走到桌子边去，揩着眼泪。梅良不敢走开，立在一边。淑贞回头说道："你不要站在这里，我停会儿出来。"

梅良道："是啊，但你千万不要再转什么死的念头。"

淑贞道："我死与不死，和你不相干！"

梅良笑了一笑，一眼瞧见了床边撕毁的纸币，不由说道："啊哟，这里边是一共二百块钱，我敬赠与女士聊表寸心的，怎样都撕掉了呢？你竟这样恨我吗？"

淑贞道："恨你又怎样？你以为多钱吗？我不喜欢什么钱。"

梅良道："你别要这样发怒，请你平心静气地想一想，自然知道我不是坏人了。"一边说，一边走过去把那撕毁的纸币收拾起来，塞在他自己的西装腰袋里，又说道："我去吩咐下人打洗脸水来，请你不要延迟了。"说罢，便将绳子藏过，匆匆走出室去。

淑贞长叹了一声，一会儿下人已送上水来。淑贞洗过脸，换了一件衣服，走出室来，见梅良正悄然立在室外，笑嘻嘻地问道："女士，你下楼去用早餐吧？"

淑贞理也不理，低着头走进刺绣室中去。照平日的时候已迟了二十分钟，那些妇女都在交头接耳地讲话。等得淑贞到来，大家立刻停止了谈话，拈针穿线地赶绣。但瞧见淑贞的脸上带着泪容，各人心里也有些怀疑，但也不便询问。淑贞也低了头坐在一边，失去了平日的活泼。

梅良又到里面来看了一下，一会儿下人送上一盆火腿吐司和一杯牛奶来，说道："梅先生叫我送来的，请季小姐用早点。"

淑贞却摇头说道："我吃不下，你拿去吧。"下人碰了一个钉子，只得仍托着下楼去了。

这天淑贞觉得恹恹地缺少精神，好像失去了一件宝贝似的，心绪也没有了，时常背着人偷弹泪珠。午餐时只勉强吃了半碗饭，喉咙中间如有东西塞住一般。那些刺绣的妇女以为伊的家中或是死了什么人，所以伊要这样伤心。五点钟过后，女工们都散去。梅良早坐着汽车回来。他心里到底有些放心不下，马上跑到淑贞房间里来，用许多甜言蜜语去安慰伊。他把淑贞当作小孩子一般，想要哄骗得伊欢喜，但淑贞痛心得很，见了梅良如逢魔蝎一般，不敢和他亲近。梅良又对天宣誓，永不相忘，他哪里知道淑贞的心里早有了青萍呢。不幸伊理想的将来，却被突如其来的暴风雨摧残得不可收拾。淑贞的悲伤，又岂作者笨笔所能描写于万一呢。

晚上晚餐又没有吃，只闷坐在房中，以泪洗面。梅良恐防伊在夜间再要寻什么短见，因此在旁监视着，不肯离开一步。

淑贞见伊不肯走，只得说道："你放心吧，我不死了。"

梅良道："本来人死不能复活，不可因一时转错了念头而鲁莽从事，悔之无及。你将来的好日子方长，我总是一辈子不离开你的，绝不是负心人，请你总要三思。倘然你这样死了，岂非白白送掉一条性命吗？"

淑贞道："我说不死就不死，你不必守在此间，我今晚疲乏极了，不许你再来缠扰。"

梅良微笑道："可以可以，我是疼惜你的，你说怎样便怎样，不久你自会知道我的好处。"于是他立起身来，道了一声晚安，走出去了。

　　淑贞把门关上，把钥匙塞在门孔里，又在灯下坐着，低着头思想，良久良久，方才决定真的不死了。伊以为昔日的淑贞已于昨日死去，现在自己偷生在这人世，不过为了老母和弟妹，维持着他们的生活。等到将来弟妹俱已成立，老母得尽天年后，伊便要遁入深山，预备青灯黄卷，了此残生，不再和世人厮缠了。至于自己和青萍的姻缘，今生恐怕难以成功，只好大大对不起他了。好在他有学问，有道德，是个有志的好青年，将来不难得美妇，只恨我命苦福薄，不能接受他纯洁之爱呢。古人说，红颜薄命，真是不错。

　　淑贞想到这里，柔肠寸断，芳心粉碎，伏在桌上，又呜呜咽咽哭泣起来，却听门外梅良在那里低声唤道："淑贞淑贞，你不是说要早睡吗？做什么又哭起来呢？"

　　淑贞一听梅良的声音，连忙走到门边说道："我不哭，便要睡了，请你不必来。"

　　梅良道："你不要误会我的意思，我见你这样哭泣，很是不忍，所以总不放心。你实在是个好女子，换了这里别的姑娘，算不了什么一回事啊，你早些睡吧。"

　　淑贞答应一声，便听梅良在门外轻轻地走去了。伊又叹了一口气，果然自己很疲倦了，只得上床去睡，但是心中思虑纷乱，又有些害怕，总是合不上眼，直到下半夜方才睡着。

　　次日梅良又来说了许多好话，极力安慰伊。淑贞勉强抑住悲哀的情绪，照常做事。从此伊好像败兵降将，为了生活而投降了伊的仇敌，屈辱着自己的身体，给人家蹂躏。吃了这苦头，却无处可以告诉，心头的隐痛永远像利刃刺在胸口。而梅良却是踌躇满志，喜不自胜，以为金钱万能，美人儿已投入他的怀抱，梦想着将来甜蜜的幸福。蓬门弱女，真是好欺的。至于青萍虽然对于梅良有些怀疑，却深信着淑贞的洁身自爱，绝不至有别的问题，哪里料得到有这一重黑幕在内呢。

第十六回

卧病他乡深怜密爱
省亲故里啼脂怨粉

　　当时青萍因为自己的姐姐代他向淑贞母女求婚未成，心里说不出的万分懊丧，他的疑云因此更深了。他以为淑贞到了上海，眼界放大，有了职业，有了金钱，便把他忘记了，也许淑贞被那大上海的繁华引起了伊的虚荣心，改变了昔日的素志。否则以前我二人心心相印，彼此都有了很深的情感，这重姻缘一言便可为定，何以到了今日之下，忽然变卦起来呢？这件事情真是奇怪得很。不料我宋青萍虚生着这一双眸子啊。

　　咏蘩见青萍呆思呆想，便用话安慰他道："人家既然对你无情，你何必痴心恋着伊。照你的品貌才学，早晚可得佳偶，天下美妇人正多，不怕没有女子嫁给你啊。"

　　青萍道："姐姐不是这样说的，我和淑贞交好已有多年，可以说得相知以心，我的一颗心完全系在伊的心上，岂知有今日的结果。我负伊呢，还是伊负我？从今以后我灰心极了，再不愿谈什么婚姻问题。"青萍说着话，不胜悲愤，眼中竟落下两滴无价的情泪。

　　咏蘩见伊弟弟这样情景，好生不忍，也叹口气说道："这真是出人意料之外的，无怪你要不快活。我听淑贞的母亲说话，对于你们俩的婚事很有意思，但因季淑贞忽然表示不能同情，所以伊也不敢代女儿做主，十分抱憾。"

　　青萍道："淑贞怎样说呢？"

　　咏蘩道："我没有和淑贞直接谈起，不过间接听得说，伊忽然说什么此时不能出嫁，或是和人订婚。因为伊要在家里孝养老母，帮助弟妹读书，直到成立，所以愿抱独身主义，一辈子不嫁人。"

青萍听了这话，将信将疑，虽然说得未尝没有理由，可是淑贞以前从来没有提起独身主义，对于自己很是钟情的，莫非这是伊的托词吗？

咏蘩又说道："现在此事只好把它暂且搁起，你也不必遽抱悲观，将来倘然伊真是这样的，你也不必痴守着伊。我当托人代你做媒，必要娶一个胜如伊的人。"

青萍摇摇头，他的心里兀自恋恋着淑贞，不肯就此抛弃伊呢。

光阴迅速，新年已过，咏蘩先要动身到岭南去了。临走的时候和青萍说了许多安慰的话，青萍只得勉强答应。他因为自己学校里也要开学了，所以送姐姐到上海。而淑贞的公司里也已假满，于是三个人一同离了姑苏，到得上海。青萍又陪着他姐姐和淑贞出去游玩了一天，夜间在味雅酒楼代他姐姐饯行。淑贞虽在一起相陪，但伊的态度很是消极，不大说话，眉峰频蹙，桃靥无欢，心中非常沉闷。

青萍瞧了伊的光景，一时也猜度不出。席散后，淑贞向咏蘩说了几句话，祝伊海上平安，早到香港，遂先回到公司里去了。青萍便运着行李，送咏蘩到轮船上。姐弟二人又在船中絮絮地讲了不少话。大家觉得有些恋恋不舍。咏蘩含着眼泪劝青萍早些回寓安睡，青萍只得忍着泪和他的姐姐握手而别。

他一人在凄寒的晚风里坐着车子回转旅馆，一人独宿，想起心上的事，徒呼负负。自己总不明白淑贞竟会拒绝这婚事的，难道伊真的变了心吗？我以为伊前次能够向秦家拒婚，不怕是个富贵不能淫的好女儿，所以对伊的感情更进一步。现在伊忽又表演出灰色的态度来，这真是使人如堕五里雾中，索解不得了。这事当然不能勉强人家的，我也只得稍缓再说吧，不过总是使我十二分灰心的。又想起自己的姐姐，想姐姐自幼在外读书，素甘淡泊，后来跟了伊的未婚夫到岭南去做事，谁知伊的未婚夫又去恋上了别人，把伊抛弃，伊不胜怨愤，以为天下的男子都是薄幸人，只见新人笑，不闻旧人哭，所以决定以后的生活完全靠自己两手去奋斗，一辈子不再提起伊的婚姻问题了。伊也是一个伤心人啊，飘零海角，形单影只，哪有人去安慰伊呢。我家自老父死后，只有姐弟二人，却又不能聚在一块儿，我姐姐的心里满拟我和淑贞可以订结良缘，早成家室。谁知伊回到家乡来撮合不成，讨得一个没趣，败兴而返，但伊心中一定也是十分懊恼的。唉，淑贞淑贞，记得你以前和我说过什么人之相知，贵相知心，现在我却不能知道你的心了，岂非咄咄怪事呢。他在床上思潮一起一落，脑海中不得安宁，直到下半夜方才睡着。

次日上午他又到淑贞的公司里去，这天还没有开工，恰巧梅良在发行部中，这边只有淑贞一人。淑贞遂请青萍到伊房间里去坐谈。青萍觉得以前和淑贞谈话，所谓言无不谈，谈无不尽。可是现在有了这个痕迹，好似两人中间有了很深的阻隔，言谈之间，大家都觉得反有些格格不入起来。

青萍要坐午车到松江去的，所以在十二点钟以前便和淑贞握手道别。淑贞送青萍出来的时候，一连说了几声请萍哥原谅。青萍也不明白伊何以要说这话，心里暗想：这事你确乎是对我不起的了。只得含糊答应着，别了淑贞，赶到松江学校里去。

隔得两三天，校中开学了。沈云英等众人也都到来。见了面，大家都是有说有笑的，很高兴。唯有青萍却是意兴索然，没有以前的活泼。唐校长等心里也觉得他有些奇怪，却不明白他是为了何事而露出不欢的情绪来。

数天后，青萍又接得淑贞寄来的一封信，前半是写些问候的话，后半却有几句写的是我有说不出的苦衷，现在却不能告诉你，我知道萍哥是爱我的，敢说我也是爱萍哥的，不过我愿抱独身主义，侍奉老母而外，别事不欲提起。请你不要想念我这个薄命人吧，请你原谅，也希望你早得佳偶云云。

青萍把这一段话读了数遍，也猜不出淑贞有何苦衷，为什么一到了上海便抱起独身主义来呢？这事不能一丝一毫勉强的。淑贞既然如此说法，叫自己倒再难以怎样说了，只得暂时搁起，静待后文。于是他也就写了一封复函，空空洞洞地把这事搁过，但心里总有些猜疑淑贞也许变了心肠，受了梅良那厮的诱惑，违反了当初的主张。在伊的良心上大概有些歉疚，所以说什么伊有说不出的苦衷，而不能告诉人家了。唉，金钱万能，但也是金钱万恶，我的料想假若不幸而中，那么淑贞淑贞，我代你可惜了。

青萍勉强收拾起不欢的情绪，一天一天地过去。不知不觉又到了春假，花红草绿，大地回春，恰逢清明时节，古人说得好：清明

253

无客不思家。青萍虽然家中没有人，但在外边也时常要想起他的故乡，既有一星期的春假，当然要想回去，顺便可以扫墓。因为他姐姐来函叫他不要忘记了祖茔，春秋二季要常去祭扫的。他决定回乡了，想路过上海时乘机再去瞧瞧淑贞作何光景，和自己亲近不亲近。

所以他到了上海，正是三点钟的时候，一想淑贞在公司里办公的时间尚未完毕，不要便去搅扰伊，遂先到冯校长那边去拜访。

相见之下，谈笑生欢。冯校长忽然想着了一件事，向青萍问道："你在松江舍表妹校中教书觉得没有兴趣吗？"

青萍被这一问，不由心中一怔，不知冯校长是何用意，遂答道："承蒙你介绍我到那边去执教鞭，已近一年了。唐校长待我很好，同事之间也很相得，功课也不繁忙，我为什么要感觉到没有兴味呢？"

冯校长笑了一笑道："不错，但我听友人说起你正托人想法要调到上海来工作，究竟可有这事吗？"

青萍听了这话，恍然大悟，脸上一红，觉得很难回答。冯校长见他脸上露这尴尬的形状，便说道："青萍，我们彼此是知己，没有什么关系，所以我向你问一声，你若要想在上海教书时，现在倒有一个机会，某某小学有一个姓贾的，是六年级的主任，此刻他考取了邮政部，校课暂时请人代庖。校长心里有些不满意，下学期当然要重行聘定了。你若乐意担任的，我可以介绍你去。"

青萍摇摇头道："现在我不想调动，在松江教书很好，以前我不过和朋友们说着玩的。"

冯校长点点头道："那也很好，舍表妹曾对我说，你在校中服务很勤，伊对于你十分满意，下学期多少可以加些薪金的。"

两人谈了好久的话，青萍一看手表上已有六点钟了，连忙起身告辞，别了冯校长，坐着人力车急忙去访问淑贞。

当他坐车子将到贝勒路东方刺绣公司时，远远地瞧见公司门前停着一辆汽车，有一男一女正从公司门里走出，踏上汽车。他的目力很锐利的，见这男子穿着一身笔挺的西装，戴上夹鼻眼镜，嘴边微有一撮小髭，乃是公司里的经理梅良。那女的穿着一件很美丽新制的旗袍，上身罩着绒线大衣，不是淑贞还有谁呢？心中不觉一呆，要想招呼也来不及。等到自己的人力车在公司门前停下时，他们这辆汽车早已向那边疾驰而去，只望见一道车尘了。

他跳下车子，像木头人一般呆呆地立在那里，大有进退狼狈的样子，恰巧那个刘六口里衔着一根香烟，也从里面走出来，倚在门边立着闲瞧。他见了青萍，两眼白了一白，绝不作声。青萍把手撩着头发，心里暗想：真巧，这遭被我亲自撞见了，我的理解不错的，难道又是梅良请客吗？淑贞果然受了那厮诱惑，变了心肠，无怪向我拒绝，尽忘前情，还说什么有不得已的苦衷，恐怕乐也来不及呢。伊既然对我无情，我何必再要痴恋于伊呢。此行也是多的，也不必给伊知道了，一个人到苏州去吧。

他这样深深地思想，那人力车夫在旁边等得不耐烦，不由喊起来道：“喂，先生，怎么不给钱啦？”

青萍回头说道：“此刻我要到火车站去了，一并给你钱可好？”

车夫听青萍即要到火车站，顿时高兴起来，说道：“请坐请坐，我拉你去。”青萍回身坐上车子，那车夫拖着便跑。

青萍在车上，低着头只是思想，他虽然不愿意再去和淑贞晤面，然而心中怅怅，有说不出的懊恼。到了火车站，付去车资，买了一张三等票，坐六点多钟的火车回苏州去，到家中时已有九点多钟了。

淑贞的母亲早已吃了晚餐，在房中刺绣，友佳和淑清一个在灯下写字，一个在旁边看连环图画。听得敲门声，淑贞的母亲不知是何人到来，连忙起身来开门时，见了青萍便带笑说道：“原来是宋少爷回来了，校中放了春假吗？怎么没有先给我一个信？”

青萍道：“我本想不回来的，因我姐姐写信来叫我回苏扫墓，所以只得回来。伯母身体可好？”

淑贞的母亲道：“谢谢你，我倒还好。”说着话，关了门，一齐走进来。

友佳淑清听得青萍的声音，也都跑出来了。淑清说道：“青萍哥哥，你放春假回来吗？我姐姐为什么不一同回家呢？”

青萍尚未回答，淑贞的母亲早带笑说道：“你不知大姐姐的公司里是没有春假的吗？”淑清听了，便有些不高兴的样子。

青萍道：“你们都放了春假吗？明天我们一起到善人桥去扫墓，顺便一游灵岩山，好不好？”

淑清笑出来道：“好的，我们一同去。”

淑贞的母亲却问青萍道：“宋少爷，你可曾在上海见过淑贞？”

青萍皱着眉头答道："我今天先到上海，曾至公司里去看伊。"

淑贞的母亲忙接着问道："伊身体好吗？对你可有什么话？"

青萍摇摇头道："我没有看见伊。"

淑贞的母亲不由一怔道："怎样的？我女儿不在公司里吗？"

青萍道："我到那边在五点钟后，听说淑妹同经理先生出去游玩了，所以没有见面。"

淑贞的母亲听了这话，便不响。淑清却说道："青萍哥哥你不会去找伊吗？伊在上海倒写意，和经理先生在一起玩。我前番听得大姐姐说那个经理先生不是好人，那么伊为什么再去陪他玩呢？"

淑贞的母亲却又向青萍道："宋少爷没有吃晚饭吗？我去烧些粥给你吃可好？"

青萍摇摇头道："不必了，我在火车上吃过。"其实青萍在车上只吃得两个茶叶蛋和一块蛋糕，点点饥而已。于是大家坐谈了一刻，青萍回房去预备睡觉了。

次日一早，青萍起身后便要到南星桥去雇船，淑贞的母亲却对他说道："你还是明天去扫墓吧，今日我代你预备一些祭菜，况且纸锭也没有一只，怎好光着手去呢？"

青萍道："不要紧的，宗旨是去看看先人坟墓上是怎样了，借此纪念先人，何必要什么祭菜和锡箔呢？今日天气晴朗，正好前去，况且我就要回松江的。"

淑贞的母亲道："你们喜欢新法的人都是这样说法，那么你们去吧。"青萍笑笑，连忙走到外边去了。

不多时，青萍已回来，手里捧着一束鲜花，说道："船已雇定了，这花是从市上买的，献花祖茔，足以代表了一切。友佳淑清都起来了吗？我们要走了。"

淑清早已换了一件新衣服，从房里跳出来道："我们都好了。"

淑贞的母亲便到厨下去盛出几碗粥来，放在桌上，说道："你们吃了早餐去，时候尚早哩。"

青萍道："我已在外边吃过了，让他们吃吧。"

于是友佳淑清坐到桌边，各人吃了一碗粥，跟着青萍去扫墓。只有淑贞的母亲留在家中看门。青萍等三人坐了船，先摇到善人桥去扫墓，恰逢顺风，所以将近午时便到了。青萍在祖墓前献上鲜花，凭吊一番，尤其是对着他亡父的一抔黄土，颇有焄蒿凄怆之思。

回到船上，吃了午饭，然后到灵岩山去游玩。当他们在灵岩寺小坐饮茗的时候，忽有几个游山的妇女撑着棒走来，其中有一个行近青萍的身旁，向青萍看了一眼，招呼道："咦？宋先生，你在这里游玩风景吗？"

青萍抬头一看，那妇人乃是淑贞以前在公司里的同事黄女士，也就点点头，立起身来说道："是的，黄女士从上海来吗？"

黄女士道："近来我住在苏州了。"

青萍道："很好。"

黄女士遂走过去，对伊的同伴说道："我们在此休息休息吧。"于是她们遂在左边一张桌子边坐下，泡了两壶茶。

黄女士托着茶杯喝了两口，尽对着青萍紧瞧，忽然放下茶杯，立起身走前数步，向青萍招招手道："宋先生请过来，我有几句话要和你谈谈。"

青萍见黄女士唤他，便对友佳等说道："你们坐一坐，不要走开。"

他走至黄女士身畔，黄女士却不就说，慢慢踱到里面一个天井里去。青萍跟着走到那边，两人站定身躯，青萍先问道："黄女士有何见教？"

黄女士道："宋先生近来有没有到上海去看看你的表妹？"

青萍道："我只去过一趟，恰逢伊不在公司里，因此没有相见的。"

黄女士道："令表妹初到沪上的时候，确乎是很诚实的，叫伊出去都不肯。不多几时伊就灵活得多了，究竟是年纪轻的姑娘。"

青萍听了，不说什么。黄女士搔搔头，低着声音说道："宋先生，你可知我已不在公司里吗？"

青萍以前曾听淑贞说起过的，早知黄女士已被梅良辞退了，此时却佯作没有知情，接着问道："怎么黄女士已和公司脱离了吗？"

黄女士冷笑一声道："宋先生要问我为什么脱离公司吗？你看像我这样的人已是时代落伍者，并且我的技术确乎不及季小姐，因此那位经理先生在国历年底把我辞去了。当然令表妹年纪轻技术好，讨得人家欢喜，所以薪水也加了，刺绣部里也由伊一个人主持了。

哈哈，这样可称了梅先生的心了。我本也不高兴再做人家的讨厌物、眼中刺了，就离了公司回到苏州来。现在一个女学校里当教员，倒觉得比较在公司里高尚得多了。宋先生，我的本领虽不好，却生就一副傲骨，谁高兴胁肩谄笑，争妍取怜，去做人家的玩物呢？你如到上海去时，不妨去看看你的表妹今非昔比了。现在公司里只有两个人住宿，一位是令表妹，一位就是那经理先生，此外没有第三人。好在梅先生对于令表妹尽力提携，彼此可称十分知心的，不是很好的事吗？"说毕又冷笑了一声。

青萍听了黄女士说的一席话，对于淑贞冷嘲热讽，意在言外，心中不觉很是难过，不便回答什么话，只得点点头说道："原来如此，我还没有知道哩。"

黄女士道："我恐怕你不晓得，今天在此地邂逅，所以顺便告诉你一声。总而言之，梅先生这个人很狡猾的，手段很好，也很辣，令表妹不要上了他的当才好。但请你在令表妹面前不要说起我告诉你的，否则伊要骂我搬嘴舌了。好，宋先生，我的话已完了，那边尚有同伴在等着，以后再见吧。"二人遂回身走将出来。

青萍回至茶座，淑清便问道："青萍哥哥，伊是什么人，拖你去讲话？"

青萍答道："伊是我以前校中的同事，没有说什么。"说了把一手支着头，低倒着头好似沉思一般。

友佳和淑清不知青萍静静地想什么，却觉坐得有些不耐，茶也冲淡了，淑清遂说道："青萍哥哥，我们再到山上玩去，坐得已是够了。"

青萍给淑清一说，打断了他的思潮，立起身来说道："很好，你们坐得闷气吗？我再陪你们去走走。"遂取出钱来付去了茶资，陪着二人，向那边座上的黄女士点点头，说声再会，走出灵岩寺，又到别地方去游玩。

一会儿夕阳西下，游人四散，他们也就下了山，坐了船回家。

友佳和淑清自然是尽兴而归，很是快乐。不过青萍却又受了刺激，真有说不出的惆怅，回想前尘，更是懊丧欲绝，徒唤奈何。他的脸上一些儿笑容都装不出，只是呆呆地闷坐。晚餐后，友佳淑清因为日间爬山乏力，早都上床去睡了，青萍在自己房里对着孤灯，呆思呆想。想到恼恨之处，不觉一拍桌子说道："变了变了，谁料到有今日之事呢？"

猛抬头却见淑贞的母亲走进房里来，来向他问道："宋少爷，你说什么变了变了？你做什么独自坐着，不早些安眠呢？"

青萍不防伊走来的，只得说道："我睡不着，时候尚早，我说的变了是想着目今的时局，实在糟得不像样子了，使人不能不慨叹。"

淑贞的母亲听了点点头，又说道："宋少爷忧国忧家，像我们是不看报的，外间天大的事都不管，只求能够平平安安地度日子。外国人不要再杀进来，我们不至于做亡国奴便好了。"

青萍道："我想现在的时代还是像伯母这样不看报的好，因为看了报，徒然发生些感慨，又有什么用呢？"

淑贞的母亲慢慢地走至青萍的桌前，扶着桌边，对青萍的脸上紧瞧了一下，叹口气说道："宋少爷，我觉得你近来很不快活，我也猜得到你心里的事，前番你姐姐回来的时候，曾向我提起你和淑贞的婚事，要我做主答应。老实说，像宋少爷这样的好青年也很是难得的，在我的心中并无什么不满意。而淑贞和你以前厮守在一块儿，大家都很投合，伊背地里也时常讲到你的好处。前年因生了一场大病，在病中的时候多蒙宋少爷悉心相助，把淑贞当作自己的妹妹一般看待，我们母女俩都是十分感激。所以淑贞对于你也绝没有不满意的地方。那么我为什么不早早答应了，好使你欢喜呢？恐怕你口里虽然不说，心中未尝不要怪怨我们啊。"淑贞的母亲说了这句话，顿了一顿。

青萍听伊提起这件事来，觉得自己也很难说话的，只得勉强带着笑说道："伯母言重了，我只恨自己才不足以济世，诚不足以感人，今后当益发勉励，向我的前程努力进取，别的事却听其自然了。前次也是我姐姐心急而提出这个主张来的，我要请你们原谅。"

淑贞的母亲在旁边一张椅子上坐下身来，将手摸着桌边，带着笑说道："这个你也用不着向我们请原谅的，你姐姐的心思和我差不多，我也是希望你们两口子早日结成良缘，使我的心里得着安慰。我也和淑贞说过的，不知伊为什么忽然面嫩起来，不肯有什么表示，再三向伊逼问，伊却说要在家侍奉我，且要在外工作数年，多赚几个钱维持这个家庭，教养弟妹成人。当然伊的心是很好的，我们现在也是全靠着伊。但是女子生而愿为之有家，女孩子长大了，无论如何，总要嫁人的，自己的终身岂可忽略？况且宋少爷家中也没有尊长了，又是一向和我们同居在一起的，亲热得如自家人一般。将来结婚后，两家并成一家，岂不是好？这层意思我也详细讲给伊听，无奈伊总是没有答应。伊曾叹着气对我说，萍哥是好青年，应该娶个如花如玉的美眷，伊是苦命的女子，恐怕没有这种福气。我真不明白伊为什么要说这种话，所以不敢苦苦逼伊了。近来你不觉得伊似乎有些不快活吗？伊在上海做事，听说很得经理信任，并且加了薪水，何以反不快活起来呢？女孩子的心事连自己的母亲也难以知道了。宋少爷，我想伊对于你是绝无别的问题的，早晚必可成就，我必要力促成功。"

青萍听了这话，微微一笑，说道："多谢伯母的美意，当然最好没有什么问题。前番岁尾年头，回家的时候，确乎淑妹有些闷闷不乐的样子，但我却更不知道了。既然淑妹此时不愿意谈这事，那么稍缓也不妨。伯母也不必去逼伊，这件事不能有一些勉强的，且待伊自己有了表示再说吧。我生平很敬爱伊的，只望伊能够多得快乐，前途幸福增多便好了。"

淑贞的母亲叹道："宋少爷，你的良心真好，我们绝不忘你的，而且我必要使你们早日成就。你今日带了友佳淑清出去扫墓游山，谅必很疲倦了，早些安睡吧。"说毕立起身来，走回伊自己的房里去。

青萍把门关上了，仍坐在桌前，把方才淑贞的母亲所说之言，细细辨味，恐怕淑贞的母亲还没有知道淑贞的为人先后大异，伊的心早已跟了环境而变了。想黄女士说的话绝非完全出于嫉妒，大概事实是这样的。伊也不能无中生有，诬蔑人家的啊。总而言之，我和淑贞的姻缘恐怕终为镜花水月，不能成为事实的了，我何必做片面的恋爱呢？他想了好多歇，方才去睡。

次日他去拜访了几个友人，在吴苑深处品茗闲谈。在外边吃了晚饭，回到家中，越想越觉无聊，因为淑贞不在这里，而且伊已变作他人的目标，此情空待成追忆，不堪回首话当年。自己在这春假中老守在苏州，没有什么兴趣，扫墓的任务已毕，不如回松江去吧，强如在这样触景生情，倍增感慨。然而此刻校中的同事都已回去，早到学校也是寂寞无聊，那么到什么地方去呢？于是他心上陡地想起沈云英来了。

在这个春假中，没有听说伊到什么地方去游玩，大约必在伊的家里。伊的性情非常伉爽，胸怀甚是雅洁，不像一般富家的女儿，有许多骄矜之气的，到底是读过书受过高等教育的女子。若谈起学问来，淑贞自然不及伊了。况且沈云英和我虽然相交尚浅，而觉得伊对我很是诚恳，一言一行又多妩媚可爱，并不以我为穷措大而有轻视之心，这是很难得的。而伊的家庭也是很美满而良好的，难得她垂青于我，曾托唐校长向我说亲，当然这是千载难逢的机会。只因我一则以为齐大非偶，不敢高攀，二则淑贞与我已有很深的情愫，一向以为伊是个好女子，我的一颗心完全系在淑贞身上。鱼与熊掌，二者不可得兼，自然只得辜负了云英。但伊也很落落大方，一些儿没有憎恶我，不过我极力和伊避开，免为情丝所缚，以致持螯赏菊以后，彼此形迹稍稍疏远了。现在细细地思量起来，反觉我当初的主张错了。回溯以前的经过，我没有一些儿对不起淑贞的地方，而伊竟是这样变了心，受了人家的诱惑，忘记了本来的面目。我虽然从另一方面看起来，觉得伊真是可怜，而能原谅伊数分，但是事实是这样坏的，伊的前途恐怕是十分暗淡，处处有暗礁，我和伊的姻缘也就完了，那么我还是回转头来走吧。

因此他想起了沈云英，又觉得旧情重热，回忆佘山探胜，月夜清谈，此情此景，如在目前，心头顿觉无限温馨。所以他决定与其回松江，不如到沈云英家里拜访一下，倘然云英没有出去时，自己倒可以在那里盘桓数天，破除胸中沉闷。

打定主意，心中便觉稍安。一夜过去，次日一清早，便去向淑贞的母亲告辞说，自己要回松江去了。恰巧这天气候有些闷热，天上遮蔽了许多云。

淑贞的母亲说道："宋少爷，你不妨缓一天回去吧，今天也许要下雨。"

青萍道："不要紧的，好在途中总是坐车子，我又没带行李，不管它下雨不下雨，我还是走的好。"

淑贞的母亲见青萍态度坚决，遂也不便坚留，只得说道："你路过上海，要不要稍事游玩？淑贞那里可要去看看伊？"

青萍道："淑妹公司里并不放假，在伊工作时间内也不便去搅扰，伊现在很忙了。所以我想到了上海，立刻换车回松江，不再逗留了。但是伯母若有吩咐，我也可跑上一趟的。"

淑贞的母亲道："那不必了，我没有什么紧要的事情。宋少爷，你在外边也要保重身体。"

青萍道："多谢伯母关心，我要去了。"遂别了他们三个人，赶上火车，到了上海。他果然不想逗留，便雇了一辆汽车，坐到了梵王渡，跑至怡庐。见里面绿荫如幕，红花吐艳，很有画意。暗想：沈云英不知可在里边，倘然伊见我突然而来，有何感想？不知伊欢迎不欢迎，我想伊一定不会讨厌的。边想边走地闯入门去。

早有一个司阍者，是沈家新雇来的，并不认识青萍，便走过来喝住他道："你到哪里去的？说明了再往里边走。"

青萍一想不错，自己不免鲁莽一些，遂站停了身子，从身边掏出一张名刺来，正要说话时，只见一个很时髦的小大姐从里面跑出来，一见青萍，便说一声："宋少爷，你来看我家大小姐的吗？"

青萍认得这是使女阿宝，便点点头道："是的，你家大小姐在家不在家？"

阿宝笑嘻嘻地答道："大小姐和二小姐都出去了，你若是昨天来，她们都在此的。"

青萍闻言不由一怔，呆呆地搔首踟蹰。云英不在里边，自己要不要进去呢？

阿宝又说道："我家老爷却在家，宋少爷你请进去见见吧。"

青萍被阿宝这样一说，倒不好意思不进去了。那司阍者又说道："老爷在书房中吗？我去通报一声。"青萍遂点点头，跟着他们走到里边去。

早见沈寿彭已走到书房门口欢迎。他带笑说道："宋先生，好久没见了，今日大驾宠临，可是来看小女的吗？"

青萍脸上微红说道："老伯身体一向好，我放了春假，曾回苏州扫墓的，因那边没有什么事情，所以想早日回校。但是到了上海，又想起好久没有到府上来请安了，遂便到此拜访，可是密斯沈出外去了吗？"

沈寿彭拈着嘴边短须说道："大小女和二小女昨天都到乍浦去游

262

玩了，不巧得很。"一边说，一边把青萍让到书房里坐定。

只见阿宝笑嘻嘻地托着四只茶盆进来，放在圆桌上，又有一个女仆敬上香茗。阿宝说道："老太太也要出来了。"

青萍倒有些局促不安，和沈寿彭谈了数语，早见沈太太走了进来，青萍连忙立起叫应。沈太太带笑请他坐下，又抓了一把西瓜子放在青萍面前，对他说道："宋先生，你长久没有来了，太客气。小女在校多蒙指教，很是感谢。不过伊尚有稚气，宋先生不要见笑吗？"

青萍道："沈先生是很好的，我非常敬佩，不过自知学识浅陋，没有什么贡献之处，殊觉惭愧。"

沈寿彭哈哈笑道："不要客气，小女曾把你的大作给我拜读一过，端的是年少多才，可爱可爱。"

青萍脸上一红，搓着手说道："一知半解，未成熟的作品，不堪污目，还请老伯指教。"

沈寿彭道："言重了。"

沈太太又说道："小女放了春假，回到家里，曾到上海去了一趟，买些东西。昨天二小女和朱家少爷说得高兴，要到乍浦和澉浦二处去一游，顺便观海。云英被他们硬拖去的，今天不回来，明天必要回家。"

沈寿彭道："他们是去住在亲戚家中的，也许要到星期六才回来呢。宋先生倘然高兴时，何不也到那边去一游？倘然不坐轮船，也可到嘉兴坐长途汽车去的。"

青萍想了一想，点点头说道："很好，我就往那边去一游。"

沈太太道："你在此吃了午饭再动身吧，小女等住在乍浦半爿街一家姓袁的亲戚那里，你可以先到袁家，有他们伴你同游，不怕人地生疏。"

青萍嘴里念着道："半爿街姓袁，我准到那边去访问他们。"

大家又谈了一刻话，已到午饭时候，下人来请吃饭。沈寿彭遂陪着青萍到餐室中去吃饭，有一个账房先生一同相陪。午饭后青萍便辞别了沈氏夫妇，照着沈寿彭的说话，赶到乍浦去，想要遇见云英姐妹，同在海滨畅游。

他到乍浦时天已晚了，寻到半爿街袁家，乃是一个很大的旧式

263

墙门，看门的接了他的名片，进去通报。不多时有一个老者，精神饱满，衣服朴素，出来款接，将青萍让到大厅上坐定。谈吐之下，方知这位老者姓袁名崇道，云英是他们姨甥女，昨天云英等确曾来此游玩的，但她们今天上午忽然回去了。

青萍听说，不由大大地失望。天色已黑，一时又不能回去。袁崇道对他说道："宋先生既然是我姨甥女的同事，来此寻找他们的，他们已走，你也追之不及，既来之则安之，不如便在这里耽搁一宵，明天到海边去游玩一下，也不算空负此行。但此间的客寓都很湫隘，不如在舍间下榻吧。"

青萍一想事已如此，不得不然，便说道："多谢老丈盛情，只是诸多叨扰，于心不安。"

袁崇道带笑说道："四海之内皆兄弟也，便是你是个陌生的客人，到了我舍间，我也应该招待，何况你是我姨甥女的朋友呢。"遂又把青萍让到一间客室里，掌上了灯，陪着闲谈一番，一会儿就请他吃晚饭了。这晚青萍便住在袁家，但早知云英就要回去的，何必多此一行呢？这真是不巧极了。夜间窗外雨声渐沥，下了半小时的春雨，一会儿又停止了。

次日青萍一早起身，阳光露了一下脸，依旧隐在云屏中去，天气仍有些郁热，没有凉风。他在袁家吃了早餐，便独自到海边去游览。极目远望，波涛浩淼，真是海阔天空，可以见到海的伟大，有许多渔船都扬帆出去捕鱼。青萍立在海边，悠然遐思。刚想再要到澉浦去一瞧盐民生活，忽然天色骤变，下起一阵大雨来。他方才贪看海景，走得远了，一时猝不及防，又无处可以躲雨，只得在雨中奔回来。等他回到了袁家，早已满身淋漓，像落汤鸡一般，内外衣服一齐湿透，这场雨真是不小的。

袁崇道见了，连忙叫他快把湿衣服脱去，从里面去取了一套衣服给他更换，又叫他洗了一个澡。青萍十分懊恼，那雨又变了长脚雨，下个不休，他只得又在袁家住了一宵。

次日他的衣服早已烘干，下人送上，他换了，见天已放晴，不欲再在此间逗留，澉浦也不想去游了，马上别了袁崇道，回转嘉兴，坐火车再到松江。可是天色虽晴，气候却又转冷，两日之间寒暑表上的温度相去有二十余度之多，所以他在归途时，身上觉得大有寒意。

回到学校内又换了衣服，自己想想一个人跑到乍浦去，遭受一次阵雨，所思者却未见面，真是何苦，这不是傻子做的事吗？越想越不高兴，幸亏唐校长尚在校中，彼此谈谈，稍解寂寞。

到星期日的下午，沈云英回来了，大家在教员室里会见。沈云英先向青萍道："宋先生，你到我家中来，恰巧我和舍妹等去游乍浦，真是对不起得很，回家的时候，母亲告诉我说，你又赶到乍浦来，一去一来，好似参商，谁料到有这样的不巧呢？次日我本想再到乍浦来找你的，但因一则天气不好，下起雨来；二则恐防你若然见我们不在那边，也许就要回来的，免得再在路上错过，所以我就守在家中，等候你回来。然而你却不来，使我很是盼念。昨天接到我姨夫的一封信，方知你在他家住过两宵，还有你到海滨去游玩的时候，恰逢一场阵雨，淋得衣服尽湿，不要受了寒，更使我对不起你了，请你刑罚我吧。"

青萍道："这是我自己不留意所致，和密斯不相干的。此次春假我回苏州去扫墓，因为家中没有什么事，所以早些回来，便道一访密斯，而你已作乍浦之游。尊大人说起乍浦海景甚是雄壮，你们恐有多时耽搁，因此一时高兴，也赶到乍浦去的，怎知道我到的时候你们已回来呢？"

云英又说道："对不起得很，缓日再当陪伴宋先生去一游可好？"

青萍笑笑，没有回答。云英又说道："宋先生怎么没有在上海游玩吗？那边总有好朋友的。"

青萍道："我的交际手段不甚高妙，与人又落落寡合，因此朋友少得很。"

云英微笑道："真的吗？"

青萍不懂伊的意思，点点头道："人心之不同各如其面，交友确乎不是容易的事，我不愿意在外边多交朋友。"

云英一整自己的衣襟，带着笑说道："那么像我这样的人还算是你看得起的呢，侥幸得很。"

青萍道："密斯一向是我心目中钦佩的人，说什么看得起看不起，恐怕我无才无能，尚够不上做密斯的知己朋友呢。"

云英听了这话，低着头不响，一手抚摩着伊自己粉臂上戴着的一只翡翠镯头。青萍瞧着伊身上的睫毛，低垂着蜻蜓般的粉颈，露出在衣领外边，一头云发卷曲着，更显出处女的美，也不觉痴痴地向伊凝视着。

隔了一歇，云英抬起头来说道："宋先生，你何必同我如此客气，确乎人生最难得的是知己，高山流水，知音者何人？"

青萍听云英的话大有感慨，刚要再说时，唐校长已翩然步入，大家点头叫应了。唐校长又问道："你们二人在这里讲些什么？"

青萍便将自己到乍浦去的经过告诉唐校长听。唐校长笑道："宋先生，你要怪怨天的，也许你是不诚心，以致所如辄左了。"

青萍道："此次我特地去登门奉访，又追上乍浦去，还要说我不诚心吗？这太冤枉了。"

唐校长又笑道："那么在下次假期时，你可早些和云英约定了，便不至于有误了。"三人谈了一回话，各自散开。

次日已是上课，课后青萍和云英又去拍网球。拍了数十分钟，青萍觉得自己很是力乏，头里也有些不适意，又勉强对垒了数分钟，实在不能支持了，放下网球拍，走过去向云英摇摇手道："我们休息一下吧，今天你球抽得厉害，使我招架不及。"

云英笑嘻嘻地也将球拍放下，并肩走向校园方面去。青萍在一张木椅上坐下，云英却站在他旁边一株桐树之下，一手撑着腰，一手扶在树上，徐徐说道："今天你怎么如此不济事？有几下球很容易给你得胜的，你却都失去机会，反负了许多，可是你觉得力乏吗？"

青萍点点头说道："不错，我忽觉头脑有些不适，并且手臂也是无力，莫非要生病了？"

云英闻言，将扶在树上的一手缩了回来，走到青萍椅子背后，双手扶着椅背，很关切地问道："你真的有些不舒服吗？那么何必同我拍网球？"

青萍道："初起的时候尚不觉得，现在方始发觉呢。"

云英道："你摸摸自己头上看可有寒热？"

青萍果然伸手向自己额上一摸，说道："似乎比较平常烫一些。"

云英道："恐怕你今天下午早已有了。"

青萍道："是的。"

"怪道你方才吃午饭的时候只吃一碗饭，已是饱得吃不下了。"

二人说话时，有一阵风来，吹得桐叶乱舞，云英的长旗袍也飘了起来。云英遂说道："这里风很大，你既有寒热，不如到寝室里去睡一下吧。"

青萍答应一声，立起身来，便走回自己宿舍那边去。云英伴着他走至楼下，因为自己一人不便跟青萍到他寝室里去，遂决定了说道："宋先生你试稍睡片刻，寒热可要高起来？我但愿你平安无恙，不至于就病。"

青萍道："谢谢你，我去了。"遂懒洋洋地扶着楼梯栏杆一步一步地走上楼去。云英立在楼下，瞧青萍走到了楼上，也便掉转娇躯走回去了。

青萍回到寝室里，便向自己床上倒头便睡，顺手拉过一条薄被，盖了下半身，昏昏然地睡去。等到他醒来时，房间里一片漆黑，不知是什么时候。一摸自己额上益发烫了，胸口有些气闷，便挣扎着起来，开亮了电灯，一看桌上的小钟正是七钟，晚餐的时间已过。好在自己有了寒热，也不想吃什么，喝了一些开水，依旧回到床上去睡。因为有了寒热，脸上火辣辣地十分难过，双眼望出去，见那些门窗桌椅都在旋转，知道自己免不得要病倒了。叹了一口气，暗想自己一向很注意卫生的，怎会无端生起病来，莫非那天在乍浦海滨受了一场阵雨，寒气着身，以致病魔乘机侵袭？这真是自作孽不可活了。寄身在外的人，举目无亲，一旦卧病，有谁来侍奉汤药加以慰藉？想以前淑贞患病的时候，既有老母照顾，又有我一同相助，代伊请医赎药，经济上也略有增援。后来伊的病转危为安，保得无变，自己如此诚心待伊，即此一端，伊应该不忘记我的了。现在我生了病，伊却远在沪江，岂能来照料我呢？即使能够抽身前来，恐怕今日的淑贞已和昔日大异，在伊的芳心里不见得念念于我这个清贫的寒士、羁旅的游子了，我还希望伊来吗？真是梦想。所以我也不必写什么信去告诉伊了，近来伊也没有一封信寄给我，我也懒得写信去，彼此连音问也要渐渐疏远起来了，还要讲什么别的呢？而我的一颗心失去了寄托，好似徘徊在长夜漫漫之中，得不到光明，反觉受了刺激，受了痛苦，我真是为情所误了。如此看来，世人还是不用情的好呢。

他正在这样想，只听外边阳台上革履之声，有人走来。门声一响，走进两个人，正是沈云英和唐校长，遂想坐起身来。

唐校长忙摇摇手道："宋先生你不必起来，请睡着便了。"

青萍点点头说一声请坐，唐校长便和沈云英在对面椅子上坐下。唐校长先说道："方才我们吃晚餐的时候，座上不见有你，我就有点疑惑，一问云英，方知你有些贵恙。云英很是悬念，我遂伴伊来看看你的，你究竟觉得怎样？"

青萍道："多谢二位的锦注，我的寒热很高，所以晚餐不能吃，头晕目眩，支持不得了。"

沈云英蛾眉紧锁，把一手托着下腮说道："宋先生一向很健康的，何以生起病来？明天可请这里的校医诊治，吃了药也许可以就好的。"

青萍道："大概必要服药了，但我是最怕喝苦水的，又有学校里的功课，怎么办呢？"

唐校长道："无论如何，明天你大约不能授课了，待我去找一个人暂代一下吧，我希望你即刻霍然而愈，不至于绵延成疾。"

青萍道："我也希望如此。"

云英道："你这番忽然患病，必是那天在乍浦受了阵雨的淋湿，以致影响了身体，这是我很是抱歉的。"

青萍道："偶尔小恙，何足萦怀。一个人难免不有疾病，只要不厉害，发两个寒热便好，密斯何必介介呢，也许我明天就会好的。"

唐校长道："这却很好了，明天倘然你轻松些，也不必上课，我叫校医来代你看过后再说。"

二人说了一会儿话，不欲多烦青萍的神，遂向青萍道了一声晚安，告辞出来。青萍闭着双目，屏绝一切思虑，渐渐睡去。这一夜寒热发得很厉害，魂梦不安，口枯唇燥。到天明时寒热略觉淡些，要想起身时，头重脚轻，勉强不来，只得依旧睡下。

早晨的钟声鸣过以后，便有一个校役推门进来问道："宋先生，你病了吗？沈先生叫我来问你可要喝一些粥。"

青萍摇摇手道："我吃不下，不必拿来。"

校役又道："宋先生可有什么吩咐？"

青萍道："没有事，你可到唐校长那边去问一声，校医那边已打电话去请过吗？"

268

校役答应一声，回身把门带上，匆匆地走下楼去了。将近十一点钟时，唐校长陪了校医前来，代青萍诊治。那校医也不说青萍患的是什么病，草草看过，配了两包药给青萍试服，马上去了。

到散课后云英又和唐校长来看他，青萍喝了一碗粥汤，肚子也不觉饿，身上却很怕冷，便告诉二人说不知自己可是生的疟疾，大概一时不能痊愈了。二人听了，很代杞忧。这时，又有几个同事跑来探疾，但不多时就去的。唐校长也因事务纷忙，不能多坐。只有云英坐在室中不去，陪着青萍也不多说话，见青萍只盖着一条薄被，而嘴里喊着冷，遂过去取过一条花绒的毯子，代他轻轻覆上。真到天晚方才离开。

次日青萍的寒热依旧不退，服了校医的药毫无效验，虽然在上午那校医又来看过，加了一种药水，而青萍心里却有些不信任他。到下午四点钟过后，云英又来探望他。伊见青萍寒热不退而时时嚷冷，足见病势有增无减，究竟是不是疟疾，那校医又不曾说明，很有些不放心。便对青萍说道："我以为贵恙是要赶紧医治而不可耽误的，这里的校医医道并不高明，而且到学校里来看病往往太大意，我有些不满意他，不知宋先生以为如何？"

青萍点点头道："我也是这样想，不过我在此地很是生疏，不知换什么医生才好？"

云英道："照我所知的，这里济众医院的恽永医生是留学德国的医学博士，经验丰富，医术高深，对于病人很是热心。我想你明天住到他的医院里去求医吧，你可要和唐校长商量商量？"

青萍道："密斯这样说了，我何必再同唐校长商量呢。"云英笑笑。

次日青萍的病依然如此，遂告诉了唐校长，自己勉强着起来，坐了车子到济众医院去。唐校长当然也赞成他住医院，一切比较学校里便当些，遂和云英送青萍到济众医院来。挂了号，住十八号病室。一回儿恽永医师走来，代青萍诊治，说他是疟疾，须打针医治的。唐校长和云英因校中有功课，所以就回去的。

下午五点钟时，青萍服了药，正睡在床上，发过了一回热，忽见云英一个人走来看他。坐定后云英问问青萍病体如何，青萍回答说："今天晚上要打针了，尚未成正式的疟疾，也许可以早日医好的。"云英伴着青萍喁喁闲话，直到天晚方才告别而去。

次日傍晚云英又来看他，用话安慰他，青萍心里格外觉得感激。

星期六的下午，青萍经恽永注射了一针，睡着休息。云英又来了，换了一件新制的青色白点软绸的夹旗袍，衣领短得只有数寸，露出一双雪白粉嫩的手臂，右臂上套着一只翡翠镯，左手腕上戴着一只白金手表，香风四溢，更显出处女之春。手里又捧着一束鲜花，送到青萍榻边来，带笑说道："宋先生，我从校园里采得了一些鲜花来给你解闷的。"

青萍接在手里，在花朵上嗅了一下，说道："芳香袭人，真足以忘忧解愁，谢谢密斯的雅意。"这一句话含有双关之意。

云英笑了一笑，拖过一张椅子，在青萍榻前坐下，右腿搁在左膝上，两手交叉着放在胸前，对青萍说道："今天我本想回家去，但是想着你一个人独住在医院里，必然十分沉闷，所以我不回去了，特地跑来陪伴你。"

青萍听了这话，心中更是说不出的愉快和感激，很诚挚地说道："我病了，多蒙密斯这样垂注，使我精神上得到不少安慰。如此高谊，教我怎样报答呢？"

云英微笑道："这也是我略尽一点儿友谊的，何必说什么报。譬如我异日病了，宋先生倘然知道的，也许来探望我。"

青萍说道："无论如何，你的美意使我不忘记的，我的身世也许你还没有详细知晓，今日我觉得精神好一些，待我来补告一二吧。"遂放下鲜花，把他幼时的孤苦、求学的困难、老父的病故、姐姐的流浪，细说一遍。又道："我自知才浅学疏，不足为人师，很想再求深造，不至庸庸碌碌，过此一生。不过环境困人，使我不能不暂时舍己而芸人，这是我很抱憾的。现在想要积蓄得一些钱，他日再去读大学。但不知我这个痴想可能成功不成功，说了出来，请密斯不要见笑。"

云英把两只手放了下来，脸上很是兴奋，对青萍说道："我听了这一席话，更是使我钦佩，古人说有志者事竟成，你怀抱着这个大志，一定可以成功的。将来大学毕业后再可出洋留学，研究有用的学术，为祖国增光。"

青萍笑道："密斯不要这样过誉，我在这里愧汗交并了。我是个穷小子，要出洋去谈何容易？"

云英道："经济问题当然可以阻挠人们一切的进取，可是有了决心，有了大志，总可以想法进行的。孟子天将降大任一章，不是说得很明白吗？我要勉励你向前进取，倘然你要用得着我相助的，他日我可以在我父亲面前想法。因为他以前说过有一笔款项，很愿意襄助一个人在学术上有所造就的，这不是一个机会吗？"

青萍接着说道："当然是很好的，但我是个庸才，虽有此志，恐也未必一定能够有何造就，最好凭着自己的力量。"

云英点点头道："我也明白的，越是有志气的人越不愿平白受人之助，但也要看来源是怎样的。我父亲早有这个愿望，只是一时物色不到相当的人才，倘然把这笔钱老是放在银行里生息，那是一种守财奴的行径，没有什么价值，何如灌溉在一个人身上，将来的收获比较大了，是不是？说也惭愧的，我上有父母的荫庇，却不能有什么深造，不是自暴自弃吗？今天听了你的说话，很刺激我的心弦，将来我也要再读大学，从美术方面精心研究了。"

青萍道："密斯兰心蕙质，家庭又是美满，确乎可以再求深造，我一向也这样想，希望密斯不以现实为满足，他日必能为妇女界放一异彩。"

云英微笑道："很愿彼此共勉，将来达到目的，不是很好的事吗？"云英说了这句话，觉得似乎说得情感太浓厚了一些，脸上不由一红。

青萍也未尝不觉得，笑了一笑道："甚感甚感，我希望能够这样。"

云英见青萍讲了许多话，恐怕他的精神要感觉疲劳，所以又说道："今天你讲了许多话，可以闭目休睡一番，密斯李约我到伊家里去吃晚饭的，因此我要早一刻去了。明天星期日，我上午再来看你吧。"

青萍听伊这样说，不便坚留，只得说道："很好，明天我盼望你早来。"

云英又问道："你要吃什么东西？我可以带来。"

青萍道："这两天我虽然喝些粥，但也不想吃什么。"

云英道："水果吃不吃？可问过医生？"

青萍道："别的不能吃，橘子可以吃的。"

云英点点头道："知道了，宋先生明天会，你好好地养息吧。"说毕立起身来，整整衣襟，翩然走出室去了。

青萍等云英去后，果然闭目养神地仰卧着，脑海里却在转念，细味云英方才说的话，足见得伊对我的恳挚。伊虽然是富贵人家的女儿，却一些儿没有骄矜之气，性情很好，真是麟角凤毛不可多得的。我以前为了淑贞的关系，却不敢和她亲近，未免冷待了伊，而伊处处对于我流露出真性情来。伊的父母也能不弃鄙陋，托唐校长来做媒，总算是很垂青于我了。而我却辜负人家美意，所为何来？现在淑贞既然变了心肠，抛却昔日的情义，使人大为灰心，而云英对我的态度依然如此，可见得伊的襟怀非常坦直而宽宏的。我病倒了他乡，没有一个体己的人儿在旁，这是何等凄凉的？幸而有伊来照顾我，慰藉我，使我心里平安得不少。而淑贞却远在上海，一些儿也没有知道，即使给伊知道了，恐怕伊将以陌路之人视我了。往者不可谏，来者犹可追，我的姻缘恐怕还在云英身上吧。云英果然是一位可爱的女儿，远胜淑贞多了，此番病好后，我必要和伊格外亲热，表示好感，自求我的幸福。至于淑贞那方面我也决定淡然处之了。好在是伊先负我的，我本心并不要有负于伊啊。

他这样翻覆地想着，恋爱云英之心顿时大大地热起来，以前他的心坎里只贮藏着一个淑贞，现在却被沈云英取而代之了，可见天下之事真是变幻无常。可怜的淑贞，伊蕴藏着说不出的苦衷，又哪里知道青萍所有纯洁的爱情已被人夺去了呢？

次日青萍早上喝了一些粥，服过药，精神又觉比昨天好了许多。倚坐在榻上，只见沈云英两手携着东西匆匆地走来，向青萍道了一声早安，把东西一一放在桌上，对青萍说道："我买了一些可口的粥菜，都是罐头食物，不论何时你可开了吃的。还有几只花旗蜜橘，给你解渴。"

青萍道："多谢密斯为我破钞，请坐请坐，你来得很早啊。"

云英道："我横竖没有别的事情，唐校长下午来看你，密斯李说今天伊也要来探望的。"

青萍笑笑道："我虽然是一个孤零的人，却有很好的朋友，承你们都来探望，尤其是密斯深情厚谊，更使我铭感肺腑，真是前生修到的。"

云英微笑道："恐怕你真的好朋友还不在这里呢。"说着话向榻旁一坐。

青萍听了这话，不由一怔，略顿了一顿，把手摸着自己的下颔，带笑说道："密斯不是我的好朋友吗？难道我还有……"说到这里又顿住了。

云英低着头，把带来的一柄修甲剪，细细地修剪伊自己的纤纤玉指，似听得又似不听得。

青萍忍不住又说道："密斯沈，我以前很对不起，现在我深悔了，请你原谅。"

云英听了这话，抬起头来说道："你请我什么原谅呢？我不明白起来了。"

青萍到了这个时候，倒觉得说出来未免有些唐突，不说时又不明白，一想云英的为人是很伉爽的，自己不必绕着圈子说话，遂说道："密斯不明白吗？就是去年秋间我到尊府拜寿回来以后，唐校长受了尊大人之托，向我提起的一件事。那时候我因有别的问题阻挠，以致辜负美意，直到如今，心中常觉歉然，现在请你原谅。"

云英是个聪明人，如何不懂青萍的意思，脸上不由飞起两朵红云，又说道："哎哟，我倒忘记了，不过我有一句话要问你，在上海你不是有个好朋友吗？何以现在忘记了人家呢？"

青萍一听这话，陡地想起一事，便叹口气说道："我以前在上海确乎有个好朋友，我也不敢向你隐瞒，只是现在那好朋友见异思迁，被恶劣的环境所包围，业已投降了外魔，先后判若两人了，使人灰心得很。起初我不欲做对不起人家的事，如今却不然了。我只求密斯的谅解，请密斯不要因此而见责，使我这颗心还能够有个寄托，这就是我的大幸了。"

云英便点点头说道："你能详细告诉我其中的原委吗？"

青萍道："可以。"遂将自己和淑贞以前的事概括地说了一遍。

云英微笑道："那位季女士果然生得令人可爱，何以中道而变，我很代伊可惜。"

青萍道："密斯曾在何处见过伊，莫非……"

青萍的话还未说完，云英叉着两手说道："你不对我隐瞒，我也不能瞒你，现在我却要向你请原谅了。去年你和我在蓬园赏菊回校时，你失落一信，被我拾得，偷读一遍，且瞧见那位季女士的玉照，早知你有这样一个异性的好朋友。那时我恐怕你不好意思，所以没有奉还，歉疚之至。私阅他人的信，也是不道德的事，我现在岂不要请你原谅吗？"

青萍笑道："原来如此，密斯好耐心，一向没有提起过半句话。我那时失去了信件，也有些疑心于你，后来看你不像知情的，也就罢了。若不是我今日老实告诉了你，想你也绝不对我说了。"

云英道："那东西我好好地藏在箧中，缓日必当奉赵。"

青萍道："算了吧，我也不要了。"

二人正在絮语之际，恽永医生同一女看护走进室来，代青萍诊治。恽永诊过脉，量过寒热以后，对云英说道："宋先生的病十分中已去五六，不久即可痊愈了。"

云英道："足见得恽院长着手成春哩。"

恽永道："哪里哪里。"说着话走出去了。

云英陪着青萍谈谈说说，不觉已到午时，青萍不欲云英回校去，便留伊在医院里吃饭，喊了几样菜，自己吃了一碗粥，开了一罐油焖笋和一罐冬菇。午后云英叫青萍假眠一会儿，自己坐着看看报。只见唐校长来了，大家招呼着坐定。唐校长问问青萍的病情，知道他好了不少，心中也觉欢喜。不多时密斯李也来探望了，坐谈一会儿，唐校长和密斯李先走，云英直坐到六点钟方才告别回校。

过了几天，青萍的病已霍然而愈，便出了医院，仍旧回到校中去授课。从此他和云英的情感一天一天地热烈起来，对于淑贞一方面一天一天地冷淡。

淑贞哪里知道呢，伊以为自己没有答应了青萍，以致渐渐地把伊忘记了，这不能怪青萍的。然而青萍岂知道伊的痛苦呢，自己怎能告诉青萍知道呢？只有隐藏在肚中，恐怕要饮痛一生，怀恨无穷了。

伊在上海早已被梅良羁缠住，无法摆脱。只得强作欢笑，虚与委蛇，暗中却时常偷弹珠泪，自怨自艾，未尝不想起青萍。而青萍那边好久没有信来，自己也就不写信去，污辱之身如败柳残花，也不再存金玉良缘的愿望了，只有牺牲一切幸福，暂且维持着自己的家庭再说吧。所以伊忍着隐痛在公司里服务。一般女工却很有艳羡伊能得经理的宠爱而独揽大权呢。

光阴过得真快，转瞬之间已到夏季。青萍那边依旧雁沉鱼杳，没有片纸只字前来，伊暗想：青萍在松江学校里早已放了暑假，他没有回到苏州去吗？连我这里也不来了，可知他对我已完全忘怀，恐怕他始终要怪我无情。谁知我却时常想念他，胸中有难为人道的痛苦呢，不知他到哪里去了。唉，万恶的金钱，我为了生活的缘故，竟牺牲了一生，这个隐痛青萍岂能明白，将来到死也只好永永埋葬在我的心冢里了。

一天，伊接到伊弟弟友佳写来一封信，告诉伊母亲有病，要伊请假回来一趟。伊得了这个消息，急得没有心路，便拿着信去和梅良商量。

梅良道："既然你母亲有病，要你回去，我也不能不让你请假，这里的事待我叫发行部里的陈先生暂时来庖代吧，不过希望你早些回来，公司里实在走不开的。并且你也不要为了你的老母而躲在苏州，忘记了我啊。"

淑贞闻言对他白了一眼，梅良取出一卷纸币，点了一点数目说道："这是本月份的薪水，恐怕你要用的，先发给了你，还有二十块钱请你代我送给你的母亲买些东西的。"

淑贞低了头说道："薪水我拿了，其他的钱我不要，我母亲生了病还要吃什么东西吗？"

梅良把手中纸币向淑贞手里一塞，拍着伊的香肩笑道："我不能孝敬一些给岳母的吗？不要客气，你坐几点钟的火车回去？"

淑贞道："我坐四点钟的特别快车。"

梅良道："好，此刻我还有些要事，不能和你多谈，停会儿再送你到火车站去。"

淑贞道："谁要你送？"

梅良道："要的。"说着话走开去了。

淑贞在午后归心如箭，收拾了随身带的一只小皮箱，预备动身。到三点多钟时梅良早从发行部回来，笑嘻嘻地对淑贞说道："我用我的汽车送你去。"淑贞也只得如此。

梅良遂伴着伊坐了汽车，开到火车站，代伊买了一张二等票，自己也买了一张月台票，且代淑贞提着小皮箱，送伊上车。在车上又和淑贞并肩坐下，闲谈几句。淑贞心里实在有些不高兴和他敷衍。

后来乘客拥挤，火车也快要开了，梅良只得立起身来让座，伸过手来和淑贞紧紧握了一下，说道："再会，希望你早日返申，尊大人的清恙即日痊愈。"遂走下车去，兀自站在月台上等候火车开出。一会儿火车开了，淑贞恨不得立刻就到苏州，特别快还嫌它慢呢。

傍晚时淑贞已回到家中，在伊母亲病榻之前讲话了，方知伊的母亲患的痢疾，但病势尚不甚剧，伊就主张明日请一位西医前来诊治。淑贞的母亲见伊的女儿回家，心中十分安慰，絮絮地只顾和淑贞讲话。

次日淑贞请了医生前来代伊母亲医治，服药后效果良好，到第三天热寒已退，下痢渐稀，不过精神疲乏罢了。医生说再看了一回，可以配了药，不必再看，好得也很快的。淑贞见伊母亲的病已渐渐痊可，心里也觉轻松得多，预备自己在下星期一可以回上海了。

伊到苏以后，梅良已送连来了两封信，伊只得写了一封回信去。这一天正是星期六的早晨，淑贞的母亲已起床了，但淑贞叫伊不要多动，坐在房里养息，自己陪着伊谈话。忽然绿衣人送来一函，又是梅良的。淑贞拆开一看，方知梅良因明天是星期日，公司里没有事务，他将要坐早车到苏州来探望，顺便接淑贞回沪。不由把信向桌上一丢道："谁要他来呢？"

淑贞的母亲便问道："可是梅先生明天要来吗？"

淑贞道："是的，我不愿意他来。"

淑贞的母亲道："他要来时也只好由他，但他初次到我们家里，也不可怠慢他的。"

淑贞道："我也没有请他。"

淑贞的母亲见淑贞脸上有些娇嗔，也就不再说下去了。

隔了一歇，淑贞却问伊的母亲道："青萍放了暑假没有回家吗？"

淑贞的母亲道："影儿也不见，信息又没有，你可曾接到他的信吗？"淑贞摇摇头。

淑贞的母亲叹口气说道："一个人是靠不住的，现在他在莫干山上避暑，这个狭小的家也不要了。"

淑贞闻言愕然，立起身来问道："母亲，你怎知青萍在莫干山避暑呢？"

淑贞的母亲又叹了一口气道："我想这事到底不能隐瞒的，还是早些告诉了你吧。"

淑贞道："母亲快说。"

淑贞的母亲道："这也是再巧没有的，前几天我没有病的时候，曾到观前街去买物，在观山门口忽然遇见了冯校长，我因思念青萍，所以上前叫应他，问他青萍是不是仍在松江，还是到了别地方去。他就告诉我说，青萍已和校中一位女同事姓沈的到莫干山上去避暑了。那姓沈的人既生得美丽，家中也很富有，伊父母很有相攸之意，请冯校长和松江的唐校长为介绍人，快要订婚了。订婚之后，听说他们俩下学期不再教书，要一同到上海大学里去求学了，将来还预备出洋留学呢。你想青萍遇到了这样一个好机会，自然而然地把我们忘记，信也没有，人也不回来了。况且……"

淑贞的母亲说到这里，瞧见淑贞的脸上有些变色，眼眶里含泪欲出，便换了一句话说道："他既然忘记我们，我们也不必再放在心上，只要你在外能够赚钱，我们一家有吃有穿就是了。将来你也好……"

淑贞把手一摇道："母亲不要说了，我这个人是完了。"说罢将足一顿。淑贞的母亲见伊女儿如此态度，不敢再问下去。淑贞也默默地站在窗下，冷静得如石像一般。

在这时友佳忽然拿着一张新闻报，跑进房来说道："母亲，姐姐，我告诉你们一个消息，就是青萍哥哥和一个姓沈的女子订婚了，他事前没有告诉我们啊，奇怪不奇怪？"

淑贞回头问道："你怎样知道的？"

友佳把报送到淑贞手里说道："你瞧吧，我无意中发现有他们的订婚启事呢。"

淑贞接过一看，先见报上刊着一行较大的字，乃是宋青萍沈云英订婚启事，两人的姓名是并列的，下面的小字也不过寥寥数语，和普通的无异，大略说我俩承冯一介先生、唐若梅女士的介绍，得家长同意，谨于七月七日在莫干山正式订婚，特此敬告诸位亲戚友好云云。

淑贞读完了这个启事，不觉哇的一声嘴里吐出一口鲜血来，身子往后栽倒，幸亏有窗挡住，否则早已跌倒于地了。友佳忙过来将伊扶住，坐到椅子上。伊母亲也吓得手足无措，忙过来连问怎的怎的，淑贞却晕了过去。淑清也跑进房来，三人一齐大声呼唤，把淑贞喊醒过来。只见伊的面色惨白，泪下如雨。

淑贞人虽惊醒，可是伊的芳心却永永粉碎，无回复的希望了。

正是：

伊谁之咎，悠悠苍天。蓬门红泪，此恨绵绵。

图书在版编目(CIP)数据

蓬门红泪／顾明道著. — 北京：中国文史出版社，
2018.5

（民国通俗小说典藏文库·顾明道卷）

ISBN 978 - 7 - 5034 - 9966 - 1

Ⅰ.①蓬… Ⅱ.①顾… Ⅲ.①长篇小说 - 中国 - 现代
Ⅳ.①I246.5

中国版本图书馆 CIP 数据核字（2018）第 010021 号

点　　校：袁　元
责任编辑：薛媛媛

出版发行：**中国文史出版社**

网　　址：http://www.chinawenshi.net

社　　址：北京市西城区太平桥大街 23 号　邮编：100811

电　　话：010 - 66173572　66168268　66192736（发行部）

传　　真：010 - 66192703

印　　装：廊坊市海涛印刷有限公司

经　　销：全国新华书店

开　　本：720 × 1020　1/16

印　　张：18.25　　　字数：262 千字

版　　次：2018 年 5 月第 1 版

印　　次：2018 年 5 月第 1 次印刷

定　　价：53.80 元